KB240312

대왕세종 어진(御眞)

측우기 (測雨器)

세종 24년(1442년)에 세계 최초로 장영실이 만들었다. '우량계'라고도 하며, 빗물재개로서 역할을 한다. 궁궐에 설치한 것은 동으로 제작하였지만, 각 지방에는 와기(瓦器)로 만들어 우량을 재었다.

자격루 (自擊漏)

세종16년(1434년) 6월에 장영실이 임금의 명을 받고 만든 자동 물시계. 누기(漏器)라고도 하며, 물의 흐름에 따라 자동으로 시간을 알리는 기기이다. 세종은 누기를 보루각(報漏閣)에 설치하고 말하기를, '수시법력(授時曆法)을 상고하여 누기를 새로 만들었는데, 털끝만치도 틀리지 아니하므로 영을 내려 이를 쓰고자 한다.'고 하였다.

수표 (水標)

세종 23년(1441년)에 장영실이 만든 홍수량을 재는 기기. 돌기둥에 눈금을 새겨 강물 깊이를 재게 함으로써 홍수를 예방했다. 양수표(量水標)라고도 하며, 도성 안 청계천 지역에도 있어서 그 지역을 '수표교'라고 하였다.

일성정시의 (日星定時儀)

세종 19년(1437년) 4월에 장영실, 이천, 이순지가 만든 주야측후기이다. 낮에는 물론 밤에도 시간을 알 수 있게 만든 시계였다. 네 개를 만들어 궁궐 만춘전과 서운관에 두었고, 평안도와 함길도 병영에 보냈다.

천상열차분야지도 (天象列次分野地圖)

태조 4년(1396년) 10월, 권근(權近)이 돌에 새긴 천문도. 이성계가 조선을 건국하기 전, 꿈에 신인으로부터 금척(金尺)을 받고 꿈을 풀이하여 새긴 '천문도' 라고 전해진다. 국보 제228호.

앙부일영 (仰釜日影)

세종16년(1434년) 장영실이 만든 해시계. '앙부일구' 라고도 하는데, 그림자로 시간을 재는 해시계이다. 24절기를 나타내는 줄을 긋고 북극을 가리키는 바늘을 꽂아 눈금을 읽으며 시간과 절기를 알게 했다.

혼천의 ((渾天儀)

세종15년(1433년)에 이천, 장영실 등이 만든 원형 모양의 천체 관측기. 기구를 돌려가며 해, 달, 별의 움직임을 관측한다. '선기옥형' 또는 '혼의기' 라고도 한다.

영릉(英陵)

세종대왕과 소헌왕후의 능. 원래는 경기도 광주에 있던 영릉을 예종 원년(1469년) 2월에 여주군 능
서면으로 이장(移葬)하였다.

박충훈 역사소설

대왕세종

1

박충훈 지음

가림출판사

　우리나라 역사상 가장 황금기였다고 일컬어지는 세종 시대를 조명한 소설은 많았다. 그 많은 소설을 내가 과문寡聞한 탓으로 모두 읽지는 못했지만, 몇 편을 읽으면서 그 시대를 좀 더 다른 시각으로 조명해보고 싶다는 열망으로 이 소설에 4년간 매달리게 되었다. 지금은 〈조선왕조실록〉이 인터넷에 개방되었지만, 4년 전에는 국역 〈태종실록 본기〉 10권과 〈세종실록〉 36권 등을 모두 구입해야 읽을 수 있었다. 그 실록을 읽는 데만 꼬박 2년이 걸렸고, 소설을 쓰는 데 2년이 걸렸다.

　이 소설에서는 궁중과 사회의 비화나 백성들의 삶에 대해서는 속 깊이 조명하지 않았다. 그런 상황들은 이미 많은 문헌과 문학 작품에서 다루어졌기 때문이다. 필자는 우리 역사 인물 중에 가장 현상賢相이었다고 알려진 황희와 맹사성, 평안도에 4군을 설치한 최윤덕과 북방에 6진을 개척한 김종서 등 당시 대왕세종과 신하들 간의 군신 관계를 주제로 하여 정치, 경제, 국방, 문화, 외교를 중점으로 좀 더 다른 시각으로 다루고자 하였다.

　대왕세종이 성군이 될 수 있었던 것은 곧 인물을 보는 안목이 있었기 때문이다. 인물을 적재적소에 배치하여 능력껏 기량을 발휘하게 하는 용인술! 그 용인술은 곧 군신 간의 믿음에서 비롯되었다. 서로 간에 굳건한 믿음이 없었다면 성군도, 충신도, 명장도 있을 수 없었을 것이다.

　세종은 즉위 초부터 튼튼한 국방력에 중점을 두고 무기 개량에 전념하였고, 그 총책을 황희와 최해산에게 맡겼다. 특히 화약무기 개량에 주력하여 재위 7년이 되는 1425년 5월에는 최해산이 네 종의 화포火砲를 주조하였다. 임금은 주조한 화포에 정식으로 명칭을 지었다. 대화포大火砲를 천자총통天字銃筒, 중화포中火砲를 지자총통地字銃筒, 소화포小火砲를 두 종류로 구분하여 현자총통玄字銃筒과 황자총통黃字銃筒으로 명명하여 조선 역사상 최초로 화약무기 시대를 열었다.

　세종은 그 뒤에도 계속 화약무기 개량에 주력하여 1발에 화살 2전과 4전, 8전을 쏘는 화포를 개발하였고, 여진족 정벌과 격퇴의 실전에 배치하여 최윤덕과 김종서로 하여금 대승을 거두게 하였다. 조선왕조 5백 년 역사상 대왕세종만큼 전쟁을 치른 임금도 없을 것이다. 즉위 연도의 대마도 정벌에 이어 두 차례에 걸친 만주벌의 여진족 정벌, 조선 국토 알목하와 경흥에 둥지를 틀었던 여진족 격퇴와 침략 방어 전쟁 등 재위 32년간 전쟁은 계속되었다. 그 수많은 전쟁에서 승전할 수 있었던 요인은 바로 막강한 화약무기의 위력이었다.

뿐만 아니라 세종은 이천, 이순지, 정초 등 천문학자와 천재적인 발명가 장영실을 통하여 천체의 원리와 이치를 연구하게 하여 혼천의, 일정성시의, 경점지기, 앙부일구 등 천체 관측기와 물시계 등을 발명하여 찬란한 문화를 이루었다.

세종은 다사다난한 국정을 일일이 청단하면서도 9백60여 종류의 질병 증세와 1만 7백여 종류의 약방문을 수록한 의서 〈향약집성방鄕藥集成方〉을 편찬, 간행케 하여 백성들의 질병 치료와 퇴치에 일대 혁신을 이룩했고, 〈삼강행실도三綱行實圖〉를 간행하여 도道와 예禮의 근본을 삼게 하였으며, 법전인 〈경제속육전經濟續六典〉을 간행하여 나라의 법을 바로 세웠고, 국가 경영의 근간이 되는 〈팔도지리지八道地理志〉를 간행하는 등 수많은 문화와 문물을 창달하여 태평성대의 기반을 다졌다.

대왕세종은 재위 32년간 단 하루도 편히 쉬는 날 없이 오직 백성을 생각하고 백성을 위한 정치를 펴는 데 온몸을 바쳤다. 세종은 재위 20년이 되면서부터 온갖 환후에 시달리면서도 죽음을 무릅쓴 노력의 결과로 훈민정음을 창제하였다. 대왕세종과 훈민정음만으로도 조선왕조 5백 년 역사는 오늘날까지 찬란하고 위대하다고 평가할 수 있을 것이다.

丁亥 送年에

박 충 훈

| 차례 |

책머리에 ⌒ 11
주요 등장 인물 ⌒ 14
일러두기 ⌒ 16

생성과 소멸 ⌒ 17
선지교에 지는 꽃 ⌒ 31
군신동맹 ⌒ 46
생성되는 나라 ⌒ 63
새로운 나라 조선 ⌒ 85
제1차 왕자의 난 ⌒ 96
역신과 충신 ⌒ 112
골육상쟁 ⌒ 130
징검돌 임금 ⌒ 152
등극 ⌒ 172
조사의의 난 ⌒ 178
동방에 뜨는 별 ⌒ 189
왕비가 된 죄 ⌒ 213
서설이 내리다 ⌒ 234
대마도 정벌 ⌒ 258
대출정 ⌒ 270
맹장 이종무 ⌒ 280
가고 오는 순리 ⌒ 295
태상왕과 낙천정 ⌒ 320

조선 초기 관제 ⌒ 332

정몽주(鄭夢周)

1337년 고려 충숙왕 6년에 태어났다. 자는 달가(達可), 호는 포은(圃隱)이다. 기울어지는 고려를 바로 세우려고 온갖 노력을 하였으나, 정도전, 조준, 남은 등이, 날로 위상이 높아지던 이성계를 추대하려는 책모가 있음을 알고 이들을 제거하려고 했다. 그러나 뜻을 이루지 못하고 이방원의 수하 조영규, 이부 등에게 선지교(善地橋)에서 격살 당했다.

정도전(鄭道傳)

1342년 고려 충혜왕 복위 3년에 태어났다. 자는 종지(宗之)이며, 호는 삼봉(三峰)이다. 조선이 건국되어 태조가 등극하매, 개국 일등공신에 책록되고, 삼도도통사가 되었다. 타고난 자질이 총명하고 민첩하며, 학문을 좋아하여 지식이 해박하였다. 그러나 도량이 좁고, 시기심이 많아 자기보다 나은 사람들을 곱게 보지 못하였다.

배극렴(裵克廉)

고려 말 충신이었으나, 조준 등과 모의하여 이성계를 임금으로 추대하고 마침내 수상(首相)이 되었다. 문하좌시중이며, 성산백(星山伯)에 봉해졌으나, 이성계가 임금이 된 지 다섯 달 만에 죽었다.

이지란(李之蘭)

동북면(東北面)의 청주부(青州府) 사람으로, 옛 이름은 두란첩목아(豆蘭帖木兒)이다. 여진족 추장으로 이성계가 북방을 정벌할 때 투항하였으나, 후일 그와 하나가 되어 조선 개국공신의 반열에 올랐다. 태조대왕이 특별히 형제 의를 맺고, 정사좌명공신 청해군(青海君)에 봉하여 청해 이 씨의 시조가 되었다.

조영규(趙英奎)

삼군도통사 이성계의 휘하로서 벼슬이 판삼사사였다. 이방원의 명을 받고 조영무, 고려, 이부 등과 함께 이성계의 병 문안을 하고 돌아가는 정몽주를 선지교에서 격살했다. 그 공으로 개국공신에 봉해지고 벼슬이 예조전서에 이르렀으나, 태조 4년 1월에 갑자기 병을 얻어 죽었다.

심덕부(沈德符)

자는 득지(得之)이다. 1388년 이성계와 위화도에 이르렀다가 창의(唱義)하여 회군(回軍)하였고, 공양왕 원년에 문하좌시중이 되었다. 조선 개국 일등공신이 되었고, 청성백(青城伯)에 봉해졌다. 태조 원년에 좌정승이 되었고, 이듬해 태종 1년 74세로 죽었다.

이방석 (李芳碩)

태조의 일곱째 아들이며, 후처인 현비의 막내아들인 의안군으로 11세에 세자로 책봉되었다. 그러나, 현비가 죽고 3년 뒤에 일어난 제1차 왕자의 난 때 폐세자가 되고, 17세 어린 나이에 핏덩이 아들과 함께 피살당했다.

이방번 (李芳蕃)

태조의 여섯째 아들 무안군이며, 현비의 장자이지만, 아우에게 세자 위를 빼앗기고 절치부심하였다. 모후의 친척인 조사의가 반란을 일으켜 방번을 세자로 추대하려 했지만, 제1차 왕자의 난 때 부인 왕씨와 어린 두 자녀와 함께 일가족이 몰살을 당했다.

이숙번 (李叔蕃)

정안군 이방원을 도와 두 번이나 왕자의 난을 진압하고, 마침내 정안군이 왕위에 오르자, 조정 핵심 인물로 승승장구했다. 그러나 욕심과 교만으로 벼슬을 팔아 치부하는 등 사사건건 왕권을 무시하여 궐 밖 임금이라고 백성들의 비난을 받았다. 태종 17년에 함양으로 두 번째 귀양을 가서 영영 복권되지 못한 채 귀양지에서 죽었다.

강상인 (姜尙仁)

이방원이 즉위하기 전부터 따르던 충복이었다. 따라서 방원이 즉위하자, 원종공신이 되어 벼슬이 승승장구하였다. 태종 18년 7월에 병조참판이 되었다. 이듬해 태종이 세자 충녕대군에게 전위하고 상왕이 되자, 갓 즉위한 세종에게 병권을 넘기려다가 상왕의 노여움을 사서 대역 죄의 주범으로 몰려 차열형(車裂刑)을 당하였다.

심온 (沈溫)

세종의 왕비 소헌왕후의 아버지이다. 세자 충녕대군이 즉위하자 국구(國舅)로서 명나라에 사은사(謝恩使)로 가게 되매, 영의정부사가 되었다. 명나라에 가 있는 동안 강상인의 옥사에 연루되어 사건의 주범으로 몰렸다. 귀국 후 의주에서 체포, 압송되어 구금되었고, 세종 즉위년 12월 25일에 사약을 받고 죽었다.

이종무 (李從茂)

젊어서부터 활을 잘 쓰고 말을 잘 달렸다. 세종 즉위년 대마도를 정벌할 때 삼군도체찰사에 제수되어 전함 227척을 이끌고 출전하여 토죄(討罪)하고 돌아와 의정부 찬성사로 승진했다. 1421년에 장천부원군에 봉해지고 벼슬에서 물러났다가 세종 7년에 죽었다.

| 일러두기 |

1 이 소설은 고려 멸망과 조선 건국에서부터 시작하여 세종대왕 치세 32년까지를 배경으로 하였다. 역사적인 사실은 〈태종실록〉과 〈세종장헌대왕실록〉에 근거하였다.

2 전개되는 사건이나 정치적인 상황은 실록에 근거하였으되, 내용은 저자의 창작이다. 작품 속 전투 장면이나 화약무기를 이용한 전쟁, 여진족의 상황은 완전한 작가의 창작이고, 정치, 국방, 경제적 상황은 실록에 근거하되, 등장인물의 활동은 창작으로 전개하였다.

3 임금의 교서(敎書)나 전지(傳旨), 신하들의 치보(馳報)와 장계(狀啓), 상소(上疏)는 역사이므로 실록 원문에 충실하려 애썼고, 어려운 대목은 줄이거나 창작을 가미하여 풀어쓰기도 하였다.

4 연대(年代)는 실록에 의거하였다. 연대 표기는 당대 임금의 재위 연도와 묘호(廟號)를 쓰고, 역사 연대는 서기(西紀)를 썼으며, 날짜는 음력을 사용하였다. 연대 표기 외는 '임금'으로 지칭했는데, 임금의 묘호는 사후에 올리기 때문에 당대에는 쓰지 않는 원칙에 따랐다.

5 등장인물은 모두가 실록에 기록된 실존 인물이며, 관직 역시 실존 인물이 역임했던 벼슬 그대로이다. 그러나 〈대왕세종〉은 전반적으로 역사를 주제로 다룬 소설임을 거듭 밝힌다.

생성과 소멸

생성과 소멸은 동시에 이루어진다. 생성되는 그만큼 소멸되는 천지만물의 조화는 그 앞과 뒤를 가릴 수 없다. 다만, 그 흐름의 빠르고 느림만 있을 뿐이다.

조선의 생성과 고려의 소멸은 한 세기가 넘는 오랜 세월 동안 역동적으로 진행되었다. 그 생성과 소멸의 과정에 많은 인물들이 시대에 따라 엎치락뒤치락 패권을 다투었지만, 결국 천기天機를 받았든 조직적이든 간에 '이성계李成桂'라는 걸출한 인물이 나타나 이 씨李氏에 의한 조선을 생성하면서 우리나라 5백 년 역사의 한 장을 열었다.

5백 년 역사의 고려는 생성과 소멸이라는 과정을 거치며 속속들이 쇠락하여 멸망하게 되어 있었고, 그 가운데서 얼마든지 또 다른 역사가 이루어질 수도 있었다. 고려가 소멸하고부터 오늘에 이르기까지 이성계가 건국한 조선이 아니더라도, 나라가 한 번 바뀌든, 두 번 바뀌든 반 천 년 역사는 이어졌을 것이다.

이성계가 건국한 조선이 아니었다면 지금 이 나라 한반도는 어떻게 되었을까? 역사에 가정은 있을 수 없지만 구태여 간단하게 말한다면 세종대왕과 우리나라 글자인 훈민정음이 없었을 것이다. 대왕세종과 한글만으로도 조선왕조 5백 년 역사는 오늘날까지 찬란하고 위대하다.

세종대왕은 선대왕 태종의 셋째 아들로 법통에 따라 순리적으로 보위에 오른 임금이 아니다. 그러나 세종이 임금이 된 것은 우연이거나 인위적인 억지에 의해서가 아니라 필연적이었다. 태종 이방원李芳遠이 태조대왕의 다섯째 아들로서 보위에 오르는 과정에서부터 세종의 시대는 이미 싹트고 있었지만, 고려의 멸망과 조선의 건국에서부터 조선조 제4대 임금 세종의 시대가 이미 열리고 있었음이 역사의 갈피갈피에서 드러나고 있다. 고려가 소멸하고 조선이 생성하는 과정에서 수많은 인물들이 명멸했지만 정몽주鄭夢周와 이방원을 빼고서는 고려의 멸망과 조선의 건국을 말할 수 없다. 이들 두 사람의 당시 심중을 고스란히 드러내는 시조 '하여가何如歌'와 '단심가丹心歌', 두 편이 전해진다.

고려 공양왕恭讓王 4년(1392년) 3월 3일이었다.

문하시중門下侍中이며 삼군도통사三軍都統使 이성계가 임금 앞에 부복했다. 임금 옆에 환관 한 사람밖에 없는 독대였다.

"전하, 신을 찾아 계시오니까?"

임금이 활짝 웃으며 말했다.

"그렇습니다, 문하시중. 내가 시중께 부탁이 있어 드시라고 했습니다."

"예, 전하. 하교하시오소서."

부복한 이성계는 보지 못했지만, 임금은 어색하게 억지로 웃으며 말했다.

"경도 아시다시피, 명나라에 갔던 세자가 돌아옵니다. 게다가 명황제의 칙서를 받들고 오니, 환영을 소홀히 할 수는 없는 일입니다. 하여, 시중께서 중신들을 대동하고 황주성黃州城에 가서 세자를 맞이하고, 황제의 칙서를 받들어 오는 것이 격에 맞을 것 같아서 부탁을 드립니다."

이성계는 잠시 생각하다가 아뢰었다.

"세자 저하께서 막중한 사신 임무를 수행하시고, 더구나 명황제의 칙서를 받들고 오시니 당연히 대신大臣이 환영해 맞이하는 것이 법도에 옳사옵니다. 하명받자와 신이 황주로 가겠나이다."

임금은 여전히 어색하게 웃으며 말했다.

"고맙습니다, 시중. 내가 시중의 노고에 보답을 할 것입니다."

이성계는 정중하게 머리를 조아리며 아뢰었다.

"황공하옵니다, 전하. 신은 다만 임무를 수행할 따름입니다."

"아닙니다. 연로하신 시중께 먼 길을 왕복하는 어려운 부탁을 드리는 것입니다. 당연히 그 수고로움에 보답을 해야 합니다."

이성계는 잠시 생각하다가 고개를 들어 임금을 쳐다보며 말했다.

"전하, 신이 황주성까지 가면 기왕에 나서는 길에 선영先塋이 있는 함흥에 잠시 들려오고 싶은데, 허락하여 주시오소서."

임금이 반색을 하며 받았다.

"그것 참 잘 되었습니다. 시중께서 국사에 바빠 오랫동안 선영을 다녀오지 못했을 것이니, 이참에 가서서 참배하여 돌보시고 느긋하게 오세요. 아 참, 때가 마침 사냥하기 좋은 계절입니다. 왕복 길에 사냥도 즐기면서 천천히 다녀오셔도 좋습니다."

이성계는 내심 즐거웠다. 오랜만의 나들이에 사냥을 즐기며 선영에도 다녀오게 되었으니 참 잘되었다고 생각했다.

"전하, 성은이 망극하나이다."

"시중께서 내 부탁을 기꺼이 들어 주시니, 나도 기쁩니다. 말 한 필과 전포를 내릴 것이니, 부디 잘 다녀오시기 바랍니다."

"전하, 신은 오직 직분을 다 할 뿐이옵니다. 과분한 은전을 내리시니, 성은이 망극하나이다."

이튿날, 이성계는 퉁두란과 조영무趙英茂 등 수하 기병 30여 기와 판삼사사判三司事 배극렴裵克廉과 문하평리門下評理 김주金湊 등 조정 신료 20여 명을 대동하고 황주로 떠났다.

작년 9월 10일에 왕세자 석奭이 수시중 심덕부沈德符 등 일행을 이끌고, 북원北元을 멸망시키고 중원을 통일한 축하 봉헌奉獻 사신으로 명나라에 갔었다. 게다가 명황제 주원장朱元璋의 칙서를 받아 돌아오니, 대신이 환영해 맞이하는 것은 당연한 법도였다.

3월 7일, 황주성에서 세자를 맞이하여 환영 행사를 끝낸 이성계는 저녁 나절 예정에 따라 퉁두란, 조영무 등 직계 수하 30여 기의 기병만 거느리고 선영이 있는 함흥으로 떠났다. 봉주성鳳州城에서 그날 밤을 묵은 그들은 이튿날 일찍 출발하여 매사냥을 즐기며 행군하다가 한낮쯤에 해주 검산성劍山城이 마주 보이는 벌판에서 중화中火 : 길을 가다가 먹는 점심도 할 겸 휴식하였다.

중화를 마친 그들은 검산성 기슭에서 사냥을 하였는데, 노루를 좇던 이성계가 말에서 떨어져 큰 부상을 입었다. 쫓기는 노루를 화살로 겨누던 이성계는 달리던 말이 숲 속에 있는 늪을 의식하고 뒷발을 차며 솟구치는 바람에 허공을 날아 나무 둥치에 부딪쳤다. 나무에 부딪치며 두 길 높이에서 떨어진 이성계는 그만 정신을 잃었다.

근위병의 비명을 듣고 달려온 퉁두란은 이성계를 안아 일으켰다. 머리가 터져 얼굴에 유혈이 낭자하였고, 오른쪽 다리가 맥없이 축 처졌다. 황급히 갑옷을 헤치고 보니 부러진 정강이뼈가 바짓가랑이를 삐죽이 꿰뚫고 있었다. 퉁두란은 조영무의 품에 이성계를 안기고는 전대纏帶 : 전쟁이나 여행 시에 비상 용구를 넣고 허리나 어깨에 차던 자루를 풀어 명주천으로 머리를 싸매 지혈을 하고는 행동이 날렵한 군관 둘을 불러 명했다.

"너희는 급히 달려가 해주 목사에게 이 사실을 알리고, 즉시 주야로 말을 달려 개경 본가에 알려라. 잠시라도 지체해서는 아니 된다."

명을 받은 군관이 말을 짓쳐 달려갔고, 퉁두란은 군사들에게 명했다.

"너희는 굵은 버드나무 껍질을 벗겨 오고, 버드나무 가지도 한 척 길이로 잘라 오너라."

퉁두란은 조영무와 힘을 합쳐 이성계의 부러진 다리를 잡고 뼈를 맞추었다. 마침내 정신이 든 이성계는 고통을 못 이겨 비명을 질렀지만, 퉁두란은 침착하게 버드나무 껍질과 가지로 부목副木을 만들어 동여매고 정강이뼈와 다리 상처를 보강補強했다. 여진족 추장으로서 수많은 전쟁을 겪었던 퉁두란은 이만한 상처쯤은 간단하게 응급처치할 수 있는 능력이 있었다.

응급처치를 끝낸 퉁두란은 말 안장 두 채를 손질하여 자신의 애마 앞등에 얹고 뒷등에 올라탔다. 이성계의 애마 천풍天風은 주인을 가까스로 튕겨내어 구하고는 그대로 늪에 빠져 죽고 말았다. 이성계를 받아 올려 손질한 안장에 앉히고 품어 안은 퉁두란은 조심스레 산길을 벗어나 넓은 길에 이르러 말 배를 차며 내달렸다.

공양왕이 문하시중이며 삼군도통사인 이성계를 세자 귀국 환영 특사로 내보내고 사냥을 즐기게 한 것은 정몽주와 꾸민 음모였다. 이성계의 위엄과 그를 추종하는 세력이 날이 갈수록 왕권을 능가하자, 이성계를 제거할 기회를 엿보던 정몽주를 비롯한 그 일파는 세자 귀국 일정에 맞추어 이성계를 변방으로 보내고, 그 사이에 일당을 탄핵할 계획을 세웠다.

정당문학政堂文學 : 문하성 종2품이며 이성계의 참모인 정도전鄭道傳은 다섯 달 전에 이미 국정을 농단하고 정사를 어지럽힌 죄로 봉화현奉化縣으로 귀양을 갔고, 이성계의 둘째 아들인 밀직사 방과芳果와 다섯째 아들 우대언 방원은 모친상을 당하여 등청登廳하지 못하고 있었으니, 이성계 일파를 타도할 수 있는 절호의 기회였다.

이성계가 도성을 떠난 이튿날부터 각본에 따라 좌산기상시左散騎常侍 : 문하부 정2품 김진양金震陽과 우산기상시右散騎常侍 이확李擴, 낭사郎舍 강회백姜淮伯 이하 대간들이 상소를 올렸다.

이성계의 수하로서 국정을 농락하는 삼사좌사三司左使 조준趙浚과 이미 귀양을 가있는 정도전, 밀직부사密直副使 남은南誾, 판서判書 윤소종, 남재, 청주목사 조박趙博 등은 일찍이 우왕과 창왕을 폐서인하여 죽이고, 팔도도통사 최영崔瑩을 죽이는 데 앞장섰나이다. 또한 성상께서 보위에 오르실 때, 치제修諸에 능하고 치국을 모르는 위인이라 하여 극구 반대하였으며, 전하께서 보위에 오르신 후에도 오직 이성계에게만 충성하였나이다. 뿐만 아니라 이들은 국가에 공이 없으면서도 벼슬이 계속 올라가 대각大角에 끼었나이다. 이들은 이미 한 패가 되어 이성계를 왕으로 추대하려는 반역의 기미마저 드러내는 실정에 이르렀나이다. 신 등은 다만 공의가 이렇고 형세가 그러하기에 그들을 처단하라고 주청하지 않을 수 없나이다. 신 등의 주청이 만약 거짓이라면 실로 하늘이 노하여 신 등을 죽일 것입니다. 엎드려 바라옵건대, 전하께서는 이들의 직첩과 녹권을 몰수하시고, 그 죄를 국문하여 처단하시옵소서.

상소를 접한 임금은 막상 일이 현실로 닥치자 더럭 겁이 났다. 나중에 이성계가 환궁하여 사태에 개입할 경우, 하다못해 수습을 위한 시간을 끌 명분을 얻기 위해서라도 상소를 즉시 윤허할 수는 없다고 생각했다.

임금은 충성스런 신하들의 상소를 짐짓 물리치며 말했다.

"이는 국가의 중대사로다. 시중이 환궁하는 대로 처결할 것이니 더 이상 거론치 마라."

상소를 올린 중신들도 첫 날은 사안이 사안인 만큼 으레 그러려니 넘어가고, 이튿날 다시 상소를 올렸다. 임금은 또 불윤不允 : 임금이 허락하지 않음이라고 결재했다. 대간들은 즉시 처결할 것을 주장했으나, 심덕부가 중간에서 이들을 조정했다.

임금과 신하들 간에 명분을 위한 밀고 당기기가 사흘째 계속되었다. 어전에서 벌어지는 임금과 신하들 간의 언쟁은 사관이 낱낱이 기록하여 훗날 있을지 모를 이성계 일파의 반격에 대비하도록 조치했다. 이성계는 이번 사냥 길에 선영이 있는 함흥을 들려오기로 했기 때문에 한 달 정도 시일이 있으므로 이들은 나름대로 치밀하게 일을 진척시키고 있었다.

그날 저녁때였다. 해주에서 달려온 파발마가 도평의사사都評議使司 : 종2품 이상의 대신들이 국정을 논하는 관청에 들이닥쳐 급변을 보고했다.

"세자 저하 환영식을 마친 도통사 이성계가 나흘 전에 해주 사냥터에서 낙마하여 크게 부상을 당했습니다."

그러잖아도 조준 등에 관련한 탄핵 문제를 논하던 김진양을 비롯한 대간들은 펄쩍 뛸 듯이 반겼다.

이확이 대들듯이 물었다.

"그게 사실이냐? 어디를 어떻게 다쳤다더냐?"

"머리가 깨지고 오른쪽 다리가 부러졌는데, 다리를 잘라야 한다고 했나이다."

김진양이 나섰다.

"그럼, 이성계는 지금 어디 있느냐?"

"그날로 해주 감영에 들어왔으나, 오늘 아침에 치료를 위하여 벽란도로 떠난다고 했습니다."

급변 소식을 확인한 김진양 등은 이미 퇴궐한 시중 정몽주와 수시중 심덕부를 들게 하여 함께 어전에 입시入侍했다.

김진양이 아뢰었다.

"전하, 신 좌상시 김진양 아뢰나이다. 황주에서 사냥에 나섰던 도통사 이성계가 낙마하여 크게 다쳤다 하옵니다."

임금이 용상에서 벌떡 일어나며 반색을 했다.

"뭣이라! 그게 어김없는 사실이오?"

이확이 받았다.

"사실이옵니다. 신 등은 도통사가 도성을 떠날 때부터 밀정密偵을 붙여 감시하고 있었나이다."

그때였다. 이확의 말을 확인이라도 시키려는 듯 두 번째 밀정의 보고가 들어왔는데, 말에서 떨어져 중상을 입은 이성계는 목숨이 위태롭다고 했다. 이는 바로 고려의 재기를 위하여 하늘이 주신 천재일우千載一遇의 기회였다. 임금은 마침내 결심을 하고는 김진양을 비롯한 상소를 올린 대간들을 물리고, 정몽주와 심덕부를 탑전 가까이 불러 의논했다.

"두 분 시중께서는 이 일을 어찌 하면 좋겠소?"

심덕부가 어정쩡하게 받았다.

"저들을 탄핵하더라도 아직은 신중해야 할 줄 아나이다."

심덕부의 넷째 아들 종(淙)은 이성계의 둘째 사위였다. 그러나 사돈 간에 사이가 별로 좋지 않은데다 심덕부는 정몽주와 함께 고려의 두 기둥으로 백성들이 추앙하는 중신이었다.

심덕부가 신중론을 펴자 임금은 정몽주에게 눈길을 돌렸다. 그러나 탄핵은 이미 정해진 일이었다.

정몽주는 임금의 눈길을 한 번 힐끗 보고는 단호하게 말했다.

"정도전, 조준 무리가 저지른 패악과 죄는 하늘을 찌르고도 남음이 있사옵고, 백성들의 원성이 이미 하늘에 닿았나이다. 대간들이 올린 상소는 당연하오니, 전하의 뜻대로 단안(斷案)하시오소서."

흡족한 미소를 짓던 임금이 그래도 다짐을 받겠다는 듯 심덕부에게 다시 물었다.

"수시중은 어찌 생각하시오?"

심덕부는 정몽주가 워낙 대차게 나오자 슬며시 꼬리를 내렸다.

"대간들의 주장과 시중의 말씀이 옳은 줄로 아나이다."

이성계가 중상을 입고 사경을 헤맨다고는 하지만, 그 아들 우대언 방원과 밀직사 방과 형제를 생각하면 임금은 뒤가 켕기면서도 조급증이 일었다.

"대간들의 주청과 두 분 시중의 말씀이 옳기는 하지만……."

절호의 기회를 잡고서도 이성계의 위세에 눌려 어쩔 줄 모르는 임금이 안타까워 정몽주는 속이 타는 듯하여 보다 못해 단호히 나섰다.

"전하, 망설일 일이 아니옵니다. 단안을 내리오소서."

설핏 표정이 밝아진 임금이 그래도 못미덥다는 듯 심덕부에게 또 물었다.

"수시중의 뜻도 같소이까?"

"전하, 어찌 다른 뜻이 있겠나이까. 성지聖旨에 따르겠사옵니다."

"알겠소. 두 시중께서 단호히 처리하시오."

추상같은 어명이 아니라, 두 시중에게 슬쩍 떠넘긴 임금은 여전히 불안한 용안으로 좌불안석坐不安席이었다.

명을 받은 정몽주는 지체 없이 왕명으로 교지를 내렸다.

조준은 니산泥山 : 논산으로, 남은, 윤소종, 조박, 남재는 수원으로 각각 부처付處하라. 봉화에 유배된 정도전에게는 사약을 내려 자진케 하라.

임금이 내린 교서를 본 김진양, 강회백 등은 즉시 반박했다. 대간과 문하부 낭사들을 이끌고 어전에 부복하여 김진양이 격한 어조로 아뢰었다.

"옛일을 상고하건대, 풀만 자르고 그 뿌리를 뽑지 않으면 머잖아 더욱 무성하게 자라는 것이 이치옵나이다. 이제 저 간악한 무리들을 살려 유배만 한다면 반드시 엄청난 보복이 되돌아올 것이옵니다. 전하, 청하옵건대, 저들을 모두 일률적으로 극형에 처하여 후환을 없애소서."

조정이 이틀간이나 결정을 못 내리고 격론을 벌이는 사이에 이방과와 방원이 마침내 사태를 알고는 그 수하들을 동원하여 극한 저항을 하기 시작했다. 그러나 이성계가 부상으로 사경을 헤매는데다 그들의 중심 세력인 조준 등이 이미 귀양을 갔으니, 이방원 형제도 힘을 쓸 수 없는 상황이었다. 조정은 잠시 설왕설래하였으나, 이내 기강을 잡고 형조정랑 이반李蟠, 김구련金龜聯, 강은姜隱 등을 국문관에 제수하고 유배된 죄인들을 국문하여 역모 죄로 처형하라고 명했다.

　4월 3일, 낙마 부상으로 사경을 헤맨다던 이성계가 멀쩡하게 살아 개경 도성으로 돌아왔다. 이성계가 귀경했다는 소식에 조정은 발칵 뒤집혔다. 게다가 이성계 일당의 궁성 침공에 대비하여 궁 밖에 매복시켰던 수비대장 황희석黃希碩 부대가 귀경하는 이성계 일당을 맞이하여 합류하였고, 궁궐을 지키는 병력으로 이성계 제택第宅을 경비하며 진을 치고 있다는 어이없는 보고가 들어왔다.

　임금은 급히 대소신료들을 불러 모았다. 임금의 아우 왕우王瑀, 사위 강회계姜淮季, 우성범禹成範 등이 임금을 시립하고, 심덕부, 정몽주, 김진양, 강회백 등 중신들이 대책을 논했으나, 뾰족한 대책이 나올 수 없었다. 오직 믿었던 궁성 수비대장마저 수하 군사를 이끌고 역적 편에 붙었으니, 역적이 된 삼군도통사를 토벌할 장수도, 군사도 있을 턱이 없었다. 그런데다 이미 이쪽 계획이 수비대장 황희석에 의해 저쪽에 낱낱이 알려졌으니 속수무책이었다.

　수시중 심덕부가 말했다.

　"급히 전령을 보내 봉화의 정도전에게 보낸 순군부 도사를 소환하고, 수원으로 보낸 형조의 국문관들을 소환하시오소서. 저들을 죽인다면 더 큰 일이 벌어질 것이옵니다."

　임금은 새파랗게 질린 용안으로 시중 정몽주를 보았다.

　정몽주는 침통하게 말했다.

　"그리 하시오소서. 이제는 일단 저들의 반응을 지켜 볼 수밖에 없나이다."

　심덕부가 아뢰었다.

"저들이 어떻게 나오던 간에 결과를 미루시고 시간을 벌어야 하나이다. 대간들로 하여금 유생儒生과 사림士林들을 일으키게 하고, 유생과 사림들로 하여금 백성들을 부추기게 하여 역적들을 탄핵하는 것만이 유일한 해결책이 될 것이옵니다."

정몽주도 거들었다.

"그러하옵나이다. 서둘렀어야 했는데, 이미 늦었나이다. 저들을 면대하지 마시옵고 사나흘만 견디시옵소서."

"알겠소이다. 두 분 시중의 말씀대로 하겠소이다."

동쪽 하늘이 황금빛으로 물들기 시작하는 새벽이었다. 새벽노을이 짙어지는 것으로 보아 오늘도 화창한 봄 날씨가 계속될 터였다. 금년 봄 들어 보름이 넘게 아침노을이 짙어지며 봄 가뭄이 두 달째 계속되고 있었다.

하릴없이 마당을 거닐며 지붕 너머 하늘을 바라보던 정몽주는 시름없이 중얼거렸다.

"파종할 시기가 나날이 지나고 있는데, 어찌 이리 가뭄이 계속되는고! 천재天災까지 겹치니 하루도 마음 편할 날이 없구나."

가뭄 걱정 뿐만 아니라 연 사흘간이나 계속되는 정국의 혼돈으로 정몽주는 식음을 전폐한 채 잠도 이루지 못하고 있었다. 계획을 서둘렀더라면 깨끗이 끝났을 것을, 임금이 우유부단하게 미적거리다가 막중한 일을 크게 그르치고 말았다. 사건은 이제 걷잡을 수 없이 커졌고, 추진하던 계획들은 공교롭게도 상대방의 의도에 역으로 휘말리는 형국이 되고 있었다.

갑자기 그는 걸음을 멈추었다. 대문에 객이 오는 낌새가 있더니, 이내 중문中間이 열리며 제자 변중량卞仲良이 들어섰다. 다급하게 걸어온 변중량이 엎어질 듯 인사를 올리자, 너무 뜻밖이라 심상찮게 여기던 정몽주가 물었다.

"자네가 이른 아침에 어인 일인가?"

변중량은 한발 다가서며 억양을 죽여 말했다.

"스승님, 그예 큰일이 벌어질 것 같사옵니다."

정몽주는 이미 각오를 하고 있던 터라 느긋하게 받았다

"일이 벌어지다니, 그게 무슨 말이냐?"

"방원이 스승님을 살해하겠다고 합니다."

정몽주는 들은 둥 만 둥한 무심한 얼굴로 동쪽 하늘을 쳐다보고 있었다. 붉게 타오르던 노을이 사방으로 흩어지며 태양이 솟아오르고 있었다. 황금빛으로 빛나는 찬란한 태양이었다.

변중량은 조급하게 스승의 팔을 잡으며 말했다.

"어서 피하셔야 합니다. 며칠만 피하시면 수습이 될 수도 있을 것이옵니다."

"피하다니, 어디로 피한단 말이냐? 일을 벌여놓은 내가 피한다고 수습된다면 애초부터 이토록 꼬일 일이 아니었다. 모든 일이 저들의 의도대로 되어가고 있음이 아니더냐!"

"하오면 스승님, 오늘부터 도당都堂에 나가지 마시고 칩거하시면서 집안을 단속하시옵소서. 며칠만 저들의 동태를 살피소서."

정몽주는 제자의 손을 굳게 잡아 쥐며 고개를 끄덕였다. 아끼던 제자였지만, 언제부턴가 이방원의 수하가 되어 감을 보고 안타깝게 여기던 터였다. 변중량은 이성계의 서형 원계의 사위였다. 방원과는 사촌 처남 매부 지간이었으니 당연하다고 생각했던 제자가 첫새벽에 달려와 귀띔해 주는 것으로 보아 사건이 막바지로 치닫고 있음을 알 수 있었다. 어차피 어느 한쪽은 깡그리 소멸되어야 할 마지막 단계에 이르렀음이다.

여전히 조급한 눈길로 스승을 주시하던 변중량이 말했다.

"저로서는 더 드릴 말씀이 없습니다. 이만 돌아가겠습니다."

"그래, 고맙네."

변중량은 공손히 머리 숙여 예를 올리고는 거듭 당부했다.

"스승님, 오늘부터이옵니다. 부디 조심하시옵소서."

"알겠네, 잘 가게나."

선지교에 지는 꽃

정몽주는 밤을 지새우며 많은 것을 생각하고 결심했다. 이번에 귀양을 간 조준과 남은을 비롯한 그 일당들은 벌써부터 이성계를 옹립하려는 행위를 노골적으로 드러내기도 했었다. 그에 따라 권력을 붙좇는 자들이 그 수하에 모여들어 막강한 세력을 이루고 있었다.

그러나 정몽주는 그들이 두렵지 않았다. 자신을 따르는 충직한 자들도 많고, 요승妖僧 신돈辛旽에 의해 많은 고려 왕족들이 살해되었지만, 5백여 년을 이어온 왕실에는 아직 보위를 지키려는 왕족들이 많았다. 어디 그뿐이랴. 면면이 이어온 나라를 지키려는 충신열사도 많을 것이다. 그보다도 정몽주가 믿는 것은 백성들의 눈과 귀였다. 오랜 세월동안 왕실의 혼란과 왕족들의 흥망을 지켜보며 무엇이 옳고 무엇이 그른지를 백성들은 벼슬아치들보다 더 잘 알고 있었다.

정몽주는 특히 자신을 따르는 동료 즉 고려 충신이 될 몇몇 벼슬아치들을 믿었었다. 그러나 아니었다. 누구보다 충신이 될 줄 알았던 무장 황희석이 가장 중요한 시기에 배반을 하였고, 사경을 헤맨다던 이성계가 귀경한 사흘 동안에 많은 벼슬아치들이 슬금슬금, 또는 아주 당당하게 이성계 쪽으로 가버렸다.

이제는 돌이킬 수 없는 한계에 이르렀다. 정몽주는 자신의 소멸이 곧 고려의 소멸이라는 것을 알고 있었다. 살아있는 모든 것들은 능력이 다하면 멸하는 것이 자연의 이치다. 제자 변중량은 대문을 닫아걸고 칩거하라고 했다. 그 말이 정몽주에게는 치욕이었다. 그것은 소인배들이나 하는 짓이다.

정몽주는 하인이 끌어낸 말에 올랐다. 언제나 그림자처럼 따르는 충복忠僕 검이劍伊가 따라나섰지만 물리쳤다. 대문을 나선 그는 이성계의 제택으로 말을 몰았다.

이성계의 제택 사랑에 사람들이 가득 모여 있었다. 퉁두란, 이방원과 중형 방과, 이성계의 이복동생 이화李和, 사위 이제李濟, 변중량 등이었다.

방원이 말했다.

"장군, 도와주십시오. 아버님께서는 저희들을 속히 여막廬幕으로 돌아가라 하시나, 지금 이 상황에서 저와 형님이 갈 수는 없습니다."

작년 1월에 이성계의 본처 한 씨가 죽었는데, 방원은 맏형 방우와 함께 속촌粟村의 묘소 여막에서 시묘侍墓를 살다가 이번 사건으로 본가로 달려왔다.

퉁두란은 굳은 표정으로 방원을 쏘아보다가 말했다.

"도통사께서 좀 더 두고 보자고 하시지 않는가? 정몽주는 지금 고려의 기둥일세. 그를 죄과도 묻지 않은 채 격살한다면 백성들이 가만있지 않을 것이야."

"장군, 하루가 급하옵니다. 아버님과 뒷일은 제가 책임을 지겠습니다."

"나는 어른의 명이 아니면 할 수가 없네. 그도 그렇지만, 우대언이 정몽주를 한번 만나 설득을 해보는 것이 어떤가?"

방과가 받았다.

"그러기엔 너무 늦었습니다."

방원은 눈을 지릅뜨고 말했다.

"임금은 진상을 조사해 보자는 우리의 주청을 세 번이나 묵살하고 귀양 간 정도전과 조준 등을 죽이려 하고 있습니다. 아버님이 하루만 늦게 귀경하셨어도 저들은 죽었을 것입니다. 그것이 임금의 뜻이겠습니까? 정몽주의 농간입니다. 그놈을 살려두고는 아무 일도 할 수 없습니다."

방과가 거들었다.

"내가 세 번이나 입궐하여 임금을 뵙고 조준 등과 대질하여 진상을 가려보자고 했지만, 사태를 수습 중이니 기다리라고만 하였습니다. 이는 시간을 벌어 유생과 사림, 백성들을 충동질하여 아버님을 탄핵코자 함이 분명합니다."

이화도 격앙하여 나섰다.

"그렇소이다, 퉁 장군. 사림과 백성들이 들고 일어나면 사태는 걷잡을 수 없이 우리가 불리해질 것이오."

그때였다. 대문을 지키던 도통사 호위무관 조영무가 섬돌에 올라서며 소리쳤다.

"지금 정몽주가 왔습니다."

방 안은 순식간에 긴장감이 감돌면서 조용해졌다. 이화가 급히 문을 열어젖히자 방원이 벌떡 일어서며 물었다.

"정몽주가 왔다니? 지금 어디 있단 말이오?"

"대문에서 도통사 대감 문병을 왔다면서 들어가기를 청하고 있습니다."

방과가 물었다.

"정몽주가 혼자 왔더란 말이냐?"

"그렇습니다. 홀로 말을 타고 왔습니다."

퉁두란이 일어서며 말했다.

"문병을 왔다니 들이는 게 좋겠네. 내가 대감 곁에서 지켜보겠으니 안심하게. 마침 잘 됐지 않은가? 돌아갈 때 이 방에 불러들여 의중을 타진해 보게. 사태가 불리해짐을 알면 돌아설 수도 있을 게야. 죽일 때 죽이더라도 명분이 있어야 하고, 그게 순서일 것이네."

퉁두란이 방에서 나갔고, 방원이 시종무관에게 일렀다.

"정몽주를 들게 하고 제택 경비를 강화하라 명하시오."

문을 닫은 방원은 매부 이제에게 말했다.

"매부는 빨리 나가서 조영규趙英奎를 데려 오게. 별채 뒷방에서 무리들과 골패를 하고 있을 것이야."

이성계의 제택 별채에는 도통사를 따르고 수호하는 군관들과 장사들 몇 명이 기거하고 있었는데, 방원은 아버지가 부상을 입고 돌아온 뒤부터 이십여 명을 대기시켜 놓고 밤이면 집 안 경계를 강화하고 있었다.

정몽주가 조영무의 안내를 받아 이성계의 침실로 들어갔다. 이성계는 머리와 다리에 흰 천을 감고 침상에 누워있었다.

퉁두란이 교의에서 일어서며 맞이했다.

"시중께서 어려운 걸음을 하셨습니다."

"웬걸요. 도통사께서 변을 당하셨으니 당연히 뵈어야지요."

정몽주는 퉁두란이 권하는 교의에 앉으며 문병했다.

"도통사 대감, 졸지에 변을 당하셨으니 심려가 크시겠사옵니다. 그래도 이만하기가 천만다행입니다."

이성계의 얼굴은 퉁퉁 부은데다 시퍼렇게 멍이 들어 보기에도 참혹했는데, 잠이 들었는지 반응이 없자, 정몽주는 퉁두란을 힐끔 보고는 거듭 말했다.

"대감, 차도가 있으신지요?"

이성계는 부어 감긴 눈을 애써 뜨고는 말했다.

"많이 좋아지고 있소이다. 이렇게 찾아주니 고맙소이다."

"별 말씀을요. 참으로 그만하기가 다행입니다. 속히 쾌차하시어 정국을 수습하셔야지요. 조정은 지금 어지럽습니다."

이성계는 목소리에 힘을 주어 말했다.

"나는 시중을 믿습니다. 소인배들의 농간을 배척해야 합니다. 수시중 심덕부와 협력하여 국문을 중지하고 진상을 밝혀야 합니다."

"국문은 이미 중지하였고, 수시중과 더불어 사태를 수습하고 있사오니 심려치 마십시오."

이성계는 잠시 숨을 고르고 나서 말했다.

"성상께서는 유약하십니다. 소인배들이 접근하지 못하게 막아야 합니다. 특히 종친들을 유념하시오."

"명심하겠습니다. 염려 놓으시고 어서 쾌차하소서."

"내가 웬만큼만 거동을 하면 시중과 나눌 얘기가 많소이다."

"그러시겠지요. 기다리고 있겠습니다. 그럼 오늘은 이만……."

이성계는 오른손을 들어 인사를 받았다.

"고맙소이다."

정몽주는 일어서서 정중하게 예를 올렸다.

"속히 쾌차하소서."

퉁두란이 대청까지 따라 나와 배웅했다.

"살펴 가십시오."

정몽주가 마당으로 내려서자 사랑에서 방원이 나와 정중하게 인사를 했다.

"시중께서 이렇게 납시어 주시니 고맙습니다."

정몽주는 허허虛虛롭게 받았다.

"졸지에 당한 일이라 우대언이 심려가 크시겠소."

"어찌 하겠습니까. 기왕 당한 일인 것을요. 시중 어른께 드릴 말씀이 있사옵니다. 저 방으로 잠시만 드시지요."

정몽주의 표정이 순간적으로 굳어졌다가 이내 풀렸다. 여기서 죽게 된다면 이보다 더 좋은 자리가 세상에 없을 것이라고 생각했다.

"할 말이라? 그래요, 듭시다."

방원이 먼저 방으로 들어갔고, 정몽주가 뒤따랐다. 방 안은 비어 있었는데, 방 한가운데 연상硯床이 놓여 있었다. 방원이 상좌上座를 권하고 따라 앉았다.

방원은 마주앉은 정몽주를 뚫어질 듯 바라보았다.

눈길이 마주친 정몽주는 흠칫했다. 가슴이 서늘해지는 묘한 감정을 느끼며 어쩔 수 없이 머리를 끄덕였다. 이방원을 이토록 가까운 자리에서 마주보기도 처음이었지만, 그런 눈길을 받아보기도 처음이었다. 뭇사람들이 이방원의 눈빛에는 함부로 범접 못할 위엄이 있다고 말하는 것을 들은 적이 있었다. 그 뒤에 때때로 방원의 눈빛을 눈여겨보았지만, 그 눈빛은 위엄이 아니라 살기殺氣라고 느껴졌었다. 누구든 거슬리면 가차 없이 죽이겠다는 살기. 정몽주는 마주친 방원의 눈빛이 폐부를 찌르는 살기로 보였다.

정몽주를 마주보던 방원은 연상에 놓였던 봉서封書를 집어 내밀며 말했다.

"제가 드릴 말씀은 이 봉서에 있습니다. 예서 보시지요."

정몽주는 말없이 받아 들고 방원을 주시했다. 얼굴은 웃고 있었지만, 눈빛에는 여전히 살기가 번득였다. 봉서를 열고 할 말이라는 것을 꺼내 펼쳤다. 먹물이 채 마르지도 않은 글자가 살아서 꿈틀거렸다. 정몽주는 그 글자들을 거푸 두 번을 읽었다.

이런들 어떠하리 저런들 어떠하리

만수산萬壽山 드렁칡이 얽어진들 어떠하리

우리도 이같이 얽혀 백 년까지 누리리라.

  * 만수산. 개성 서쪽에 있는 산으로 고려왕의 능 7기가 있다.

정몽주가 봉서를 읽는 동안 방원은 연상에 옥판선지玉板宣紙를 펴놓고 먹을 갈고 있었다.

먹을 놓고 허리를 펴는 방원을 물끄러미 바라보던 정몽주는 연상을 당겨놓고 붓을 들었다.

붓에 먹물을 찍는 정몽주를 지켜보던 방원은 조용히 일어서서 방을 나갔다.

정몽주는 붓을 들고 눈을 감았다. 진한 묵향이 코끝에서 감돌았다. 방 안은 물속처럼 고요하고, 정몽주의 마음도 아득한 심연으로 가라앉았다. 묵향을 맡으면 정몽주는 늘 마음이 차분하게 가라앉고는 하였다. 이윽고 눈을 뜬 정몽주는 일필휘지一筆揮之로 써 내렸다.

붓을 놓고 잠시 눈을 감고 앉았던 정몽주는 연상을 짚고 일어서며 비틀거렸다. 마음을 다져 먹어도 몸은 흔들렸다.

툇마루에 섰던 방원이 공손히 읍을 하며 말했다.

"가시겠습니까?"

정몽주는 허허롭게 웃으며 받았다.

"허허허, 할 말을 했으니 가야겠지요."

"시중 어른, 조심해서 가시오소서."

방원의 배웅은 정중했고, 정몽주는 침착한 걸음걸이로 대문을 향했다.

방원은 방으로 들어와 연상에 놓인 옥판선지를 집어 들었다. 금방 튀어 나올 듯이 살아서 꿈틀거리는 글씨는 과연 명필이었다. 정몽주의 대답을 읽는 그의 입가에 싸늘한 웃음이 감돌았다.

이 몸이 죽고 죽어 일백 번 고쳐 죽어

백골白骨이 진토塵土되어 넋이라도 있고 없고

임 향한 일편단심一片丹心이야 가실 줄이 있으랴.

사람들 한 무리가 방으로 우르르 몰려들었고, 방과가 물었다.

"어찌 되었는가?"

방원은 말없이 정몽주의 대답을 내밀며 소리쳤다.

"조 판사, 어서 일행을 이끌고 뒤를 따르시오."

판전객사사判典客司事 조영규는 방원의 명을 받았다.

"알겠소이다. 조금도 걱정 마시오."

조영규는 별채를 향해서 뛰었다.

선지를 숙부 이화에게 넘긴 방과가 근심어린 표정으로 말했다.

"저자를 믿어도 될까? 공연히 일만 버르집어 놓을까 걱정이야."

방원은 여유 만만하게 빙긋이 웃으며 받았다.

"형님, 염려 놓으셔도 됩니다. 조영규 혼자가 아니라 조영무, 고려高呂, 이부李敷가 있습니다. 모두 일당백의 무사들입니다."

"그렇기는 하지만, 만에 하나라도……!"

"정몽주는 단신單身입니다. 그래도 걱정이 되시면 어서 집으로 가서 가병家兵들을 대기시키세요. 저들이 실패하면 형님이 가병들을 이끌고 선지교를 봉쇄하세요."

방과는 그제야 화들짝 놀라며 말했다.

"참, 그렇구먼!"

방과의 집은 선지교 옆에 있었다. 정몽주가 집으로 돌아가자면 선지교를 건너야 한다. 조영규, 조영무, 고려, 이부 등 네 사람은 말을 타고 이성계의 제택을 뛰쳐나갔다. 그 뒤를 방과의 말이 뒤좇고 있었다.

정몽주는 말을 타고 가며 생각했다. 변중량은 당장 변란이 날 것처럼 말했지만, 이성계도 그렇거니와 그 집에서도 그런 낌새를 전혀 느낄 수 없었다. 뜻밖에 맞닥뜨린 방원의 글귀는 최후통첩일 것이라고 생각했지만, 그에 대한 자신의 댓귀 또한 통첩을 당당하게 받아들이는 글이었다고 자부했다. 저들이 어떻게 나오든 이제는 정면으로 맞설 수밖에 없는 상황이었다. 그러나 그 상황이 저쪽 분위기로 보아 갑작스레 벌어질 것 같지는 않다고 생각하며 고개를 들었다.

저만큼 앞에 선지교善地橋는 정몽주가 격살된 뒤에 대나무가 자랐다고 하여 뒤에 善竹橋가 되었음가 보이고, 바로 옆에 유원柳源의 집이 있었다. 개경부사를 지낸 유원이 이틀 전에 죽었는데, 정몽주는 아직 문상을 못했었다. 유원은 정몽주의 문하생이었다. 나선 김에 마침 잘 되었다 싶어 상갓집 대문 앞에 이르렀다. 대문은 활짝 열려 있었지만 상갓집은 썰렁했다. 일찍이 권력 주변에서 밀려나기는 했지만, 개경부사를 지낸 대신의 상가가 이 지경이 된 것은 시국이 어수선한 탓도 있을 터였다.

정몽주가 상갓집으로 들어간 뒤에 조영규 일행이 달려왔다. 저만큼 앞서가던 정몽주가 별안간 종적 없이 사라지고 없었다. 그들이 당황하여 두리번거릴 때 방과도 달려와 마주쳤다.

방과가 외쳤다.

"어찌 되었소! 그놈이 어디 있소이까."

조영규가 멍한 얼굴로 두리번거리며 받았다.

"글쎄올시다. 분명 뒤를 보고 좇았는데, 여기서 방금 사라졌소이다."

방과도 사방을 둘러보다가 머리를 끄덕이며 말했다.

"옳거니, 저 상갓집에 들렀을 것이오. 유원이 정몽주 문하생이니 틀림없을 것이야. 그 자가 집으로 가든, 입궐을 하든 저 선지교를 건너야 할 것이니, 일단 우리 집으로 갑시다. 우리 집에서 보면 상갓집과 선지교가 훤히 내려다보이니 잘 되었소이다."

그들은 말을 몰아 선지교 언덕바지에 있는 방과의 집으로 들어갔다. 이부에게 대문 앞에서 망을 보게 하고 그들이 말에서 내려 각자 무기를 점검하고 있을 때 이부가 외쳤다.

"옵니다! 정몽주가 상갓집 대문을 나섰습니다."

조영규 등 세 사람이 말에 올라 대문을 떨쳐나갔다. 그 뒤를 이부가 따랐다.

정몽주가 선지교 다릿목에 이르렀을 때, 말 네 필이 들이닥쳤다. 무슨 생각을 골똘하게 하며 말이 가는 대로 몸을 맡겼던 정몽주는 깜짝 놀라

고개를 들었다. 두억시니 같은 장정 넷이 길을 막고 있었다. 순간적으로 온몸이 화끈해진 정몽주가 말고삐를 잡아챘다.

조영규가 이죽거렸다.

"시중 대감 기다리고 있었소이다."

정몽주는 치미는 격정을 꺾어 누르며 말했다.

"조 판사가 어인 일이오?"

바투 다가선 조영규가 불문곡직不問曲直하고 장검으로 정몽주의 목을 후려쳤다.

그러나 정몽주도 이성계 수하의 부장으로서 전장을 누비던 문무文武를 겸한 대신이었다. 이미 직감했던 터라 몸을 틀어 검을 피하고 말 배를 찼다. 말이 껑충 뛰며 내뛰었고, 그 뒤를 네 필의 말이 좇았다. 선지교를 막 건너며 따라잡은 조영규는 철퇴로 정몽주의 말머리를 내리쳤다.

머리가 터진 말이 요동치자 정몽주는 말에서 떨어져 나뒹굴었다. 땅에서 일어서는 정몽주를 고려가 달려들어 장검으로 어깨 죽지를 내려쳤다. 피를 뿜으며 쓰러진 몸을 조영무와 이부가 말에서 뛰어내려 창으로 가슴을 찍었다.

정몽주가 눈을 부릅뜨고 절규했다.

"아, 고려가 망하는구나!"

조영규가 달려들어 얼굴을 발로 짓이기며 씹어 뱉듯 말했다.

"이런 쳐 죽일 놈!"

숨이 끊어진 것을 확인한 조영규가 숨을 헐떡이며 소리쳤다.

"영무는 빨리 달려가서 우대언께 역적 놈을 격살했다고 알려라!"

말에 오른 조영무는 장수에게 하듯 군례를 올리고는 내달렸고, 조영규가 거듭 외쳤다.

"뭣들 하는가? 송장을 다리 밑으로 던져라!"

고려와 이부는 아직도 선혈이 솟구치는 정몽주의 상투와 발목을 움켜잡고 다리난간 너머로 던졌다.

5백 년 고려 사직이 그렇게도 간단하게 골 백 년 흐르는 선지교 물 밑으로 가라앉았다.

조영무의 보고를 받은 방원은 벌떡 일어섰다. 일각이 여삼추如三秋로 안절부절못하던 방원도 정몽주를 죽였다는 말에 순간적으로 숨이 컥 막히고 가슴이 쿵쿵 뛰었다.

방원은 조영무의 어깨를 잡고 흔들며 확인했다.

"죽였단 말이지? 숨이 끊어진 걸 확인 했소?"

조영무는 한껏 가슴을 내밀며 자랑했다.

"물론입죠. 가슴에 칼을 맞고 나자빠진 놈을 창으로 심장을 몇 번이나 찍어 죽이고, 송장을 선지교 다리 밑으로 던져버렸습지요."

"그래, 장하오. 큰일을 했음이야."

방원은 조영무의 어깨를 두드려 주고는 안채로 들어갔다. 안방 문 앞에서 잠시 숨을 고르고는 고했다.

"아버님, 소자 방원이옵니다."

서모 강 씨가 대꾸했다.

"어서 들어오게."

방원은 방에 들어가서 아버지가 누운 침상 앞에 앉았다. 서모에게는 이미 계획을 귀띔했었던 터라 눈짓을 주고받았다.

이성계가 누운 채 물었다.

"어인 일이냐? 묘소로 가라 일렀거늘 어찌 가지 않았느냐?"

방원은 치미는 격정을 억누르며 말했다.

"아버님, 정몽주를 격살했사옵니다."

이성계가 벌떡 일어나며 소리쳤다.

"뭣이야!"

방원은 찔끔했으나 내친김에 말했다.

"조영규를 비롯한 수하들이 집으로 돌아가는 정몽주를 선지교에서 죽였다고 고해왔사옵니다."

이성계는 침상을 주먹으로 치며 대로했다.

"이런 못된 놈들이 그예 일을 저질렀구나. 방원이 네 이놈!"

이미 각오는 하고 있었지만, 너무 심한 질타에 발끈한 방원도 대들었다.

"정몽주 일당이 우리 집안을 도륙하려는 판국인데, 소자가 어찌 보고만 있겠습니까? 유생과 유림들이 지금 수창궁 앞에서 아버님을 탄핵하는 농성을 하고 있사옵니다."

"듣기 싫다, 이놈! 그래도 일을 순리대로 풀어야지, 나라의 대신을 백주대로에서 쳐 죽여! 그게 사람이 할 짓이더냐?"

"순리대로 풀리기 전에 우리가 먼저 떼죽음을 당할 급박한 처지였사옵니다."

격정이 가라앉은 이성계가 분노를 삭이며 말했다.

"우리 집안의 충효는 지금까지 세상 사람들이 우러르던 바였는데, 너희들이 앞뒤 대중없이 나라의 대신을 죽였으니, 세상 사람들이 이 애비를 어떻게 보겠느냐! 내 너희들에게 경서經書를 가르친 것은 나라에 충성하고 부모에 효도하기를 바라서였거늘, 이제 너희들의 불충과 불효가 하늘에 닿았도다. 내가 임금께 사약을 청해 마시고 죽어야 할 것이로다."

방원은 아버지의 분노가 심상찮음을 느꼈지만, 자신이 한 일에 후회 따위는 없다고 자위하며 여전히 당당하게 말했다.

"정몽주는 비열하게도 아버님께서 우환이 있는 틈을 타서 우리 수족을 자르고 아버님과 저희들의 숨통을 죄고 있었사옵니다. 어찌 앉아서 죽으라 하시옵니까? 저들의 음모를 아시고 나면 소자의 효도를 비로소 아시게 될 것이옵니다. 그만 고정하시옵소서."

이성계의 분노는 여전히 풀리지 않았다.

"듣기 싫다. 당장 나가거라. 다시는 너를 보지 않으리라."

아버지의 분노가 가라앉지 않자, 방원은 처음부터 모든 사실을 알고 동조했으면서도 입을 닫고 있는 서모가 원망스러워 대들었다.

"어머니께서는 이 판국에 어찌 저를 변명해 주시지 않습니까?"

강 씨는 걱정 말라는 듯이 옅은 미소를 보내고는 분연히 말했다.

"대감께서는 항상 대장군으로 자처하시면서 두려움을 모르셨는데, 오늘 그만한 일로 어찌 이 같은 말씀을 하십니까. 큰일을 해냈는데 칭찬은 못할망정 원망을 하시니, 소첩은 아들 앞에서 차마 듣잡기 민망하옵니다."

이성계는 그제야 노기를 가라앉히고 말했다.

"정몽주는 백성들이 추앙하는 나라의 대신입니다. 내게도 생각이 있었는데, 이렇게 처리할 일이 아니었단 말이외다. 더구나 나를 문병하고 돌아가는 길이었어요."

강 씨는 방원에게 살짝 웃어 보이고는 침착하게 받았다.

"어찌 되었건 간에 급한 불은 끈 셈입니다. 그만 고정하시고 후속 대책은 대감께서 세우셔야 합니다. 한시가 급하질 않습니까?"

몹시 괴로운 표정이던 이성계는 자리에 누우며 말했다.

"방원이 듣거라. 이와 같은 일이 다시 있으면 너를 용서치 않으리라. 즉시 장사길張思吉에게 명하여 집 주위를 경계하게 하고, 저쪽 동태를 감

시하거라. 오늘은 이미 늦었으니 모든 사태는 내일부터 차근차근 해결할
것이다.”

방원은 그제야 안심을 하고 머리를 조아렸다.

“이미 방비 태세를 강화하고 있사옵니다. 소자 물러가옵니다.”

군신동맹

이튿날 아침 이성계는 도성 수비대장 황희석을 불러 명했다.

"정몽주가 김진양, 이확 등과 대간臺諫들을 꾀어서 조준, 남은 등 충신들을 모함하다가 발각이 되었다. 이를 수습하는 과정에서 정몽주가 이미 복죄伏罪 : 죄를 자백함하여 처형되었다. 이제는 마땅히 저들이 죄를 씌워 귀양 보낸 조준, 남은 등을 불러와서, 그들을 탄핵한 대간들과 더불어 대질하여 진상을 가릴 것이다. 대장은 즉시 입궐하여 성상께 이 사실을 아뢰라."

황희석은 등골이 서늘했다. 역적 이성계의 도성 입성을 막으라는 명을 받고 매복했다가, 임금이 역적이라고 말한 이성계에게 투항을 했는데, 이제 역적을 등에 업고 임금에게 그 정당성을 밝히라니 눈앞이 캄캄했다.

황희석이 하얗게 질려 멍해지자, 곁에 있던 이화가 호통을 쳤다.

"어찌하여 그런 얼굴을 하는 게요. 그대도 저놈들의 행위가 반역이었기에 도통사께로 투항했던 것이 아닌가? 본대로 아는 대로만 임금께 아뢰면 될 것이오. 어서 입궐하시오."

　황희석은 말 한마디 못하고 식은땀을 흘리며 이성계 앞을 물러나와 대궐로 향했다.

　황희석은 입궐하여 임금 탑전에 부복했다.

　편전에는 문하부의 김진양, 이확, 이래李來와 사헌부의 정희鄭熙, 서진, 김묘 등이 모여 있었으나 수시중 심덕부는 보이지 않았다.

　임금은 황희석이 왕명을 거역하고 배반하여 이성계 쪽에 붙은 것을 번연히 알면서도 추궁할 수 없었다. 이미 정몽주도 죽은 판국에 이들이 궁으로 난입하지는 않았으니 그나마 다행이지만, 분노를 씹으며 모르는 체 말했다.

　"수비대장은 어이하여 그간의 정황을 보고하지 않았는가? 시중이 죽었는데도 그 상황을 몰랐더란 말인가?"

　황희석은 납작 엎드려 말했다.

　"전하, 황공하나이다. 소장은 도통사 휘하의 군사들에게 대항을 할 수가 없었사옵니다. 소장이 도통사의 입경을 막고 대항했다면 더 큰일이 벌어졌을 것이옵니다. 소장의 불충을 굽어 살피시옵소서."

　임금도 그렇게 생각하고 있었던 터였다. 황희석이 만약 이성계의 군대와 대항했다면 여지없이 패했을 것이고, 이성계의 무리는 궁으로 난입하여 쑥대밭을 만들었을 것이다.

　임금은 격한 감정을 가라앉히며 물었다.

　"그래, 도통사가 전하라는 말이 무엇이오?"

　황희석은 이성계가 한 말을 그대로 아뢰었다.

　임금은 용안이 하얗게 질렸다. 정몽주는 이미 죽었고, 수시중 심덕부라도 있어야 대책을 세울 것인데, 갑자기 병이 났다는 기별을 하고 입궐치 않았다. 그 속내가 빤히 들여다보이지만, 어쩔 수 없었다. 그렇다고 이성계의 주장대로 귀양 보낸 자들을 소환하여 임금 앞에서 대간들과 대질을 시킬 수는 없다고 생각했다.

"내 앞에서 대간들과 탄핵을 당한 사람들이 맞서서 변명을 하게 할 수는 없다. 사태가 수습되는 대로 대간들을 도당에 보낼 터이니 경들은 다시 말하지 말라."

임금 앞에서 가슴을 졸이던 김진양 등 신료들은 의외로 강하게 대처하는 임금의 처사에 일단 안도의 한숨을 쉬었다. 역시 그래도 임금이었다.

대궐을 나온 황희석은 이성계의 제택으로 달려가 임금의 말을 그대로 전했다.

간밤에 고심을 했던 탓인지 병세가 더하여 누웠던 이성계는 임금의 처사에 분노가 치밀었다. 임금 앞이 아닌 도당에서 저희들끼리 싸우라니! 유생과 사림이 들고 일어나 저들과 합세한다면 일이 맹랑하게 벌어질 것이 뻔했다. 분노에 떨던 이성계는 상처의 통증이 심하여 정신을 잃을 지경에 이르렀다.

아버지를 지켜보던 방과와 방원, 이화 등은 사랑방에 모여 앉아 대책을 강구했다. 우선 충복 이자분李子芬을 수원으로 보내 조준과 남은 등을 도성으로 불러오고, 방과가 입궐하여 임금과 정면 대결을 하기로 의견을 모았다.

방과는 즉시 말을 달려 대궐로 들어갔다. 임금 앞에 부복한 방과는 격하게 대들었다.

"전하, 지금 당장 신 등을 모함한 대간들을 잡아들여 문죄問罪하지 않으시겠다면, 병이 위중하신 도통사께서 직접 신 등을 거느리고 입궐하여 죄

주시기를 청할 것이옵니다."

임금은 등골이 서늘했다. 이 판국에 이성계가 무리를 이끌고 입궐한다면 궁궐은 그대로 저들의 천지가 되고 말 것이다. 임금은 어쩔 수 없이 형조에 명하여 사헌부 대간들을 모조리 잡아들여 순군옥巡軍獄에 구금하라고 명했다.

곧이어 판삼사사 배극렴, 문하평리 김주金湊, 동순군제조 김사형金士衡 등에게 명하여 하옥된 대간들을 국문하게 했다. 사태가 졸지에 이런 지경에 이르자 다급해진 좌상시 김진양, 우상시 이확이 방원과 국문관들 앞에 납작 엎드려 자복했다.

"전일에 정몽주와 이색李穡, 우현보禹玄寶가 신 등에게 이숭인李崇仁, 이종학李種學, 조호趙瑚를 보내어 말하기를, '삼군도통사 이성계가 그간의 공을 믿고 제멋대로 권세를 부리다가 그예 천벌을 받아 말에서 떨어져 사경을 헤매니, 마땅히 먼저 그 보좌역인 조준과 남은 등을 제거한 후에 이성계를 도모할 것인즉 힘을 보태라.' 하였습니다."

국문을 지켜보던 방원은 그제야 회심의 미소를 지었다.

반면에 대간들을 국문하던 국문관들도, 국문을 당하던 대간들도 너무 기막히고 허탈하여 그만 맥이 풀리고 말았다. 김진양과 이확은 조준, 남은 등을 탄핵할 때, '신 등의 주청이 만약 거짓이라면 실로 하늘이 노하여 신 등을 죽일 것입니다.' 하며 만고 충신임을 자칭하고 일을 주도했던 주축이 묻기도 전에 스스로 자백을 했으니, 국문장은 아수라장이 되었다. 역도가 충신이 되고, 충신이 역도가 되었으니, 국문은 중단되고 조정은 홀러덩 뒤집혀지고 말았다.

순군부 나졸이 뿔뿔이 흩어져 우현보, 이숭인, 이종학, 조호를 잡아들여 옥에 가두었다. 잡혀온 이들은 문초도 하기 전에 술술 내불었다. 죽은 정몽주와 수시중 심덕부, 김진양, 이확이 이번 사건의 주범이며, 이미 구금된 대간들 외에 우간의 이래와 좌헌납 이감李敢, 우헌납 권홍權弘, 사헌집의 정희 등이 공모하여 사건을 꾸몄다고 자백했다.

역도가 충신이 되어 사람들을 잡아들이고 국문하는 아수라장은 열흘간이나 계속되었다. 그 결과 김진양, 이확 등 25명이 태형笞刑을 맞고 전국 각지로 귀양을 갔다. 뿐만 아니라 조정 안팎에서 눈곱만치라도 사태를 비방하거나 태도가 미지근한 자는 여지없이 숙청되었다.

반면에 귀양 갔던 정도전과 조준, 남은을 비롯하여 조정에서 쫓겨났던 많은 벼슬아치가 복권되었고, 곧이어 조정이 개각되었다.

이번 내란 음모 사건에서 어정쩡하게 정몽주 편을 들었지만, 나중에 발을 뺀 수시중 심덕부는 이성계와 사돈지간인데다가 오랜 지기였으므로, 명목상 판문하부사判門下府使로 승진하였고, 이성계는 그 아래 자리인 문하시중으로 내려앉았다. 배극렴이 수시중, 조준이 문하찬성사로 승진했고, 퉁두란은 지문하부사知門下府事, 이방과는 판밀직사사判密直司事, 방원은 밀직제학密直提學, 조영규는 밀직부사, 조인옥은 이조판서가 되는 등 조정 요직은 이성계의 수하 인물들로 채워졌다.

이성계가 낙마 사고를 당한 지도 넉 달이 되어가는 7월 초닷새였다. 임금은 밀직제학 이방원과 성균사예成均司藝 조용趙庸을 탑전에 불러 애써 미소를 지으며 맞이했다. 최근 들어 부쩍 초췌해진 임금은 눈이 퀭하고 용안이 헬쑥했다.

두 사람은 부복하여 임금을 잠시 일별一瞥하고는 바로 앉았고, 임금이 손짓으로 부르며 말했다.

"이리 가까이 앉으시오. 내가 이 제학께 부탁이 하나 있소이다."

이방원은 고개를 들어 임금을 바라보았다. 억지로 웃고 있음을 한눈으로 알 수 있었지만, 그래도 역시 임금이었다.

"전하, 무슨 말씀이시옵니까?"

"조 사예도 들으시오. 내가 곰곰이 생각해 보았는데, 아무래도 이 시중과 동맹을 해야겠소이다."

두 사람은 멍해서 서로 마주보았다. 대체 동맹이라니! 임금은 분명 시중과 동맹을 해야 한다고 말했다.

조용히 무릎으로 다가앉으며 말했다.

"전하, 동맹이라 하셨사옵니까?"

"그래요, 동맹입니다. 시중과 동등한 입장으로 나라를 다스리고 싶은 것이 내 심정이오. 경들이 시중을 만나 뵙고 말씀을 드려 주시오."

이방원은 터지는 웃음을 참느라고 입을 비죽거렸고, 조용은 안타까운 얼굴로 임금을 바라보며 말했다.

"전하, 그러한 일은 있을 수 없나이다. 군신 간에 어찌 동맹을 하오리까?"

조용은 젊은 나이지만 학문이 깊어 박학다식하기로 이름이 난 사람이었다. 조용을 성균사예로 천거한 사람이 바로 임금이었다.

"조 사예, 중국 고사故事를 찾아보세요. 비슷한 예가 있을 것이오."

"경전에도 그런 고사는 없사옵니다. 동맹은 나라와 나라 사이에 있어서도 어쩔 수 없을 경우에 하는 것이고, 한다고 해도 하루아침에 깨지는 것이라 결코 믿을 것이 못되나이다. 더구나 군신 간의 동맹이라는 것은 상고할 가치도 없나이다."

임금은 안타깝다는 듯 혀를 차며 말했다.

"조 사예, 그래서 내가 그대를 부른 것이외다. 없으면 없는 대로 초안을 만들어 보시오."

혼자 속으로 키득거리던 이방원은 임금이 정색을 하고 대들자 숙연해 졌다. 임금이 신하와 동등한 입장을 원한다면 일단 생각해 볼 문제였다. 방원이 말했다.

"전하께서 그리 생각하신다면 신이 가친과 의논을 해 보겠나이다."

임금은 비로소 밝게 웃으며 받았다.

"그리 하세요. 조 사예도 함께 가서 도통사께 말씀드리고, 아예 동맹의 초안을 잡아 즉시 내게로 오시오."

조용은 어처구니가 없지만, 이방원이 이렇게 나오면 할 말이 있을 턱이 없었다.

두 사람은 일어서서 읍을 하고 물러나왔다.

방원은 조용을 대동하고 아버지 앞에 앉았다.

이성계는 엉뚱한 일을 하도 잘 꾸미는 방원이 또 무슨 일로 성균관 박 사까지 끌고 왔는가 싶어 노려보았다.

방원이 싱글싱글 웃으며 말했다.

"아버님, 성상께서 아버님과 동맹을 하자고 하나이다."

이성계는 눈을 크게 뜨며 멍해졌다. 그예 또 일을 저지른 것이라 여기 고 냅다 호령했다.

"네 이놈! 한동안 잠잠하더니만, 또 그따위 짓을 했느냐?"

방원은 졸지에 기가 콱 막혀 말문이 막혔고, 이들 부자지간의 관계를 알 턱이 없는 조용은 그만 기겁을 했다.

방원이 두 손을 내저으며 변명했다.

"아버님, 어찌 노염부터 내십니까? 이것은 상감께서 내리신 어명입니다."

"이놈, 그걸 말이라고 하느냐? 어찌 그따위 생각까지 해서 애비 얼굴에 먹칠을 하려는 게냐?"

방원이 기겁을 하고는 조용의 옆구리를 찌르며 말했다.

"이보시게, 조 사예. 아버님께 말씀 좀 드리게."

조용이 정중하게 머리를 조아리고는 말했다.

"시중 어른, 이는 사실이옵니다. 상감께서 우리 두 사람을 탑전에 부르시어 그리 말씀 하셨사옵니다."

이성계는 여전히 뜨악한 표정으로 언성을 높였다.

"그래, 상감께서 나와 동맹을 하자고 하셨단 말이냐?"

"그렇다니까요, 아버님."

"시끄럽다. 조 사예가 대답하라!"

이성계를 이토록 가까이서 대하기는 처음이라 조용은 목을 잔뜩 움츠렸다. 별로 크지도 않은 목소리에 가슴이 드르르 울리는 듯싶게 위엄이 있었다.

"그렇사옵니다. 상감께서 신에게 명하시기를, 대감을 뵈옵고 동맹 초안을 잡아 오라 하셨사옵니다."

이성계는 어이없다는 듯 허허 웃고는 조용을 보며 물었다.

"그 참, 군신 간에 동맹이라니! 대체 그런 경우도 있느냐?"

"소생도 고전이나 경전에서는 본 적이 없사옵니다."

이성계는 씁쓸하게 웃었다

"허어, 이게 웬 변이란 말이냐!"

"아버님, 어찌 할까요?"

"상감의 뜻이 정 그렇다면 내가 뭐라 하겠느냐? 너희 둘이 사랑에 나가 초안을 잡아 보려무나."

사랑으로 물러나온 두 사람은 연상에 마주앉아 전무후무할 군신동맹의 초안을 쓰기 시작했다.

쓰기를 마친 두 사람은 이성계의 방으로 다시 들었다. 조용이 군신동맹 초안을 올렸다.

"시중 어른, 소생이 초안을 잡았나이다. 보시오소서."

이성계는 미간을 찡그리며 같잖다는 투로 말했다.

"볼 것 없다. 그대로 상감께 올리거라."

두 손으로 받쳐 올리던 조용은 머쓱해져서 거둬들이며 씩 웃었다.

방원이 그럴 줄 알았다는 듯 일어서며 말했다.

"조 사예, 어서 갑시다. 상감께서 눈이 빠지게 기다릴 것이외다."

두 사람이 물러가자 옆에 앉았던 강 씨가 방그레 웃으며 말했다.

"한번 보시지 않구요. 대체 군신동맹서라는 게 궁금하지도 않으세요?"

이성계는 콧방귀를 뀌고는 말을 받았다.

"그 따위를 볼 게 뭐 있겠소. 다시는 그 일을 거론치 마오. 속이 메스꺼 워서 원……."

강 씨는 까르르 웃었고, 이성계는 헛기침을 쿵쿵 하다가 종내 껄껄 웃 었다.

입궐한 이방원과 조용은 임금 탑전에 부복하여 군신동맹서를 올렸다.

"전하, 군신동맹서 초안을 작성했나이다."

임금은 반색을 하며 받았다.

"오, 그래요? 어디 봅시다.

임금은 흡족한 용안으로 봉투에서 초안을 뽑아 읽기 시작했다.

경卿이 아니었으면 내가 어찌 보위에 올랐겠는가. 경이 옆에 있지 않았으
면 내가 어찌 오늘에 이르겠는가. 황천皇天 : 하느님과 후토后土 : 토지의 신가 위
에 있고 곁에 있으니, 자손들은 대대로 서로 해치지 말 것이다. 내가 경에
게 믿음이 있는 것은 처음과 끝이 같기 때문이다. 하여 이와 같이 동맹하
노라.

벙글벙글 웃으며 글을 읽은 임금이 말했다.
"아주 잘 되었소이다. 시중께서도 보셨겠지요?"
두 사람 서로 마주보다가 조용이 아뢰었다.
"황공하옵니다, 전하. 물론 시중께서도 보셨나이다."
임금은 여전히 흡족하게 웃으며 말했다.
"허허허……! 아주 잘 되었습니다. 이로써 조정이 안정되고 나라가 평
안해질 것이로다. 내가 경들에게 상을 내릴 것이오."
두 사람은 짐짓 깊게 부복하며 받았다.
"전하, 성은이 망극하나이다."
조용은 이때 사관史官을 겸직하고 있었는데, 이날의 사실을 다음과 같이
〈사초史草〉에 썼기 때문에 오늘날까지 생생하게 전해진다.

임금이 시중侍中 이성계에게 이르기를, '자기를 도와 왕으로 세웠는데, 공
으로 보답하지 못하고 도리어 해칠 마음이 있어 소인배들에게 현혹되었으
니, 이제 동맹으로 내 심중을 알린다.' 하였다. 그러나 천명이 이미 가버리
고 인심 또한 떠났으므로, 구구區區한 맹약은 믿을 수 없게 되었다.

공양왕 4년(1392년) 7월 12일, 수시중 배극렴과 동지밀직사 남은, 문하평리 정희계鄭熙啓가 사헌부 관원 6명을 이끌고 대왕대비 전에 들었다.

놀란 상궁과 나인들이 댓돌에 내려서 맞이하자 남은이 외쳤다.

"상궁은 어서 들어가 대비마마를 뫼시고 나오라."

놀란 상궁은 방으로 들어가고 나인들은 댓돌에 올라섰다. 나인의 부액扶腋을 받으며 대청으로 나온 왕대비는 교의에 앉아 마당에 늘어선 신료들을 바라보며 근엄하게 미소를 지었다. 대대적인 개각이 있었다더니, 새로 임명된 신료들이 취임 인사를 하러 온 것이리라 생각했다. 근간에 없던 일로서 이제야 나라가 제대로 되는구나 싶어 마음이 흡족했다.

왕대비공민왕의 정비 안 씨는 밝은 얼굴로 말했다.

"어서들 오시오. 이렇게들 찾아주니 고맙소이다."

신료들이 마당에 엎드려 머리를 조아렸고, 남은이 댓돌 밑으로 다가서서 목청을 높여 말했다.

"동지밀직사 남은 아뢰옵니다. 제왕의 자질이 부족한 금상今上은 보위에 올라 여전히 혼암昏暗하여 임금의 도리를 잃었고, 이미 인심도 떠난 지 오래였나이다. 더 이상 사직社稷과 백성의 주재자主宰者가 될 수 없사오니, 금상을 폐하기를 청하나이다."

금상을 폐하다니! 왕대비는 얼굴이 하얗게 질리고 앞이 캄캄했다. 극락과 지옥이 따로 없음이었다. 입 안이 마르고 목이 컥 막혔지만, 왕실 어른으로서 체통을 지켜야 했다.

"경이 밀직사라 하셨소?"

남은이 뻣뻣이 선 채 받았다.

"그러하옵니다, 왕대비마마."

"갑자기 금상을 폐한다면, 대체 또 누구를 세워 보위를 잇는단 말이오?"

수시중 배극렴이 지체 없이 받았다.

"고려의 왕 씨王氏 보위는 이미 신돈의 자식인 우왕禑王대에서 끊어졌사옵니다. 이제 또 누가 있어 보위를 이으리까. 다만, 천기를 받은 인재가 무너진 나라를 일으켜 세울 것입니다. 통촉하옵소서."

배극렴의 눈짓을 받은 남은이 대청으로 올라가 문서를 왕대비에게 올리며 말했다

"왕대비마마, 금상을 폐하는 교서이옵니다. 보시오소서."

왕대비는 눈을 왕방울만 하게 뜨고 남은을 노려보았다. 가슴이 쿵쿵 뛰고 하늘이 노래졌다. 나라가 망했음이 아닌가! 태조대왕이 세운 5백 년 역사의 나라, 남편 공민왕이 국초國初의 부국강병富國强兵 정책을 본받아 강국으로 일으켜 세우려고 애쓰던 나라가 망하다니! 눈을 부릅뜨고 교의에 앉은 채 엉덩이만 들썩이던 왕대비는 그예 교의에서 고꾸라져 대청에 나뒹굴었다.

비죽비죽 웃으며 지켜보던 배극렴이 일행을 재촉했다.

"그만 됐소이다. 어서 북천궁으로 갑시다."

임금은 김진양 사건이 있은 뒤에 수창궁에서 이어하여 북천궁北泉宮에 머물고 있었다.

북천궁 정전에는 대소신료들이 차서次序대로 도열堵列해 있었고, 임금이 용상에 앉아 흐뭇한 용안으로 신료들을 내려다보고 있었다. 오늘은 임금이 이성계의 제택에 납시어 군신동맹 의식을 하기로 한 날이었다. 몇몇 중신들만 대동하고 행차하려던 임금은 이른 아침부터 대소신료들이 정전에 모여들자 놀라고 의아했다. 어전 조회를 열기는커녕 국정현안조차 품신稟申하지 않았고, 임금을 용천뱅이 보듯 피하던 신료들이 아니던가.

그런 신료들이 부르지도 않았는데, 관복을 갖추어 입고 구름처럼 모여들었다.

역시 이성계와 동맹을 하기로 한 것이 잘한 일이라고 생각되어 임금은 가슴이 부풀었다. 임금을 능가하는 이성계의 위세가 두렵기는 하지만, 대소신료들이 믿는 중신과 동등한 입장으로 나라를 다스려 사직과 나라가 튼튼해진다면 더 바랄 나위가 없음이었다. 이제야 나라꼴이 제대로 되는가 싶어 한없이 기쁘지만, 임금은 궁금증을 못 참고 넌지시 물었다.

"경들이 이토록 입조를 하다니, 대체 무슨 일이라도 난 게요?"

밀직부사 조규趙奎가 능청스레 아뢰었다.

"오늘은 성상께옵서 시중 대감과 동맹 의식을 치루는 날이 아니옵니까? 경사스러운 날 신 등이 어찌 보고만 있겠나이까."

그러면 그렇지! 임금은 대번에 희색이 만면하여 용상에서 일어서며 말했다.

"참 그렇습니다. 오늘 같은 성전 의식이 있는 날, 대소신료들의 경축이 없어서야 되겠습니까? 참으로 고맙소이다."

늘어선 신료들은 임금의 치하에 답하기는커녕 서로 눈치를 보며 비죽비죽 웃기도 하고, 더러는 딴전을 피우기도 하였다.

머쓱해진 임금이 앉았던 용상에서 다시 일어서며 말했다.

"대소신료들이 모두 참석했으니, 어서 시중 사저로 출발합시다. 내관은 어서 앞서거라."

귀양에서 풀려 봉화군충의백奉化郡忠義伯 작호를 다시 받은 정도전이 나서며 말했다.

"수시중이 아직 오지 않았나이다. 잠시 기다리소서."

"참 그렇구려. 하면 수시중은 뒤따라오게 하고 우리가 먼저 갑시다."

임금이 층계를 내려서자, 정도전이 매서운 눈길로 쏘아보며 말했다.

"기다리소서. 수시중이 와야 합니다."

임금은 찔끔해서 되올라가 용상에 앉으며 생각했다. 하기는 수시중이 앞장서 인도하여 나가는 것이 법도에도 맞을 터였다.

임금은 금방 환하게 웃으며 말했다.

"경의 말을 들으니 참 그렇습니다. 당연히 수시중이 앞서야지요."

신료들이 노골적으로 키득키득 웃을 때, 수시중 배극렴이 남은 등 관료들을 이끌고 정전으로 들어섰다. 배극렴이 양쪽으로 늘어선 신료들 사이로 걸어와 임금 앞에 섰다.

임금이 용상에서 일어서며 말했다.

"수시중, 어서 오시오. 기다리고 있었습니다. 자, 이제 모두 출발합시다."

대사헌 민개閔開가 잔뜩 격앙하여 나섰다.

"전하, 체통을 지키소서. 지금 이러실 때가 아니옵니다."

대소신료들이 모두 민개를 노려보며 주먹질을 했다.

임금 앞에 섰던 배극렴이 외쳤다.

"우부대언은 이 교지를 전하께 올리라!"

임금은 정신이 멍해졌다. 난데없이 교지라니? 대체 누가 있어 임금에게 교지를 내린단 말인가!

우부대언 한상경韓尙敬이 교지를 받아 당상으로 올라가자, 배극렴이 다시 외쳤다.

"왕대비전에서 교지가 내렸소이다. 자리에서 내려와 꿇어앉아 공손히 받으시오."

임금은 용안이 하얗게 질려갔다. 느닷없이 왕대비전의 교지라니! 그렇다면 폐왕이 되는 것이 아닌가? 속이 타고 숨이 막혔다. 입을 벌리고 어

쩔 줄 모르는 임금을 한상경이 꺼잡아 일으켜 세웠다. 끌려 일어선 임금
은 하릴없이 용상 앞에 꿇어앉았다.

한상경이 교지를 펼쳐들고 읽었다.

성상은 들을 지어다. 그대는 보위에 오른 지 4년차가 되지만, 여전히 패만
悖慢하고 혼암하여 정사를 어지럽히니, 하늘도 노하여 천재天災가 잇달아
국운이 기울고 있는 바라…….

꿇어앉은 임금은 부들부들 떨었다. 천둥 같은 말소리가 한마디도 귀에
들어오지 않았다. 다만, '폐왕정창군廢王定昌君'이란 말만 귓속에 말뚝처럼
쿡 박혔다.

임금은 팔을 짚고 엎드려 흐느껴 울었다. 자신이 폐왕이 되는 것은 조
금도 억울하거나 서럽지 않았다. 누가 되든 왕 씨가 보위를 잇는다면 목
숨을 버려도 아깝지 않았다. 신하와 동맹을 해서라도 오직 나라를 지키려
고 몸부림쳤지만, 그예 모두가 허사였다. 자신이 폐왕이 된다는 것은 곧
고려가 망하는 것이고, 이성계가 왕위에 오른다는 뜻이 아닌가! 그러나
임금은 한 가닥 희망의 줄을 잡고 매달렸다. 비틀거리며 일어서서 늘어선
신료들을 둘러보았다. 흐르는 눈물을 닦을 염도 없이 더듬더듬 말했다.

"나는 본디 우매한 사람으로서 임금이 되고 싶은 생각은 추호도 없었소
이다. 시중을 비롯한 대신들이 강제로 보위에 앉혔지만, 늘 불안하고 두려
웠소이다. 성품이 불민不敏하여 사기事機를 알지 못하니, 대소신료들의 심
기를 거스른 일이 어찌 없었겠습니까. 비록 늦게나마 왕대비전의 교서를
받들어 나는 물러나지만, 부디 어진 이를 골라 5백 년 사직을 잇게 한다면
나는 죽더라도 여한이 없겠소이다."

말을 마친 임금은 벌통처럼 웅성거리는 신료들을 바라보며 용상에 주저앉았다. 옆에 있던 남은과 한상경이 기겁을 하고 달려들어 임금 팔을 껴잡아 일으켰다.

남은이 임금의 머리에서 관을 벗기고, 당상에서 끌어내리며 꾸짖어 말했다.

"그대는 이미 임금이 아니오. 옥좌는 임금만이 앉는다는 것을 모르시오?"

당상에서 끌려 내려온 임금을 좌·우대언이 양쪽에서 껴잡아 정전 밖으로 끌고 나갔다. 임금이 사색이 되어 발이 땅에 닿는 둥 마는 둥 끌려 나가자, 마당에는 어느새 말이 대기하고 있었다. 군사 두 명이 달려들어 임금을 답삭 안아 말 잔등에 태웠다. 뒤따라 나온 남은이 말 고삐를 잡은 군사에게 일렀다.

"정중하게 모셔라!"

경마잡이와 군사 둘이 한꺼번에 읍揖을 하며 대답했다.

"명심하겠습니다!"

폐왕이 탄 말이 희빈문喜彬門을 나섰다. 우왕이 끌려 나갔고, 창왕이 끌려 나간 희빈문을 공양왕도 끌려 나왔다. 폐왕이 희빈문을 돌아보며 눈물을 왈칵 쏟았다.

무심한 말은 뚜벅뚜벅 걸었고, 멀어지는 북천궁 정문에서 눈길을 거둔 폐왕이 물었다.

"대체 어디로 가는 것이냐?"

호위군사가 받았다.

"사저로 모시랍니다."

폐왕의 사저라면 원주原州에 있다. 보위에 오르기 전에 20대 왕 신종神宗의 7대 손자인 정창군定昌君 요瑤는 원주에 살고 있었다.

이튿날, 수시중 배극렴이 남은, 정희계를 대동하고 왕대비전에 들었다.

배극렴이 대청에 올라서며 나인에게 명했다.

"왕대비께 여쭈어라!"

나인이 잔뜩 겁에 질려 말했다.

"아직 못 일어나고 계십니다."

세 사람이 문 앞에 읍을 하고 서서 배극렴이 말했다.

"왕대비마마, 수시중 배극렴, 환후 어떠하신지 문안 여쭙나이다."

안에서는 아무런 대응이 없다.

배극렴이 다시 말했다.

"왕대비마마, 국사는 하루도 소홀히 할 수 없사옵니다. 대비께서도 환후 위중하시니, 시중 이성계로 하여금 감록국사監錄國事로 삼아 만기萬機를 재결하게 하심이 어떠하리까?"

안에서는 여전히 대응이 없고, 이내 가느다란 흐느낌 소리가 들리기 시작했다.

서로 마주보며 머리를 끄덕이고는 배극렴이 말했다.

"왕대비마마, 신 등은 그리 알고 이만 물러가나이다."

안에서 흐느끼던 울음소리가 그예 통곡으로 변하여 커지고 있었다.

생성되는 나라

7월 16일, 날씨는 쾌청하고 찌는 듯이 무더웠다. 한 달이 넘도록 가뭄이 들어 여물던 곡식이 말라 비틀어지고, 개울물이며 우물물도 말라 도성 백성들은 아우성이었다.

이른 아침부터 도성 거리 요소요소에 군사들이 배치되었고, 왕궁에서 이성계의 제택까지는 행길 양쪽으로 대여섯 걸음마다 군사들이 창을 잡고 늘어서 있었다. 물동이와 물장군을 이고 지고 물을 찾아 나서던 백성들은 난생 처음 보는 근엄한 광경에 눈이 휘둥그레졌다. 백성들이 삼삼오오 모여들기 시작하여 군사들이 지키는 길가와 골목에 가득 메어 찼다.

며칠째 계속되는 뒤숭숭한 민심 속에서 사태를 주시하던 뜻있는 백성들은 끼리끼리 모여서서 망국을 한탄하며 눈물을 흘리기도 했지만, 대부분 백성들은 영문을 모른 채 큰 구경거리라도 난 듯이 호기심으로 두런거렸다.

마침내 왕궁에서 나라의 대소신료들이 쏟아져 나오기 시작했다. 수문하시중 배극렴과 조준, 정도전, 김사형 등 중신들이 말을 타고 앞장섰고, 그 뒤를 국새國璽 함을 높이 받든 내관이 탄 4인교가 따르고, 그 뒤로는 남은, 이제, 이화, 퉁두란, 정희계, 조인옥 등 대소신료들이 탄 말 50여 필이 줄줄이 따르고 있었다. 그 뒤를 도성의 사람과 한량閑良, 기로耆老 : 나이가 많은 퇴임 벼슬아치들까지 행렬의 뒤를 따랐다.

이윽고 선두가 이성계의 제택 대문 앞에 이르렀다. 기다리고 있던 방과, 방의, 방간, 방원 형제들과 사촌간인 이천우李天祐가 대문을 활짝 열었다. 말에서 내린 중신들은 국새를 받든 내관을 앞세우고 대문으로 들어갔다.

마침 점심때라 이성계는 내실에서 부인 강 씨와 물에 만 밥을 먹다가 난데없는 소란에 놀라 내다보았다. 상황을 알아차린 이성계가 중문을 닫아 걸라고 소리쳤다. 경비병이 부리나케 달려가 중문을 닫고 빗장을 질렀다.

이성계가 거듭 소리쳤다.

"문을 단단히 걸고 아무도 들이지 말라!"

중문 앞에 몰려 든 대소신료들은 웅성거렸다. 그러나 이것은 이미 정해진 과정이었다. 살아있는 임금을 내쫓고, 5백 년 사직을 뒤엎어 새로운 나라를 세우는 역성혁명의 순간이었다. 임금이 역적이 되고 신하가 임금이 되는 과정이었다. 자칫 잘못하다가는 내쫓겼던 임금이 되돌아오고, 임금이 되려던 신하가 역적이 되어 피바다가 산하를 시뻘겋게 물들일 엄청난 일이 벌어질 지도 모를 숨 가쁜 순간이기도 했다.

이성계의 집 앞에는 유림과 한량을 비롯하여 도성 백성들이 구름처럼 모여들었다. 백성들이 보는 앞에서 나라의 상징인 국새를 자랑스레 받아들인다면, 이는 백성을 속이고 나라를 뒤엎은 역적이 되는 것이다. 백성이 없는 나라는 없다. 백성들의 신임을 잃은 임금은 이미 임금이 아니다. 민위귀民爲貴 사직차지社稷次之라고 했다. 백성이 가장 귀하고, 나라가 그 다음이며, 임금은 가장 가볍다는 뜻이다.

대소신료들은 국새를 받들고 중문 앞에 엎드려 한 가지로 외쳤다.

"문을 열어 주시오소서!"

"막중한 보위는 하루도 비울 수가 없나이다. 통촉하시오소서!"

신료들의 아우성이 악머구리 떼처럼 들끓었지만, 한 식경食頃 : 한 끼 밥을 먹는 동안이 지나고 두 식경이 지나도 문은 열리지 않았다. 신료들의 관복은 찌는 듯한 복더위에 땀으로 흠뻑 젖었고, 어느덧 해가 뉘엿뉘엿 지고 있었다.

정몽주를 격살한 조영규가 나섰다.

"아니 되겠소이다. 대문을 부수더라도 해가 지기 전에 내전으로 들어가야 합니다."

젊은 벼슬아치들이 기다렸다는 듯이 다투어 달려들었다. 어디선가 곡괭이가 나오고 도끼가 나왔다. 그 연장들은 이미 밭을 일구고 장작을 패는 도구가 아니라 무기였다. 무기를 들고 달려들어 대문을 찍고 곡괭이로 틈새를 벌렸다. 성난 도끼날에 배겨날 문짝이 있을 턱이 없다. 이성계의 제택 중문이 그예 도끼에 찍혀 활짝 열렸다.

한바탕 격전을 치른 젊은이들은 환성을 내질렀고, 중신들은 전열을 재정비했다. 우부대언 한상경이 국새 함을 높이 받들어 엄숙하게 앞장섰고, 그 뒤를 배극렴, 정도전, 조인옥, 남은 등이 따랐다. 한상경이 국새 함을 받들고 댓돌에 올라가서 대청에 놓인 탁상에 올리고는 뒷걸음질로 내려왔다. 대소신료들이 일제히 마당에 꿇어 엎드렸다.

수문하시중 배극렴이 목소리도 우렁차게 아뢰었다.

"감록국사 저하, 어서 납시어 국새를 받으시옵소서!"

"국새를 받으시오소서!"

신료들의 외침으로 제택이 떠나갈 듯했다.

이때 상황을 〈태조대왕실록 제1권〉에 다음과 같이 기록했다.

태조께서는 문을 걸어 닫고 들어오지 못하게 했는데, 해 질 녘에 이르러 배극렴 등이 문을 밀치고 내정內庭으로 들어와서 국새를 청사廳事 위에 놓으니, 태조가 두려워하여 거조擧措를 잃었다. 마침내 이천우를 붙잡고 겨우 침문寢門 밖으로 나오니, 백관들이 늘어서서 절하고 북을 치면서 만세를 불렀다. 태조가 두려워하며 스스로 용납할 곳이 없는 듯하니, 배극렴 등이 합사合辭하여 왕위에 오르기를 권고하였다.

마침내 방에서 나온 이성계는 대청위에서 백관들의 나배羅拜 : 여러 사람이 죽 늘어서서 함께 절을 함와 만세 기원을 받고 이천우가 권하는 교의에 앉았다. 수문하시중 배극렴이 대청 중앙에 올라와 공손히 읍을 하고는 준비한 두루마리를 펼쳐 읽기 시작했다.

나라에 임금이 있는 것은 위로는 사직을 받들고, 아래로는 백성을 편안하게 하는 데 근본이 있는 것입니다. 고려는 시조가 건국한 지 거의 5백 년이 되었는데, 공민왕은 아들이 없이 세상을 떠났습니다. 그때 실권을 쥔 권신權臣이 자기 마음대로 요승 신돈의 아들 우禑를 공민왕의 후사라 일컬어 왕위를 도둑질하여 15년이 되었으니, 왕 씨의 보위는 이미 그때에 폐廢하여 졌습니다. 보위에 오른 우가 포악한 짓을 일삼고 죄 없는 사람을 마구 살육하며, 종내는 군대를 일으켜 요동遼東을 공격하는 지경에 이르렀는데, 공公이 맨 먼저 대의大義를 주창하며 위화도에서 군사를 돌이키니, 만백성을 도탄의 구렁에서 구하였나이다. 이에 임금 우는 스스로 죄를 알고 두려워하여 왕위를 사양하고 물러났으나, 또 다른 간신 무리들이 폐왕의 어린 아들 창昌을 도와 왕으로 세웠으니, 고려 왕 씨의 후사는 두 번이나 폐해졌나이다. 이것은 하늘이 왕위를 공에게 명한 시기였지만, 공은 겸손하고 사양하여 왕위에 오르지 아니하고, 정창부원군定昌府院君을 추대하여 국사를 처리하게 하였으니, 고려의 사직을 받들어 백성들을 편안하게 하였나이다. 보위에 오른 정창군은 날이 갈수록 혼암하여, 참소하고 아첨하는 무리들은 거두어 옆에 두고, 강직하고 충성스러운 자들을 물리치니, 정치와 형벌이 문란하여 백성들이 몸 둘 바를 몰라 하였나이다. 이에 하늘이 견책譴責하는 재앙의 징조를 번갈아 일으키니, 정창군이 스스로 임금의 도리를 잃었음을 알고 물러나 사저로 갔나이다. 때가 이에 이르매 다만, 군정과 국정의 사무는 지극히 중대하므로, 하루라도 통솔을 하지 않으면 아니 될 것이므로, 이제 마땅히 공께서 왕위에 올라 하늘과 백성의 기대에 부응하소서.

배극렴은 물속처럼 가라앉은 무거운 분위기 속에서 크고 낭랑하게 장문의 추대 교서를 읽었다.

묵묵히 듣고 있던 이성계가 일어서서 마당에 도열한 백관들을 둘러보며 말했다.

"예로부터 제왕帝王의 일어남은 천명이 있지 않으면 아니 된다. 나는 실로 덕이 없는 사람으로 어찌 대업을 감당하겠는가?"

배극렴이 이성계의 교의 앞에 꿇어앉으며 권고했다.

"공이 아니면 누가 있어 이 나라와 백성들을 다스리겠나이까? 천명은 이미 공에게 내렸나이다. 사양치 마시오소서,"

이성계는 교의에서 일어서며 받았다.

"거듭 말하지만, 나는 제왕의 그릇이 못되오. 그만 물러들 가시오."

이성계는 뿌리치고 안방으로 들었고, 대소신료들은 마당에 엎드리며 부르짖었다.

"천명을 받으시오소서!"

"나라와 백성들을 굽어 살피소서!"

배극렴, 조준, 정도전, 남은, 조인옥 등이 대청에 올라 잠시 의견을 나눈 뒤에 방으로 들어갔다. 이미 해가 지고 이성계의 제택 안팎에 초롱불이 대낮같이 밝혀졌다.

한참 뒤에 들어갔던 사람들이 나왔다. 안마당과 바깥마당에 빼곡하게 들어찼던 사람들 시선이 대청으로 쏠렸다.

정도전이 댓돌에 내려서서 말했다.

"공께서 마침내 의중을 밝히셨소이다. 날이 밝는 대로 수창궁에 거둥擧動하시어 백관들과 만 백성의 염원에 따르기로 하셨소이다. 자, 이제 물러들 가십시다."

많은 사람들이 일시에 썰물처럼 빠져나갔다.

이튿날 1392년 7월 17일이었다.

이성계는 말을 타고 수창궁 정문 앞에 이르렀다. 그 뒤를 이지란李之蘭 : 퉁두란은 이성계와 형제 의를 맺으며 이지란이 되었다과 방간, 방원 등 여섯 아들과 조카 이천우가 호위해 모시고 따랐다. 만조백관이 정문에 나와 새 임금을 맞이했다. 말에서 내린 이성계는 양쪽으로 도열한 대소신료들의 영접을 받으며 걸어서 수창궁에 들어갔다. 지밀로 안내된 이성계는 미리 준비된 강사포絳紗袍로 갈아입고 원유관遠遊冠을 썼다.

옷이 날개라고 했던가! 문하시중 관복을 입고 입궐했던 사람이 금방 제왕의 예복으로 갈아입었는데, 그대로 하늘이 내린 제왕처럼 빛이 나고 위엄이 넘쳤다. 시중을 들던 상궁과 내관들은 내심 놀라 벌어진 입을 다물지 못했다. 예복을 입은 수많은 임금을 보아왔지만, 이토록 용포가 어울리고 위엄에 찬 임금을 본 적은 없다고 모두 치하致賀했다. 누가 보아도 티끌만큼도 빈틈이 없는 타고난 임금의 자태였다.

임금이 상궁과 내관들의 안내를 받아 정전으로 나와 당상 정면에 섰다. 청아하고 유량한 궁중주악이 정전에 울려 퍼졌다. 수문하시중 배극렴과 정도전이 어좌에 오르기를 청하였으나 임금은 사양했다. 백관들이 거듭 권하였으나, 임금은 끝내 사양하고 당상 중앙에 서서 의식을 재촉했다.

잠시 소란했으나 이내 장내를 정리하고 의식이 거행되어 만조백관이 홀을 들고 나배를 올렸다.

새로이 등극한 임금이 만조백관의 추대를 받아 왕위에 올랐음을 홀기를 높이 들어 답례하였다. 이로써 5백 년 고려 사직이 소멸되고 새로운 나라가 생성되었다. 이때 조선왕조 태조 이성계의 춘추春秋 58세였다.

대소신료들이 신례臣禮를 올리고 새로운 임금과 새 나라의 천추만세千秋萬歲를 불렀다.

"신왕조新王祖 만세!"

"성상 전하 천세!"

조하朝賀를 받은 임금은 육조六曹 판서判書 이상 중신들을 전상殿上으로 오르게 하고 임금으로서 첫 말을 꺼냈다.

"내가 수상首相이 되어서도 오히려 늘 두려운 생각으로 직책을 다하지 못할까 노심초사했는데, 어찌 오늘날 이 같은 일을 볼 것이라 생각하였겠는가. 내가 만약 전처럼 몸만 성했다면 필마匹馬를 몰아서라도 오늘과 같은 일을 피했으리라. 허나 공교롭게도 마침 병이 들어 몸이 자유롭지 못한지라 이와 같은 대업을 받게 되었으니, 경들은 마땅히 각자 맡은 바 책임을 다하고 힘을 합하여 덕이 부족한 나를 보좌하라!"

중신들이 일제히 읍하며 아뢰었다.

"성상 전하, 감축 드리옵니다. 어명 받자와 명심하겠나이다."

"고맙소이다."

"황공하나이다, 전하!"

새 임금은 만조백관을 둘러보며 말했다.

"조정과 지방의 대소 중외 신료들은 그 직분을 그대로 수행할 것이며, 모든 정무政務 또한 전조前朝 : 고려의 예에 따를 것이로다."

등극 의식을 마친 임금은 수행관만 대동하여 제택으로 돌아갔다. 당연히 등극 연회가 베풀어져야 하지만, 백성들의 눈과 귀를 의식한 의도적인 처사였다.

8월 10일, 조정이 웬만큼 안정되자 임금은 작년 1월에 세상을 떠난 본처 한韓 씨를 신의왕후神懿王后로 추존追尊하고, 부인 강 씨를 현비賢妃로 봉했다. 또한 여러 왕자들과 종친을 군君으로 봉했다. 뒤이어 공신들에게도 새로운 관직을 제수하고 군호君號를 내렸다.

장남 방우芳雨를 진안군鎭安君으로 봉하고, 방과를 영안군永安君, 방의芳毅는 익안군益安君, 방간芳幹은 회안군懷安君, 방원은 정안군靖安君, 서자庶子 방번芳蕃은 무안군撫安君, 방석芳碩은 의안군義安君, 부마駙馬 이제는 흥안군興安君, 서형庶兄 이원계李元桂의 아들 양우良祐는 영안군寧安君으로 봉했다.

배극렴을 보조공신 문하시중으로, 조준을 좌명개국공신佐命開國功臣 문하우시중으로, 이화를 좌명개국공신 상의문하부사商議門下府事로, 정도전을 좌명공신佐命功臣 문하시랑찬성사로, 이지란을 보조공신補祚功臣 참찬문하부사로, 남은을 좌명공신 판중추원사判中樞院事로, 황희석을 상의중추원사商議中樞院事로 제수하고, 그 외 30여 명에게도 관직을 내리고 공신에 봉했다.

임금은 등극을 하고도 궁궐 수창궁에 들어가지 않고 사저에 그대로 있었다. 임금이 어디에 있든 그 곳을 시좌소時座所라 하여 상궁 나인과 내관이 따르게 마련이었다. 워낙 좁았던 이성계의 사저는 임금의 처소로서 많은 사람이 기거하기에는 불편했다.

중신들은 수창궁으로 이어移御하기를 수차 청했으나 임금은 번번이 거절했다. 임금의 생각에 전조의 왕들이 셋이나 쫓겨나간 궁에 들어가기가 꺼름칙했는지도 모를 일이었다. 더구나 그 왕들을 모두 자신의 의도로 쫓아냈음에랴.

보다 못한 중신들이 의논해서 웬만한 궁에 못지않을 만큼 넓은 문하찬성사 윤호의 제택으로 시좌궁을 정해 이어하게 했다. 임금은 그것도 거절했으나, 워낙 불편하여 7월 28일에 윤호의 제택으로 이어했었다.

퇴궐한 임금은 대청에 교의를 놓고 앉아 밖을 내다보고 있었다. 지난 20여 일이 꿈같이 어수선하게 지나갔다. 정신없이 바쁜 나날이기도 했다. 명나라에 새 왕조의 등극을 알리는 사신이 떠났고, 경향 각지에서 전조의 멸망에 항거하는 크고 작은 반란이 연달아 일어나고 있었다. 전쟁 경험이 많은 이지란, 조준, 조영무 등 충직한 장수들을 각 도에 보내 병권을 장악하여 진압하고 있지만, 반란은 언제, 어디서 터질지 가늠할 수도 없었다.

이성계는 국경 근방의 변방에서 태어나 수많은 전쟁과 변란을 겪으면서 자랐고, 성인이 되면서부터 칼을 차고 전장을 누볐다. 그 많은 전쟁에서 단한 번도 패해본 적이 없는 임금에게 그만한 반란쯤은 조금도 두렵지 않았다. 다만, 두려운 것은 민심이었다. 반란을 진압하되 민심을 잃지 않고, 백성들에게 새 나라가 일어서게 된 정당성을 주지하게 하였지만, 그것이 짧은 시일에 이루어지지는 않을 터였다.

임금은 시원한 바람을 이마에 느끼며 눈을 들어 밖을 보았다. 해가 지는지 담장 너머 오동나무 그림자가 바람에 일렁이며 별채 바람벽에 걸려 있었다. 바람에 오동잎이 흔들리며 몇 잎이 때 이르게 이따금 떨어져 마당에 널리고 있었다.

진안군에 봉해진 맏아들 방우가 오늘 해주海州에서 온다는 기별이 있었다. 3년 만에 보게 되는 아들이다. 이성계의 맏아들 방우는 성격이 고지식하고 강직했다. 불의를 못 참아 했고, 의로운 사람에게는 지위고하를 막론하고 머리를 숙였다. 이러한 성품대로 그가 당대에 가장 존경하는 사람이 삼군도통사三軍都統使 최영이었다.

밀직부사 방우는 사신 강회백의 서장관으로 명나라에 들어간 후 최영이 참형을 당한 사실을 알게 되었다. 최영이 반역을 꾀하다 발각되어 참형되었음을 명나라에 알리는 사신이 뒤따라 들어왔기 때문이다. 한 달 전에 먼저 사신으로 명나라 황궁에 들어와 있던 아우 방원을 만난 그는 비로소 모든 사실을 알게 되었다.

두 달장간에 사신이 연달아 세 차례나 명나라에 들어온 동기며, 최영이 참형을 당한 것이 모두 정도전과 남은, 조준, 방원 등이 꾸민 공작이었으며, 그 위에 아버지 이성계가 있다는 것을 방우는 비로소 알게 되었다. 당시 명나라는 오왕吳王으로 자칭하던 주원장이 원元나라를 멸망시키고 스스로 황제가 되어 국호를 명明이라 칭하고 건국한 지 20년이 되던 해였다.

넉 달 만에 명나라에서 돌아온 방우는 걷잡을 수 없이 기울어지는 나라를 보았다. 사태를 지켜보던 방우는 긴 여행의 노독이 풀릴 겨를도 없이 한때 방어사로 근무했던 해주로 떠났다. 이성계는 모든 것을 뿌리치고 변방으로 떠나는 아들에게 다시 해주방어사를 제수했었다. 방우는 아버지가 새 나라의 임금이 되어 등극을 해도 오지 않았다. 그러나 임금이 된 아버지가 도성으로 오라고 하는 어명을 거역하지 못해 돌아오는 것이다.

중문이 열리고 방우가 들어섰다. 멀리서 보아도 몰라볼 만치 모습이 초췌했다. 마흔을 바라보는 나이라고는 하지만 너무 초라한 모습이 안쓰러워 임금은 가슴이 찡했다. 3년간이나 없는 듯이 잊고 있었던 보위를 이을 맏아들이었다.

방우가 대청으로 올라와 절을 올리고 문안했다.

"아버님, 소자 문후 여쭙나이다."

방우에게는 아직 임금이 아닌 아버지였다.

"오냐, 참 오랜만에 보는구나."

"죄송하옵니다, 아버님."

방우는 꿇어앉은 채 눈물을 떨구었다.

임금은 뒤에 시립侍立한 나인들에게 일렀다.

"교의를 내다놓고 너희들은 물러 가거라."

나인들은 조용히 읍을 하고 물러갔고, 내관이 교의를 내다가 임금 앞에 놓았다.

임금이 꿇어앉은 아들의 손을 잡아 일으켰다.

"일어나 앉거라."

방우는 교의를 뒤로 물리고 아버지와 마주앉았다. 교의를 놓고 아버지와 마주앉기는 처음이었다. 3년 만에 보는 아버지의 모습이 많이 늙어 보여 방우의 눈에 또 눈물이 괴었다.

아버지는 너무 초췌해진 아들을 안타까운 눈으로 어르며 말했다.

"그 얼굴하며, 어찌 그리 심약해졌느냐?"

아들은 애써 웃어 보이며 받았다.

"아니옵니다. 아버님께서 쇠약해지신 듯싶어서……!"

"허허, 그랬더냐? 다친 몸도 이제 많이 좋아졌으니 걱정 마라."

"참으로 다행입니다, 아버님."

"그래, 나보다 네가 더 수척해졌구나. 술을 자주 많이 먹는다더니 그 탓이냐?"

지난 3년을 오직 술로 흘려보낸 아들은 말없이 고개를 숙였다.

안쓰러운 눈으로 아들을 바라보던 아버지는 임금의 입장이 되어 타일렀다.

"너는 이제 네 한 몸이 아니라, 임금의 적장자니라! 막중한 몸이 되었으니 오늘부터 처신을 바로 해야 할 것이야."

방우는 그제야 임금이 된 아버지를 우러러보았다. 우러르는 눈에 또 눈물이 고였다가 흘러내렸다. 왕이 된 아버지! 방우는 왕이 되신 아버지를 보면서 왜 자꾸 눈물이 나는지 알 수 없어 그냥저냥 서러웠다.

침전寢殿 문을 열고 부자 상봉을 내동 지켜보던 방우의 서모庶母 현비가 조용히 문을 닫고 있었다.

임금이 교의를 당겨 앉아 아들 손을 잡고 말했다.

"허어, 어찌 그리 눈물이 헤프냐?"

방우는 아버지 얼굴에서 최영의 모습을 떠올리고 있었다. 아버지와 최영은 흔들리던 고려를 지탱하던 두 기둥이었다. 두 사람이 힘을 합쳐 고려를 지켰더라면 고려는 보란 듯이 재기했을지도 모른다. 그러나 아버지는 위화도 회군으로 고려에 반기를 들었고, 끝내 5백 년 사직과 함께 용장 최영과 충신 정몽주는 소멸되었다.

방우는 해주에 있으면서 해마다 한 번씩 행주幸州 덕물산德物山에 있는 최영의 묘소를 찾았다. 아버지가 새 나라의 왕으로 등극하는 날에도 방우는 최영의 묘소에 앉아 아버지의 죄를 대신 사죄하며 울었다. 그러나 이제는 방우도 많은 것을 깨달았다. 구석구석 낡고 병들었던 고려는 소멸되어 군주만 바뀌었을 뿐, 백성은 매양 그 백성이 아닌가! 새 나라의 임금이 된 아버지 앞에 앉은 방우는 슬프지만 감격스럽기도 했다.

방우는 마음을 가다듬고 진솔하게 말했다.

"임금이 되신 아버님을 뵈오니 저절로 눈물이 흐르나이다."

임금도 숙연해지며 받았다.

"그래, 그래! 어이 아니겠느냐. 지고지난至高至難 : 큰 뜻을 이루고자 온갖 난관을 무릅씀했던 지난날들을 생각하면 눈물인들 어찌 나지 않으리. 하지만 나는 이미 늙었다. 마음은 천지를 뒤집을 것 같지만 어느새 환갑이 눈앞에 다가왔구나."

아들은 정색을 하고 말했다.

"아니옵니다. 아버님께서는 아직 정정하십니다. 어려운 시기에 아버님께서 국초의 기틀을 바로잡으셔야 합니다. 심기를 굳건히 하시오소서."

"그야 물론이다. 그러자면 우선 왕실의 기강이 바로 서야 한다. 너는 적장자다. 조만간 너를 세자로 책봉할 것이니 그리 알거라."

아들은 흠칫 놀라며 아버지가 아닌 임금을 바라보았다. 세자라니! 그렇게 될지도 모른다는 생각은 하고 있었지만, 그렇더라도 그 일은 먼 훗날 일 터이고, 자신은 적장자지만 보위를 이어받을 세자가 되고 싶은 생각은 추호도 없었다. 그렇게 될 것이 오히려 두려웠다. 그런데 그 일이 코앞에 닥쳤다.

방우는 굳어진 얼굴로 아버지를 보다가 정색을 하고 대답했다.

“아버님, 저는 그 자리에 오를 자격이 없나이다.”

고개를 숙인 아들을 착잡한 표정으로 바라보던 임금이 꾸짖어 말했다.

“자격이라니? 너는 적장자니라! 자격은 지금부터 갈고 다듬으면 되느니라.”

방우는 분연히 말했다.

“사람은 각자 타고난 자질이 다릅니다. 소자는 아무리 갈고 다듬어도 제왕이 될 자질이 되지 못합니다. 저 자신을 제가 아는데, 어디를 어떻게 갈고 다듬겠나이까? 명을 거두어 주시오소서.”

임금은 안타까운 용안으로 어르며 받았다.

“나는 너를 잘 안다. 너는 심성이 곧고 강직하다. 그것이 장점이다. 제왕의 자질은 배우고 다듬으면 된다. 새로이 건국된 나라에 적통嫡統으로 보위를 잇지 못한다면 천하의 웃음거리가 되지 않겠느냐? 이것은 어길 수 없는 법도니라.”

방우는 애원하다시피 거듭 사양했다.

“아버님, 소자는 아니 되옵니다. 국초의 제왕은 기상이 높고 그 위엄이 천하를 제압해야 합니다. 저는 그럴만한 그릇이 못 되옵니다.”

“대체 어찌 그리 심약해졌느냐? 세상이 바뀐 것을 왜 모르느냐 말이다.”

“세상은 조금도 바뀌지 않았습니다. 소자가 보는 세상은 예나 지금이나 허무하고 허망합니다. 소자를 이대로 살게 두시오소서.”

임금의 용안에 노기가 어렸고, 옥음玉音이 높아졌다.

“왕실의 법도라 하지 않았느냐?”

방우는 주저 없이 받아 신하의 도리로 아뢰었다.

언제부터였던가, 임금의 등 뒤 침전 문이 빠끔하게 열려 있었다. 현비가 부자의 동정을 엿보고 있을 터였다. 나인과 내관들이 시좌궁에 불을 밝히기 시작했다.

"아바마마, 용서하시오소서. 신은 법도를 따를 수 없나이다. 죽여 주시오소서."

임금은 어둠이 내리는 마당을 내다보며 탄식했다.

"허어, 이 난제를 어찌한단 말이냐!"

"아바마마, 소자를 벌하여 주시오소서!"

임금은 안타까운 용안으로 아들을 어르며 나직이 물었다.

"네 뜻이 그러하다면 어제오늘의 결심이 아니었을 터, 그러면 누가 너를 대신하면 되겠느냐?"

방우는 잠시 침묵하다가 아뢰었다.

"소자가 아니면 당연히 방과가 아니겠습니까? 방과라면 국초의 제왕으로서 능히 나라의 기틀을 다질 것이옵니다."

임금은 그새 평정을 되찾고 교의에 기대앉아 밖을 내다보고 있었다. 별채 지붕 위의 별들이 점차 새파랗게 되살아나고 있었다. 시원한 바람 한 줄기가 대청을 휘돌아 지나갔다.

묵묵히 앉아있던 임금이 일어서며 말했다.

"네 뜻이 확고함을 알았다. 먼 길에 피로했을 터이니 쉬어라."

방우는 일어서서 읍을 한 채 아버지가 침전으로 들 때까지 그렇게 서 있었다.

초열흘 달빛이 대낮같이 밝아 불을 끈 방 안이 희끄무레하게 밝았다. 임금과 현비는 나란히 누웠지만, 맏아들 방우를 두고 각각 딴 생각을 하고 있었다. 맏이가 세자를 사양한다면 당연히 차자次子가 뒤를 잇는 것은 당연하다. 그러나 임금은 그것이 당연함에도 썩 마음이 내키지 않았다.

일곱 아들들을 차례로 떠올리며 생각해 보아도 번조煩燥하기는 마찬가지였다.

자는 줄만 알았던 현비가 돌아누우며 말했다.

"방우가 세자 되기를 사양한다구요?"

"아직 안 잤소?"

"잠이 올 턱이 없지요. 대체 방우는 왜 싫다는 겝니까?"

임금은 짧게 한숨을 쉬고는 받았다.

"워낙 심약한 애가 아니오. 일단 책봉이라도 해 놓으면 어떻게 되리라 했었는데, 굳이 마다니 어쩔 수 없게 되었소."

"그럼 어쩌실 작정이십니까?"

"당연히 방과지만 썩 내키질 않아요. 그간의 공으로 본다면 방원이 적임이지만 성정이 워낙 과격한데다 위로 세 아이가 걸리고……. 부인 생각은 어떻소?"

현비는 잠시 뜸을 들이다가 말했다.

"국초라 혼란한 시기입니다. 굳이 적통을 주장해서 차례를 따질 일만은 아니라고 생각합니다. 내로라는 개국공신들이 세자를 싸고 권력을 다툰다면 큰 혼란이 올 수도 있지 않겠어요?"

임금도 한참 뜸을 들이고 받았다.

"공신들이라……! 어느 아이가 세자 위에 오르더라도 공신들은 당연히 편을 가르게 될 것이오. 그것은 어느 왕조 어느 왕대에서도 흔히 있었던 일이니까. 편 가르는 무리들을 어떻게 단속하여 다스리느냐가 관건이지. 그래서 적장자가 아닌 세자 책봉이 어려운 것이오."

"이미 권력을 쥐고 공신들과 편 가르기를 하고 있는 왕자들 중에서 누가 세자가 된다면 임금도, 세자 자신도 어쩌지 못하고 그들에게 등 떠밀려 갈

수도 있어요. 그래서 큰 혼란이 올 수도 있다는 것이 제 생각입니다."

임금은 또 한숨을 쉬고는 말했다.

"그래서 어렵다는 게 아니오."

현비는 임금의 허리를 감았던 팔을 풀고 바로 누우며 한숨을 푹 쉬고는 짜증스레 말했다.

"저는 불안해서 못 살겠어요. 재상의 아내로서 마음 편히 살 때가 좋았어요."

"불안하다니, 뭐가 불안하다는 게요?"

현비는 돌연 벌떡 일어나 앉으며 토라진 음성으로 대꾸했다.

"생각해 보세요. 우리 둘이 죽고 나면, 적실 임금과 그 왕자들 틈에서 후실 자식인 세 아이들이 어떻게 되겠어요? 잘 되면 천덕꾸러기요, 못 되면 어느 귀신이 잡아갈지 누가 알겠어요."

임금도 일어나 앉으며 받았다.

"아니, 그게 무슨 말이오? 금수가 아니고서야 어찌 제 피붙이를 이유 없이 천대하고 잡아간단 말이오?"

"상감께서는 그동안 뭘 보시고 사셨소? 그게 어디 임금과 왕자들만 잘한다고 되는 일이었나요? 권력을 붙좇는 자들의 심사는 오늘 다르고 내일 다르다는 것을 소첩은 알고 있나이다."

임금은 섬뜩한 생각이 들기는 했지만, 짐짓 과묵하게 대꾸했다.

"별 걱정을 다 하는구려. 어찌 될지도 모르는 먼 훗날을 두고 그런 걱정을 왜 벌써부터 한다는 게요?"

현비는 매몰차게 대들었다.

"소첩은 내일이 어찌 될지 모르면서 불안하게 살고 싶지 않습니다. 아이들을 데리고 친가로 가겠어요. 보내 주세요."

"아니, 뭐요?"

"뭘 그리 놀라십니까?"

"놀라지 않다니, 임자는 이제 나라의 국모요. 가벼이 처신할 수 없다는 것을 모르시오?"

현비는 극한 상황이 눈앞에 닥치기라도 한 듯이 황망하게 대들었다.

"적실의 왕자가 다섯이나 있는 후실 국모는 허깨비에 불과합니다. 소첩은 허깨비로 살고 싶지 않으니 제발 보내 주세요."

임금은 멍하니 앉았다가 비로소 현비의 뜻을 알고 말했다.

"그러면, 부인은 지금……!"

"소첩의 눈에는 훤하게 보입니다. 우리 둘 중에 누가 하나라도 죽는다면 제 소생들은……!"

현비는 끝내 무릎에 얼굴을 묻고는 흐느꼈다.

임금은 당황하여 어깨를 껴안고 다독이며 말했다.

"임자의 뜻을 알겠소이다. 나라고 어찌 그 생각인들 안 했겠소. 하지만 국초의 이 어려운 시기에 아직 어린 아이를 세운다면 어찌 되겠소? 더 큰 혼란이 올 수도 있음이오."

눈물을 거둔 현비가 얼굴을 들고 받았다.

"어린 아이는 언제까지나 어린 아이입니까? 차라리 어린 아이를 세워 공신들이 어린 세자를 보필하고 가르치며 힘을 뭉친다면, 어린 세자가 자랐을 때는 권력이 하나로 집중되겠지요. 천하를 호령하고 나라를 세우신 상감이십니다. 공신들을 한 손에 움켜쥐고 아직 권력이 없는 왕자를 세워 따르게 한다면, 왕실과 나라는 저절로 태평해질 것이옵니다. 소첩의 말이 틀렸습니까?"

임금은 비로소 머리를 끄덕였다. 이미 권력을 쥐고 무리를 이룬 왕자들보다, 권력을 모르는 어린 왕자를 세워 가르치고 보필하게 한다면, 권력의 중심은 점차 세자에게로 몰릴 것이다. 그 뒷받침을 '내가 한다!' 옳은 말일 수도 있음이었다.

임금은 무거운 짐을 내려놓은 듯 홀가분해졌다. 밝게 웃으며 현비를 다독였다.

"듣고 보니 임자의 말이 옳소. 하마터면 대사를 크게 그르칠 뻔 했소."

"소첩의 뜻을 이해하시니 고맙사옵니다."

"알다마다요. 큰 아이로 정합시다."

현비는 와락 달려들어 상감을 안았다. 가슴에 얼굴을 부비며 울먹였다.

"고맙사옵니다, 상감마마! 국초의 기틀이 잡힐 것이옵니다. 천하를 호령하고 평정하시던 그 위용을 더욱 떨치소서. 누가 있어 감히 거역하오리까."

그로부터 열흘이 지난 8월 20일이었다. 그동안 조정 중신들은 하루빨리 세자를 책봉해야 한다고 수차 주청했다. 하지만 임금은 생각 중이라며 미루고는 몇몇 중신들에게 현비와 그 소생들을 두고 슬쩍슬쩍 언질을 던지기도 했다. 생각했던 대로 무작정 밀어붙였다가는 시끄러운 일이 벌어질 수도 있는 매우 민감한 중대사였다. 며칠간 조정은 당연히 세자 책봉을 두고 어수선했다. 왕자들은 왕자들끼리 눈치를 살피고, 중신들은 중신들끼리 수군거리는 것을 임금은 그저 묵묵히 눈여겨 살피고 있었다.

조회를 끝내고 국정을 살피던 임금은 저녁 때 좌시중 배극렴과 우시중 조준, 찬성사 정도전을 편전으로 들게 했다.

세 중신이 탑전에 부복하며 여쭈었다.

"전하, 찾아 계시오니까?"

임금은 짐짓 근엄한 용안으로 받았다.

"그렇소이다. 경들은 전부터 하루빨리 세자를 세워야 한다고 했는데, 과연 누가 마땅하다고 보시오?"

적장자 방우가 세자 되기를 극구 사양했다는 것을 알고 있는 세 중신은 서로 쳐다보며 말을 아꼈다. 왕자 일곱 중에 서자가 둘이다. 서자를 두고 이미 언질을 받은 중신들은 함부로 입을 열기 어려웠다. 적실 왕자 방과 와 방원은 개국에 큰 공이 있고, 그 휘하에 만만찮은 세력이 형성되고 있음을 보고 있는 터였다. 임금의 의중이 서자에게 있다는 것은 알지만, 자 칫하다가는 왕자들 틈바구니에서 떼죽음을 당할 수도 있는 중대사였다.

무작정 침묵할 수만은 없어 배극렴이 공식적인 대답을 아뢰었다.

"진안군께서 사양하셨다면 법도로 보아 응당 영안군께서 대를 이음이 마땅하지 않을까 사료되나이다."

임금이 하나마나한 소리라는 듯 딴전을 보며 말했다.

"적통을 놓고 본다면 당연하겠지만, 사람을 놓고 보아서는 미진한 점 도 있소이다. 국운이 걸린 막중대사이거늘……."

세 사람이 서로 눈치를 보다가 정도전이 아뢰었다.

"왕자들께서 모두 하나같이 영특하시니, 신들이 어찌 감히 아뢰오리까. 옛말에도 아들을 알기는 아버지만한 이가 없다고 하였나이다."

명답 중의 명답이었다. 정도전은 민감한 상황에서 왕자 일곱을 모두 세 자 후보로 추천하고는 슬며시 발을 뺐다.

조준도 꽉 막혔던 속이 뚫린 듯 시원해서 얼른 거들었다.

"전하, 찬성사의 주청이 옳사옵니다. 신 등은 다만 성심을 따를 뿐이옵 니다."

임금은 그럴 줄 알았다는 듯 고개를 끄덕이다가 옥음을 낮추며 말했다.

"과인의 생각으로는 방번이 어떨까 하오!"

세 중신은 하나같이 흠칫했다. 이미 예상했던 말이기는 했지만, 막상 임금의 입에서 떨어진 말은 섬뜩했다. 임금의 손발이나 다름없는 이들 세 중신은 이미 의논을 했었다. 임금의 의중이 후실의 소생에 있다면 왕재王 才로는 둘째인 의안군 방석이었다. 의논을 했으면서도 이들 세 사람은 서로 눈치를 보며 밀고 당기고 있었다.

성정이 급한 배극렴이 쭈뼛쭈뼛 혼잣말 하듯, 자기들끼리 의논하듯이 말했다.

"무안군께서는 좀 부앙俯仰 : 결단력이 부족함한 면이 있어서 어떨지……."

임금이 기다렸다는 듯이 즉시 받아 말했지만, 역시 조심성이 깃들어 있었다.

"좌시중 말이 맞소. 그 아이는 좀 부박浮薄 : 천박하고 경솔하다한 면이 있긴 있소이다."

세 중신은 한꺼번에 머리를 조아렸다.

"황송하옵니다, 전하!"

임금은 좀 과장되게 손을 내저으며 말했다.

"알았소이다. 말인즉슨 옳은 말이야. 과묵하고 영특함이야 방석이 월등 하지. 그렇지 않소?"

세 중신은 또 서로 눈짓을 하다가 한꺼번에 아뢰었다.

"전하, 옳은 결단이시옵니다. 하례 드리나이다."

"허허허, 고맙소이다. 보는 눈은 같은 것이야. 역시 방석이 왕재였어. 그럼 그렇게 결정이 났소이다. 세자 문제를 두고 더 이상 논의가 있어서 는 아니 되고, 뒷말들이 오가서도 아니 될 것이오."

조준과 정도전은 속으로 찔끔했지만, 배극렴이 받아 아뢰었다.

"전하, 어찌 뒷말이 있겠사옵니까. 심려치 마시오소서."

임금은 그래도 못미더워 다짐을 받듯 거듭 말했다.

"그래도 그렇지 않을게요. 혹여라도 대소신료들 간에 이 일로 시끄러워지면 경들에게 책임을 물을 것이외다. 반면에 왕자들에게 문제가 생기면 내가 해결할 것이오. 그리 알고 세자 책봉 의식을 준비하시오. 오늘이라도 좋소이다."

"전하, 성심을 받들어 거행하겠나이다."

이리하여 태조의 일곱째 아들 방석이 11세에 세자로 책봉되었다.

세 중신은 어전을 물러나오며 길게 한숨을 내쉬었다. 큰 걱정이던 끌방망이 같은 적실 왕자들의 불만을 임금이 책임진다면 만사형통이었다. 환갑이 다 된 임금의 시대는 이제 머지않을 것이고, 어린 왕자가 세자로 있다가 보위에 오른다면 세자를 보필하던 자신들은 자손 대에까지 영화를 누릴 터였다. 반면에 적실 왕자 중에 이미 권력을 쥔 방과나 방원이 보위에 오른다면 소위 개국공신들의 권세는 견제를 받거나 그날로 땅에 떨어질 것이 불을 보듯 뻔했다.

새로운 나라 조선

그해 11월 27일, 계품사計稟使로 명나라에 갔던 밀직사密直司 조임趙琳이 명나라 예부禮部의 자문咨文을 받아 돌아왔다. 국호國號를 정하겠으니 허락해 달라는 계품에 대한 자문이었는데, 대략 이러하다.

고려국 권지국사權知國事 : 제후보다 낮은 별칭가 본국本國 예부에 주문奏文하기를, '황제께서 신에게 이미 권지국사의 작호爵號를 내리시었으니, 이제 마땅히 국호를 새로이 정하여 나라의 기강을 세우고 백성을 위무하고자 하오니 윤허하소서.' 하였다. 이에 본국 황제 폐하께서 윤허하시기를 '짐은 주문을 허락하노니, 어떤 칭호로 고칠 것인가를 즉시 보고하라.' 하시었소. 귀국에서는 칙지를 받들어 즉시 시행하시오.

임금은 즉위한 즉시 명나라에 사신을 보내, 고려왕을 폐하고 삼군도통사 이단李旦 : 이성계가 즉위한 뒤에 바꾼 이름이 보위를 이었으니 승인해 달라고 청

했었다. 이에 명나라에서는 왕호를 허락하지 않고 권지국사라는 작호를
내렸었다. 명나라는 조선이라는 국호를 허락하면서도 태조에게는 끝내
왕호를 내리지 않았다. 그리고 10년 후인 태종 원년에 왕호의 고명誥命 : 사
령장과 금인金印을 내렸다.

　명나라로부터 국호 개정을 승인 받은 조정은 며칠에 걸쳐 국호를 정하
려고 논의했다. 최종으로 정해진 가칭 국호는 '조선朝鮮'과 '화령和寧'이었
다. 조선은 고대 단군조선檀君朝鮮의 맥을 잇는다는 뜻이었고, 화령은 이성
계가 태어난 고을 이름이었다.

　국호를 결정한 조정에서는 즉시 예문관학사藝文館學士 한상질韓尙質을 주
문사奏聞使로 삼아 명나라 수도 남경에 보내 조선과 화령 중에서 국호를
지정해 주도록 요청했다.

　태조 2년(1393년) 2월 15일, 명나라에 갔던 주문사 한상질이 돌아왔다.
수도를 옮기려는 원대한 계획을 세우고 계룡산 일대를 돌아보던 임금은
양광도楊廣道 : 충청도 청주목淸州牧 관아에서 명황제의 자문을 받든 한상질을
맞이했다.

　자문은 다음과 같다.

본국 예부에서 우시랑右侍郞 장지張智 등이 윤12월 9일에 삼가 황제폐하의

성지聖旨를 받들었는데, 그 조칙에, '동이東夷 : 고려를 지칭의 국호에 다만 조

선이라는 칭호가 아름답고, 또한 이것이 전래한 지가 오래 되었으니 조선

으로 하되, 그 명칭을 근본으로 하여 본받을 것이며, 하늘의 뜻으로 백성

을 다스려서 후사를 영구히 번성케 하라.' 하시었소. 이에 본 예부에서 삼

가 성지의 사의事意를 갖추어 앞서 전하는 바이오. 후일에 국호를 정한 고

명을 받든 사신이 방문할 것이오.

자문을 읽은 임금은 기뻐하며 두 번이나 명나라에 다녀 온 한상질에게 전지田地 50결結 : 1결은 600평을 하사하였다.

임금은 그날로 예조에 명하여 국호를 조선이라 반포하는 선지宣旨 : 임금의 명령을 널리 선포함를 내리게 하였다.

왕은 이르노라. 과인이 덕이 적은 사람으로서 하늘의 아름다운 명을 받아 전조를 이어 새 나라를 세우게 되었다. 이에 따라 과인은 국호를 '조선' 또는 '화령'으로 고칠 것을 명나라에 청하였다. 이에 명나라 황제께옵서 '조선이라는 칭호가 아름답고 또한 전래한 지가 오래 되었으니, 그 명칭을 본받으라.' 하시었다. 이에 비로소 국호가 정해졌으니, 어찌 기뻐하지 않겠는가. 이제부터 고려는 없애고 조선이라는 국호를 쓰게 되었으니, 실로 이것은 종사와 백성의 복이로다. 이에 중앙과 지방에 널리 알려 온 백성과 함께 혁신할 것이다. 오호라! 제왕의 기업基業을 세우고, 이미 국호를 정하게 되었으니, 정사를 발포發布 : 법령, 정강 따위를 세상에 널리 펴서 알림하고 인정仁政을 시행하여 마땅히 백성을 위한 정치를 펴게 될 것이다.

임금이 조정에 계달하여 국호를 지으라할 때 조정에서는 단군조선의 역사와 맥을 잇는 뜻에서 '조선'을 택했다.

그런데 명나라 역시 그러한 뜻에서 기자조선箕子朝鮮의 '조선'을 의식하고 국호로 정하게 했다. 명나라의 뜻은 〈논어〉에 근거한 것으로서, 은殷나라 사람 기자箕子가 조선으로 망명하여 단군왕검이 세운 조선의 왕이 되었는데, 주邾나라가 기자를 제후諸侯에 봉했다는, 〈한서지리지漢書地理志〉를 그대로 믿은 결과였다. 즉, 기자조선이 중국의 제후국이었으니, 이제 너희도 명나라의 제후국임이 분명하다는 명 황제 주원장의 얄팍한 의도였다.

태조 7년(1398년) 8월 13일, 신덕왕후神德王后의 대상제大祥祭를 흥천사興天寺에서 베풀었다. 현비 강 씨는 이태 전 8월 13일에 흥薨 : 제후나 왕후의 죽음했었다. 조선의 수도를 개성에서 한양으로 옮긴 지 2년 만이었다. 현비는 백일장百日葬으로 궁궐 서쪽 언덕에 장사지냈다. 봉상시奉常寺 : 나라의 제사와 시호를 맡아보는 관청에서는 현비의 시호諡號를 신덕왕후라 하고, 능호陵號를 정릉貞陵이라 지어 올렸다.

이듬해 봄, 돌아간 현비를 잊지 못한 임금은 정릉 경내에 신덕왕후를 추모하는 절을 짓고 흥천사라고 이름을 지었다. 임금은 나이가 십여 년 아래인 둘째 부인 강 씨를 끔찍이 사랑했다. 강 씨는 첫 부인 한 씨와 달리 아름답고 총명했으며, 권문세가權門勢家의 딸로서 남편 이성계가 웅대한 뜻을 펴는 데 많은 힘을 보태었다. 왕후가 된 뒤에는 의도적으로 개국공신 정도전, 남은 등 중신들을 가까이 하고 포섭하여 자신의 소생인 방석을 세자로 책봉하는 등 막강한 영향력을 행사했다.

신덕왕후 대상제를 지내고 환궁한 임금은 그날 밤부터 병환이 났다. 대상을 치르느라 심신이 고단하여 몸살이 난 줄 알았으나, 하루가 지나고 이틀이 지나도 낫기는커녕 환후가 위중해졌다. 임금은 전신이 쑤시고 아프다면서 고통스러워하였고, 음식은커녕 탕약을 입에 넣어도 금방 토하는 지경에 이르렀다.

개국의 후유증을 씻어내고 안정을 잡아가던 조정은 갑작스런 임금의 환후로 어수선했다. 경복궁에 중僧과 복술인卜術人들의 출입이 잦아졌고, 왕자들이 소격전昭格殿 : 하늘과 땅에 초제醮祭를 지내는 관아에서 초례醮禮 : 임금이나 왕후의 환후 쾌차를 비는 제사를 베풀어 부왕의 환후 쾌차를 빌었으나 차도가 없었다. 도성에는 임금이 다시 일어나지 못한다는 흉흉한 소문마저 퍼지고 있었다.

개국 이후 국호가 정해지고, 세자가 계모의 소생인 방석으로 결정되자 정안군 방원은 어쩔 수 없이 정치 일선에서 밀려나게 되었다. 본인의 뜻은 아니었지만, 끌방망이 같은 적실의 왕자들을 다섯이나 두고 후실의 둘째 아들인 열한 살 어린 왕자를 세자로 세운 임금과 왕비의 의도적이고 노골적인 배척排斥이 작용한 결과였다. 또한 어린 세자를 둘러싼 정도전과 남은, 그리고 심효생沈孝生 : 세자의 장인 등 현비의 세력을 등에 업은 개국공신들의 치밀한 공작도 작용했을 터였다.

적실 왕자들의 세력이 약화되자, 자연스레 개국공신들의 세력과 지위는 급격히 상승되었다. 개국 초에 고려의 삼군도총부를 개편하여 의흥삼군부義興三軍府 : 친군위, 좌군위, 우군위가 설치되었을 때, 판삼사사判三司事 겸 삼군부사三軍府事에 오른 정도전은 임금의 후원을 힘입어 병권집중과 중앙집권화 정책을 구사하면서 굳건한 지위와 세력을 형성하는 데 일단 성공하였다.

그에 반하여 훈신勳臣 : 나라나 임금을 위하여 드러나게 공로를 세운 신하 세력과 종친 세력은 약화되었고, 개국 핵심 세력인 무신武臣들조차 시나브로 정치 일선에서 소외되기 시작하였다. 그렇게 5, 6년이 지나 태조 7년에 이르렀을 때, 정도전은 병권을 세자의 형님인 무안군 방번에게 맡기고 있었는데, 물론 임금의 의도였다.

정도전은 개국 이전부터 이성계를 따랐으며, 개국 후에도 자신의 이득과 임금을 위해서라면 물불을 가리지 않고 모의謀議하기를 서슴지 않았고, 정적政敵들을 순위대로 숙청했다. 그는 스스로를 한나라의 장자방張子房에 비유하며, '한고조漢高祖 유방劉邦이 장자방을 쓴 것이 아니라, 장자방이 유방을 쓴 것이다.' 라고 호언하면서, 조선의 개국은 자신이 주역임을 은연중에 내세우기도 하였다.

실권을 잃었지만 정계 복귀를 위하여 사병私兵을 모집하고 강화하는 등 꾸준히 노력하던 방원을 비롯한 적실 왕자들은 계모인 현비 강 씨가 죽자, 소외당했던 훈신과 무신들을 주축으로 세력을 확장하기 시작했다.

이에 당황한 정도전은 진법훈련陳法訓練 강화를 주장하며 왕족들이 공공연히 거느리는 사병을 해체해야 한다는 '사병혁파제도' 를 조정에 공론화했다. 이 공론은 마침내 결정되어 임금의 재가裁可를 얻어 실행 단계에 이르렀다. 그리하여 왕자들이 거느리던 막강한 사병은 임금의 명에 의해 해체되었다.

8월 22일, 정안군 이방원의 집 안방에 주인과 지안산군사知安山郡事 이숙번李叔蕃이 마주앉아 있었다.

이숙번이 몸을 숙이며 나직이 말했다.

"전하께서 환후가 그토록 위중하신가요?"

방원도 나직하게 받았다.

"그렇소이다. 그래서 안산군을 불렀소이다."

"나으리, 그렇다면 좋은 기회가 아닙니까?"

"그렇기는 하지만, 저들의 동정은 지금 어떻다고 보시오?"

이숙번은 한 무릎 다가앉으며 나직이 말했다.

"이무李茂를 시켜 동태를 살피고 있는데, 최근 들어 솔고개松峴에 있는 남은의 첩 집에 모여 연일 비밀 모의를 하고 있습니다."

"틀림없겠지요?"

"그렇습니다. 이무는 참찬 벼슬이 떨어진 걸 불만삼아 저들에게 접근하여 신임을 얻고 있으니 틀림없습지요."

방원은 표정이 굳어지며 물었다.

"모이는 사람들이 누구라고 합디까?"

"정도전, 남은, 심효생, 이근, 장지화, 이직李稷, 노석주, 변중량 등이라고 합니다."

고개를 끄덕이며 듣던 방원은 침통하게 말했다.

"으음, 역시! 이제는 더 지체할 수 없는 상황에 이른 듯싶소이다."

이숙번이 어깨를 펴며 받았다.

"그렇습니다. 서둘러야 합니다."

방원은 이숙번을 뚫어지게 쳐다보며 말했다.

"안산군, 막중한 일입니다. 자신 있소?"

숙번은 벌쭉 웃으며 손바닥을 훌떡 뒤집어 보이고는 말했다.

"말해 뭘 합니까. 여반장입지요!"

"쉽게는 생각지 마시오. 지금 왕족들의 사병까지 병합한 막강한 병권을 방번이 쥐고 있소이다."

숙번은 같잖다는 듯 픽 웃으며 받았다.

"나으리, 방번은 고작 열여덟 살입니다. 그 애숭이가 병권을 쥔들 뭔 실권이 있겠소이까?"

"그렇질 않아요. 대궐에는 내갑사內甲士 : 임금 호위군사제조 이천우가 있고, 친군위 도진무 박위朴位와 조온趙溫이 있소이다."

숙번은 자신 있게 받았다.

"조온은 이미 내 수하가 되었습니다. 또한, 이천우는 나으리의 사촌이 아닙니까?"

"그가 어찌 나에게만 사촌이우? 세자와 방번에게도 사촌이외다."

숙번은 대수롭지 않게 받았다.

"그건 그렇지만, 이천우는 이미 나으리 편인 줄로 알고 있는데, 아닌가요?"

"확실치는 않지만, 이천우는 내 말에 따를 것이니 걱정 마시오."

"그러면 됐습니다. 내갑사제조가 호응을 한다면 성공할 것입니다. 조영무, 고려, 이부는 일당백의 용장들입니다. 게다가 박포朴苞, 서익, 마천목, 심구령 등은 피로 맹세를 했고, 나으리의 처남 민무구, 무질 형제와 사위 이백강李伯剛과 사돈 이거이李居易도 있습니다. 이만하면 십만 대군도 두렵지 않습니다."

방원은 자신감에 넘치면서도 일침을 놓았다.

"정도전과 남은, 심효생은 모사꾼임을 명심해야 합니다. 특히 정도전과 남은은 죽었다가도 되살아날 놈들이오. 만사는 불여튼튼이외다."

숙번은 가슴을 펴며 장담했다.

"걱정 마십시오. 이미 만반의 준비가 되었고, 기회만 잡으면 전광석화로 들이쳐 우선 정도전과 남은 일파부터 박살을 내고 도성을 장악하여 궁중을 고립시킬 것입니다. 궁궐 점령은 못하더라도 일단 고립만 시키면, 나으리께서 종친들과 따르는 중신들을 대동하고 입궐하여 환후 위중하신 상감을 회유하여 세자를 폐위하고 거사를 정당화하는 겁니다."

곰곰이 생각하던 방원이 받았다.

"그리 된다고는 해도 내세울 명분이 약해⋯⋯!"

숙번은 발끈해서 대들었다.

"참, 답답하십니다. 정도전과 남은 일당이 세자를 둘러싸고 나으리와 동복형제들을 살해할 음모를 꾸미는지라, 상황이 급박하여 우선 거사를 감행하는 것입니다. 이만하면 명분이 정당하지 않습니까?"

"좋소이다. 나는 책임을 다할 것인즉, 쓸어내야 할 자들은 남김없이 쓸어야 할 것이오. 모든 책임은 내가 지겠소."

"알겠습니다. 언제든지 출동할 수 있도록 대기하겠습니다."

두 사람은 서로 손을 내밀어 힘차게 움켜잡으며 호탕하게 웃었다.

이들의 웃음소리를 들은 방원의 처 민경옥이 하인에게 술상을 들리고 들어왔다.

"두 분 웃음소리가 듣기에 좋습니다. 이 좋은 날 술이 없어서야 되겠사옵니까?"

두 사람은 또 한바탕 호탕하게 웃으며, 한창 무르익어 기품이 넘치는 아리따운 여인이 따르는 향기로운 술잔을 받았다.

돈의문敦義門 안에 있는 이방원의 집이다. 부인 민 씨가 대청에 앉아 짜증스런 얼굴로 뜰을 내다보고 있었다. 이미 추석이 지났지만 날씨는 한여름처럼 무더웠다. 들리는 소문은 뒤숭숭하고, 입궐한 남편은 사흘째 나오지 못하고 있다. 임금의 환후가 위중하여 왕자와 종친들이 입궐했는데, 언제 어떻게 될지 몰라 숙직을 하며 지키고 있었다.

남편과 그 수하들을 믿기는 하지만, 워낙 엄청난 일이라 자칫 잘못된다면 적실 왕자들은 물론, 왕족과 대소신료들이 떼죽음을 당할 긴박한 상황이 시시각각 다가오고 있었다.

민 씨는 다탁茶卓에 놓인 물 대접을 들어 목을 축이고는 짜증스레 중얼거렸다.

"대체 이 녀석들은 어디서 뭣들을 하는 게야. 벌써 해가 기울지 않나!"

그때 중문이 열리며 둘째 동생 민무질이 들어섰다.

눈이 빠지게 기다리던 동생이었는데, 무질은 외려 느긋하게 두리번거리고 볼 것 다보며 천천히 걸어와 댓돌에 올라섰다.

민 씨가 갑자기 짜증을 내며 외쳤다.

"늘 보던 집안에 뭘 볼게 있다고 두리번거리느냐? 사람이 급할 땐 좀 급해야지."

무질은 콧잔등을 찡긋 하고는 대청에 올라서며 받았다.

"누님도 참, 급할 게 뭐 있소? 뛰어다닌다고 될 일이면 첫새벽부터 뛰었지요."

"원, 저런 능청하고는……, 쯧쯧……."

"누님, 방으로 들어갑시다."

민 씨는 새삼스레 주위를 둘러보고는 동생을 따라 안방으로 들어가 앉기도 전에 재촉했다.

"대체 어떻게 돼가는 것이냐? 답답해서 살 수가 없다."

무질은 덜썩 주저앉으며 목소리를 낮추어 말했다.

"상감께서 위중하답니다. 오늘 밤을 못 넘기겠대요."

"확실하냐?"

"침전에서 금방 나온 말입니다. 제가 대궐 밖에서 이틀 밤을 꼬박 새웠다니까요."

입을 악물고 머리를 끄덕이던 민 씨가 말했다.

"알겠다. 너는 빨리 가서 이숙번에게 이 사실을 알리고 준비를 서둘러라. 나가다 행랑채에 들어 소근이를 들여보내거라."

민 씨는 혼잣말로 중얼거렸다.

"숨줄도 참 끈질긴 노인네구나. 생사람 피를 있는 대로 말리고 가시는구먼."

민 씨가 대청으로 나가자, 가노家奴 소근이가 댓돌 밑에서 읍을 하며 물었다.

"마님, 부르셨사옵니까?"

"오냐, 이리 올라 오거라."

소근이 엉거주춤 댓돌에 올라서자 민 씨가 대청 끝에 다가서며 나직이 말했다.

"빨리 대궐에 들어가서 어른을 나오시라고 일러라."

소근이 눈을 동그랗게 뜨고 물었다.

"나리 마님께서는 종친 여러분들과 함께 계실 터인데, 소인이 뭐라 아뢰어야 할런지요?"

민 씨는 잠시 생각하다가 받았다.

"내당 마님이 갑자기 복통이 나서 사경을 헤맨다고 다급히 고하거라."

"알겠습니다요. 그럼, 다녀오겠습니다."

제1차 왕자의 난

근정문勤政門 밖 서쪽 행랑에 왕자들과 종친들이 모여 사흘째 임금의 환후를 지키고 있었다. 여차하면 강녕전으로 뛰어 들어갈 수 있는 가까운 거리였다. 정안군 방원, 익안군 방의, 회안군 방간, 방원의 사위 상당군 이백강, 삼촌 의안군 이화, 부마駙馬 : 임금의 사위 홍안군 이제, 청원군 심종沈淙 등이 초조하게 대기하고 있었다. 임금의 장남인 진안군 방우가 이태 전에 죽었으니 둘째 방과가 적장자였는데, 소격전에서 닷새째 임금의 환후 쾌차를 빌고 있었고, 세자 방석과 그의 형 방번은 침전에서 부왕의 환후를 지키고 있었다.

왕자들의 숙소를 경비하던 처소별감處所別監이 방원의 가노가 급한 전갈로 왔음을 알렸다.

방원이 문을 열고 소근에게 물었다.

"아니, 너 웬일이냐?"

소근은 연방 허리를 굽실거리며 말했다.

"아이구, 나리 마님! 큰일 났습니다. 내당 마님께서 갑자기 복통이 나서 방 안을 데굴데굴 구르십니다요."

방 안에 있던 사람들이 모두 일어나 내다보았다.

방원은 짐작이 가면서도 짐짓 걱정 어린 투로 말했다.

"하필이면 왜 이럴 때 복통이란 말이냐? 운종가에 가서 의원을 부르지 않구."

옆에 섰던 삼촌 이화가 허리에 찼던 주머니를 끄르며 말했다.

"언제 또 가서 의원을 부른단 말인가? 내 청심환과 소합환을 줄 테니 어여 가서 돌보게. 여기선 뭔 일이 있으면 급히 알리겠으니 걱정 말게."

방원은 여기도 못미덥기는 하지만, 바깥 사정이 더욱 궁금하던 터라 못 이기는 체 약을 받아들고 나가서 소근이 끌고 온 말에 올랐다.

방원이 집에 들어갔을 때는 땅거미가 지고 있었다. 예상대로 복통이 일어 사경을 헤맨다던 부인이 반색을 하며 맞이했다.

대청에 올라서는 방원에게 부인이 다가서며 물었다.

"아버님 환후가 위중하시다구요?"

방원은 도포를 벗어주며 받았다.

"아직은 그냥 그래요. 대체 뭔 일이 났던 게요?"

민 씨가 눈을 동그랗게 뜨고 받았다.

"그냥 그렇다니요? 좀 전에 무질이 와서 그러는데, 오늘 밤을 못 넘기겠다고 하더래요."

그때, 무질이 이무를 대동하고 들어왔다. 민 씨가 나가서 두 사람을 안방으로 안내했다.

두 사람이 인사를 올리고 마주앉자 민 씨가 무질에게 재촉했다.

"네가 말씀 드려라."

무질이 누님을 힐끗 쳐다보고는 말했다.

"강녕전 침전에 있는 나인이 궐 밖에 대기하던 제게 기별을 했는데요. 의원 말이 상감께옵서 오늘이 고비라고 하더랍니다. 의원은 그래도 혹시 모르니 피병避病 : 병을 피하여 거처를 옮김이라도 해보자고 했는데, 내관 김사행은 안 된다고 했답니다."

방원은 침통한 얼굴로 듣고 있었다. 임금 침전에서 그런 일이 있었는데도 강녕전 행랑에 있는 왕자들 대기실에서는 모르고 있었다. 임금의 환후가 위중하면 결과가 어찌 되든 궁궐 안 다른 전각이나, 왕자들 사저나 때로는 대신들 사가로 피병을 나가는 것이 도리이며 법도이기도 한데, 저들은 의도적으로 임금의 피병을 막고 있는 것이 분명했다.

심각하게 듣고 난 방원이 분연히 말했다.

"무질은 얼른 가서 이숙번을 오라고 해라."

무질이 그럴 줄 알았다는 듯이 머리를 곧추세우고 대답했다.

"지금 거기서 오는 길입니다."

이무도 거들었다.

"저도 저녁때부터 거기 있었는데, 그쪽은 준비가 완벽합니다. 저는 저들의 모의 처소인 남은의 집에 가서 동정을 살필 것입니다."

이무는 무질의 외가 쪽으로 인척이었는데, 벼슬이 떨어지고 종친들로부터 멸시를 당하자 남은의 수하가 되었다. 그러다가 임금의 계비 현비가 죽자, 고종 간인 무구, 무질 형제에게 붙었다.

방원이 이무에게 물었다.

"정도전과 남은 일당이 지금 그 집에 모여 있단 말이냐?"

"그렇습니다. 오늘 밤 상감께옵서 환후 위중하시다는 소식을 듣고 모두

모인다고 했습니다. 필시 저들도 오늘 밤에 일을 낼 것이 분명합니다."

방원은 잠시 생각하다가 말했다.

"자네는 즉시 그리로 가게. 가서 저들에게 오늘 밤 상감께서 영안군 제택으로 피병을 납신다고 말하게."

듣고 난 세 사람은 환하게 웃었다. 민 씨가 말했다.

"좋은 계책입니다. 상감께서 적장자 제택으로 납신다는데, 누가 뭐라겠습니까? 그리 되면 저들도 함부로 움직이지 못할 겁니다. 무는 어서 가거라. 임무를 충실히 수행해야 한다!"

이무가 나가고 뒤이어 무구가 들어와 굽실 인사를 하고 말했다.

"퇴궐하셨단 말을 듣고 왔습니다."

민 씨가 받았다.

"그래, 잘 왔다. 그러잖아도 사람을 보낼 참이었다."

깊은 생각에 잠겼던 방원이 말했다.

"숙번은 뭐라더냐?"

"만반의 준비가 끝났습니다. 대궐 사정이 어찌 되건 상관없이 오늘 밤 거사를 해야 한다고 했습니다."

고개를 끄덕이던 방원은 마침내 결심을 하고는 분연히 말했다.

"무구는 숙번이한테 가서 무장을 갖추라 이르고, 모자라는 병장기는 우리 집에 와서 충당하라고 해라. 부인은 무질이와 병장기를 내놓으시오."

열흘 전에 조정에서 내린 엄명으로 왕자들이 거느리던 사병이 혁파되었다. 그 사병들이 거의 궁궐 수비병으로 편입되었는데, 궁궐 수비대장은 방번이었다. 그때 사병들의 병장기도 회수되었지만, 방원의 부인 민 씨는 이런 날을 대비하여 질이 좋은 병장기를 일부 감춰두었었다.

"무구는 즉시 가서 숙번에게 일러라. 무장이 끝난 장사들을 신극례辛克禮

의 집에 집결시켜 대기하게 하고, 발이 빠른 자들을 선발하여 솔고개 남
은의 집을 감시하게 하라."

상장군上將軍 신극례의 집은 돈의문 방원의 집과 경복궁 중간에 있었다.

지시를 받은 무구는 급히 달려 나갔고, 방원도 횃대에 걸린 도포를 집
어 들었다.

민 씨가 기겁을 하고 소매를 잡으며 물었다.

"어딜 가시게요?"

"입궐해야지."

"입궐이라니요! 적들의 소굴로 가신다는 겁니까?"

방원은 팔을 뿌리치고 도포를 입으며 받았다.

"걱정 없어요. 의안군이 내갑사를 장악하고 있는 한 급한 변은 면할 수
있어요. 내가 가지 않으면 형님들이 위험에 빠질 수도 있어요."

민 씨는 눈을 지릅뜨고 말했다.

"사람을 보내 피하라고 하면 되잖아요. 가지 마세요."

"안 돼! 자칫하다가는 형님들까지 적을 만들 수가 있어요. 그리 되면
만사를 그르치는 것이야. 제깟 놈들이 감히 나를 어쩌지는 못해."

민 씨는 댓돌에 내려서는 남편에게 간절한 목소리로 당부했다.

"나으리! 조심, 또 조심하소서!"

마당에 내려선 방원이 돌아보며 받았다.

"걱정 말고 집안이나 잘 단속하세요."

방원이 다시 입궐했을 때는 이미 밤 초경初更 : 8시경이었다. 강녕전 행랑
에는 왕자들과 종친들이 그대로 있었고, 방번도 나와 있었다.

방원이 방번에게 물었다.

"아바마마께서 위중하시어 피병을 하신다는데, 그게 사실이냐?"

"내의가 그런 말을 했으나, 아직은 어찌 될지 모르겠습니다."

그때였다. 내관 조순이 나인에게 호롱불을 들리고 와서 고했다.

"상감께옵서 환후 위중하시어 서량정으로 피병을 납십니다. 왕자 제군께서는 급히 입시하여 호종扈從하시라는 어명이 계셨나이다."

이화가 벌컥 화를 내며 나섰다. 이화는 임금의 이복동생이었다.

"피병을 납시려면 진즉 했어야지, 어째서 밤중에 그것도 위중할 때 납신단 말이냐?"

"소관이 어찌 알겠나이까. 아마도 유언을 내리실 듯하나이다."

방 안에 있던 왕자들과 종친들이 모두 밖으로 나왔다.

내관 조순이 말했다.

"강녕전으로 드시되, 시종들은 들어오지 못하게 하라는 엄명이 계셨나이다."

방원이 조순에게 다가서며 물었다.

"시종을 들이지 말라니, 어명이 그러하단 말이냐?"

"그렇사옵니다. 어서 듭시옵소서."

"헌데, 어찌하여 궁문에 등불이 없고, 강녕전 뜰도 저리 어두우냐?"

조순은 쭈뼛거리며 대답했다.

"상감께옵서 주위가 너무 밝아 정신이 혼란하다 하시며, 실외의 등촉을 끄라 하시었나이다."

이화가 나섰다.

"그야 어쨌건 어여 들어가야지."

방번과 이화가 앞서자 심종과 이제가 뒤를 따랐고, 방의, 방간, 이백강이 머뭇거렸다.

방원이 고개를 갸웃거리며 혼잣말처럼 중얼거렸다.

"궁문과 침전에 불을 껐다! 아이구, 배야. 내 잠시 뒷간에 좀 가야겠다."

방원은 행랑 서쪽에 있는 뒷간으로 뛰어 들어갔다. 컴컴한 뒷간에서 곰곰이 생각해 보아도 이상했다. 상감께서 피병을 나가는데, 불을 끄다니! 그렇다면 정말 정도전 무리가 강녕전에 매복하고 왕자들을 노린단 말인가? 게다가 시종들의 접근까지 막는다면……, 그럴 수 있었다. 이쪽 상황을 눈치 챈 저들이 선수를 칠 수도 있음이었다.

그때 밖에서 방의가 불렀다.

"배가 많이 아픈가? 피병을 납신다는데, 지체할 시간이 없네."

방원은 급히 나와 두 형님을 불러 모아 말했다.

"아무래도 이상합니다."

방간이 물었다.

"이상하다니, 뭐가 이상하단 말인가?"

"정도전 일당이 우리 형제들을 몰살시킬 계획을 세운다더니, 오늘 밤이 틀림없소이다."

두 왕자와 이백강은 기겁을 했고, 방의가 물었다.

"그게 참말인가?"

"틀림없어요. 아버님이 위중하신데도 지금까지 우리를 침전에 부르지 않은 것이며, 시종은 강녕전으로 들일 수 없다는 것이며, 밤중에 피병을 납신다면서 궁중의 불을 모두 끈 것이 이상합니다. 우린 들어가지 맙시다."

"듣고 보니 그렇기는 하다만, 아버님이 위중하신 판에 설마 그런 엄청난 짓을 하겠느냐?"

"형님두 참 답답합니다. 그러니 더 위험하지요. 저들이 세자 방석을 옹위해서 싸고도는 걸 보면서도 못 믿으시오? 난 나가겠으니, 형님들은 맘

대로 하시구려."

방원은 행랑채 뒤편을 향해 소리쳤다.

"소근이 게 있느냐? 말을 대령하라!"

담 밑 어둠 속에서 말고삐를 잡고 대기하던 가노 소근이 달려오자 방원은 훌쩍 말에 오르며 소리쳤다.

"저는 나갑니다!"

방원은 말 배를 차며 궁궐 서문 쪽으로 내달렸고, 사위 이백강은 기겁을 해서 소근이와 냅다 뛰었다.

두 왕자는 마주보고 눈을 멀뚱거리다가 방간이 말했다.

"형님, 아우 말이 맞습니다. 아버님이 돌아가시면 우린 죽은 목숨입니다. 어서 나갑시다."

두 왕자는 그제야 머리끝이 쭈뼛했다. 죽음이 눈앞에 닥쳤음이었다. 방의가 냅다 뛰자 방간은 형의 옷자락을 잡으며 덩달아 뛰었다. 두 형제는 창끝이 뒷덜미를 찌르는 듯싶어 진동한동 어둠 속을 내뛰다가 방간이 돌부리에 걸려 덜퍽 엎어졌다. 뒤따르던 방의도 발에 걸려 잇달아 엎어지며 비명을 지르자, 성문을 지키던 초병들이 달려왔다.

콧등이 까진 두 왕자가 엉거주춤 일어서자 성문 초병들이 횃불을 들이대고 소리쳤다.

"웬 놈들이냐!"

방간이 옷소매로 까진 콧등을 가리며 소리쳤다.

"네 이놈들, 눈에 뵈는 게 없느냐?"

그제야 왕자들을 알아본 초병들이 납작 엎드렸다.

"아이쿠, 이거 군 나으리들 아니십니까? 몰라 뵈어 송구 하옵니다만, 밤중에 어찌 시종도 없이 천방지축으로 뛰십니까요?"

　두 왕자는 비로소 정신이 들고 맘이 놓였지만, 까진 콧등과 손바닥, 무릎이 아파 설설 기며 궁문을 나왔다.

　말을 달려 궁궐 서문을 나온 방원은 신극례의 집으로 달려갔다.
　질풍처럼 달려오는 방원을 알아본 문지기 병사가 즉시 이숙번에게 알렸고, 갑옷 차림을 한 이숙번이 이부와 고려를 대동하고 방원을 맞이했다.
　"어서 오시오소서, 나으리."
　"어찌 되었는가?"
　이숙번이 군례를 올리며 받았다.
　"명만 내리소서. 준비는 완벽합니다."
　방원은 안으로 들어갔다. 대기하던 사람들이 마당으로 나와 방원을 맞이했다. 이숙번, 이맹종, 이거이, 조영무, 이부, 고려, 신극례, 서익, 문빈, 심귀령, 민무구, 민무질, 심구령, 박포 등 장수급 15명은 갑옷 차림에 투구를 썼다. 이숙번의 수하에 무장을 갖춘 기병이 10기였고, 보졸이 9명이었다. 그밖에 여러 무장들의 수하와 노복들이 20여 명이었으나, 십여 명만 무장을 했고, 나머지는 단단한 몽둥이를 들었다.
　50여 명의 장졸들을 천천히 둘러 본 방원이 말했다.
　"성상께옵서 환후 위중하신 틈을 탄 불손한 무리들이 세자를 둘러싸고, 적실 왕자인 우리 형제들을 몰살시킬 음모를 꾸미고 있소이다. 궁중에는 저들의 무리인 환관 김사행과 조순 일당이 혼미하신 아바마마와 어린 세자를 인질로 잡고 보위를 찬탈하고자 지금쯤 살육을 감행하고 있을 것이외다. 저들의 음모를 눈치 챈 나는 말을 달려 궁을 빠져나왔지만, 두 형님은 어찌 되었는지 생사를 알 수도 없는 급박한 상황이 벌어졌소이다. 여러분들은 바로 오늘을 위하여 이 자리에 모였소이다. 여러분, 나를 따라 역적을 토벌하고 국초의 종사를 바로 세우는 대업에 동참하시겠습니까?”

무장들은 일제히 군례를 올리며 합창했다.

“따르겠습니다!”

“명만 내리소서. 기꺼이 따르겠나이다.”

“와아! 와아!”

군졸들의 함성이 어둠 속을 진동했다. 그때, 방의와 방간 두 왕자와 이백강, 소근이가 들어왔다. 이맹종이 기다렸다는 듯 아버지 방간과 큰아버지 방의에게 갑옷과 투구를 씌우고 장검을 들려주었다. 두 왕자의 합류에 용기백배한 장졸들은 필승을 다짐하는 함성을 질렀다.

“와아, 역적들을 토벌하자!”

“종사를 바로 세우자!”

방원이 장졸들을 진정시키고 이숙번에게 말했다.

“안산군, 이제 어디서부터 시작하면 되겠소?”

“이제 거사는 시작되었습니다. 대궐은 조온이 장악하고 있으나, 만일을 대비하여 대궐 정문광화문에 우리 군사를 매복시켜 적도의 출입을 막아야 합니다. 나머지 소수 병력으로는 정도전, 남은 등 간당姦黨의 수괴首魁들이 모의하는 소굴을 들이쳐 한번에 박살을 낼 것입니다. 출정하기 전에 우선 군호軍號 : 암호를 정해야 합니다.”

“군호라! 과연 그렇소이다. 적과 아군을 구별하자면 군호가 있어야지. 음, 군호는 산山과 성城으로 정합시다.”

“산성! 좋습니다. 산성으로 합지요. 고려 장군, 전령을 각 매복지에 보내 군호가 산과 성임을 알리시오.”

고려가 군례를 올리며 명을 받고 전령을 불러 모았다.

“너희는 솔고개와 운종가, 삼군부 정문 등 매복조에 은밀히 가서 군호가 산성임을 전하라."

전령들이 달려 나가고, 전열을 정비한 이방원의 군대는 마침내 심극례의 집을 나섰다. 방원과 이숙번이 말 등에 높이 앉아 행렬을 이끌었다. 잔뜩 긴장한 기병 30여 기와 보졸 20여 명은 묵묵히 어둠 속을 뚫고 행진했다.

오늘밤 작전 내막과 이들이 소위 간당이라고 말하는 적들의 정세를 정확하게 알고 있는 사람은 오직 이숙번 하나뿐이었다. 오로지 이숙번의 생각과 행위에 따라 역적과 충신이 결정되고, 말 한마디와 손짓 한번에 수많은 목숨이 달려 있었다.

이방원의 군대는 8월 그믐께의 어둠 속을 발소리도 죽이며 행군하여 운종가를 지나 경복궁 쪽으로 꺾어들었다. 인적이 없는 대로를 전진하여 의흥삼군부義興三軍府 정문 앞에 이르러 행군을 멈추었다. 저만큼 앞에 경복궁 정문이 수비병들 횃불에 어른어른 윤곽으로 보이는 지점이었다.

이숙번이 나서며 말했다.

"문빈 장군은 어디 있소이까?"

문빈이 앞으로 썩 나서며 군례를 올리고 받았다.

"예 있소이다."

"문 장군은 익안군, 회안군 나으리를 모시고, 상당군 등 지정된 장군 다섯 분과 정문을 방어하시오. 대궐을 들고 나는 사람은 누구를 막론하고 잡아 오라를 지울 것이며, 반항하면 두 분 나으리의 명으로 즉참하시오. 어떠한 경우라도 여기서 철수해서는 아니 되오."

"알겠소이다. 두 분 나으리를 모시고 책무를 다할 것입니다."

방의, 방간 두 형제는 꼼짝없이, 걸리는 사람마다 죽여야 하는 악역을 맡게 되었다.

기병 20기와 보졸 10명을 궁문 앞에 배치시킨 이숙번은 방원과 함께 나머지 군대를 이끌고 말머리를 돌렸다.

방원이 이숙번과 말머리를 나란히 하며 물었다.

"이 장군, 이제 어디로 가는 겁니까?"

이숙번은 어둠 속에서 혼자 히죽히죽 웃다가 정색을 하고는 어깨를 으쓱 펴며 대답했다.

"솔고개로 가얍지요. 솔고개 남은의 첩 집에 간당의 수괴들이 모여 있습니다. 한번에 박살을 내얍지요."

방원은 가슴이 쿵쿵 뛰고 머리끝이 쭈뼛했다. 마침내 자신의 목숨을 노리던 간적 정도전과 남은을 죽이게 되었다는 흥분과, 상황이 어떻게 전개될지 한 치 앞도 내다볼 수 없는 불안감으로 전신에 소름이 돋았다. 과연 이숙번을 이렇게 믿어도 되는 것인지, 목숨이 경각에 달렸다던 아버지는 어찌 되었으며, 어린 세자를 끼고 구중궁궐에 들어앉아 모사를 꾸미는 늙은 환관 김사행과 조순은 어찌 되었는지 궁금해 입 안이 바작바작 타고 있었다.

"저쪽이라고 아무런 대비책 없이 방심하겠소이가? 과연 우리 병력 20여 명으로 저들을 물리칠 수 있는 비책이 있소이가?"

숙번은 어둠 속에서 여전히 비죽비죽 웃다가 대답했다.

"나으리, 염려 놓으십시오. 간당들은 지금 아무 것도 모르고 있습니다. 오직 상감께옵서 붕하셨다는 소식만 눈이 빠지게 기다리고 있을 것입니다."

"알겠소이다. 난 오직 장군만 믿을 뿐이외다."

"걱정 마소서. 계책이 바둑판처럼 조직되어 있습니다. 나으리께서는 그저 구경만 하소서."

　광화문에서 서쪽 언덕바지에 있는 솔고개는 지척이었다. 행렬은 언덕 길을 올라 고갯마루에서 멈추었다. 불빛이 깜박이는 경복궁이 한 눈에 내려다보이는 솔고개에는 어둠 속에서 소나무 수네기가 스산한 바람에 일렁이고 있었다. 바람이 휘휘 불때마다 솔잎이 솨악, 솨악 서로 몸을 섞는 소리가 스산하였고, 몸이 오싹하도록 찬 기운이 느껴질 정도로 밤기운이 싸늘했다. 광화문 문루에서 이고二鼓: 밤 열시 경를 알리는 북소리가 짙은 어둠 속에서 아득하게 들려왔다.

　언덕바지 소나무 밑에서 전열全裂을 정비한 이숙번이 말했다.

　"저 아래 불빛이 빤한 집이 남은의 첩 집입니다."

　방원은 어둠 속에서 불빛 두 점이 빤하게 보이는 집을 보며 받아 말했다.

　"과연 저 집에 간당들이 모두 모여 있단 말이지?"

　"그렇습니다. 저 집 주변에 발 빠른 제 수하들 여섯이 망을 보고 있습지요. 하지만 확인할 필요는 있습니다."

　방원은 고개를 끄덕이며 받았다.

　"그렇소이다. 소근이를 시켜 동정을 살펴봅시다. 여봐라, 소근이는 어디 있느냐?"

　소근이가 바로 앞에서 대답했다.

　"나리 마님, 소인 예있습니다요."

　이숙번이 지시했다.

　"너는 저 집에 들어가서 누가 있는지 동정을 살피고 오너라. 매복자가 군호를 '산' 하고 물으면, 너는 '성' 이라고 대답해라. 알겠느냐? 군호를 못 대면 너는 화살에 맞아 죽는다."

　"알겠사옵니다. 다녀오겠나이다."

　소근은 대답을 뒤꼭지에 끌며 어둠 속으로 사라졌다.

이숙번이 가까이 다가서며 속삭였다.

"행랑채 방에 불이 환하게 켜진 걸 보면 모두 있는 게 틀림없습니다. 만약에 놈들이 흩어졌다면 매복한 수하들이 진즉 기별을 했을 터입니다."

방원은 그래도 초조하고 불안했지만 짐짓 무심한 척 대꾸했다.

"그렇겠지요."

20여 명이 싸늘한 밤바람을 맞으며 초조하게 기다리는데, 언덕길을 달려오는 소근이 어둠 속에서 보였다.

소근이 숨을 헐떡이며 고했다.

"모두 있습니다. 남은, 정도전, 심효생, 장지화, 이근, 이직과 참찬 이무 대감도 있는데, 술상을 벌려놓고 있습니다요."

방원이 물었다.

"집 안이나 대문 밖에 경비를 서는 사람은 없더냐?"

"경비는 없사옵고, 주인들이 타고 온 말을 지키는 하인들이 네댓 명 있으나 벽에 기대앉아 졸고 있었나이다."

이숙번이 마침내 일행을 불러 모아 지시했다.

"조영무 장군 나오시오!"

조영무가 썩 나서며 군례를 올렸다.

"모두 잘 들으시오. 조 장군은 신극례, 고려, 이부 등 장수들 열 명과 보졸 다섯 명을 이끌고 내려가시오. 집 가까이 가면 주변에 매복한 군졸들이 군호를 물을 것이오. 군호를 대면 군호를 신호로 매복한 군졸들이 남은의 집 안채와 이웃집 세 곳에 불을 지를 것이오. 불이 붙으면 놈들이 뛰쳐나올 것이오. 달아나는 놈이나 걸리적거리는 인간들은 모조리 쳐 죽이시오. 이곳이 둑소지휘소가 되오. 나는 여기서 나으리와 군들을 모시고 놈들의 퇴로를 차단하고, 혹시 올지도 모를 지원군을 막겠소. 어서 출병하시오."

　조영무는 고려, 이부 등 무장과 보졸을 이끌고 어둠 속 비탈길로 사라졌다.

　방원과 이거이, 이백강 등은 이숙번의 작전 지시에 감탄했다. 본인의 장담처럼 바둑판처럼 짠 빈틈없는 작전이었다. 방원은 비로소 마음이 놓여 길게 한숨을 내쉬었다. 며칠을 두고 초조하게 타들어가던 가슴 속이 얼음냉수를 마신 것처럼 시원해졌다.

　이숙번이 곤댓짓을 하며 다가와 큰소리로 공치사功致辭를 늘어놓았다.

　"나으리, 어떻습니까? 이만한 작전이면 성공은 떼놓은 당상이 아니겠습니까?"

　방원은 그 행위와 말투가 속으로 아니꼬우면서도 흔쾌히 웃었지만, 순간적으로 머릿속을 찡하게 찌르는 충격을 느꼈다. 이숙번, 이 자는 먼 장래까지 영광을 함께 할 인물이 아님을 순간적으로 깨달았지만, 여전히 웃으며 받았다.

　"왜 아니겠소이까. 장군이 병법에 통달한 줄은 내 진즉 알았지만, 이번 같은 명쾌한 작전을 구상했을 줄은 몰랐소이다. 이번 거사의 공은 모두 장군 것이외다."

　"나으리, 아직 멀었소이다. 나, 숙번은 나으리를 위해 목숨이라도 버릴 것이옵니다. 공은 나중에 논해도 늦지 않을 것이외다."

　금방 말투조차 거만해진 이숙번을 꼬나보는 방원의 눈에 불길이 번득이는 것을 짙은 어둠이 가리고 있었다.

　"고맙소이다, 이 장군. 내 어찌 이 날을 잊으리오."

　"자, 나으리! 이제 우리는 벌어지는 불지옥이나 구경하십시다. 볼만 할 겝니다."

일껏 묵묵히 지켜보던 이거이가 받았다.

"왜 아니겠소, 이 장군. 참으로 통쾌한 광경을 보게 될 것입니다, 그려."

그때 남은의 양옆 집에서 동시에 작은 불꽃이 일고, 연이어 남은의 집 본채와 행랑채 뒤에서 불꽃이 일었다. 불꽃은 금방 네댓 군데로 번지더니 이내 거대한 불길이 되어 타오르기 시작했다. 곧이어 함성과 아우성이 무서운 불길과 함께 밤하늘로 솟구쳐 올랐다. 고갯마루에서 말을 타고 지켜보던 네댓 사람들의 통쾌한 웃음소리가 어둠이 빠옥한 밤하늘을 갈가리 찢었다.

역신과 충신

남은의 집 주변에 매복했던 군졸 여섯은 본대의 군호를 받고 즉시 세 갈래로 흩어져 세 집에 불을 질렀다. 초가지붕은 금방 화염에 휩싸여, '화르르……, 타다닥…….' 불타는 소리가 요란하였다. 곧이어 남은의 집 안채와 바깥채에도 불길이 치솟았다. 행랑채 사랑방에서 술을 마시던 정도전과 남은 등은 마당으로 뛰쳐나왔다. 주위가 온통 불바다였다.

남은이 안채를 향하여 소리쳤다.

"불이야! 불이다, 어서들 나오시오!"

황망해서 돌아치던 정도전이 남은의 옷소매를 잡고 물었다.

"대체 이게 어찌 된 게요?"

정도전의 의심스런 물음에 남은은 소매를 뿌리치며 내뱉었다.

"낸들 알겠소. 어서 피하시오!"

그때 창칼을 든 군사들이 들이닥치자, 남은의 수행원 하경과 최운이 남은을 끌고 뒤꼍으로 달려갔다. 집 안을 훤하게 아는 세 사람은 사다리를 타고 담장을 넘어 도망쳤다. 정도전은 남은이 도망친 사다리로 올라갔다가 옆집 마당으로 굴러 떨어졌다. 이무는 이미 짐작했던 터라 툇마루에 섰다가 무장 군사들이 들이닥치자 마루 밑으로 기어 들어가 숨었다.

마당으로 들이닥친 무장 군사들은 어쩔 줄 몰라 우왕좌왕하는 사람들에게 마구 칼을 휘둘렀다. 술에 취한데다 너무 놀라 정신을 못 차리고 허둥대던 심효생과 이근, 장지화는 고려와 신극례 등의 칼에 살해되었다. 마루 밑에 숨었던 이무는 고려를 보고는 기어 나오며 소리쳤다.

"고 장군, 나요! 이무요."

군사들이 이무에게 달려들자, 고려가 외쳤다.

"그만, 그만두어라!"

고려가 달려가 이무 앞을 막아섰다.

"물러가라! 이 분은 이무 대감이시다."

군졸들이 머쓱해서 물러가자 하얗게 질려 벌벌 떨던 이무가 고려의 손을 덥석 잡았다.

"고맙소이다, 고 장군!"

고려가 이무의 등짝을 냅다 갈기며 받았다.

"이거 하마터면 대감을 죽일 뻔 했소이다. 헌데, 어찌 마루 밑에 숨어 있었소이까?"

이무가 옷자락을 탈탈 털며 멋쩍게 말했다.

"아는 얼굴이 없으니 숨을 수밖에요."

한바탕 살육전이 끝났지만, 불길은 여전히 옆집으로 계속 번져 온통 불바다가 되고 있었다. 살육전을 끝낸 군졸들은 남은의 집에서 죽은 사람들을 밖으로 끌어냈다. 대문 밖에서 주인들의 말을 지키던 하인 두 명이 살해당했고, 집 안에서 죽은 사람은 여자가 셋이고 남자가 다섯이었다.

시체를 둘러보던 고려가 외쳤다.

"사내들 시체는 모두 둑소로 끌고 가라."

군졸들이 시체 다섯 구를 죽은 개 끌듯이 끌고 송현 고갯마루로 올라갔다. 늘비하게 널린 시체를 본 이거이를 비롯한 몇 사람은 고개를 돌리고 접근을 못했다.

고려가 이방원 앞에 군례를 올리고 고했다.

"나으리, 기습은 성공했으나 수괴 정도전은 그만 놓쳤나이다."

이숙번이 벌컥 소리쳤다.

"뭐야, 그 놈을 놓치다니!"

방원과 이숙번이 시체 앞으로 다가갔다.

군졸들이 횃불을 들이대고 얼굴을 확인했다. 심효생, 장지화, 이근뿐이었다.

이숙번이 투덜거렸다.

"이런 빌어먹을, 정작 수괴 정도전과 남은이 도망쳤잖아!"

이무가 제 책임인양 쭈뼛거리며 나섰다.

"나으리, 송구하오이다. 남은은 제 집이니까 미리 사다리를 타고 내뺐고, 정도전도 그 사다리로 올라가는 것을 보았지만, 군사들이 들이닥쳐 찾아보아도 없었소이다. 이직은 불을 끄는 사람들 틈에 끼어들었는데, 어느 틈에 도망을 쳤는지 찾을 수 없었나이다."

이숙번이 잔뜩 못마땅하여 연신 투덜거리자 방원이 말했다.

"일은 끝났는데 어찌 하겠소. 날이 밝는 대로 찾아야지."

그때였다. 아직도 불타고 있는 남은의 집 쪽에서 말 한 필이 달려오고 있었다.

군졸들이 창칼을 들고 막아서며 군호를 외쳤다. '산!' 군호를 알 턱이 없는 말이 계속 달려오자 다시 외쳤다. '산!' 그래도 답이 없자 궁수들이 화살을 겨누었다.

고려가 썩 나서며 소리쳤다.

"쏘지 마라!"

말이 군졸들 앞에 멈추었고, 사람이 뛰어내렸다. 말에서 내린 사람이 방원에게로 달려가서 읍을 하며 말했다.

"나으리, 민부입니다."

방원이 알아보고 반색을 했다. 민부는 전법판사를 지냈으나, 정도전 일파에 찍혀 파직 당한 강직한 사람이었다.

"아니, 민 판사 아니오?"

"그러하오이다, 나으리."

"헌데, 여긴 어쩐 일이오?"

민부는 그제야 주위를 둘러보고는 대답했다.

"이웃집에 불이 나자 제 집에 사람이 하나 기어들어왔는데, 하인들이 잡고 보니 정도전이 분명합니다."

이숙번이 와락 달려들었다.

"그게 정말이오?"

민부는 이숙번을 아래위로 꼬나보다가 방원에게로 돌아서며 말했다.

"정도전을 본 지가 오래되기는 했지만, 풍채가 좋은데다 배가 불룩하게 나온 것을 보면 틀림없습니다."

방원이 흐뭇하게 웃으며 받았다.

"고맙소이다, 민 판사."

민부는 허리를 굽실하고는 말했다.

"원 별말씀을요."

이숙번이 설쳤다.

"나으리, 빨리 잡아들입시다. 이부 장군 어디 있소?"

이부가 나서자 방원이 말했다.

"이 장군은 소근이와 군졸 네댓을 데리고 가서 정도전을 잡아 오시오.
죽이진 말아야 하오."

이부는 군례를 올리고 명을 받았다.

"나으리, 명심하겠나이다."

이부는 군졸을 이끌고 민부와 함께 말을 달렸다.

정도전은 민부의 집 사랑방에 있었는데, 그 집 하인들이 지키고 있었다.

이부와 소근이 장검을 뽑아들고 방문을 열어젖히며 들어갔다.

정도전이 소근을 알아보고는 호신용 단검을 빼들며 악을 썼다.

"이놈, 가까이 오지 마라!"

소근이 빙글빙글 웃으며 말했다.

"정안군께서 곱게 모셔오라 했으니, 어서 갑시다."

단검을 들고 부들부들 떨던 정도전은 소근의 부드러운 말에 안심을 했
는지, 금방 긴장을 풀며 말했다.

"가자! 나도 정안군 나으리께 드릴 말씀이 있다."

일어서는 정도전을 노려보며 이부가 외쳤다.

"살고 싶으면 칼을 버려라!"

정도전은 이부와 단검을 번갈아 들여다보다가 이부를 내던지고 싶은
눈으로 노려보며 단검을 내던졌다.

군졸 둘이 달려들어 정도전을 껴잡고 마당으로 나섰다.

정도전은 안채 대청에 서 있는 민부를 쳐다보며 말했다.

"민 판사, 고맙소이다."

민부는 픽 웃으며 돌아섰고, 정도전은 군졸들에게 끌려 나갔다.

정도전은 고갯마루 둑소로 끌려와 방원의 말 앞에 내던져졌다.

주저앉던 정도전은 주위에 널린 시체를 보고는 흠칫 놀라며 몸을 부르르 떨었다. 그제야 상황을 판단했는지 고개를 들어 말 위에 높이 앉은 방원을 올려다보고는 무릎을 꿇고 엎드렸다.

"나으리, 살려 주소서."

말없이 잠시 내려다보던 방원이 짐짓 침통한 어조로 말했다.

"봉화백, 죽을 짓을 왜 했는가?"

"저는 나으리께 죽을 죄를 지은 적이 없습니다."

"지은 죄가 없다면서 왜 살려달라고 하는가?"

"무작정 끌려 왔나이다. 제가 대체 무슨 죄를 지었나이까?"

"그대는 개국공신으로 성상의 은총을 입어 조선국의 봉화백이 되었는데, 무엇이 부족하여 왕실의 적장자를 두고 서출의 어린 아이를 세자로 옹위하여 싸고돌았느냐?"

정도전은 그새 개국공신 봉화백의 위엄을 갖추고는 당당하게 맞섰다. 논리를 두고 따진다면 누구에게도 뒤질 정도전이 아니었다.

"나으리, 그것을 어찌 내 죄라 하나이까? 왕실의 보위를 잇는 세자 책봉에 신하가 어찌 간섭을 하오리까. 더구나 세자가 책봉될 당시에 나는 보잘 것 없는 벼슬이었소이다. 나는 오직 성상 전하의 뜻을 받들었을 뿐입니다."

이숙번이 장검을 뽑아들고 달려들며 소리쳤다.

"네 이놈! 어디서 궤변을 늘어놓는 게냐? 나으리, 저놈의 더러운 주둥이를 막아야 합니다. 어서 명을 내리소서."

방원이 손을 들어 저지했다.

"서둘 것 없소이다. 정도전은 들어라! 너는 백 년 영화를 꿈꾸며 어린 세자를 옹위하여 우리 적실 왕자들을 몰살시키려 했다. 이미 장성한 적실 왕자를 다섯이나 두고 서출 어린 왕자를 세자로 옹립한 네놈들의 치사한 행위는 그동안 천하의 웃음거리였다. 나는 그래도 개국공신인 네놈이 개과천선하기를 기다리고 있었는데, 끝내 성상께서 위중하신 틈을 타 우리 왕자들을 죽이려고 음모했다. 그래도 죄가 아니라고 할 테냐?"

"억울하오이다. 소인은 나으리를 해칠 뜻이 없었소이다. 살려주신다면 나으리께 충성을 다하겠나이다."

정도전은 비로소 기가 팍 죽어 퍼질러 앉아 펑펑 울고 있었다.

이숙번이 다시 나섰다.

"나으리, 귀를 씻어야할 저 더러운 주둥이질을 왜 듣고만 있나이까?"

방원이 말머리를 돌리며 말했다.

"베어 버려라!"

정도전 옆에 섰던 이부가 장검을 높이 치켜들어 '이얏!' 기합 소리와 함께 내리쳤다.

조선 개국 일등공신에 본관인 봉화를 식읍食邑으로 하사받아 봉화백에 봉해지고, 벼슬이 삼도도통사 숭록대부崇祿大夫에 오른 정도전의 목이 단검에 떨어져 땅바닥에 굴렀다.

정도전은 태조의 신임이 깊은 공신이었다. 태조 4년 10월 7일, 한양의 새 궁궐이 신축되어 낙성식을 하는 자리에서 임금이 정도전에게 명하였다.

"지금 도읍을 정하여 종묘에 제향을 올리고, 새 궁궐의 낙성을 고하게 되매, 가상하게 여겨 군신과 더불어 잔치를 베푸노니, 경은 궁전의 이름을 지어 나라와 더불어 한없이 아름답게 하라."

어명을 받은 정도전은 즉석에서 〈시경詩經〉과 〈서경書經〉을 참조하여 궁궐과 각 전각의 이름을 지어 올렸다.

새 궁궐을 경복궁景福宮이라 하고, 연침燕寢을 강녕전康寧殿이라 하고, 동쪽의 소침小寢을 연생전延生殿, 서쪽의 소침을 경성전慶成殿, 강녕전의 남쪽 전각을 사정전思政殿, 그 옆의 전각을 근정전勤政殿, 동루東樓를 융문루隆門樓, 서루를 융무루隆武樓, 전문殿門을 근정문勤政門, 남쪽의 문은 정문正門이라 한다.

정도전이 지은 새 왕궁의 각 전각 이름은 6백여 년이 지난 지금까지 그대로 불리고 있으니, 그는 비록 비참하게 죽었지만, 그 업적은 조선 역사와 함께 무궁하게 이어질 것이다.

정도전의 자字는 종지宗之이며, 호號는 삼봉三峰이다. 본관本貫은 봉화奉化이며, 형부상서刑部尙書를 지낸 정운경鄭云敬의 아들이다. 고려 공민왕 9년에 성균시成均試에 합격하여 벼슬길에 올랐다. 조선이 건국되어 태조가 등극하매, 개국 일등공신에 책록되고, 삼도도통사가 되어 〈진도陳圖〉·〈수수도蒐狩圖〉·〈경국전經國典〉·〈경제문감經濟文鑑〉을 제작하였다. 또한 악가樂歌를 지었는데, 몽금척夢金尺·수보록受寶籙·문덕文德·납씨納氏·정동방靖東方 등의 곡曲이 있고, 정당문학政堂文學 정총鄭摠과 더불어 〈고려국사高麗國史〉를 수찬修撰하였다.

정도전은 타고난 자질이 총명하고 민첩하며, 학문을 좋아하여 많은 책을 읽어 해박하였다. 또한 젊은 인재들을 가르치는 데 노력하였으며, 미신 및 사교를 배척하며 정도正道를 주장하였다. 그러나 그는 도량이 좁고, 시기가 많았으며, 자기보다 나은 사람들을 곱게 보지 못하였다.

역적 수괴들을 척살하여 작전을 끝낸 이숙번은 인원을 점검했다. 정도전을 사로잡은 민부가 갑옷 차림으로 수행원 두 사람을 대동하고 참여하여 군대는 40여 명으로 늘어났다.

전열을 정비한 이숙번이 고했다.

"나으리, 제1차 작전은 일단 성공했습니다. 달아난 남은은 밝은 날 잡기로 하고, 어서 여기를 떠나야 합니다."

방원은 일이 너무 쉽게 끝나자 오히려 허탈했지만, 이내 정신을 차리고 받았다.

"서둘러야 하오. 곧 날이 밝을 것이오."

이숙번이 앞장서며 외쳤다.

"가회방嘉會坊으로 갈 것이오. 나를 따르시오."

대열을 갖춘 군대는 솔고개 비탈길을 내려갔다.

솔고개를 내려온 군대는 안국방安國坊을 거쳐 가회방에 이르러 행군을 멈추었다.

이숙번이 방원에게 다가가 낮은 소리로 말했다.

"여기서 제2차 작전을 펴야 합니다."

방원은 고개를 끄덕이며 잠시 생각하다가 받았다.

"좋소! 군사들을 풀어 주위를 경계하시오."

가회방 대로에 임시 둑소를 차린 군대는 대열을 정비하고, 이부의 지휘에 따라 대로와 골목길을 장악하고 경계병을 배치했다.

이방원과 이숙번이 작전을 숙의한 끝에 방원이 박포를 불러 명했다.

"박 장군은 민무질을 대동하고 기마병 10기를 이끌고 가서 좌·우정승을 이리로 모셔 오시오. 내가 예서 기다린다고 말해야 하오. 무질은 박 장군을 수행하라."

명을 받은 두 사람은 기마군 10기를 이끌고 어둠 속으로 사라졌다.

한 식경이 채 못 되어 가회방 동구洞口의 다리목에 박포와 민무질이 좌·우정승을 대동하고 나타났다.

바라보던 이숙번이 옆에 있던 고려에게 지시했다. 상장군을 지낸 고려는 안산군사에 불과한 이숙번의 지시를 초저녁부터 당연한 듯이 받아내고 있었다.

"고 장군, 두 정승을 말에서 내리게 하여 이리로 안내하되, 가노들은 따르지 못하게 하시오."

고려가 말 배를 차며 달려가 다릿목을 막아서며 외쳤다.

"정지! 정지하시오!"

두 정승을 인솔해 오던 박포와 무질은 다리를 건너 고려가 버티고 선 옆에 늘어섰다.

고려가 마상에서 큰 소리로 말했다.

"두 분 정승 대감만 이리로 오시오. 가노들은 대동할 수 없소이다."

두 정승이 가노들을 돌려보내고 다리를 건너자 고려가 말했다.

"두 분 대감께서는 말에서 내려 걸어가시오."

두 정승은 마상에서 서로 마주보다가 하릴없이 말에서 내려 걸었고, 말을 탄 이부와 고려, 민무질이 좇듯이 뒤따랐다.

뛰다시피 종종걸음을 친 두 정승은 마상에 버티고 앉은 방원 앞에 읍을 하고는 떨리는 음성으로 말했다.

"정안군 나으리께옵서 이 밤중에 어인 행차시오니까?"

방원이 나서며 받았다.

"야밤에 두 분 정승을 대로에 납시게 해서 송구하오이다."

조준이 받아 말했다.

"아니오이다. 정안군 나으리께서 심야에 신 등을 청하시었으니, 무슨 일인지 하명을 하소서."

방원은 잔뜩 위엄을 부리며 말했다.

"두 분 정승께서는 어이하여 개국 초의 사직을 걱정하지 않으시오?"

두 정승은 서로 마주보았다. 김사형이 받았다.

"나으리, 신은 무슨 뜻인지 모르겠나이다. 잘못을 지적해 주시지요."

방원은 말 안장을 치며 언성을 높였다.

"정도전과 남은 등의 무리가 어린 서출 왕자를 세자로 세워 옹위하다가 이제 성상께옵서 환후 위중하신 틈을 타 우리 적실 왕자들을 몰살시키려 음모를 꾸몄소이다. 이에 실권이 없는 우리는 속절없이 당할 위기에 처했는데, 다행으로 저들의 음모를 사전에 알고 그 소굴을 들이쳐 정도전, 심효생 등 일당을 섬멸했소이다."

덜덜 떨며 서 있던 두 정승은 그예 덜퍼덕 주저앉았다.

꿇어앉은 조준이 더듬거리며 말했다.

"나으리, 신은 저들이 하는 짓을 미리 알지 못하였나이다."

김사형이 덩달아 꿇어앉으며 거들었다.

"그러하옵니다, 나으리. 신 등이 알았다면 어찌 이 지경에 이르렀겠나이까."

방원이 짐짓 크게 노하여 꾸짖었다.

"매일 머리를 맞대고 국정을 논한다던 정승들이, 대신들과 삼군부 수장들까지 합세한 모반의 음모를 몰랐대서야 말이 됩니까?"

방원의 일갈一喝을 들으며 두 정승은 비로소 정신을 차렸다. 정도전과 남은 등 그 무리들의 속셈을 늙은 정승들도 이미 눈치 채고 있던 터였다. 이들 두 정승은 동료로서 이성계를 도와 고려를 뒤엎고 조선을 세운 개국공신들이었다.

조준이 침착하게 말했다.

"정안군 나으리, 신 등은 성상 전하를 도와 나라를 세운 공신입니다. 저들의 음모를 알았다면 어찌 보고만 있었겠나이까. 하오나 일이 이미 벌어졌다면 신 등이 수습을 하겠사오니, 대책을 하명하소서."

방원은 금방 온화해진 음성으로 말했다.

"고맙소이다. 이와 같은 나라의 중대사는 응당 성상 전하께 먼저 품稟해야 하지만, 환후 위중하신데다 형세가 워낙 급박하여 먼저 간당들을 처치했소이다. 두 분 정승은 즉시 대소신료들을 도당에 소집하여 대책을 강구하십시오."

두 정승은 어전에서처럼 머리를 조아리며 명을 받았다. 늙은 정승들의 머릿속에 방원은 이미 임금이었다.

가회방에서 제2차 작전을 성공적으로 끝낸 군대는 전열을 정비하여 광화문으로 향했다. 경복궁 정문인 광화문에는 조영무가 왕자 방의와 방간을 대동하고 30여 명의 군사를 지휘하여 궁궐 출입을 차단하고 있었다.

본대本隊를 맞이하는 조영무에게 방원이 물었다.

"궁궐에 출입하는 자는 없었소?"

조영무는 군례를 올리고 받았다.

"없었나이다. 다만, 조금 전에 송현에서 불길이 치솟는 것을 보고 확인하러 간다는 대전별감과 갑사 대여섯이 나오려 했으나, 소장이 막았나이다."

이숙번이 쏘아붙였다.

"무작정 못나가게 막았다면 큰 실수를 한 것이외다. 궐내에서 눈치를 챘다면 사태가 어려워진단 말이외다."

조영무가 어둠 속이지만 갈고리 같은 눈으로 노려보다가 받았다.

"단순한 화재로 확인되어 이미 조치를 했다고 설명하여 되돌려 보냈소이다."

두 수장이 서로 공을 다투자 방원이 나섰다.

"조 장군을 못 알아볼 대전별감은 없을 것이오. 벌써 사경四更 : 새벽 2시경 이외다. 이 장군은 어서 두 분 정승을 모시고 도당으로 가시오."

이숙번은 여전히 시무룩해서 조준과 김사형을 대동하고 도평의사사로 갔다. 그곳에는 판사와 중추사 등 대신들 몇 명이 모여 있었다. 대장군大將軍 문빈文彬이 이숙번의 명으로 대신들을 이미 도당에 불러모아놓고 있었던 것이다.

이숙번이 눈을 지릅뜨고 대신들을 둘러보며 말했다.

"아직도 오지 않은 신료들이 많소이다. 오늘 밤 거사 내용은 두 분 정승께서 상세히 알고 계시니, 대신들이 모두 모이는 대로 대책을 논의하시라는 정안군 나으리의 명이시외다. 논의는 하되, 명이 있을 때까지 도당을 이탈하는 신료가 단 한 사람도 없어야 할 것이외다."

대신들은 목을 잔뜩 움츠렸고, 이숙번은 큰기침을 큼큼하고는 활갯짓을 하며 도당을 나갔다.

초저녁에 서량정으로 피병을 납신 임금도 남은의 집에서 살육전이 벌어져 정도전과 심효생 등이 척살 당했음을 알고 있었다. 피병을 한 효험인지, 임금은 점차 정신이 들어 탕약을 마시고 미음도 마셨던 터였는데, 송현의 큰 화재와 내란 소식을 듣고 대로하다가 또 정신을 잃었다.

자정 무렵에 정신이 돌아온 임금이 내관을 불러 물었다.

"대체 내란의 주모자가 누구라고 하더냐?"

내관 조순이 머리를 조아리며 아뢰었다.

"전하, 아뢰옵기 황공하오나, 익안군과 회안군, 정안군 등 왕자들과 종친들이라 하옵니다."

누웠던 임금이 부르르 떨며 안간힘으로 상체를 일으켰다. 상궁과 시녀들이 임금을 부액해 기대앉게 했다.

임금은 고통스러운 용안으로 정신을 가다듬고는 분노를 씹으며 말했다.

"으음, 그놈이 그예 일을 내는구나! 방원이 이 노옴!"

임금은 분노에 떨었고, 내관과 궁녀들은 몸 둘 바를 몰라 전전긍긍하였다.

임금은 겨우 분노를 가라앉히고 한숨을 내쉬며 명했다.

"내관은 들으라. 어서 나가 정안군을 데려 오너라. 내 명을 전하고 끌고라도 와야 한다."

내관 조순이 엉거주춤 읍을 하고 서서 쩔쩔매었다.

"어찌 서 있느냐? 어여 가거라, 어여!"

조순은 사색이 되어 아뢰었다.

"전하, 신이 가면 살아 돌아오지 못하나이다. 통촉하소서."

"뭣이야! 저런 쳐 죽일 놈들……, 그예 일이 그 지경에 이르렀단 말이냐?"

"그러하옵나이다, 전하! 정도전과 심효생을 비롯한 중신들이 대여섯 명이나 죽었다고 하옵니다. 신을 벌하여 주시오소서."

"듣기 싫다! 내갑사 숙직은 누구냐?"

"무안군과 완화군이 궐내에 있고, 도진무 조온과 박위가 숙직하나이다."

"당장 그들을 부르라! 내갑사 병력과 궁궐 수비대를 소집하여 역도들을 토벌하라! 알겠느냐? 어서 그리 전하고 방번과 이화를 들게 하라!"

조순이 황급히 물러가자, 임금은 지밀내관에게 명했다.

"너는 어여 가서 도승지들을 들라고 해라."

내관들이 모두 명을 받고 나가자, 서량정 침전은 이내 불안한 정적에 잠기고, 임금의 거친 숨소리만 높았다.

아방兒房 : 숙직 무장들이 대기하며 자는 방에 있던 친군위 도진무 조온과 박위는 내관 조순이 전하는 명을 받았다. 내갑사제조 이천우는 초저녁에 화재 소식을 듣고 나가서 돌아오지 않고 있었다.

사태가 심각함을 이미 알고 있던 두 진무는 서로 마주보며 머리를 끄덕이고는 말했다. 이미 동이 트는지 희붐하게 밝아지는 새벽이었다.

"알겠소이다. 병력을 소집하고 전투태세를 갖출 것이니, 전하께 심려 놓으시라고 아뢰시오."

조순은 이들의 심보를 뻔히 알면서도 말이나마 안심이 되어 종종걸음으로 달려갔다.

조순이 침전에 돌아와 아뢰었다.

"전하, 내갑사제조는 송현의 화재 소식을 듣고 퇴궐했사옵고, 도진무 조온과 박위에게 명하여 병력을 소집하게 했나이다."

침전에는 세자 방석과 방번, 부마 이제가 갑옷에 칼을 들고 입시해 있었고, 당직군사 예빈소경禮賓少卿 봉원량奉元良이 들어와 있었다.

임금이 명했다.

"촌각을 다투는 급박한 시기다. 즉시 출병 준비를 하고, 예빈소경은 궐 밖 상황을 정탐하여 도진무에게 보고하라! 무안군과 흥안군도 어서 나가 출정 차비를 서둘라!"

명을 받은 세 사람이 물러가고 도승지 이문화李文和가 들어와 어전에 부복했다.

"전하, 도승지 이문화이옵니다. 이 황망함을 어찌 하오리까."

임금은 한심하다는 얼굴로 노려보다가 말했다.

"입직승지에게 역도들을 토벌할 교서를 지으라 했는데, 어찌 되었는가? 도승지는 어여 나가 교서를 재촉하라!"

"전하, 황공하옵나이다. 명을 받들겠나이다."

어명을 받은 도승지가 승정원에 와보니, 입직승지 성석주成石柱가 멍하니 앉아 있다가 일어나 맞이하며 죽었던 처삼촌이 살아온 듯이 반겼다.

"하이구, 도승지 영감 잘 오셨소이다. 대체 이 일을 어찌 하면 좋소이까?"

"교서는 지었소이까?"

"대체 교서를 어떻게 지으라는 것이오? 임금이 아들을 토벌하는 교서를 도승지는 본 적이 있으시오? 잘못 썼다가는 삼족三族이 멸하는 화를 당할 수도 있소이다."

이문화도 심각한 표정이 되어 고개를 끄덕였다.

"나도 입궐하면서 보았는데, 사태가 심상치 않소이다. 그렇다고 어명을 거역할 수도 없고, 어쩌면 좋소?"

"그걸 왜 나한테 묻소이까? 도승지께서 해결하시오."

"뭐요? 나 이거야 원."

성석주가 갑자기 무릎을 치며 말했다.

"한산군 이색이 지은 주삼원수교서誅三元帥敎書 : 고려 공민왕 때 명장 안우와 이방실, 김득배 등 세 장수를 목 벤 교서를 모방하여 지으면 되겠소이다."

이문화가 반색을 하며 받았다.

"좌승지가 그걸 아시오?"

"알지요. '적을 무찌른 공로는 한 때 빛나지만, 임금을 무시한 심사는 만세에도 용서받지 못할 일이다.' 하는 명문입니다."

도승지가 말했다.

"지금 내란을 일으킨 수괴가 대체 누구란 말이오?"

"그걸 우리가 어떻게 밝힙니까? 정확히 누군지 모르기도 할 뿐더러, 초안을 잡으라 하셨으니 얼렁뚱땅 뭉뚱그려 올립시다."

도승지는 그래도 미심쩍어 뚱한 얼굴로 받았다.

"어명인데 그래도 되겠소이까?"

"상감께서도 수괴가 누군지 밝히지 못하시는 판에 우리가 어떻게 밝힙니까? 참 답답하십니다. 설사 알더라도 그걸 밝혀 역적이라고 했다가는 우린 살아남지 못합니다."

"알겠소이다. 그럼 좌승지가 부르시오. 내가 쓰리다."

성석주는 잠시 눈을 감고 생각하다가 안을 부르고 이문화가 쓰기 시작했다.

중신 모모某某 등이 몰래 반역을 도모하여 개국원훈開國元勳을 해치고자 했는데, 그중 모모가 그 계획을 누설시켜서 모두 잡히어 죽음을 당했다. 하지만 그들의 협박에 따라 반역한 무리들은 모두 용서하고 문죄하지 않고 불문에 붙이노라.

받아 쓴 이문화가 멍한 표정으로 다시 읽어보고는 말했다.

"이게 무슨 역적토벌교서 초안이란 말이오? 토벌이 아니라 역적을 두호하고 무마하는 평정교서가 아니오?"

성석주는 한심하다는 낯빛으로 받았다.

　"소위 반역이라는 무리가 적실 왕자들과 종친인데, 지금 환후가 위중하신 상감께서 왕자들을 토벌하시겠소이까? 설령, 임금의 명이 떨어진다 해도 적실 왕자들을 토벌할 장수는 없을 것이외다."

　이문화는 그제야 고개를 끄덕이며 말했다.

　"하긴 그렇소이다. 그럼 같이 가십시다."

　"난 승정원을 지켜야 하니, 도승지영감 혼자 가시오."

　미꾸라지처럼 잘도 빠져나가는 좌승지 성석주가 얄밉고 아니꼽지만, 우직한 도승지 이문화는 하릴없이 승정원을 나와 어전에 엎드려 초안을 올렸다.

　임금은 훑어보고 미간을 찡그렸으나, 달리 방법이 있을 턱이 없는데다 이제 날아 밝으면 사건의 전모가 드러날 터였다.

　"잠정적으로 두 정승이 입궐하면 도당에서 의논하여 반포하도록 하라!"

　이문화는 등에 식은땀을 흘리며 애매한 교서 초안과, 그보다 더 혼란스러운 임금의 명을 받들고 어전을 물러나왔다.

골육상쟁

기나긴 밤이 지나고 날이 훤하게 밝았다. 예빈소경 봉원량이 임금의 명으로 예빈문禮賓間 문루에 올라 궁궐 밖 동정을 살피다가 깜짝 놀랐다. 반란군이 삼군부 정문 앞에서부터 광화문과 예빈문까지 빼곡하게 들어차서 웅성거리고 있었다.

기겁을 한 봉원량은 임금의 명대로 친군위 도진무 조온에게 달려가 보고했다.

"대궐 밖은 광화문에서 목멱산까지 인마가 가득합니다."

궐 밖의 동정을 훤하게 알고 고심하던 도진무 조온과 박위는 들으나마나 한 보고를 귓등으로 흘리고 있을 때, 이방원의 명을 받은 고려가 친군위에 들어왔다.

세 사람은 엉거주춤 일어나 고려를 맞았고, 고려가 짐짓 위엄을 부리며 말했다.

"나는 정안군 나으리 명을 받고 들어왔다. 광화문은 이미 활짝 열려 있고, 내갑사제조 이천우도 정안군 명을 받고 있다. 너희도 어서 친군위 갑사들을 이끌고 가서 정안군을 뵈어라. 그것만이 너희가 살 길이다."

항복을 하라는 경고성 엄포를 끝낸 고려는 뒤도 안 돌아보고 횡허케 나가버렸다.

고려의 뒷잔등을 꼬나보던 조온이 박위에게 말했다.

"나는 궐 안 내 수하들을 이끌고 나가겠소이다. 박 장군은 어찌하겠소?"

박위는 험상궂은 얼굴로 조온을 쏘아보며 받았다.

"궁궐을 지키는 친군위 도진무가 궁을 나가서 항복할 수는 없소이다. 난 대신들이 입궐할 때까지 지키겠소이다."

조온은 얼굴이 벌개져서 픽 웃고는 나갔다. 조온은 자기 근무처인 근정전 숙위소로 가서 패두牌頭 : 조선 시대에 장용위에 속한 군사 50명을 거느리던 사령 두 명을 불러 명했다.

"근정전 이남의 숙위군 갑사를 모두 집결시키라."

잔뜩 겁을 먹고 있던 패두는 얼씨구나 하고 달려가서 숙위군을 불러 모았다. 숙위군은 모두 갑옷을 입기 때문에 갑사甲士라고 부른다.

조온이 집결한 갑사들을 둘러보며 말했다.

"간밤에 일어난 내란은 진정되었다. 나는 궐 밖을 나가 정안군을 만날 것이다. 나를 따를 자는 따르고 남아서 근정전을 지킬 자는 지키라."

말을 마치고 돌아서는 조온의 뒤를 패두 서넛이 따르자, 갑사들은 와르르 몰려 광화문 밖으로 나갔다.

삼군부 정문 앞 지휘소로 안내된 조온은 방의, 방간, 방원 왕자 삼형제가 나란히 교의에 걸터앉은 앞에 부복하여 항복했다.

"소장은 진즉부터 나으리의 명을 기다리고 있었나이다."

방원이 받았다.

"잘 했네. 날이 밝기를 기다린 것은 잘한 일이야. 고맙네."

방의가 일어나 고종사촌인 조온의 손을 잡아 일으키며 말했다.

"자네가 군사를 일으켜 대항하지 않은 것이 천만다행이었어. 헌데, 박위는 어찌 되었나?"

"박위는 날이 밝아 대신들이 입궐하기를 기다린다고 했습니다."

옆에서 듣던 조영무가 나섰다.

"쥐새끼 같은 놈이 양다릴 걸치고 있구먼. 나으리, 제가 들어가 잡아 오겠나이다."

이숙번이 말했다.

"이제 박위만 나오면 궐 안은 텅 비게 됩니다. 만일 대신들이 입궐하여 박위로 하여금 친군위와 내갑사 병력을 동원하여 대항하게 한다면, 우리 군세가 우세하다고는 해도 백성들의 이목도 있고, 우리가 불리해집니다."

방의가 지시했다.

"좋소이다. 조 장군이 들어가 박위를 잡아 오시오. 그래도 모르니 이부 장군과 함께 갑사들을 이끌고 가서 잡아 오시오."

말을 타고 달려간 두 사람은 이내 박위를 잡아왔다. 삼군부에서 숙위군 지휘소는 지척이었다.

이숙번이 분노를 씹으며 물었다.

"너는 어찌하여 조온과 함께 나오지 않았느냐?"

박위는 당당하게 대꾸했다.

"상감께서 피병하신 서량정을 숙위군 도진무로서 비울 수도 없지만, 날이 밝으면 결정하기로 마음먹었던 것이외다."

듣고 있던 방원은 픽 웃으며 돌아섰고, 고려가 윽박질렀다.

"이놈, 양다릴 걸칠 꾀를 쓰고 있었구나. 네놈이 아니래도 상감처소는 밤새 안전했다. 이 쥐새끼 같은 놈!"

박위는 여전히 당당했다.

"사람들은 모두 간밤의 거사를 반역이라고 하지만, 난 반역으로는 보지 않았소이다. 임금과 왕자 간에 어찌 반역이 있을 수 있겠소이까? 날이 밝으면 평정될 것으로 알았을 뿐이외다."

조영무가 일갈했다.

"시끄럽다, 이놈! 간밤에 죽은 놈이 한둘인 줄 아느냐?"

이숙번의 눈짓을 받은 고려가 검을 치켜들며 말을 씹어 뱉었다.

"이 쥐새끼 같은 놈!"

박위는 고려의 단검에 목이 떨어져 땅바닥에 굴렀다. 피가 분수처럼 솟구치며 몸뚱이가 꿈틀거려 방원을 비롯한 왕자들의 아랫도리가 피에 흠뻑 젖었다.

이숙번은 병사들을 점고點考하여 이끌고 텅 빈 대궐로 짓쳐 들어갔다. 군기감으로 달려간 그는 군기고軍器庫를 열고 갑옷과 창칼을 들어내 군사들을 무장시켰다. 고려와 조영무는 궁궐로 들어가 박위가 지휘하던 숙위군을 제압하여 합류시켰고, 이숙번이 무장시킨 병력과 함께 궁궐을 완전 장악하였다. 마침내 반란군으로 궁궐수비대를 조직하여 곳곳에 배치했다.

이로써 하룻밤 사이에 벌어진 피비린내 나는 '내란 또는 반란'은 없었던 것으로 되고, 대궐은 표면상 평정되었다.

서량정에서 뜬눈으로 밤을 지새운 임금은 날이 밝으면서부터 수차 내관과 별감을 보내 중신들을 들게 했지만, 해가 중천에 올라와도 중신들은 입시하지 않았다. 임금은 피병을 납신 효험을 톡톡히 보는지, 밤을 하얗게 새면서도 정신이 말짱해졌다. 피가 끓는 분노와 아들에 대한 증오, 그리고 어린 세자를 걱정하는 안타까움이 병마 따위를 물리쳤는지도 모를 일이지만, 초저녁까지 사경을 헤매던 임금의 환후는 씻은 듯이 사라졌다.

임금은 서량정 침상에 누워 열린 문으로 밖을 내다보고 있었다. 백악산에 비친 가을 아침 햇살이 눈부시게 밝고 청명했다. 주위는 언제 무슨 일이 있었느냐는 듯이 고즈넉하고 적요했다. 임금은 간밤에 일어났다는 변이 사실이 아닐지도 모른다고 생각해 보았다. 설마 아들이 아비를 반역하랴 싶기도 하지만, 방원이라면 하고도 남을 놈이라는 생각도 들었다.

하지만 그동안 늘 불안해했던 일이 결국 터진 것이라면 간밤의 소란은 분명 반역이고 내란임에 틀림없다. 애초에 열한 살짜리 어린 서출 왕자를 세자로 세운 것이 잘못이라는 것을 임금도 알고는 있었다. 사랑하는 후처 현비의 애끓는 간청이 아니었더라도, 후처의 소생 삼남매를 살리는 방법은 그 길밖엔 없다고 생각했었다. 그러나 그것이 현비가 죽고 세월이 흐를수록 잘못된 처사였음을 깨닫게 되었다. 그러나 세자를 바꿀 생각은 없었고, 일이 이 지경까지 이르게 될 줄은 몰랐었다.

임금은 마음을 가다듬고 생각을 정리해 보았다. 세자를 적극 옹위하던 정도전과 남은 등 개국공신들과 세자의 빙부娉父 : 장인인 심효생이 방원의 손에 죽었다면 이제 세자는 고립무원이 될 것이다. 그렇다면 법도에 따라 적장자 방과를 세자로 세우고, 세자로 하여금 현비의 소생 삼남매를 보호하게 한다면, 오늘의 혼란이 오히려 더 큰 화를 면하는 전화위복이 될 수도 있음이었다. 방과는 인품으로 보아도 그렇거니와 효심으로 보아도 아버지 명을 거역할 성정은 아니라고 생각했다.

임금은 진즉부터 알고 있었다. 자신이 죽고 나면 어린 세자가 보위에 오른다고 해도 오래 보전하지 못하리라는 것을……. 그렇게 생각한 임금은 비로소 마음이 날아갈 듯 가벼워지고 정신도 맑아졌다. 그것이 바로 정도가 아니던가. 바른 길을 가면 정당하고 떳떳하다. 시비할 사람이 있을 턱이 없다.

임금은 도승지에게 명했다.

"소격전에 있다던 영안군은 어찌해서 아직도 보이지 않느냐. 이제 내 병이 다 나았으니, 어서 들라 이르라!"

내관 조순이 아뢰었다.

"영안군께서는 소격전에서 전하의 환후 쾌차를 빌고 있었는데, 내란 소문을 듣고 어디로 피하신 듯하나이다. 내관들이 찾고 있사오니 곧 드실 것이옵니다."

"피하다니, 영안군이 왜 피한단 말이냐?"

"자세한 것은 모르오나, 정안군께서도 찾고 계신다 하오니 심려 놓으시옵소서."

"한시가 급하다. 영안군은 털끝하나라도 다치게 해서는 아니 된다. 별시위군과 내관들을 모두 동원해서 찾도록 하라."

방과를 빨리 찾아 세자로 세워야 한다는 생각을 하며 심신이 안정되던 임금은 침전 밖이 소란스러워 돌아보았다. 침전의 열린 문 양옆으로 비켜 앉았던 측근들과 내관들이 모두 놀라 일어섰다. 서량정 중문이 열리며 무장한 군사들이 들이닥치고 있었다.

깜짝 놀란 임금은 침상에서 일어나며 소리쳤다.

"웬 놈들이냐?!"

내관과 상궁 나인들이 달려와 임금을 부액扶腋했다.

무장군사들이 금방 마당에 가득 들어찼는데, 군졸들을 지휘하는 장수는 조영무였다. 조영무는 이성계가 젊어서부터 그림자처럼 따르며 호위하던 무장이었다. 그러나 개국을 하고 임금이 되면서 관계가 멀어진 후

아들 방원의 호위무장이 되었다.

임금은 불같이 대로하여 소리쳤다.

"조영무, 네 이놈!"

조영무는 들은 체도 않고 군졸을 지휘하여 대열을 짓고는 군사들에게 명했다.

"너희는 이제 주상 전하의 충성된 내금위 수비병이다. 너희는 오직 주상 전하를 위하여 목숨을 바쳐야 한다. 장졸들은 주상 전하께 충성을 맹세하는 군례를 올리라."

무장한 군사들이 창검을 치켜들며 외쳤다.

"충忠! 충忠! 충忠!"

무장 장졸들이 충성을 맹세하자, 이내 대소신료들이 들어와 서량정 마당을 가득 메웠다.

지켜보던 임금이 소리쳤다.

"물, 시원한 물을 달라!"

상궁이 올리는 물 대접을 받아 벌컥벌컥 들이킨 임금이 대접을 내던지며 노려보지만, 목이 꽉 막혀 말이 나오지 않았다.

댓돌 아래서 대오大悟를 정리한 중신들 앞에 좌정승 조준과 우정승 김사형이 나서서 읍을 하고는 아뢰었다.

"신 좌정승 조준 아뢰나이다. 간밤에 변란이 났사온데, 정도전, 남은, 심효생 등이 도당徒黨을 결합하여 모의를 한 연후에, 종친과 국가원훈들을 해치고 조정을 개혁할 음모를 꾸몄나이다. 이에 신 등은 사태가 급박하여 어전에 아뢰지 못하고 저들을 먼저 주륙誅戮하여 제거했나이다. 원컨대, 성상께옵서는 놀라지 마시고 심기를 편히 하시오소서."

침통한 용안으로 듣고 난 임금이 회한에 어린 옥음으로 담담하게 말했다.

"그대들은 젊어서부터 나와 함께 나라를 평정하고 새 나라를 세웠다. 충성을 맹세하고 고굉지신股肱之臣 : 임금이 가장 신임하는 신하를 이르는 말이 되겠다던 그대들이 어찌하여 이리도 나를 참담하게 배반한단 말이냐!"

김사형이 왈칵 눈물을 쏟으며 아뢰었다.

"전하! 신 등이 어찌 성상 전하를 배반하오리까? 정도전과 남은 등 권력을 붙좇는 무리들은 언젠가는 반역을 꾀할 기회를 노리고 있었나이다. 그러다가 전하께옵서 환후 위중하신 틈을 타 반란을 일으켰나이다. 저들이야 말로 태산 같은 전하의 은혜를 배반한 역도들이옵니다. 저들을 제거한 것은 사직과 나라를 위한 충정이었음을 통촉하시오소서."

임금은 용안이 붉으락푸르락 했으나 목에서 말이 나오지 않아 손만 내저을 뿐이었다. 김사형이 한 말은 임금이 조금 전까지 혼자 생각하던 한 가닥이었다. 그럴 수도 있고, 아닐 수도 있는, 마음먹기에 따라 한 줄기에서 나온 두 갈래 가닥을 어느 쪽이든 달리 잡을 수도 있는 상황! 그 선택은 오직 임금 자신만이 할 수 있는 일이었다. 과연 누가 충신이고 누가 반역자란 말인가! 임금은 목이 막힌 것이 아니라 할 말이 없음이었다.

그러나 이미 벌어진 사건에서 반역과 충정은 분명하게 가려져야 한다. 어느 쪽이든 반역이 되면 다시 피바람이 몰아칠 것은 불을 보듯 뻔하다. 그 징조는 금방 나타났다. 정승의 주청에 대한 임금의 대답을 초조하게 기다리던 흥안군 이제가 더 참지 못하고 벌떡 일어서며 외쳤다. 이제는 현비 소생의 경순공주 남편으로 부마였다.

"전하! 아니 되옵니다. 간적들의 말에 현혹되지 마시옵고, 역도들을 토벌하라는 명을 내리소서. 역도들이 정도전과 남은을 목 베었다면 그 화는 장차 세자와 신 등에게 미칠 것이옵니다. 청하옵건대, 신에게 명을 내리소서. 내갑사와 친위군 시위병을 이끌고 역도들을 토벌할 것이옵니다."

임금은 용안이 하얗게 질렸다. 이 판국에 역도를 토벌하다니, 철없이 불구덩이에 뛰어들고 있음이었다.

임금이 침통하게 타일렀다.

"걱정 말고 자중하라! 화가 어찌 네게까지 미치겠느냐."

의안군 이화가 의연히 거들었다.

"나서지 마라. 왕실 내부에서 일어난 일이니, 대결하면 점점 더 어려워진다. 알겠느냐?"

젊은 혈기에 부르르했던 부마 이제는 기가 죽어 쭈그려 앉았다.

임금 침전에서 역도니 뭐니 소란이 일자, 무장들이 창칼을 꼬나 잡는 등 긴장했지만, 이내 진정되었다.

조준 뒤에 서 있던 이숙번이 다가서며 옆구리를 찔렀다.

조준은 한발 다가서며 품 속에서 두루마리를 꺼내 들고 아뢰었다.

"전하, 도평의사사에서 논의된 상소를 올리나이다. 가납하소서."

임금은 여전히 말이 없고, 침상 옆에서 지켜보던 이화가 도승지에게 턱짓을 했다.

도승지 이문화가 댓돌에서 내려가 상소문을 받아 침상 앞에 꿇어앉아 올렸다.

물끄러미 바라보던 임금이 말했다.

"도승지가 읽으라!"

이문화는 두루마리를 펴서 낭랑하게 읽었다.

신 문하좌정승 조준과 신 우정승 김사형 등은 백관을 대동하여 삼가 성상

전하 탑전에 아뢰나이다. 적장자를 세자로 세우는 것은 만세의 상도常道:

정상적인 법도이옵는데, 전하께서는 장자를 두고 서출의 유자幼子로써 세자를 세우셨으니, 정도전 등 불손한 무리들이 권력을 붙좇아 무리를 이루어 세자를 감싸고 적실 왕자들과 종친을 해치려 했나이다. 하오나 다행히 천지와 종사의 신령을 힘입어 난신들이 난을 일으키기 전에 엄벌하여 참형했나이다. 원컨대, 전하께옵서는 이제 법도를 바로잡아 적장자인 영안군 방과를 세자로 책봉하시어 종사를 튼튼히 하시오소서.

들고 난 임금의 용안은 아무 표정이 없었다. 눈을 감은 채 묵묵히 앉아 있는 임금의 가슴은 잔잔하게 가라앉아 평온해졌다. 이미 그리 생각하고 있었으니, 분노도 회한도 없었다. 다만, 부릴 곳이 마땅찮던 무거운 짐을 내려놓은 듯 몸도 마음도 개운했다.

임금은 속으로 대견하게 생각했다. '방원이 이놈! 그놈이 이런 면도 있었던가? 제 놈이 난을 일으켜 평정하고, 이제 스스로 물러나 형인 장자를 내세우다니!' 방원이 난을 수습하고 나면 세자 위를 차지할 줄 알았던 임금에게는 천만다행이었다. 그렇구나. 촌각이 급하지 않은가? 방과를 세자로 세우고 당부하면 어린 삼남매의 장래는 보장될 것이로다! 임금은 마침내 눈을 뜨고 마당에 도열한 신료들을 내다보았다.

잔기침으로 목을 가다듬은 임금이 말했다.

"만사지탄萬事指彈이로다. 허나 모두가 내 아들이니, 경들의 뜻에 따르리로다. 도승지는 신료들에게 세자 책봉식을 준비하게 하라."

명을 받든 이문화가 침전에서 나가 댓돌에 서서 대소신료들에게 임금의 명을 전했다.

"성상 전하께옵서 세자를 폐하고 영안군으로 세자를 삼을 것이라는 윤허를 내리셨사옵니다. 대소신료들께서는 세자 책봉식 준비를 서둘라는 어명도 아울러 내리셨사옵니다."

좁은 정전이라 도승지의 말이 침전까지 크게 들렸다. 묵묵히 듣던 임금은 침상 앞에 엎드려 울고 있는 세자 방석을 보았다. 세자 옆에 앉은 방번은 무참한 얼굴로 멍하니 허공을 쳐다보고 있었고, 부마 이제는 분노를 못 삭여 얼굴이 벌겋게 달아올라 씩씩대고 있었다.

임금은 울고 있는 막내아들 폐세자를 물끄러미 바라보았다. 눈앞에 현비의 얼굴이 어른거렸다. 몸도, 마음도 아름다운 여자였다. 어린 막내아들을 세자로 세우기에 전력하여 성공했지만, 그것이 길이 영화를 누리자는 욕심만은 아니었음을 임금은 알고 있었다. 삼남매의 목숨을 살리고 싶은 모정! 그 당연한 모정을 욕심으로 본 무리들이 그예 오늘의 참담함에 이르게 했을 터였다.

임금은 코끝이 찡하게 아렸다. 눈에 눈물이 가득 고이고 가슴이 싸하게 아렸다. 아직 스무 살이 못 된 저 어린 것들을 살리는 길은 단 하나, 한시 바삐 장자를 세자로 세워 어린 동생들을 맡기는 길뿐이었다. 임금은 방석을 내려다보며 애잔하게 말했다.

"방석아, 울지 말거라! 애초에 네가 앉을 자리가 아니었느니라. 너는 이제 마음 편하게 살게 되었느니라."

방번은 눈을 지릅뜨고 아버지를 올려다보았다. 편히 살게 되다니! 과연 그럴까? 눈앞에 조사의가 떠올랐다. 어머니의 친척인 조사의는 어머니에게는 맏이가 되는 자신을 세자 자리에 앉히겠다는 음모를 꾸미고 있었다. 어머니가 죽었어도 그 음모는 지금까지 진행되고 있을 터였다. 그것을 거절하지 못하고 은근히 기대했던 자신이 무서워졌다. 죽음이 눈앞에 닥치는 듯싶어 무서웠다. 방번은 아우의 손을 당겨 잡아 꼭 쥐었다. 죽어도 같이 죽고, 살아도 같이 살아야 할 아우였다.

도승지 이문화가 침전에 들어와 꿇어앉아 또 상소를 올렸다.

임금은 용안을 잔뜩 찌푸린 채 말했다.

"또 무엇이더냐? 읽으라!"

명을 받은 도승지가 읽었다.

개국공신 정도전과 남은 등이 반역을 도모하여 왕자와 종실을 두루 해치려 꾀하다가 그 계획이 누설되었으니, 그간의 공으로도 반역 죄를 덮을 수 없어 모두 살육되었도다. 그러나 그들의 모의에 관여 했으되 협박에 못 이겨 행동한 당여黨與는 죄를 묻지 않고 불문에 붙일 것이니, 신민은 안심하고 생업에 정진할 것이로다. 이에 교서하노라.

들고 보니 민심을 안정시키는 안무교서였다. 내용 역시 임금이 바라던 바였다. 누웠던 임금은 일어나 좌승지가 올리는 붓으로 교서에 화압花押: 승인 결재이라고 썼다.

결재를 한 임금은 갑자기 속이 콱 막혀 쓰러졌다. 숨도 제대로 쉴 수 없고 온몸이 뻣뻣하게 굳어졌다. 상궁 나인들이 달려들어 주무르고 두드렸다.

방번과 방석이 울음을 터트렸다.

"아바마마! 정신을 차리소서."

잠시 뒤에 임금의 숨이 터졌지만, 땀이 흐르고 사지가 축 늘어졌다. 근심과 걱정, 분노와 안도감으로 병마의 고통을 잊고 있었던 임금은 마음이 안정되자 다시 혼수상태로 빠지고 말았다. 정신을 잃은 채 숨을 몰아쉬던 임금은 차츰 안정되어 숨소리가 고르고 얼굴에 화색이 돌았다.

진맥을 하던 어의가 안도하며 머리를 끄덕였다. 지켜보던 왕자들과 종친들도 긴장했던 몸을 풀고 느긋하게 앉아 안도의 숨을 내쉬었다. 거친 숨소리도 들리지 않는 물속처럼 고요한 침전은 팽팽한 긴장감이 감돌고 있었다. 사람들은 하나같이 몸을 잔뜩 옹송그렸다. 손끝이라도 까딱했다 가는 물 항아리가 깨지듯 와장창 물벼락이 쏟아질 듯한 불안감도 아울러 팽배했다.

그때였다. 느닷없이 밖이 소란하더니, 발자국 소리가 요란하고 장검이 부딪는 소리도 들렸다. 침전 분위기는 금방 싸늘하게 가라앉았다.

침전 사람들이 숨을 죽이고 있을 때 서량정에 우렁우렁 울리는 말소리 가 들렸다.

"정안군 나으리의 명을 전합니다. 무안군과 흥안군은 즉시 사저로 돌아 가고, 의안군과 종친들은 도당으로 듭시라는 명입니다. 어서들 나오시오!"

침전 사람들은 팽팽한 긴장의 끈을 잡고 움직이지 않았다. 다만, 서로 바라보며 눈동자만 굴릴 뿐이었다.

"나오지 않으면 군사들이 들어가 끌어낼 것이오! 어서 나오시오."

이것은 말소리가 아니라 대들보가 우르르 울리는 천둥소리였다. 침전 에서 그 목소리를 아는 사람은 의안군 이화뿐이었다. 정안군의 심복 신용 봉申龍鳳, 그는 6척 거구에 힘이 장사며 고함으로 항아리를 깨는 괴물이었 다. 빈 항아리 속에 머리를 처박고 고함을 지르면, 항아리가 박살이 나는 것을 이화는 보았었다.

잠이 들었던 임금이 놀라 깨었다. 방번과 이제가 눈을 뜬 임금의 손을 잡았다. 아들과 사위를 바라보는 임금의 눈에 눈물이 고였다. 그러나 말 은 없었다.

이화가 일어서며 손짓을 했다. 나가지 않으면 불한당처럼 들이닥쳐 개 끌듯이 끌어낼 위인이었다. 방석을 제외한 남자들은 모두 일어섰다. 방 번, 이제, 심종, 이저 등 다섯 명이었다. 심종은 경선공주의 남편이고, 이

저는 경신공주의 남편으로 모두 임금에게는 적실 왕후 소생의 부마였다.

경순공주가 남편 이제의 옷자락을 잡고 눈물을 흘렸다.

가장 어른인 이화가 말로 다독였다.

"걱정 말아라. 모두 집으로 가게 될 것이다. 어서 나가자."

신용봉과 그 휘하들은 마당에 내려서는 다섯 사람을 휘몰듯이 몰아 서
량정을 나갔다. 광화문 앞에 이른 신용봉은 끌고 온 다섯 사람에게 상전
처럼 지시했다.

"의안군 나으리는 도당으로 가고, 두 분 부마는 집으로 가시오. 무안군
과 흥안군은 군사들이 안내할 것이외다."

방번과 이제를 군사들에게 인계한 신용봉은 어디론가 급히 사라졌다.

이화는 급히 도당으로 가고, 부마 심종과 이저는 '어마, 뜨거라!' 하고
각각 뛰어 달아났다. 방번과 이제는 군사들에게 끌려가다시피 광화문을
나오다가 방원을 만났다.

방번이 지옥에서 관음보살을 만난 듯이 반기며 대들었다.

"형님, 저는 어디로 가는 겁니까?"

방원은 말에서 내려 방번의 손을 잡으며 다독였다.

"너는 통진通津으로 가게 될 것이다. 가더라도 난이 평정되면 반드시 돌
아올 것이니 걱정 말거라."

방번은 눈물을 글썽이며 애원했다.

"형님, 저희들이야 무슨 죄가 있습니까? 저희 남매를 살려 주세요!"

방원은 말에 오르며 대답했다.

"걱정 말라고 하지 않았더냐. 잘 가거라."

옆에서 분노를 씹고 있던 이제가 대들듯이 나섰다.

"정안군 나으리, 저는 어디로 가라는 겁니까?"

방원은 대책 없이 당돌한 철부지 매제를 부릅뜬 눈으로 노려보다가 혀를 끌끌 차고는 말고삐를 당기며 대꾸했다.

"너는 집에 가 있거라. 조치가 있을 것이다."

"나으리, 이러시는 게 아닙니다!"

악을 쓰는 이제를 같잖게 노려보던 방원이 군사들에게 재촉했다.

"뭣들 하느냐. 어서 끌고 가거라!"

군사들은 두 사람을 껴잡아 끌고 궁문을 나갔다.

방번과 이제를 군사들에게 인계한 신용봉은 서량정에 다시 나타났다. 침전 대청에 옹기종기 앉아있던 내관과 상궁 나인들은 기겁을 하고 일어섰다.

신용봉이 벽력같이 외쳤다.

"의안군은 어서 나오시오. 도당에서 정안군 나으리가 기다리고 있소이다."

방석은 부들부들 떨며 부왕의 손에 매달렸다.

막 잠이 들다가 호통소리에 깬 임금은 막내아들 어깨를 다독이며 말했다.

"걱정마라. 너는 이제 세자가 아니다. 이미 세자가 될 영안군을 들라고 했으니, 너희 남매를 돌보라고 부탁할 것이다. 어여 나가서 네 형들이 하라는 대로만 해라."

열일곱 살인 방석은 흐느껴 울며 부왕의 손을 놓고 엎드려 하직 인사를 했다.

"아바마마, 제발 어서 쾌차하시옵소서."

조금 전까지 세자빈이었던 현빈賢嬪 심 씨가 숨이 넘어 갈듯이 울며 남편 옷자락을 잡고 매달렸다. 심 씨는 아버지 심효생이 죽었다는 소식에 밤새도록 울어 눈이 퉁퉁 부었고, 이미 지칠 대로 지쳐 몸을 가누기도 힘겨워했다.

"동궁마마, 가지 마소서!"

"빈궁, 걱정 마세요. 빈궁은 아바마마 곁을 떠나지 말고 지키세요."

방석은 흐느끼는 아내 손을 꼭 쥐어주고는 대청으로 나섰다.

임금은 시녀의 부액으로 침상에서 일어나 막내아들 뒷모습을 바라보았다. 다시는 못 볼 것 같은 불안감이 엄습했다. 불러들여 옆에 두고 싶었으나 참아야 했다. 설마 어린 동생에게 못할 짓이야 하겠는가 싶어 위안을 삼았다.

마당에 내려서는 방석을 신용봉의 휘하들이 달려들어 꺼잡아 끌고 사라졌다. 침전에서 울음소리가 높아졌다.

방석은 군사들에게 끌려 경복궁 서문으로 나왔다. 서문에서 백악산 쪽으로 올라가면 구궁舊宮 : 고려 때 왕들이 쓰던 한성의 행궁이 있다. 세자 방석과 형 방번은 구궁을 함께 쓰고 있었다.

무장한 군사 세 명에게 끌려 구궁으로 올라가던 방석은 난데없이 이름을 부르는 소리에 깜짝 놀라 돌아보았다.

"앞서 가는 게 방석이냐? 방석이는 게 섰거라!"

방석은 온몸에 소름이 쫙 끼쳤다. 세자는 아니더라도 왕자였다. 백주대로에서 왕자의 이름을 막말로 꽥꽥 부르다니! 눈앞이 캄캄했다. 죽음이 눈앞에 이르렀음이었다. 이를 악물고 눈을 떴다. 6척의 거구 고려가 기마병 대여섯 기를 이끌고 달려오고 있었다.

말에서 뛰어내린 고려가 능글거렸다.

"방석아, 너를 죽이라는 명을 받았다."

방석은 악을 썼다.

"네 이놈, 누가 날 죽이라고 하더냐?"

"그건 알아서 뭘 하겠느냐. 암튼 내 뜻은 아니니 날 원망하지는 말거라."

"이놈, 날 정안군 형님께 안내하거라! 죽더라도 형님 앞에서 죽겠다."

고려는 방석의 멱살을 거머쥐며 능글거렸다.

"구차하게 가긴 어딜 가느냐. 예서 죽어라."

고려는 빗자루 내던지듯 왕자를 휙 던졌다.

길바닥에 나동그라진 왕자를 군졸들이 달려들어 창칼로 마구 찍었다. 조금 전까지 세자였던 왕자 방석은 처참하게 꿈틀대다 숨을 거두었다. 숨이 끊어진 것을 확인한 군졸들은 시체를 발길로 차 개울로 던졌다. 의안군 방석은 열한 살에 세자로 책봉되었다가, 6년 만에 세자가 되었던 죄를 받아 열일곱 살 아까운 나이에 비참하게 죽었다.

말에서 지켜보던 고려가 외쳤다.

"어서 가자!"

고려가 이끄는 기마군 여섯은 구궁으로 들이닥쳤다. 말에서 뛰어내린 군졸들은 구궁 안으로 뛰어들어 뒤지기 시작했다. 시종과 동궁 나인들이 아우성치며 이리저리 몰렸다. 아기를 안은 유모가 군졸들에게 끌려 나왔다.

고려가 마상에서 외쳤다.

"그 애가 방석의 아들이냐?"

유모가 새파랗게 질려 아기를 끌어안자 자지러지게 울었다.

고려의 턱짓으로 군졸들이 달려들어 아기를 빼앗았다. 강보에 쌓인 아기를 거머쥔 군졸이 고려의 말 앞으로 가서 강보를 헤쳐 보였다. 고려는 고개를 숙여 확인하고는 손짓으로 담장 밑을 가리켰다. 담장 밑에는 우물이 있었다. 우물로 달려간 군졸은 악을 쓰며 우는 갓난아기를 높이 치켜들었다가 냅다 던졌다. 아기 울음소리가 우물 속으로 가라앉았다. 방석의 첫 아들은 태어난 지 겨우 다섯 달이 되었다.

눈이 뒤집힌 군졸들은 악을 쓰며 달려드는 가노와 시녀들을 닥치는 대로 차고 때렸다. 구궁은 아비규환 그대로였다. 군졸 두 명이 별채 안에서 어린 아이 하나씩을 거머잡고 나왔는데, 유모와 시녀들이 아우성치며 밀고 당기면서 악을 썼다. 돌이 갓 지난 사내아이는 방번의 첫 아들이었고, 강보에 쌓인 아기는 석 달이 채 안된 딸이었다.

기품 있는 젊은 여인이 아기를 거머잡은 군졸 바짓가랑이에 매달려 애원했다.

"살려 주세요. 제발 아이들은 살려 주세요!"

마상에서 느긋하게 지켜보던 고려가 소리쳤다.

"그 계집은 왕가다. 죽여야 한다. 뭣들 하느냐. 어서 끝내고 가자!"

군졸 둘은 우물로 가서 발버둥치는 아이와 갓난아기를 한꺼번에 던져 넣었다. 방번의 부인 왕 씨는 아이를 우물에 던진 군졸의 허벅지를 물어뜯었다. 허벅지를 물어뜯긴 군졸은 묘한 웃음을 히죽히죽 웃으며 여자의 머리채를 잡은 채 들여다보고 있었다.

고려가 소리쳤다.

"네 이놈, 뭘 하는 짓이냐?"

기겁을 한 군졸이 여자를 답삭 들어 거꾸로 우물에 처박았다. 얼굴이 벌겋게 달아오른 군졸은 된 숨을 식닥거리며 두리번거리다가 우물 옆에 있는 큼지막한 빨랫돌을 끙끙거리며 들어 올려 우물에 던졌다. 우물을 들여다보던 군졸은 우물에서 솟구치는 물벼락을 맞고 벌러덩 나동그라져 발을 버르적거리다가 이내 뻣뻣하게 굳어버렸다.

지켜보던 고려가 외쳤다.

"저런, 병신 같은 놈! 그 놈도 우물에 처넣어라."

군졸 둘이 달려들어 죽은 군졸을 들어 우물에 처박았다.

방번의 부인 왕 씨는 고려 왕족 귀의군貴義君 왕조王祚의 딸이었다.

고려가 말머리를 돌리며 외쳤다.

"가자!"

처절한 곡성과 아우성을 뒤로하고 여섯 기의 기마병은 바람처럼 사라졌다.

같은 시각이었다. 가회동 이제의 집에도 다섯 기의 기마병이 들이닥쳤다.

난데없는 소동에 놀란 경순공주와 이제 부부가 대청으로 나왔다.

이제가 소리쳤다.

"웬 놈들이냐?"

말에서 내린 군졸들이 신발을 신은 채 안으로 뛰어들었다.

이제가 벽에 걸린 장검을 잡으며 외쳤다.

"네 이놈들, 예가 어딘 줄 아느냐?"

"이얏!"

어느 군졸의 기합 소리와 함께 이제는 짚동처럼 나뒹굴어 가슴에서 선혈이 솟구쳤다. 경순공주가 달려들어 남편을 안고 울부짖었다. 한 군졸이 경순공주 옆구리를 발로 걷어찼다. 공주가 나자빠지며 사지를 부르르 떨다가 까무러쳤다. 아우성치는 하인들을 밀치고 방으로 들어간 군졸들은 어린 아이 둘을 거머잡고 나왔다. 세 살 된 딸과 돌 지난 아들이었다. 두 군졸은 한꺼번에 두 아이를 마당에 메꽂았다. 마당에 있던 군졸들이 달려들어 마구 짓밟아 숨통을 끊었다.

일을 끝낸 군졸들은 뒤도 안 돌아보고 바람처럼 사라졌다.

  그날 밤 자정 무렵이었다. 통진으로 귀양을 가던 방번은 날이 저물어 양화도楊花渡 도승관渡丞館 : 나루터를 관리하는 관청에 묵고 있었다. 강변의 밤은 물 흐르는 소리가 고즈넉하게 들리고, 이따금 소쩍새가 울고 있었다. '소쩍! 소쩍! 소쩍꿍!' 처량 맞은 소리였다. 방번은 불안하고 심란하여 초저녁부터 잠자리에 들었지만, 잠은커녕 온갖 생각으로 혼란스러웠다. 구슬픈 소쩍새 소리에 울기도 하고, 분노에 떨기도 하며 누웠다 일어나기를 수십 번했다.
  방번은 갑갑증이 일어 방문을 열었다. 밖에서 지키던 호송 군졸이 창을 들고 문 앞을 막아섰다.
  "답답하구나, 좀 열어 두어라."
  군졸이 무뚝뚝하게 대꾸했다.
  "닫아야 하오."
  군졸이 문을 닫자, 방번이 다시 열어젖히며 소리쳤다.
  "닫지 마라!"
  군졸이 문을 쾅 밀어 닫으며 내쏘았다.
  "귀양 가는 주제에 어디서 개지랄이야!"
  옆에서 다른 군졸이 투덜거렸다.
  "남은 강바람에 추워죽겠는데, 번열煩熱이 뻗치나 웬 지랄이여."
  방번은 불같이 타오르는 분노를 참을 수 없어 방바닥을 주먹으로 쾅쾅 내리치며 절규했다.
  "이럴 수가, 어찌 이럴 수가 있단 말이냐!"
  치미는 분노와 억장이 무너지는 서러움에 숨이 막혔다. 천지개벽이라더니 하늘과 땅이 순식간에 뒤바뀐 비참한 결과였다.

시간이 약이라고 했던가. 밤은 속절없이 깊어가고, 왕자 방번은 분노도 서러움도 시나브로 가라앉아 안정되었다. 이를 악물고 속으로 짓씹었다. '아바마마께서 살아있는 한 나를 죽이지는 못할 것이다. 도성으로 다시 돌아가는 날, 저놈들은 내 손으로 갈가리 찢어 죽일 것이다.' 자신감이 생기고 숨통이 트였다.

방번이 다시 잠자리에 누웠을 때, 방문이 슬며시 열리며 두 거한이 들어섰다.

설핏 잠이 들다가 벌떡 일어나며 외쳤다.

"누구냐?"

방을 지키던 군졸이 호롱불을 들이댔다. 갑옷을 입은 군졸 둘이 장검을 뽑아들고 서 있었다.

방번은 벌떡 일어나 벽 귀퉁이로 몸을 피하며 외쳤다.

"나는 왕자 방번이다. 대체 네놈들은 누구냐?"

군관의 투구를 쓴 군졸이 히죽히죽 웃으며 능글거렸다.

"흐흐흐……, 그러잖아도 그렇게 물어 볼 참이었다. 왕자 방번을 잡아 죽이라는 명을 받고 왔다. 나는 다만 명을 수행할 뿐이니, 부디 나를 원망하지는 말아라!"

"네 이놈! 나를 정안군께 안내하거라. 형님이 나를 죽일 리가 없다."

수하 군졸이 칼자루에 침을 칵 뱉어 움켜잡고는 이죽거렸다.

"거참, 어린놈이 되게 앙앙대네. 우리가 네놈 종이냐? 에잇!"

기합 소리와 함께 칼날이 방번의 오른쪽 어깨에서부터 아랫배로 비스듬하게 파고들었다. 왕자 방번은 눈을 부릅뜬 채 순식간에 닥친 자신의 죽음을 보았다. 죽음은 짙은 보랏빛이었다. 보랏빛 죽음 저만큼 앞에 부인 왕 씨가 어린 두 남매를 양팔에 안고 있었다. 두 아이를 받아 안으려고 팔을 벌리며 앞으로 고꾸라졌다.

사흘이 지난 8월 29일에 반란이 평정되었다. 소위 '제1차 왕자의 난'으로 일컫는 변란으로 수많은 사람이 죽었다. 서출 왕자 방번 부부와 두 자녀가 참살당했고, 폐세자 방석과 아들, 그리고 부마 이제와 두 자녀가 죽었다. 정도전과 남은, 심효생, 장지화, 이근, 박위, 유만수 부자 등 대소신료 14명과 정도전의 아들 넷 등 그들의 가족 10여 명이 죽었고, 가노와 시녀들의 죽음은 기록에도 없다. 30여 명의 벼슬아치가 귀양을 가고 감옥에 갇혔다.

징검돌 임금

임금은 서량정으로 피병을 납시어 그날 밤에 엄청난 변란을 겪으면서 오기와 분노로 병마를 이겨 냈다. 이어 웬만큼 회복하여 나흘만인 9월 1일에 경복궁 강녕전으로 이어했다. 이미 방과를 세자로 책봉하여 경복궁 동 침실을 동궁으로 정하여 들게 하고 정무를 보게 한 지 닷새가 지났다.

병석에 누워 며칠간 곰곰이 생각하던 임금은 도승지 이문화를 침전에 불렀다.

이문화가 침상 앞에 부복하여 아뢰었다.

"전하, 신을 찾아 계시오니까?"

임금은 누운 채 힘겹게 말했다.

"과인이 병들어 오랫동안 정사를 청단聽斷하지 못했지만은 하루 동안에도 만 가지 일이 발생하니, 미처 감당하지 못하여 병이 더하게 되었다. 하여, 이제 세자에게 왕위를 물려주고, 마음을 편히 먹고 병을 치료하여 여생을 쉬고자 한다. 도승지는 중신들에게 명을 전하고 전위교서傳位敎書를 지어 올리게 하라."

도승지는 납작 엎드려 황망하게 아뢰었다.

"전하, 망극하옵신 어명받자와 신은 황망하기 그지없나이다. 신이 어찌 감히 전위를 입에 담아 전하오리까? 통촉하시오소서."

임금은 담담하게 재촉했다.

"아니다. 과인은 이미 오래 전에 결심했더니라. 어서 나가 그리 전하라!"

임금의 명은 두 말 덧붙일 틈새도 없이 엄하여 도승지는 눈물을 뿌리며 어전을 물러나왔다. 도승지의 눈물은 임금이 아들에게 전위함에서 오는 비감이 아니었다. 천군만마千軍萬馬를 호령하던 맹장 이성계의 면모는 어디서도 찾아볼 수 없는, 오직 늙고 초라한 병든 노인의 하소연이 이문화에게 애잔한 아픔이 되었음이었다.

도승지 이문화는 이조전서吏曹典書 이첨李詹이 쓴 전위교서를 들고 어전에 부복했다.

내관이 받아 올리는 교서를 일별一瞥한 임금은 도승지에게 일렀다.

"도승지는 지금 세자를 들게 하라!"

"전하, 신은 황망하기 그지없사오나, 명을 받잡겠나이다."

이문화는 강녕전 동 침실에 가서 세자 방과를 모시고 침전에 들어왔다.

세자는 임금 앞에 엎어지며 통곡했다.

"전하, 아니 되옵니다! 교서를 거두어 주시오소서! 신은 참담하와 몸 둘 바를 모르겠나이다."

임금은 내관으로 하여금 부액케 하여 일어나 앉으며 손을 내저어 말했다.

"세자는 사양치 마라. 나는 늙고 병들어 종사를 청단하기에 벅차니라. 지나친 겸양은 불효가 되느니라."

세자는 거듭 사양했다.

"아바마마, 소자는 명을 받자올 수 없나이다. 쾌차하실 때까지만 소자에게 대리청정을 명하시오소서."

"아니라고 하지 않았느냐. 나는 이제 국사를 청단할 기력이 쇠했다. 세자는 어서 일어나 교서를 받으라."

"아바마마, 망극하나이다. 소자가 어찌 불효를 행하오리까."

임금은 애잔하게 말했다.

"이는 불효가 아니라, 참된 효도니라! 아비가 병들면 자식이 돌보는 것은 당연하지 않은가. 더 이상 아비를 번거롭게 하지 마라."

세자는 눈물을 뿌리며 하릴없이 일어나 임금이 친히 내리는 교서를 받았다.

임금이 도승지에게 명했다.

"도승지는 즉시 좌 · 우정승을 부르라!"

대청에서 대기하던 좌정승 조준과 우정승 김사형이 어전에 부복했다.

임금은 두 정승을 묵묵히 바라보다가 말했다. 만감이 교차하는 서글픈 눈빛이었다.

"경들은 들으시오."

"전하, 하명하시오소서."

"과인은 오늘로서 세자에게 보위를 물려줄 것이오. 경들은 힘을 합하여 주상을 도와 태평성대를 열어주시오."

"전하, 망극하나이다. 신 등은 성지를 받자와 충심을 다할 것이옵니다."

임금은 옆에 놓인 전국보傳國寶 : 국새함을 들고 말했다.

"좌정승은 국보를 받으라! 대소신료들은 세자를 모시고 근정전에 나아가 즉위식을 올리라."

임금은 조급하게 재촉했다. 하루빨리 무거운 짐을 벗어 던지고 훨훨 날고 싶은 심정이었다.

국보를 높이 받든 좌정승이 앞에서 인도하고, 대소신료들이 줄줄이 따라 근정전으로 향했다. 세자는 강사포와 원유관을 갖추어 입고 근정전에 나아가 즉위식을 거행하고 만조백관의 하례를 받았다. 이로써 조선 개국 7년 만에 제2대 임금이 전위 받아 즉위하니, 시호가 정종定宗이다.

즉위식을 끝낸 임금은 즉시 면복冕服 : 면류관과 곤룡포으로 갈아입고, 백관을 거느리고 강녕전에 입시하여 부왕의 존호尊號를 상왕上王으로 올리고 예를 드렸다. 뒤이어 백관이 사배四拜를 올리며 상왕이 되심을 치하致賀하였다.

새 임금이 즉위하고 두 달이 지난 11월 7일, 임금이 난데없이 유 씨라는 여자를 후궁으로 맞아들였다. 유 씨는 임금이 잠저潛邸 : 임금이 되기 전에 살던 집에 있을 때 첩이었는데, 시임 대사헌 조박의 친척 동생이었다. 그동안 조박의 집에 머물던 유 씨는 후궁의 예를 갖추어 경복궁에 들어왔는데, 불노佛奴라는 일곱 살 난 아들이 딸려 있었다.

입궁한 유 씨는 임금의 명에 의하여 중궁에 들어가 중전 덕비德妃에게 예를 올렸다. 슬하에 자식이 없던 중전 김 씨는 유 씨의 아들을 보고는 반색을 했다. 후사를 이을 아들을 보지 못해 속을 태우던 중전에게 임금의 아들이라는 불노는 하늘이 내린 복덩이였다.

임금은 중궁전에 예를 올린 유 씨를 대동하고 상왕전에 들어 예를 올렸다. 임금은 속으로 좀 멋쩍기도 하여 부자지간의 정으로 인사를 시켰다.

"아바마마, 소자가 잠저에 있을 때 가까이 했던 첩실이옵니다. 일찍이 아들까지 두었으나, 기회가 없어 미루다가 비로소 오늘 입궁을 시켰나이다. 소자의 불효를 용서하소서."

상왕도 중전 김 씨만큼 반색을 하며 반겼다.

"주상 용서라니요. 경사가 아닙니까. 주상에게 소생이 없어 근심했는데, 이렇게 자란 아들이 있었으니 이제 한시름 놓았음이오."

"아바마마께서 그리 생각하시니, 소자 마음이 놓이옵니다."

"그렇다마다요. 이것은 경사가 아닙니까? 왕실은 번창할수록 좋아요. 유 씨라고 했더냐?"

몸이 튼실하고 후덕하게 생긴 유 씨는 다소곳이 머리를 조아리며 아뢰었다.

"그러하옵니다, 상왕 전하."

상왕은 즐거워하며 말했다.

"허허허……, 이는 경사로다! 중신들에게 주상의 소생이 있음을 알리고, 마땅히 원자의 예우를 받도록 해야 할 것이오."

임금과 유 씨는 입이 함지박만큼씩 벌어졌다. 원자元子라니! 다음 보위를 이를 세자가 된다는 말이 아니던가. 유 씨는 숨이 막히도록 가슴이 벅차올랐다.

유 씨가 구름 위를 걷는 듯 둥둥 뜨는 걸음걸이로 처소에 들어와 숨을 돌리고 있을 때였다. 상왕전 내관이 들어와 정중하게 예를 올리고는 교지를 전했다. 글을 알 턱이 없는 유 씨가 당황하자, 시녀의 눈짓으로 내관이 교지를 읽었다.

금일 입궁한 유 씨를 가의옹주嘉懿翁主로 책봉하고, 처소를 가의궁嘉懿宮이라 칭한다.

이 또한 천지가 개벽하는 순간이었다. 시임 대사헌의 인척이라고는 하지만, 양반은커녕 중인 대접도 못 받던 아낙이 하루아침에 임금의 후궁이 되고 옹주 직첩을 받았다. 가의옹주 유 씨는 얼굴이 하얗게 질리도록 흥분했다. 숨이 막혀 헉헉거리다가 어린 나인이 입에 대주는 물을 한 모금 마시고는 겨우 정신을 차렸다. 정신을 차려보니 내관은 그새 사라지고 앞에 놓인 다탁에 교지만 단정하게 놓여 있었다. 교지를 어루만지던 유 씨는 옆에 앉아 어린 나인과 장난질을 하는 아들 불노를 와락 끌어안고 엉엉 울었다.

그날 궐내는 해가 지도록 웅성거렸다. 상궁 나인들은 둘만 만나도 머리를 맞대고 수군거렸다.

"상왕 전하께서 원자라고 불렀대요."

"중전께서도 후사를 이을 왕자라고 했다면서?"

"주상의 아들이 아니라는 말도 있다는데……."

"정안군이 보고만 있을까?"

"상왕이 원자라는데, 감히 누가 뭐래?"

입소문은 그날로 대궐을 넘어 장안으로 퍼져나갔다.

그날 해 질 녘이었다. 왕자의 난을 진압하고 정사공신定社功臣 2등에 책록되어 벼슬이 우부승지에 오른 이숙번이 정안군 이방원의 집에 들이닥쳤다. 숙번은 퇴궐하는 길에 바로 들렀는지 관복차림 그대로였다.

가노들이 미처 연통할 틈도 없이 사랑으로 뛰어 들어간 숙번은 보료에 기대 앉아 책을 보던 방원을 한심하다는 듯이 노려보다가 툭 내뱉었다.

"나으리께선 참 태평두 하시외다."

방원은 픽 웃었다. 오늘은 또 무슨 투정을 부리고 술을 얻어먹으려나 하면서도 적적하던 판에 마침 술친구가 왔으니 내심 반가워 손짓을 하며 말했다.

"투정은 차차하고 우선 앉기나 하시게."

숙번은 덜퍼덕 주저앉으며 능글능글하게 말했다.

"나으리, 투정이라니요? 오늘 왕실에 크나큰 경사가 났습지요."

방원은 여전히 웃으며 농으로 받았다.

"왕실의 경사가 어디 어제오늘이었나. 그래, 오늘은 무슨 경사가 또 난 게요?"

"아, 경사다마다요. 하늘에서 세자 저하가 뚝 떨어졌지 뭡니까."

방원은 하도 생뚱맞은 농담이라 히죽 웃으며 받았다.

"하늘에서 세자가 떨어져? 저런, 기왕에 임금이 뚝 떨어졌으면 더 좋았을 것을……."

숙번은 벌컥 짜증을 냈다.

"나으리, 참말로 세자가 하늘에서 떨어졌다니까요! 상왕께서 원자라고 말했으니 곧 세자가 아닙니까?"

숙번의 시뻘건 얼굴과 눈에서 불이 철철 흐름을 방원은 그제야 보고는 버썩 다가앉으며 물었다.

"그게 무슨 말이야? 상왕께서 원자라고 했다니?"

숙번은 주먹으로 연상을 탕탕 치며 토했다.

"죽 쒀 개 좋은 일 한다더니, 나으리께서 꼭 그 짝이 났소이다."

숙번이 침을 튀기며 쏟아놓는 자초지종을 들으며 방원은 몇 번이나 주먹으로 연상을 쳤다. 생각할수록 하도 같잖아 방원은 끝내 허탈하게 한바탕 헛웃음을 웃고는 말했다.

"허허허, 그 참! 한 치 앞도 볼 수 없는 것이 세상사라지만, 어찌 이런 해괴한 일이 다 있단 말인가!"

흥분을 가라앉힌 숙번이 나직이 말했다.

"나으리, 이는 대사헌 조박이 꾸민 음모입니다. 어찌 하시겠습니까?"

"……!"

눈을 감고 묵묵히 앉아있던 방원이 담담하게 말했다.

"나는 다시 칼을 잡고 싶지 않네. 제대로 된 조정이라면 그 아이가 어찌 세자 자리에 오르리."

"조박 하나라면 누가 뭐랍니까. 그 하나를 그냥 둔다면 열이 되고 스물이 됩니다. 그 중에서 정도전과 남은 같은 무리가 형성되면 어찌 하시렵니까?"

방원은 숙번을 똑바로 노려보며 말했다.

"그대는 정사공신에 벼슬이 승지일세. 부귀가 그 정도면 만족하지 않은가?"

숙번도 방원의 눈길을 피하지 않고 받으며 대꾸했다.

"나으리께서는 이것을 제 욕심으로만 보십니까? 우리 몇몇 동료가 목숨을 초개같이 내던지며 사직을 지키려 한 것은 오직 나으리를 추대推戴하고자 함이었나이다. 하온데, 나으리께서는 오로지 종사의 대의만 생각하시고 보위를 사양하시었습니다. 참으로 아름답고 정당한 일이었지요. 그리하여 우리는 나으리를 더욱 우러러 모시려 했습니다."

"그 얘긴 그만하라! 이미 지나간 일이 아니더냐."

"지나간 것이 아니라, 다시 시작되고 있음입니다. 지금 어디서 굴러먹던 개뼈다귀 같은 어린 아이가 궁중에 들어와서 하루 만에 튼튼한 둥지를 틀어 원자가 되었나이다. 하오나 우리는 감히 알 바가 아니옵니다. 어차피 필부匹夫였으니, 하다 못하면 머리를 깎고 산으로 가도 그만입니다. 하오나, 나으리께서는 귀중하신 몸으로 자칫하다가는 지난 날 방석과 방번처럼 비참한 운명을 맞지 않을까 심려되어 드리는 말씀입니다. 그것을 제

욕심으로 보셨다면 참으로 송구하오이다."

심각하게 지껄이는 말을 묵묵히 듣고 난 방원은 느닷없이 크게 웃으며 말했다.

"어허허허……, 우부승지가 된 지 겨우 두어 달 만에 안성군 말 솜씨가 경지에 이르지 않았는가! 감축할 일이로세. 허허허……."

문이 열리고, 하인에게 술상을 들린 방원의 부인 민경옥이 들어왔다.

숙번이 벌쭉 웃으며 반색을 했다.

"그러잖아도 목이 타던 참이었습니다. 마님께서는 참으로 급시우急時雨 : 때맞춰 오는 비 옳습니다."

"뭣이라, 급시우!"

세 사람은 한꺼번에 와르르 웃었다.

술잔이 서너 번 돌았을 때, 부인 민씨가 말했다.

"궁에서 나인이 금방 다녀갔습니다. 세상에 어찌 이런 일이 있습니까?"

방원은 말없이 술잔을 비웠고, 숙번이 받았다.

"오래 전부터 짜인 음모가 비로소 드러나기 시작한 것입니다. 그 아이가 일곱 살이라 하지 않습니까?"

민 씨가 싸늘한 표정으로 받았다.

"안성군 말씀이 맞아요. 영안군이 그 여자를 한 때 가까이 하기는 했지만, 그동안 다른 남자와도 살았답니다. 그 아이가 영안군 핏줄이라는 것도 믿을 수 없어요."

방원의 눈이 화등잔만 하게 커졌다. 그 눈에서 이내 불이 철철 흘렀다.

민 씨가 그 불에 부채질을 했다.

"나으리께서는 종실의 법통을 세우기 위해 부왕의 후비 소생이지만 엄연한 왕실의 핏줄인 두 아우를 제거했습니다. 한데, 이제 개뼈다귀인지,

쇠뼈다귀인지도 모를 그 아이가 세자 자리에 오른다면 우리 적실 왕자들은 온 식구가 멸하는 변란을 당할 것이 뻔합니다."

숙번이 거들고 나섰다.

"피바람을 일으키고 사직의 안정을 잡은 지 이제 두 달이옵니다. 다시 혼란이 있어서는 아니 됩니다. 우리 힘이 필요하시면 언제든지 쓰시옵소서. 나으리를 보위에 모시고자 하는 우리들 충정은 변함이 없나이다."

방원은 비로소 빙긋이 웃으며 술잔을 들었다.

"자자, 그만 하고 술이나 드세."

민 씨도 그제야 안심을 하고는 방긋 웃으며 두 잔에 술을 따랐다.

정안군 이방원의 부인 민경옥! 요즈음 장안에서는 민경옥을 추동궁楸洞宮 마마라고 부른다. 정안군의 집이 추동에 있기 때문이지만, 왕자의 난 이후 정안군 부부는 그만큼 장안의 주목을 받고 있음이었다.

민경옥의 아버지 민제閔霽는 개국공신으로 여흥백麗興伯에 봉해졌고, 시임 삼사우복야三司右僕射였다. 명문대가의 딸로서 임금의 다섯째 며느리가 된 뒤부터 민경옥은 왕후가 되는 것을 꿈꾸고 있었다. 그것이 어찌 남편이 모르는 꿈이었을까. 서출의 왕자로 세자를 책봉했을 때, 왕후를 꿈꾸던 민 씨는 그 꿈이 이미 반은 이루어졌음을 알았다. 그러나 서출 세자 문제로 일어난 왕자의 난이 평정되자, 남편은 코앞에 닥친 왕위를 버리고 장자가 된 둘째 형 영안군을 추대했다.

민 씨는 그때 이를 갈아 물고 남편에게 대들었다. 왕자의 난이 성공한 것은 민 씨의 공이 절반이었다 해도 과언이 아니었다. 친정아버지 민제에다가 무구, 무질 두 동생이 주축이 되었고, 무장 고려와 이부, 이무도 민 씨의 영향력을 받고 있었다. 그것을 모르는 남편이 아니겠지만, 눈앞에 닥친 현실이 여자의 소견으로는 불만이었다.

그러나 나이 마흔이 넘어 보위에 오른 임금에게는 소생이 없었다. 민경옥에게는 바로 그것이 머잖아 중전의 자리에 앉을 수 있다는 확고한 희망이었다. 그런데 오늘 임금의 품에 하늘에서 아들이 뚝 떨어졌다는 것이다. 게다가 남편을 철천지 원수로 여기는 상왕이 그 아이를 원자라고 했다는 것이다. 이것이 바로 마른하늘의 날벼락이었다.

그때 인기척이 있고 이어 문이 열리며 유모가 어린 아기를 안고 들어왔다.

"마님, 아기씨께서 어머니께 가자고 조르고 보채서 견딜 수가 없사옵니다."

민 씨는 유모의 품에서 빠져나와 덥석 안기는 아들을 받아 안으며 활짝 웃었다.

"오! 우리 도가 그랬더냐? 그새 어미가 보고 싶어 보챘더란 말이지? 자아, 이제 아버지께 가 보렴!"

귀여운 아기는 아장아장 걸어가서 아버지 품에 달려들었다.

방원은 셋째 아들 도를 받아 안고 어르다가 이숙번 앞으로 번쩍 안아 보이며 말했다.

"도야, 잘 보아라. 장차 나라의 대들보가 될 이숙번이니라."

유모는 비켜 앉아 입을 가리고 웃었고, 세 사람은 마냥 즐거워 크게 웃었다. 하늘에서 떨어지는 원자 따위가 있을 턱이 없음이었다.

숙번은 웃으면서도 아기에게서 눈을 뗄 수 없었다. 첫돌 잔치에 먼발치로 보기는 했지만, 가까이서 보기는 처음이었다. 어리지만 범상치 않은 얼굴이었다. 이목구비가 뚜렷하고 시원하게 큰 눈에서 정기가 넘쳤다. 머잖아 보위에 오를 왕자의 아들은 어디가 달라도 다르다는 것을 느끼며 고개를 주억거렸다.

첫돌이 지나고 넉 달이 되는 정안군과 민 씨 사이의 셋째 아들 도禍!
이로부터 꼭 20년 뒤에 대왕세종이 될 아기였다. 정안군이 나라의 대들
보가 될 사람이라던 이숙번은 훗날, 이 아기의 가장 큰 걸림돌로 지목되
어 귀양을 가고, 끝내 비참한 최후를 맞는다.

정종 2년(1400년) 11월 11일, 임금이 왕세자王世子 : 정안군 방원에게 선위禪位
: 임금의 자리를 물려줌하였다. 임금은 제1차 왕자의 난을 겪고 보위에 오른 지 2
년 2개월 만에 제2차 왕자의 난으로 결국 자의 반 타의 반으로 보위를 내
놓고 말았다.

연초인 지난 1월 28일이었다. 회안군會安君 방간이 제2차 왕자의 난을 일
으켰으나, 바로 밑의 아우인 방원이 하루 만에 난을 진압하고 조정을 평정
하였다. 그리고 나흘 만인 2월 4일에 전격적으로 세자에 책봉되었다. 임금
의 아우가 보위를 잇게 되면 세제世弟라고 한다. 그러나 임금의 부왕인 상
왕이 생존해 있으면, 아우가 보위를 이을 자리에 올라도 부왕의 아들이므
로 세자가 된다. 상왕의 다섯째 아들인 정안군 방원은 세자 자리에 오르고
열 달 만에 형님으로부터 보위를 물려받게 되었다.

넷째 왕자인 방간은 아우인 방원이 세자가 된다는 항간의 소문이 확실
하게 되자, 아들 이맹종과 조전절제사助戰節制使 박포의 말에 현혹되어 아우
를 죽이고 세자가 되고자 난을 일으켰다. 그러나 거사 계획이 사전에 누설
되어 형님인 임금이 억제했으나, 방간은 듣지 않고 그예 난을 일으켰다.
급박한 상황에 앉아서 당할 수만은 없게 된 방원과 이숙번을 비롯한 그 수
하들은 대응 군대를 일으켜 개경 도성의 백주대로에서 전투를 벌였다.

결국 방간의 반란군은 패하였고, 많은 사람이 죽고 귀양을 갔다. 방간

과 그 아들 맹종, 박포도 역시 귀양을 갔으나, 박포가 귀양지에서 처형됨으로써 제2차 왕자의 난은 평정되고 정안군 방원이 보위에 오르는 계기가 되었다.

판삼군부사 이무는 전위교서를 받들고, 도승지 박석명朴錫命은 국보國寶를 받들고 인수부仁壽府에 나아가니, 이거이, 김사형, 민제, 하윤 등 중신들이 뒤를 따랐다.

세자의 거처인 인수부는 이미 전위교서가 내릴 것이라는 전갈을 받고 요긴한 사람들이 알게 모르게 모이다보니, 좁은 전각이 더욱 어수선한 상태였다. 도성을 한양에서 개성으로 옮긴 지 2년이 되어 가는데, 상왕전과 주상전, 동궁전 등으로 나누어 쓰다 보니 궁궐은 평상시에도 비좁아 어디나 어수선하고 불편했다.

1398년 9월에 정종이 즉위하고 이듬해 봄이 되면서 한양 도성 경복궁은 난데없는 까마귀 떼로 난장판이 되었다. 조선 천지의 까마귀가 경복궁으로 죄다 몰려들었는지, 궁궐 지붕이며 담장, 정원의 나무, 사람의 발길이 뜸한 뒤뜰까지 온통 새까만 까마귀 천지였다. 사람이 움직일 때마다 까마귀 떼가 비상하며 음흉하게 우짖어 소란하였고, 궁궐은 어디를 가나 발을 옮길 틈도 없이 까마귀 똥 천지였다.

궁수弓手와 표창수鏢槍手가 활로 쏘아 잡고 표창을 던져 수없이 죽여도 궐 안에 온통 피 칠갑만 할 뿐, 까마귀 떼는 더 극성스레 밤낮으로 우짖었다. '가아! 가아! 가아…….' 모두 저승으로, 지옥으로 가라는 것인지, 경복궁을 떠나가라는 것인지, 소름끼치는 그 울음소리가 밤낮으로 들끓었다.

마침내 도성 장안은 흉흉한 소문이 난무했다.

- 고려 왕실의 행궁行宮이었던 구궁 우물에 시체가 가득했는데, 갓난아기의 시체가 열이 넘었으며, 능욕을 당해 발가벗겨진 여인들의 시체가 스물이 넘었다더라!

- 왕자의 난으로 왕족과 벼슬아치들이 수백 명 죽었는데, 그 원혼과 망국 고려의 억울한 영혼들이 까마귀 떼가 되었다.

- 5백 년 고려를 뒤엎은 죄 값을 받는 것이다. 머잖아 나라가 망하고 다시 고려 왕조가 복권된다더라!

온갖 유언비어가 경향 각지로 퍼져나갔다.

이에 당황한 조정은 그예 천도할 계획을 세우기에 이르렀다. 그러나 천도를 함부로 할 수도 없어 까마귀 떼와 대판 승부를 걸었지만 결국 미물을 이길 수 없었다. 그리하여 천 년 왕국의 꿈을 안고 국력을 기울여 4년간 창건한 새 나라의 한양 도성을 버리고, 고려의 궁궐이 그대로 보존된 개경으로 되돌아오고 말았다.

세자는 전위교서가 내린다는 전갈을 듣고 많은 생각을 하고 있었다. 그 중 가장 시급한 것이 도성을 다시 한양으로 천도하는 대업이었다. 한양의 경복궁과 성곽은 천 년 왕도를 꿈꾸며 건설한 도성이다. 그 장엄한 도성을 까마귀 떼에 질겨 쫓기다시피 버리고 고려의 도성으로 되돌아온 것은 치욕이었다. 방원은 세자에 책봉되기 전부터 한성으로 다시 천도하겠다는 생각을 했었다.

그때, 대청에 대기하던 내관이 전했다.

"저하, 주상 전에서 도승지가 들었사옵니다."

자신이 보위에 오르면 가장 먼저 해야 할 일이 한양 천도라고 새삼 다짐하던 세자는 동궁 내관의 전언을 듣고 대청으로 나갔다.

이무가 댓돌 위로 올라가 교서를 받들어 올리며 말했다.

"세자 저하! 주상 전하께옵서 전위교서를 내리셨나이다. 받으시옵소서."

세자는 대청에 서서 국보를 높이 받든 도승지와 마당에 늘어선 중신들을 내려다보며 짐짓 격노한 목소리로 말했다.

"주상 전하께옵서 아직 춘추 정정하시고, 성덕이 또한 융성隆盛하옵신데, 어찌 용렬勇烈한 나에게 양위를 하신단 말이오? 전하께서 망극한 분부를 하셨더라도, 극구 간하여 분부 거두시게 하는 것이 신하된 도리이거늘, 경들은 어찌 경망되이 국보를 받들고 예까지 오는 불충을 저지른단 말이오. 나는 받을 수 없으니 어서 돌아들 가시오!"

세자는 뒷말 덧붙일 겨를도 없이 안으로 들어가 버렸다.

말인즉슨 골백 번 옳은 말이라, 세자의 사돈 이거이가 민제를 바라보다가 하윤에게 물었다.

"대감, 이럴 경우는 어찌 하오이까?"

하윤은 빙긋 웃으며 받았다.

"예상했던 일이 아닙니까? 기다려야지요."

중신들은 마당에 서서 하릴없이 기다렸다. 한 식경이 흐르고 두 식경이 지났다. 민제와 이거이를 비롯한 늙은 중신들은 반나절이나 서 있게 되자 더 견딜 수 없을 지경에 이르렀다.

중신들의 눈짓을 받은 이무가 정중히 읍을 하고는 주청했다.

"저하, 주상 전하께서 내리신 교서는 되돌릴 수 없나이다. 이제 그만 가납하시오소서."

마당의 중신들도 일시에 주청했다.

"세자 저하, 가납하시오소서."

내전에서 세자가 큰 소리로 꾸짖었다.

"나는 받을 수 없소이다. 상왕께서 환궁하실 때까지는 받을 수 없음을 주상 전하께 고하시오."

상왕은 지난 달 10월 24일에 한양성에 납시어 신덕왕후 능인 정릉 흥천사에서 정근법석精勤法席 : 법회를 열어 설법하던 일을 베풀었다. 상왕은 이 행차에 역마驛馬 130필을 차출하라 명하였고, 세자는 급히 관마색官馬素 : 궁중의 말을 관리하는 관청에 독촉하여 120필로 상왕의 행차를 호위하게 했었다. 그리고 이틀 뒤인 26일에 상왕은 오대산 낙산사로 행차했다. 비명에 죽은 두 아들과 어린 손자들의 영혼을 위로할 불사를 베풀 계획이었지만, 임금도 세자도 상왕의 오대산 행차를 모르고 있었다. 임금은 뒤늦게 알고 대장군 박순朴淳을 급히 보내 행차를 호위하게 했다. 호위대장 박순으로부터 상왕이 사나흘 후에 환궁한다는 기별을 받았던 터였다.

중신들은 세자의 사양 이유가 정당하므로 하릴없이 돌아가 임금에게 고했다.

"전하, 신 도승지 아뢰나이다. 세자 저하께서는 상왕 전하께서 환궁하실 때까지 교서를 받을 수 없다고 사양하시나이다. 어찌 하오리이까?"

착잡한 심정으로 기다리던 임금은 용상에서 벌떡 일어서며 노하여 말했다.

"과인이 어찌 그 같은 이치를 모르겠느냐. 이미 상왕 전하께 윤허를 받고 전위교서를 내린 것이다. 도승지는 국보를 받들고 앞서라. 과인이 인수부로 갈 것이니라."

임금이 분연히 떨치고 나서자, 교서를 받든 이무와 국보를 받든 박석명이 앞서고, 임금의 뒤를 중신들이 줄줄이 따랐다.

인수부 내관이 임금의 행차에 기겁을 하고는 아뢰었다.

"저하, 주상 전하 납시셨사옵니다."

내전 교의에 앉아있던 세자는 내심 놀랐으나 천연한 표정으로 나갔다.

근엄한 용안으로 서 있는 임금을 본 세자는 발밑에 부복했다.

"전하, 교서를 거두어 주시오소서. 신에게 어찌 불효와 불충을 행하라 하시나이까."

임금은 여전히 굳은 용안으로 말했다.

"세자는 사양치 말라! 상왕 전하께 이미 윤허를 받잡고 내린 교서였느니라. 삼군부사는 어서 교서를 읽으라."

이무는 임금께 읍을 하여 예를 올리고는 교서를 읽었다.

내가 어려서부터 말 달리고 활 잡기를 좋아하여 일찍이 학문을 등한히 했도다. 하여 즉위한 이래로 혜택이 백성에 미치지 못하고 재앙과 변괴가 거듭 이르니, 비록 조심하고 두려워하나 어찌할 수 없도다. 세자는 어려서부터 배우기를 좋아하여 이치에 통달하고, 크게 공덕이 있으니, 마땅히 과인을 대신하도록 하라.

비록 짧은 교서였으나, 재위 2년 남짓 동안에 누적된 임금의 불안과 불만이 고스란히 내포된 내용이었다. 세자는 부복한 채 낭랑히 읽는 교서를 듣고 묵묵부답이었다. 가슴 속에 만감이 교차하고 있음이었다.

임금이 불쾌한 용안으로 세자를 내려다보며 말했다.

"도승지는 무엇을 하는가? 어서 국보를 안으로 모시라!"

도승지가 국보를 받들고 들어가자 임금은 비로소 용안에 웃음을 띠고 세자의 팔을 잡아 일으키며 말했다.

"자, 어서 일어나 안으로 듭시다."

국보를 가운데 탁상에 두고 두 임금이 마주앉았다. 나이 차가 일곱 살인 형님과 아우의 마주앉음이었다. 두 형제는 서로 바라보았다. 형님은 담담하게 웃었고, 아우는 얼굴이 벌겋게 달아오르도록 흥분했다.

임금은 마음이 홀가분했다. 조금 전과는 달리 훨훨 날아오를 듯이 기분이 상쾌하고 가뿐했다. 벗어 던지고 나니 이렇게 시원한 것을……!

임금은 밝게 웃으며 어색한 분위기를 깼다.

"주상!"

"……!"

새 임금은 깜짝 놀라 정신이 혼미했다. '그렇구나, 주상. 주상이 되었구나.' 양손을 공손히 가슴에 모아 읍을 하며 대답했다.

"전하, 신은 참담한 마음 금할 길이 없나이다."

임금은 여전히 웃고 있었으나, 마음과 웃음이 일치하지 않음을 단박 느낄 수 있는 공허한 웃음이었다.

"주상, 그동안 섭섭했더라도 이제는 잊으세요. 나도 본의가 아니었답니다."

새 임금은 정신이 혼란스러웠다. 본의가 아니었다니? 단박 어떤 대답을 해야 하지만, 그 진의를 알기 어려우니 답변하기도 어려웠다.

"전하, 그 무슨 망극한 말씀이오니까? 신은 다만 몸 둘 바를 모르겠나이다."

"아닙니다, 주상! 회안군만 아니었으면 그 무렵 주상에게 전위하려 했어요. 그 기미를 알고 회안군이 몹쓸 짓을 해서 전위가 잠시 늦어졌을 뿐입니다."

"전하, 듣잡기 황공한 말씀이옵니다. 보위에 계신지 이제 겨우 이태 남짓 되셨나이다. 늦으셨다니요."

"그래요, 주상. 그 이태가 내게는 이십 년처럼 길었던 나날이었답니다.

나는 애초부터 아바마마와 주상 사이의 완충 역할을 자임自任하고 세자 책봉을 받았던 것입니다. 주상도 그리 생각하고 나를 세자 위에 올렸던 것으로 알고 있었어요."

새 임금은 순간적으로 가슴이 콱 막혔다. 이내 머릿속이 싸아해지면서 눈물이 왈칵 솟구쳤다. '완충 역할!' 한 번에 건너 뛸 수 없어 놓았던 징검돌! 그것을 알고 있었구나. 감춰두었던 속내가 속절없이 드러나자 무안하고 짓적었다.

"전하, 이 아우의 불손과 불충을 용서하소서. 아우는 다만, 국초의 불안한 국정을 튼튼히 바로 잡아야 한다는 일념으로 해서는 아니 될 일임을 알면서도 불가피 감행했던 일이 더러 있었나이다. 그것이 아바마마와 형님께 불효가 되고 불충이 됨을 어찌 모르겠나이까. 하오나 그리하지 않고서는 천 년 왕국의 기틀을 다질 수 없었음이었나이다. 하온데, 제가 어찌 감히 형님을 완충 지대로 여겼겠나이까?"

임금은 이제 드러내놓고 씁쓸하게 웃으며 받았다.

"내 어찌 주상의 깊은 속을 몰랐으리요. 하지만, 때때로 섭섭했던 것은 사실이었어요. 그러나 아바마마의 노여움은 나와 다르다는 것을 명심하오. 그 완충 역할을 내가 못 다한 것 같아 미안하지만, 이제 내가 더 할 수 있는 일은 아무 것도 없다오. 아바마마의 노여움도 주상이 풀어 드리고, 화해도 주상이 해야 합니다. 그 지름길은 오직 나라를 잘 다스려 백성을 편하게 하고, 천 년 왕국의 기반을 주상의 대에서 다져야 합니다. 상왕 전하께서도 그 점에 있어서는 주상을 크게 믿으실 것입니다."

새 임금은 가슴이 뜨거웠다. 때때로 앞뒤가 꽉 막힌 것 같이 답답하여 야속하기도 했던 형님의 속이 이토록 깊었을 줄이야! 그럴 것이다. 형님이 아는 아우를 아버지가 어찌 모를 것인가! 자신이 있었다. 천 년 왕국의 기틀을 다질 자신이 있었다.

"전하, 신은 부끄러워 몸 둘 바를 모르겠나이다. 늘 곁에 두시고 바른 길로 인도해 주시오소서."

"나는 주상을 믿습니다. 아바마마께서도 주상을 믿으시고 전위를 허락하셨습니다. 아바마마께서 환궁하시는 날, 우리 모두 함께 나아가 맞이하십시다. 매우 기뻐하실 것입니다."

새 임금도 활짝 웃으며 받았다.

"어찌 아니겠습니까. 반드시 국초의 기반을 다지고 태평성대를 열어가겠습니다."

"그래야지요. 주상, 이제 그만 나가십시다. 대소신료들의 하례를 받으셔야지요."

대청으로 나온 새 임금은 마당에 가득한 신료들에게 말했다.

"내가 오늘 망극하옵게도 외람되이 전위교서를 받았소이다. 허나, 아직은 백관들의 하례를 받을 수는 없습니다. 상왕 전하께서 환궁하신 후에 모든 절차를 순리대로 진행할 것이오. 또한, 그때까지 제반 국정은 전하께서 청단하실 것이니, 매사에 차질이 없어야 할 것입니다."

중신들은 일시에 받았다.

"망극하옵니다. 신 등은 두 분 전하의 성심을 따를 것이옵니다."

등극

이틀 뒤인 11월 13일 이른 아침, 추동 정안군 사저에 임금이 타는 연輦과 왕후가 타는 연이 당도했다. 준비하고 기다리던 정안군과 부인 민 씨는 각각 연에 올라 대궐로 향했다. 호위군관 여섯이 말을 타고 앞장서 행차를 인도하였고, 상궁과 나인들이 뒤를 따랐다. 초겨울 아침은 싸아하니 맑고 청명했다. 백성들이 큰 길 좌우 곳곳에 구름처럼 모여들어 행차를 구경했다.

이윽고 수창궁에 입궁한 새 임금은 정전에서 즉위식을 거행하고 만조백관의 하례를 받았다. 백관들은 천천세를 부르며 경축했다. 이로써 조선조 제3대 임금에 즉위한 정안군 이방원은 춘추 34세였다.

즉위식을 끝낸 임금은 즉위 유지宥旨를 나라에 반포했다.

유지를 반포한 임금은 즉시 체제를 세워 교지를 내렸다.

상왕을 높여 태상왕太上王으로 봉한다. 주상을 높여 상왕으로 봉한다. 부府:

상왕 거처를 세워 공안부恭安府라 하고, 중궁中宮 : 대비의 거처을 인녕부仁寧府라 한
다. 민제를 여흥백으로 봉하고, 이백강을 청평군淸平君으로 봉한다. 김사형
을 판문하부사로, 이거이를 문하좌정승으로, 조박을 참찬문하부사로, 정구
鄭矩를 대사헌으로, 김수金需를 판공안부사로, 맹사성孟思誠을 좌산기로 제수
한다.

조정 일부를 개각한 임금은 편전에서 대소신료들의 조회朝會를 받았다.
조회를 받은 임금은 신료들에게 전교傳敎하였다.

"경들은 들으시오. 매양 아일衙日 : 조회를 하고 정사를 보는 날에 정사의 득실과
민생의 이해利害를 각 부처 신료들이 직접 계품啓稟 : 임금에게 고함할 것을 법령
으로 정할 것이오. 또한, 개국과 더불어 많은 혼란이 있었던 바, 상벌을
분명히 하고 기강을 세우는 것이 급선무라고 생각하오. 하여, 몇 가지 조
목을 법령으로 정할 것이니, 도당에서 논의하기 바라오. 첫째 효제孝悌를
두텁게 할 것이며, 둘째 간쟁諫諍 : 간하는 말이나 상소을 여과 없이 받아들이고,
셋째 기강과 상벌을 밝게 하고, 넷째 재용財用을 절약하고, 다섯째 놀이와
사냥을 경계할 것이며, 여섯째 충직忠直한 사람을 등용하고, 참소나 아첨
하는 사람은 추방할 것이며, 일곱째 지방 수령守令을 중하게 여기고, 가볍
게 사유赦宥하지 않을 것이오."

임금의 추상秋霜 같은 명에 신료들은 바짝 긴장했다.

문하부사 김사형이 아뢰었다.

"전하, 성은이 망극하나이다. 참으로 간절하고 지극하신 명이시옵니다.
신 등은 성지를 받들어 진력盡力할 것이옵니다."

"당연한 것이외다. 과인은 앞으로 채찍을 들고 경들을 독려할 것이오.
그 모두가 나라를 반석 위에 올리고자 함이니, 경들은 과인이 좀 지나치

더라도 원망하지 마시오."

중신들이 일시에 받았다.

"전하, 망극하나이다. 신 등은 신명을 바쳐 책무를 다할 것이옵니다."

"고맙소이다. 그리고 당장 시급한 것은 경차관敬差官을 선발하여 전국 각 고을에 파견하는 것이오. 경차관은 민정을 살피고, 과세課稅의 경중輕重을 파악할 것이며, 관원과 유림의 횡포와 백성들의 실상을 낱낱이 파악할 것이오. 또한, 팔도 수령들에게 명하여 나이 구십이 넘은 노인들을 찾아 공경하게 할 것이며, 효자와 열녀를 가려 널리 알리고 포상하여 백성들로 하여금 귀감을 삼게 할 것이오."

대소신료들은 숨을 죽이고 경청하며 바짝 긴장했다. 고려조에서부터 조선 개국에 이르러 2대 임금을 겪었지만, 그 많은 제왕들 중에서도 이런 제왕을 본 적은 없었다. 정안군 이방원은 빈틈없이 준비된 임금임을 신료들은 비로소 느꼈다. 나라를 세우고, 국초의 혼란과 몇 번의 크나큰 변란을 온몸으로 부딪쳐 평정하며, 보고 느끼고 깨달으며, 군왕으로서 덕목德目을 터득한 결과였음이었다.

임금은 계속 명을 내렸다.

"유사攸司 : 궐내의 의상을 관장하는 관에 명하여 관복을 비롯한 의복을 능단綾段 : 비단으로 짓지 말고 명주나 베를 쓰게 할 것이며, 의상衣裳을 바칠 때에는 반드시 과인의 명을 기다리고, 때 없이 마음대로 행하지 못하게 할 것이오. 또한, 예조禮曹에 명하여 귀신과 불사佛事를 통제하게 할 것이오. 귀신과 불사는 과인이 감히 알지는 못하나, 징험이 없는 것은 명백하오. 하지만 태상왕과 상왕께서 불사를 높이고 믿으시니, 정통 불사는 보존하되 무당에 가까운 유사 불사는 과감히 혁파할 것이로다."

임금은 더욱 낭랑한 옥음으로 국정 개혁을 설파했고, 신료들은 식은땀을 흘리며 경청했다.

"과인은 부국강병 정책을 나라의 근본으로 삼을 것이오. 북쪽 국경지대는 오랑캐가 들끓고, 남쪽 바닷가는 왜구의 노략질이 수백 년 계속되고 있소이다. 과인은 그 만행을 보고만 있을 수 없소이다. 삼군부에서는 당장 대책을 세울 것이며, 군사를 증강하고 조련하여 변방 요소요소에 빈틈없이 배치하여 국토를 지키며, 백성들이 마음 놓고 생업에 종사하도록 보호해야 할 것이오. 대소신료들은 과인이 오늘 내린 명을 도당에서 법령으로 정하여 전국에 반포할 것이며, 그 시행 결과를 조회 때마다 계품하여 결제를 받도록 하시오."

그야말로 청산유수였다. 방금 즉위식을 끝낸 임금이 아니라 수십 년 국정을 청단한 성군에 다름 아니었다. 편전에 가득한 만조백관은 식은땀을 흘리며 새로운 각오를 다져야 했다. 여태까지처럼, 이리 붙고 저리 붙어 무사안일주의로 일신의 영달만 꾀하다가는 파직당하기 전에 목숨을 내놓아야 하는 지경에 이를 수도 있음이었다.

바쁘고 가슴 벅찬 즉위식으로 하루를 보낸 임금은 밤 이경二更 : 9~11시에 업무를 마감하고 추동 본궁으로 돌아왔다.

이후 7월 13일자로 관제를 개정했다. 고려조의 관제를 그대로 쓰던 조정에서 심기일전을 위하여 새로운 제도로 개혁해야 한다는 주청을 했었다. 그러잖아도 그 생각을 하고 있던 임금은 즉시 우정승 하윤에게 명하여 개정하도록 했었다.

하윤은 한 달 만에 개정한 관제 표제를 임금께 올렸다.

"신 우정승 하윤 아뢰나이다. 명을 받자와 관제를 개정했사오니 보시오소서."

임금은 환하게 웃으며 받았다.

"오, 그래요. 어디 봅시다."

임금은 내관이 받아 올리는 관제 표제를 받아 펼쳤다.

문하부門下府를 개정하여 의정부議政府 : 영의정, 좌의정, 우의정, 좌 · 우찬성, 좌 · 우참찬 등 조정 중신이 집무를 보던 곳로, 낭사郎舍를 사간원司諫院으로, 삼사三司를 사평부司平府로, 의흥삼군부義興三軍府를 승추부承樞府로, 도승지都承旨를 지신사知申事로, 승지承旨를 대언代言으로, 승선방承宣房을 대언사代言司로, 봉상박사奉常博士를 주부主簿로, 교서감校書監을 교서관校書館으로 개정한다.

읽고 난 임금은 매우 흡족하여 말했다.

"각 부처의 명칭이 참 마음에 듭니다. 그러면 각 부의 관직 명칭은 어떻게 되나요?"

하윤이 아뢰었다.

"전하, 말씀드리겠나이다. 문하부가 의정부가 되니, 문하부사는 영의정부사領議政府事가 되고, 문하부 좌 · 우정승은 좌의정左議政과 우의정右議政이 됩니다. 또한, 문하시랑찬성사는 의정부찬성사議政府贊成事가 되는 것이니, 고려조의 관제는 모두 혁파되는 것이옵니다."

임금은 밝은 얼굴로 듣고는 말했다.

"과연 그렇습니다. 이로써 전조의 잔재가 조정에서 말끔하게 사라지게 되었습니다. 진산군, 참으로 수고하셨습니다."

"황공하나이다, 전하."

"이제 관제가 개정되었으니, 우선 중앙 부처 관직부터 개각을 해야 할 것이오. 새로운 관직으로 바뀐 지신사 박석명은 대언들을 대언사에 모이게 하여 관인의 명을 받으라 하시오."

임금은 즉시 지신사와 대언들을 소집하여 새로운 관직을 제수하고 교
지를 쓰게 했다.

이서李舒를 영의정부사로 삼고, 김사형을 좌의정으로, 이무를 우의정으로,

하윤을 영사평부사로, 조영무를 판승추부사로, 이원李原을 대사헌으로, 유

관柳觀을 승녕부윤承寧府尹으로 제수한다.

그날로 중앙 부처를 개각한 임금은 이튿날부터 각 부처의 관직을 개각
하여 10여 일만에 완료하였다. 이로써 조정은 고려의 잔재를 말끔히 씻어
내고 새로운 자세와 각오로 국정에 임하였다.

조사의의 난

태종 2년(1402년) 11월 5일, 안변부사安邊府使 조사의趙思義가 그예 난을 일으켰다. 지난 초하루, 양주 회암사에서 동북면으로 떠난 태상왕 행차를 호위해 갔던 대호군 안우세安遇世가 역마驛馬로 달려와 변을 고하였다. 태상왕은 불사를 위해 양주 회암사에 자주 행차했었는데, 이 날은 조정에 알리지도 않은 채 동북면 함흥으로 떠났다.

조사의가 반란을 일으킬 것을 미리 알고 있던 조정에서는 태상왕이 그 쪽으로 갔다는 기별을 듣고 이미 잔뜩 긴장하고 있던 터였기에 놀라움이 컸다. 조정에 불만이 많은 지방 수령이 역심을 품고 반란을 꾀한 경우가 더러 있지만, 그것을 실행한 어리석은 수령은 없었다. 그러나 조사의는 그런 경우와 달랐다.

지난 3월이었다. 태상왕은 한양으로 행차하여 신덕왕후의 능역陵域에 있는 흥천사에 들렀다. 흥천사에는 신덕왕후 현비의 딸 경순공주가 비구니가 되어 있는 사찰이었다. 경순공주의 남편 이제는 제1차 왕자의 난 때

공주가 보는 앞에서 어린 두 남매와 함께 참혹하게 척살되었다. 두 동생인 방번과 방석마저 비참하게 죽자 경순공주는 충격을 이기지 못하고 모후의 능역에 있는 흥천사로 들어가 비구니가 되었다. 비구니가 될 때 머리를 손수 깎아준 사람은 바로 아버지 이성계였다.

스무 살 꽃다운 나이에 남편과 어린 남매를 한꺼번에 잃고 비구니가 된 딸을 볼 때마다 이성계는 아들 방원에 대한 분노와 증오로 치가 떨렸다. 겨우겨우 마음을 가다듬고 이미 보위에 오른 아들을 이해하려 애쓰지만, 정릉에 와서 아내를 생각하고 딸을 보면 억장이 무너지고, 증오와 회한으로 괴로웠다. 그리하여 두고 떠나면 또 하루가 지나지 않아 되돌아가고 싶은 곳이 아내의 무덤 정릉이었고, 딸이 머무는 흥천사였다.

태조 이성계는 두 아들과 사위, 핏덩이 손자 다섯을 죽이고 보위를 차지한 다섯째 아들 방원과는 도저히 화해가 되지 않았다. 보면 볼수록 치가 떨리고, 나이가 들면 들수록 아들이 무서워졌다. 그리하여 방원이 즉위한 뒤부터 태조는 궁에서 한 달을 넘겨본 적이 없이 한양으로, 오대산으로, 금강산으로, 선조의 능이 있는 고향 함흥으로, 안변으로 떠돌았다.

태상왕은 그때도 흥천사에서 막내딸과 회포를 풀며 며칠을 보내고 안변으로 떠났다. 안변부사 조사의는 신덕왕후 강 씨의 가까운 인척이었다. 게다가 조사의의 휘하에는 죽은 왕자 방번과 방석이 거느리던 사병이 많았다. 두 왕자가 척살당하자 조사의는 계획적으로 그 휘하의 사병들을 끌어들여 반항심을 주입시키고, 거사를 위하여 군사 훈련을 강화하고 있었다. 신덕왕후가 갑자기 죽은 것도 왕위를 찬탈하기 위한 방원의 계략 때문이었고, 뒤이어 일어난 왕자의 난도 방원의 음모라고 생각한 조사의는 이를 갈며 반역의 기회를 노리고 있었다.

태상왕은 금강산을 오갈 때나 함흥을 오갈 때 늘 안변에 들러 며칠씩

묵으며 노독을 풀고, 조사의의 극진한 꾐을 받았다. 조사의는 태상왕의 비위를 맞추고, 때로는 부자지간의 불화를 끄집어내어 부채질을 하고 쐐기를 박기도 하였다. 그러다가 최근에는 노골적으로 개성을 치겠다고 나섰다. 그러나 태상왕은 자신의 비위를 맞추기 위한 과장된 충성이거니 여기며 타이르곤 했었다.

조사의의 문제로 다급해진 임금은 중신들과 의논하였고, 중론을 거쳐 태상왕의 친구이며 개국공신인 창녕부원군 성석린成石璘을 보내기로 결정했다. 그러나 성석린은 모친상을 당하여 벼슬을 사직하고 시묘侍墓를 하고 있었다.

하지만 다른 방법이 없는 임금은 도승지를 보내 간곡한 뜻을 전하게 했다. 묘소에서 도승지를 맞은 성석린은 즉시 임금의 뜻을 받아들이고, 안변으로 떠날 준비를 하여 입궐했다.

임금은 부왕의 지기지우知己之友인 노 재상에게 눈물을 흘리며 당부했다.

"상중에 계신 경께 차마 못할 짓을 합니다."

"망극하옵니다, 전하."

"경께서는 태상왕 전하를 저보다 더 잘 알고 계시리라 믿습니다. 부디, 노여움을 푸시고 환궁하시도록 하여 주십시오."

"전하, 명심하겠사옵니다."

그렇게 개성을 떠난 성석린이 나흘 만에 안변 관아에 도착하는 날, 조사의는 태상왕에게 최후통첩을 했다.

"전하, 이제 때가 되었사옵니다. 지금 북쪽은 모두 한마음 한뜻입니다."

태상왕은 또 늘 하던 불만이려니 여기며 짐짓 나무랐다.

"또 그 소리, 그런 말 함부로 하지 말라고 했다!"

"아니옵니다, 전하. 신덕왕후와 세자 저하 원수를 갚아야 한다는 여론을 신의 힘으로는 이제 막을 수 없나이다. 신에게 명을 내리시옵소서. 두만강변의 여진 올량합족 추장도 1만의 원병을 보낸다고 했나이다. 명만 내리시면 신이 도성을 치겠나이다."

태상왕은 깜짝 놀라 외쳤다.

"네 이놈! 네놈이 역모를 하겠단 말이냐?"

조사의는 펄쩍 뛰며 대들었다.

"전하, 역모라니요. 나라를 세우신 주인이 여기 계신데, 누가 역모이옵니까? 역모는 세자를 죽이고 보위를 찬탈한 방원이 아니옵니까?"

"듣기 싫다, 이놈. 나더러 내 나라를 치라는 것이더냐?"

그때 객이 왔다는 전갈이 있고, 성석린이 들어왔다.

조사의는 눈에 쌍심지를 켜고 성석린을 노려보다가 휭허케 나갔다.

성석린은 이틀에 걸쳐 친구이며 주군인 태상왕을 설득했다. 태상왕은 성석린을 당장 쳐죽일 듯이 대로하기를 몇 번이었지만, 생사고락을 같이하며 나라를 세운 지기지우에게 결국 설득당하고 말았다.

태상왕은 떠나면서 조사의에게 당부했다.

"경거망동을 하지 마라. 네 충정은 가상하다마는, 그것은 만용이니라."

태상왕은 조사의가 아무래도 마음에 걸렸지만, 설마 그렇게 무모한 짓은 하지 않으리라 믿고 환궁을 서둘렀다. 오히려 함께 있음으로써 성석린의 말마따나 태상왕을 믿고 반란을 획책할 공산이 크기도 했다. 성석린의 설득도 그렇지만, 태상왕이 마음을 돌린 것은 그 원인도 있었다.

그렇게 환궁한 태상왕은 가을이 되자 다시 금강산으로 간다며 도성을 떠났다. 임금은 황급히 청원군 심종과 예문관제학 유창劉敞, 대제학 이직을 보내 태상왕 행차를 호종扈從하게 했다. 말이 호종이었지 이들로 하여금 조사의가 태상왕께 접근하지 못하게 하라는 밀명을 내렸다.

그러나 이들은 태상왕 행차를 따라잡기 직전에 조사의의 반란군에 걸려 호종하던 군사 20여 명이 순식간에 피살되었다. 비무장했던 심종 등 세 중신은 말을 타고 도망쳐 11월 6일에 도성에 들어와 급변을 고했다. 이미 하루 전에 조사의가 반란을 일으켰다는 소식으로 바짝 긴장했던 조정은 그예 발칵 뒤집혔다.

이틀 뒤에 또 비보가 날아왔다. 조사의가 난을 일으키기 전에 태상왕의 환궁을 회유하기 위해 보냈던 승추원부사 박순과 그 수행원 세 명이 태상왕이 쏜 화살에 맞아 죽었다는 것이다. 박순 역시 태상왕의 친구이며, 심복이었고, 개국공신이었다. 그리고 이튿날인 9일에 태상왕 호위대장 대호군 송유宋琉가 또 피살되었다는 전갈이 왔다.

조정은 연일 날아드는 비보에 발칵 뒤집혔지만, 대책이 없었다. 태상왕이 반란군에 있으니, 이쪽에서 군사를 일으켜 치면 아들이 아버지를 치는 꼴이 되고 만다. 자칫하다가는 조정이 역도의 소굴이 될 수도 있는 희한한 상황이 벌어졌다.

게다가 저쪽은 군대가 막강했다. 북쪽 변방 국경 지대를 지키는 정예 수비군이 많은데다, 조사의가 계획적으로 오랫동안 군사를 조련했다. 게다가 여진족 1만여 명이 원병으로 참전한다는 불길한 소문이 퍼지고 있었다.

이런 판국에 태상왕이 선두에 서서 지휘하며 진군한다면 이쪽은 여지없이 역도가 된다. 그뿐 아니었다. 특히 북쪽의 백성들은 이성계의 다섯째 아들인 방원을 임금으로 인정하지 않는 반골의 기질이 왕성했다.

생각다 못한 임금은 왕사王師 무학無學을 보내기로 작정하고, 지신사 박석명을 회암사로 보내 긴박한 상황과 간절한 뜻을 전하게 했다. 무학대사는 태상왕의 왕사로서 한양 도성과 궁궐 터를 잡고 설계하는 등 공이 많았고, 40여 년간이나 교분을 나누던 사이였으니, 화살로 쏘아 죽이지 못할 것이라는 계산이었다. 그로부터 사흘 뒤인 11일, 박석명은 무학대사가 함흥으로 떠나는 것을 보고 개성으로 돌아왔다.

11월 12일, 어전 상참常參 : 대소신료들이 편전에서 국무를 아뢰는 조회장은 살얼음판이었다. 불효가 되더라도 진즉 조사의를 잡아들여 싹을 잘라야 한다고 주장했던 임금은 그예 사태가 이 지경에 이르자 대로하여 중신들을 질타했다.

"전부터 내가 뭐랬소이까? 태상왕께서 북방에 아니 계실 때 조사의를 잡아들였더라면 이런 낭패는 없었을 것이오. 호미로 막을 일을 가래로도 못 막게 되었으니, 이 책임을 누가 질 것이냔 말이외다!"

태상왕이 한양이나 회암사 등에 행차한 사이에 정예 무장을 급파하여 조사의를 잡아들이자는 임금의 제안을 중신들은 계속 신중론으로 미루고 있었으니 할 말이 없었다. 태상왕이 가장 믿고 의지하는 조사의마저 잡아들인다면 부자간인 왕실의 분란을 넘어 나라가 혼란에 빠질 수 있는 막중한 일이 벌어질 것이기에 신중을 기하던 중신들은 뒤통수를 맞은 격이었다. 환궁을 권유하러가는 차사差使를 가는대로 활을 쏘아 죽이는 태상왕과의 일전─戰은 이제 불가피한 상황이었다.

사평부사 하윤이 아뢰었다.

"전하, 일이 이 지경에 이르렀음은 통찰하지 못한 신 등의 불충이 컸사옵니다. 하오나 이는 신중을 기해야 하는 막중한 일로서, 우선 출병하되 역도들의 기세와 반응을 파악한 연후에 토벌 작전을 개시하는 것이 옳을 것이옵니다."

임금은 여전히 노하여 소리쳤다.

"또 그 소리! 정예병을 가려 출정하되, 동북면 이남으로는 역도들이 단 한 발도 들여놓지 못하도록 막아야 할 것이오. 안변 북쪽을 철통같이 포위하여 그 안에서 토벌 작전을 끝내야 한다 이 말이외다. 지금 즉시 출병 수장들을 추천하여 계품하시오."

의정부에서 중신들이 중론을 거쳐 추천 장수들의 명단을 올렸다.

임금은 명단을 참고하여 출병 장수들을 임명했다.

조영무를 동북면東北面 · 강원 · 충청 · 경상 · 전라도 도통사로 삼고, 이빈李彬을 서북면西北面 도절제사都節制使로, 이천우李天佑를 안주도安住道 도절제사로, 김영렬金英烈을 동북면과 강원도 도안무사都安撫使로, 유양柳亮을 풍해도豊海道 절제사로 삼는다.

이튿날 11월 13일, 동북면 도통사 조영무와 도안무사 김영렬은 2천 명의 정예병을 이끌고 철원을 거쳐 회양淮陽, 통천通川, 안변安邊으로 진격했고, 이천우와 이빈, 유양은 각각 5백 명의 병력을 이끌고 서북면 살수薩水 방향으로 진격했다. 도성의 관군은 출정하여 현지 고을 수비군과 합세하여 반군을 토벌하므로 관군 총 병력은 5천~6천여 명이 넘을 터였다.

조영무의 군대가 안변에 진격했으나, 조사의가 태상왕을 모시고 별궁別宮이 있는 함흥으로 본진을 옮겨 안변은 텅 비어 있었다. 조영무는 오합지졸인 안변성 수비군을 제압하고 손쉽게 성을 점령했다.

한편, 서북면으로 진출한 도절제사 이천우는 풍주豊州 방어사防禦事 김남

두金南斗와 은주殷州 방어사 송전宋典의 병력과 합세하여 애전艾田에 진을 치고 야영했다. 며칠간 행군에 지친 군사들이 단잠에 빠져들었을 때, 완벽한 준비를 갖추고 진을 포위한 반란군의 기습을 받았다. 방심하고 단잠에 빠졌던 관군은 야밤에 성난 파도처럼 밀어닥치는 반란군에 속수무책으로 무너졌다. 태상왕을 등에 업은 반란군이 조정의 관군을 쳐서 이기면 관군이 되고, 관군은 왕위를 찬탈한 역도의 무리가 되는 결전이었다.

도절제사 이천우는 아들 밀密과 함께 출전했다가 반란군에 포위당해 전멸 위기에 빠졌다. 이천우는 태상왕의 서형庶兄 아들로서 임금과는 사촌 간이었다. 도절제사가 전사하거나 사로잡히면 서북면 관군은 전멸한다. 방어사 김남두와 송전은 반란군의 갈라치기 작전에 걸려들어 우장산 계곡으로 패퇴했고, 이천우와 아들 밀의 관군 5백 명은 반란군 본군에 포위되어 여지없이 괴멸되었다. 이천우를 호위하는 50여 기의 기병은 필사적으로 적을 막아 퇴로를 뚫었고, 이천우 부자는 목숨만 부지한 채 어둠 속으로 도주했다.

우장산으로 쫓겨 간 방어사 김남두와 송전의 부대 역시 완전 괴멸되어 송전은 사로잡히고, 김남두는 호위군관 20여 기와 포위망을 뚫고 탈출하였다.

서북면 관군이 어이없이 패퇴하자 조정은 발칵 뒤집혔다.

대로하여 용상을 치던 임금은 증원군을 급파하기로 하고 즉석에서 수장을 임명했다.

"상호군 김계지를 서북면 병마사로 삼아 김우, 심귀령, 최사위를 부장으로 귀속시킨다. 김계지는 군사 1천 5백 명을 이끌고 도절제사 이천우와 합세하라. 평양성은 애전과 가깝다. 평양성이 반란군 수중에 떨어지면 나

라는 두 쪽이 나고 말 것이다. 이숙번을 도진무로 삼아 군사 2천 명을 이
끌고 평양성 외곽 수비군과 합세하게 하라. 곽충보와 한규를 조전절제사
로 삼아 평양성으로 보낼 것이니, 수비에 만전을 기하라. 신극례, 민무질
을 동북면 조전절제사로 삼아 조영무를 돕게 하라."

명을 받은 장수들은 대기하던 병력을 인솔하고 즉시 출병했다.

11월 25일, 조영무는 신극례, 김영렬, 민무질 등 증원된 수장들과 병력
3천 명을 이끌고 안변을 거쳐 문천文川과 영흥永興, 정평定平에 이르도록 반
란군의 저항을 받지 않고 함흥에 이르렀다. 함흥성 밖에 진을 친 관군은
척후병을 보내 적진을 정탐케 했다.

척후병 10여 명은 금방 돌아왔는데, 성문은 활짝 열려 있고 성은 텅 비
어 있다고 보고했다. 조영무를 비롯한 제장들은 어이가 없었다. 함흥 별
궁에 태상왕이 있고, 함흥성에 반란군 본영이 있을 것으로 여기고 정예군
을 편성하여 진격한 관군은 허탈하여 맥이 풀렸다. 전열을 정비하여 함흥
성에 입성한 조영무는 성을 지키던 아전에게서 자세한 내용을 들었다.

태상왕은 무학대사와 사흘 전에 함흥을 떠났으며, 조사의는 전선에 나
가있다가 어제 급히 돌아왔으나, 태상왕을 급히 뒤좇아 갔다는 것이다.

아전은 덧붙여 말했다.

"무학대사께서 떠나시며, 소인에게 은밀히 말씀하셨습니다. 태상왕 전
하께서 도성으로 환궁하시면 반란군은 저절로 소멸될 것이다. 이곳에 관
군이 오면 그리 전하라고 하셨습니다."

조영무를 비롯한 제장들은 듣고 나서 길게 안도의 한숨을 내쉬었다. 역
시 왕사 무학이었다. 태상왕의 환궁은 곧 주상과 화해를 뜻함이 아닌가!
조영무는 즉시 파발마를 띄워 조정에 장계를 올렸다.

어찌 되었거나 반란의 수괴 조사의 군대는 추격하여 괴멸시켜야 하므로, 정탐병을 내보내고 관군을 재편성했다. 이튿날 돌아온 정탐병의 보고에 의하면, 조사의는 태상왕 뒤를 따라갔으나, 관군에 쫓겨 안주 방면으로 갔다고 했다. 정탐병의 보고가 연이어 들어오는데, 태상왕으로부터 버림받은 조사의의 반란군은 자중지란自中之亂이 일어나 이미 지리멸렬支離滅裂한 상태라는 보고였다.

조영무는 즉시 함흥성에 수비군을 배치하고 안주로 진격했다. 반란군이 안주에 있다는 것을 확인한 동북면과 서북면의 전 관군이 최후의 결전장이 될 안주를 포위했다.

27일 이른 아침, 서북면 도절제사 이천우가 군사를 이끌고 안주 살수강변에 도착했을 때 반란군은 이미 괴멸되어 있었다. 자중지란이 일어나 서로 싸우다가 쫓기는 쪽이 얼어붙은 살수강을 건너 도주하려 했으나 얼음이 깨져 수많은 군졸이 죽었고, 강변에 남은 반란군은 뿔뿔이 흩어져 도주했다. 이천우는 그 자리에서 강현도와 김권도 등 반란군 수장과 졸개들 50여 명을 사로잡았다.

조영무를 비롯한 동북면 군사들은 안주로 진격하다가 도주하는 조사의의 패잔병을 만나 괴멸시켰다. 관군을 본 졸개들은 뿔뿔이 흩어지며 도주했고, 말을 탄 수장들도 도주했으나 모조리 사로잡히고 말았다. 조사의와 아들 조흥을 비롯하여 수장 조화 등을 사로잡음으로써 반란군 진압은 끝났다.

〈태종실록〉은 이 반란을 '조사의 난趙思義 亂'이라고 기록했다. 또한 태상왕이 함흥에 은거한 상황은 '함흥주필咸興駐蹕'이라 하였고, 태상왕 환궁을 종용하기 위하여 보냈던 차사를 '함흥차사咸興差使'라고 기록했다.

그러나 그때 부왕의 환궁을 위하여 태종이 보냈던 함흥차사를 태상왕은 단 한 사람도 죽이지 않았다. 모두 조사의가 태상왕을 제 편으로 만들기 위한 계략으로 죽였고, 아버지를 등에 업고 아들을 침으로써 반란을 정당화하려는 얕은 꾀에서 비롯된 어처구니없는 역사의 한 단편이었다.

11월 28일, 조사의의 반란은 진압되고, 사로잡힌 수괴 조사의를 비롯한 그 일당은 개경으로 압송되었다. 29일에 순위부천호 곽경의郭敬儀와 지사 전시귀田時貴를 각각 동서북면으로 보내 적신賊臣 조사의와 조홍趙興, 김권金權 등 일당들의 가산을 조사하여 관가에 몰수하고, 그 처자妻子들을 잡아 개경으로 압송하게 하면서 조사의의 난은 종결되었다.

동방에 뜨는 별

태종太宗 18년(1418년) 6월 3일이었다.

햇살이 퍼지기도 전인 아침 녘이었지만, 바람 한 점 없이 습하고 무더운 날씨였다. 금년은 봄 가뭄이 심했던데다 초여름부터 유난히 더위가 기승을 부려 며칠간 복더위를 방불케 하는 날씨가 계속되고 있었다.

개성開城의 경덕궁敬德宮 신루新樓 조계청朝啓廳에 조정 신료들이 차서次序대로 앉아 임금이 납시기를 기다리고 있었다. 앉아있는 그들의 관복 어깨와 등은 땀에 젖어 있었고, 그들 모두 잔뜩 긴장된 표정인데다 실내 분위기 또한 더위에 못지않게 착 가라앉아 숨이 막힐 지경이었다.

"주상 전하 납시오!"

내관의 시위 소리에 신료들이 일시에 일어서서 읍하였다.

임금이 조계청에 들어섰다. 충혈된 눈으로 신료들을 둘러보던 임금은 무거운 걸음을 천천히 옮겨 옥좌에 앉았다.

영의정 유정현柳廷顯, 좌의정 박은朴誾, 우의정 한상경, 대제학 변계량卞季

良, 청성부원군 정탁鄭擢, 옥천부원군 유창劉敞, 이조판서 이원, 병조판서 박신朴信, 공조판서 심온沈溫, 형조판서 박습朴習, 장천군 이종무李從茂, 지신사 조말생趙末生, 좌대언 이명덕李明德 등 한양 도성에서 개성으로 급히 내려온 대소신료들 30여 명이 읍하여 임금을 맞이하고 자리에 앉았다. 조계청의 문은 모두 열려 있었으나 실내는 열기로 후끈거렸고, 분위기마저 진땀이 흐를 만큼 무겁게 가라앉고 있었다.

옥좌에 앉아 고뇌어린 용안으로 중신들을 일별한 임금은 어수御手를 반주먹 쥐어 양 무릎에 얹고는 스르르 눈을 감았다.

임금을 주시하던 중신들은 하나같이 초조한 표정으로 숨을 삼켰다. 임금이 납시어 좌정한 조계청에는 일시에 무거운 분위기를 넘어 팽팽한 긴장감이 감돌았다. 눈을 감고 묵묵히 앉아있던 임금이 마침내 눈을 뜨며 헛기침을 두어 번 하였다. 대소신료들의 허리가 저절로 굽어지며 부복 자세를 했다.

보기에 민망할 만큼 충혈된 눈으로 중신들을 둘러본 임금이 침통한 옥음으로 말했다.

"대소신료들은 들으라."

"전하! 하교하시옵소서."

"경들은 세자 제禔의 행위가 사연이 패만하고 무도하여 종사宗社를 이어받을 수 없다 하여 소를 올렸으며, 마땅히 폐하여 외방으로 내침이 마땅하다고 누차 주청하였다. 하지만 이는 나라와 종사의 막중대사인지라 과인은 그동안 세자에 대하여 많은 생각을 하였도다. 하여, 과인도 이제는 깨달은 바 있으므로, 경들의 주청에 따라 오늘 세자를 폐하노라!"

"……!"

중신들은 일제히 부복하였을 뿐 누구도 감히 입을 열지 못했다. 공조판서였던 황희黃喜가 목숨을 걸고 폐세자를 반대했지만, 세자 제는 이로써 끝내 폐세자가 되고 말았다. 세자를 적극 옹호하던 황희가 파직되어 전라도 장수로 중도부처中途付處된 지 열흘이 지난 뒤였다.

숨 막힐 듯한 침묵이 잠시 흐른 뒤, 이윽고 영의정 유정현이 아뢰었다.

"전하! 망극하나이다. 세자 저하를 바르게 보필하지 못한 신 등을 벌하여 주시오소서."

눈을 감고 앉아있던 임금이 실눈을 뜨며 무겁게 받았다.

"이 일이 어찌 경들의 죄라 하겠는가."

그제야 중신들이 일시에 부복하며 함께 아뢰었다.

"전하! 성은이 망극하나이다."

전각을 울린 중신들의 복창에 잠이 깨었는지 정원 수목의 매미들이 일시에 울기 시작했다. 중신들은 비로소 삼켰던 숨을 길게 토해내었고, 무겁던 실내 분위기도 시원스런 매미 소리에 정화되어 서늘한 실바람이 감돌고 한결 맑아지는 듯싶었다.

용안이 조금은 밝아진 임금이 여전히 침통한 옥음으로 말했다.

"오늘 같은 일이 다시 있어서는 아니 될 것이로다! 세자의 위는 하루도 비울 수 없는 법, 더구나 오늘같이 참담한 지경에 이르렀음에랴! 이를 미룬다면 민심이 어지러워질 것이다."

좌의정 박은이 즉시 받아 아뢰었다.

"전하, 지당하신 어의이십니다. 종사의 막중대사를 어찌 촌각인들 미룰 수 있겠나이까."

실내 분위기는 다시 무겁게 가라앉았다. 중신들은 굳은 표정으로 서로 눈치를 살피기에 급급했다. 폐세자가 된 양녕대군 밑으로는 효령과 충녕 두 대군이 있다. 과연 누가 세자 자리에 오를 것인가?

임금의 옥음이 무거운 침묵을 깨고 마침내 전각을 울렸다.

"적실의 장자를 세워 뒤를 잇는 것은 고금의 법도이다. 폐세자가 된 제에게는 두 아들이 있는데, 장자는 이미 나이가 다섯 살이니, 과인은 제의 적장자로 근본을 삼고자 한다. 이를 왕세손王世孫이라 칭할지, 왕태손王太孫이라 칭할는지 고제古制를 상고하여 아뢰어라."

"……!"

중신들은 예상치 못했던 임금의 결정에 하나같이 소스라치게 놀랐다. 폐세자의 적장자로 세손을 삼다니! 폐세자의 어린 장자가 장차 임금이 된다면……! 중신들의 얼굴은 이내 납덩이가 되었다.

좌중을 둘러보던 영의정 유정현이 마침내 결연한 목소리로 아뢰었다.

"전하, 신은 배우지 못하여 고사를 알지 못하나이다. 하오나 다만, 일에는 권도權道와 상경常經이 있다 하였사옵니다. 전하께옵서 그동안 세자 저하를 교양敎養하심이 극진하시었지만, 오히려 오늘의 지경에 이르렀나이다. 하온데, 이제 그 적장자로 세손을 세운다면 어찌 앞날의 태평을 보장한다 하오리까? 아버지를 폐하고 어린 아들을 세움이 과연 종사와 의리에도 어떠하올지 신 등은 그저 참담할 따름이옵니다."

좌의정 박은도 강경한 몸짓으로 나섰다.

"전하! 아비를 폐하고 아들을 세운다는 고제를 신은 본 적이 없사옵니다. 어의를 거두어 주시오소서. 마땅히 어진 이를 골라 굳건한 종사의 근본을 삼으심이 옳은 줄로 아뢰나이다. 통촉하시오소서!"

중신들이 한꺼번에 부복하며 간절하게 주청했다.

"전하, 어의를 거두어 주시오소서!"

중신들의 주청을 들으며 잠시 미간을 찡그리던 임금이 의외로 선선히 받아 말했다.

"과인은 제의 아들로서 세자를 세우려 하였으나, 경들이 모두 불가하다고 하니, 그러면 마땅히 어진 이를 가려 아뢰어 보라!"

영의정 유정현이 안도의 숨을 몰아쉬고는 아뢰었다.

"전하, 아들이나 신하를 알기는 아버지나 임금 같은 이가 없을 것이옵니다. 하물며 세자를 세움은 오직 성심聖心에 달렸을 따름이옵니다."

임금은 여전히 굳은 용안으로 중신들을 둘러보기만 하였고, 중신들 역시 진땀이 흐르는 얼굴로 서로 눈치만 살피고 있을 뿐이었다.

"전하! 신 공조판서 심온 아뢰나이다."

공조판서 심온이 낮게 부복하며 힘주어 말했다. 중신들의 시선이 일시에 심온에게 쏠렸다. 심온은 충녕대군의 장인이었으니, 주목을 받음이 당연했다.

"전하, 이제 비로소 건국의 기반이 반석 위에 올려졌나이다. 마땅히 어진 이를 고르시어 종사의 근본을 삼으심이 옳은 줄로 아뢰나이다."

그제야 입시한 판서들이 부복하며 아뢰었다.

"전하! 마땅히 두 대군 중에서 어진 이가 세자 위에 오르셔야 하나이다. 통촉하시오소서."

조계청은 다시 무거운 침묵에 잠겼다.

눈을 감고 묵묵히 앉아있던 임금이 옥좌에서 일어서며 말했다.

"참으로 무덥고도 답답하오. 잠시 바람을 쐬고 다시 논해보도록 하겠소."

임금은 뒤도 안 돌아보고 조계청에서 나갔다.

중신들은 비로소 어깨를 펴고 길게 숨을 토하며 굳은 몸을 풀었다. 잔뜩 긴장했던 그들은 임금의 발걸음이 멀어지자 각자의 뜻을 피력하며 술렁거리기 시작했다.

임금은 내전으로 들었다. 여전히 울고 있었던 듯 중전 정비貞妃가 충혈된 눈으로 맞이하며 말했다.

"전하! 그예 결정을……?"

"중전, 제에 대하여는 더 말하지 마시오."

정비는 명주 수건으로 눈물을 찍어내며 받았다.

"전하, 그렇더라도 어찌 그리 급박하게……!"

"중전, 어제오늘의 일이 아니었으니, 급박한 것이 아니었습니다. 내 마음 아픔도 중전과 다를 바 없어요. 이제는 다른 생각은 할 여유도 없이, 새로이 세자를 세워야 하는 일이 급박하게 되었어요."

정비가 그제야 잔뜩 긴장하여 임금을 바라보았다.

안타까운 용안으로 중전을 마주보던 임금이 시선을 돌리며 말했다.

"제의 장자로 세손을 삼으려 했더니, 중신들이 하나같이 반대를 하는구려."

정비는 수건으로 얼굴을 가리며 애써 참던 울음을 흐느껴 울었다. 겨우 서너 달 전에 넷째 왕자 성녕대군誠寧大君이 죽었다. 끔찍이 사랑하던 막내아들이 혼인한 지 반년 만에 14세 어린 나이로 갑자기 죽자, 임금과 중전은 슬픔을 이기지 못하여 한양 도성을 버리고 개성 경덕궁으로 피방避房을 나온 지 두 달 남짓 되던 터였다.

임금이 일시적으로 궁과 도성을 비우면 세자가 도성에 남아 정무를 보는 것을 감국監國이라 하고 그것은 당연한 일이었다. 그러나 평소에 무도하고 패만하던 세자는 부왕이 없는 도성에서 기어이 일을 저질러 폐세자가 되고 말았다. 아우의 상 중인데도 시정잡배들을 궁궐에 불러들여 활쏘기를 하며 즐겼다. 뿐만 아니라 대간을 지낸 중신의 첩실을 빼앗아 동궁 후원 별실에 두었는데, 그 첩실이 딸을 낳은 것이 하필이면 이때 들통이

나고 말았다.

석 달 장간에 막내아들을 잃은데다 장자인 세자가 폐세자가 되었으니, 눈물로 세월을 보내던 중전 정비의 심정은 차라리 죽어버리고 싶을 만큼 참담했다. 중전은 비로소 정신이 번쩍 들었다. 종사의 중대사가 바로 눈앞에 닥쳤음을 깨달았다. 대통의 법도로 본다면 폐세자의 장자로 근본을 삼음이 마땅하다. 그러나 중전이 생각해도 그것은 있을 수 없는 일이었다.

"하오시면 전하께서는 어찌 하시려는지요?"

"어진 이를 골라야 한다는 게요. 효령과 충녕 중에서 어진 이를 골라 세자를 삼아야 한다는 게요. 중전은 어찌 생각하시오?"

정비는 잠시 생각하는 듯하다가 받았다.

"신첩의 생각도 그와 같사옵니다."

중전을 물끄러미 바라보던 임금이 돌연 보료에서 벌떡 일어서며 외쳤다.

"내관은 어서 지신사를 부르라!"

옆방에 대기 중이던 지신사 조말생이 달려오자 임금이 명했다.

"중신들을 모으라! 조계청으로 갈 것이니라."

임금이 힘찬 걸음걸이로 조계청에 납시어 용상에 좌정했다.

중신들은 잔뜩 긴장하여 부복하며 임금을 맞이했고, 잠시 좌중을 둘러본 임금이 말했다.

"과인은 지금도 폐세자가 된 제의 장자로 근본을 세워야 한다는 생각은 변함이 없소. 하지만 경들이 한사코 불가하다고 하니 어쩔 수 없소이다. 경들의 말대로 두 대군 중에서 어진 이를 천거해 보시오."

중신들은 말이 없었다. 표정은 모두 밝아졌지만, 누구도 함부로 먼저 말하지 못하고 있었다. 효령대군 보補는 23세였고, 충녕대군 도裪는 22세였다. 두 대군 중에서 누가 세자에 책봉될 것이다. 그러나 그것은 중신들이 거론할 문제가 결코 아니었다.

이윽고 무거운 침묵을 깨고 영의정 유정현이 아뢰었다.

"전하, 이는 신 등이 천거해서 이루어질 일이 아니옵니다. 신 등은 다만 성심을 따라 받들 뿐이옵니다."

중신들이 일시에 부복하며 아뢰었다.

"전하, 어의를 받들겠나이다."

임금은 눈을 감았고, 중신들은 숨을 죽였다.

잠시 무거운 침묵이 흐른 뒤에 마침내 임금의 옥음이 들렸다.

"옛사람이 말하기를, '나라에 훌륭한 임금이 있으면 사직이 복된다.' 하였다. 세자가 패만하여 이미 내쳤으니, 다시 그러한 전철을 밟아서는 아니 될 것이로다. 효령대군孝寧大君은 자질이 미약하고, 성질이 심히 곧아서 유동성이 없다. 반면에 충녕대군忠寧大君은 천성이 총명하고 민첩하여 자못 학문을 좋아하며, 치체治體를 알아서 매양 큰일에 헌의獻議하는 것이 진실로 합당하였다. 또한, 중국 사신을 접할 때에도 신채身彩와 언어, 동작이 두루 예에 부합하고, 사신을 접대할 때도 주도酒道를 알아 술을 적당히 마실 줄 알아 취하지 않는다. 반면에 효령은 술을 한 잔도 마시지 못하니, 그 또한 군주의 자질에 미치지 못함이로다. 이에 충녕이 대위를 맡을 만하니, 과인은 충녕대군으로 세자를 정하겠노라."

중신들은 비로소 굳은 몸을 풀며 긴 숨을 내쉬고는 서로 머리를 끄덕였다.

영의정 유정현이 밝은 표정으로 아뢰었다.

"전하! 감축 드리옵니다. 신 등이 지목한 어진 이가 바로 충녕대군이었나이다. 성은이 하해와 같사옵니다."

중신들이 일시에 부복하며 아뢰었다.

"전하, 감축 드리옵니다."

중신들의 하례를 받은 임금이 돌연 침통한 용안으로 눈물을 흘렸다. 막내아들 성녕을 잃고, 이제 맏아들마저 내치기에 이르니, 비록 살아 있은들 마음 놓고 만날 수도 없는 죄인을 만들고 말았음이었다.

중신들은 숨을 숙였다. 더러는 어깨를 들먹이며 눈물을 흘리는 이도 있었다.

마침내 격정을 가라앉힌 임금이 말했다.

"끝내 경들 앞에서 눈물을 보였소이다. 세자를 내침은 과인에게 있어서 두 아들을 잃음과 다름없으니, 잠시 비감悲感했을 따름이오. 허물이라 탓하지 마시오."

중신들이 머리를 조아렸고, 영의정 한상경이 아뢰었다.

"전하, 신 등은 다만 황송할 따름이옵니다. 전하께서 애통하심을 어찌 모르겠나이까."

"고맙소이다. 이제 세자를 정함에 있어, 과인의 뜻과 경들의 뜻이 이토록 부합되니, 나라와 종사를 위해서도 천만다행한 일이오."

중신들이 일시에 받았다.

"전하, 성은이 하해와 같사옵니다."

임금이 근엄한 용안으로 말했다.

"경들은 들으시오! 이제 새로이 세자를 맞아 보필함에 있어 각별히 유념해야 할 것이오. 제의 경우를 경계삼아 세자로 하여금 항상 정도를 걷도록 인도할 것을 명심하기 바라오."

"전하, 망극하나이다. 분부 받자와 명심하겠나이다."

임금은 서둘렀다. 이미 정해진 일, 촌각도 지체할 수 없이 매듭을 지어야 할 일이었다.

"지신사는 들으라. 대저 이와 같은 일은 시간을 끌면 반드시 사람을 상하게 한다. 내전에 가서 충녕대군을 조계청으로 들라 이르고, 대소신료들은 입시하여 새로이 위에 오르는 세자에게 하례를 올리도록 하라. 대제학은 중외中外에 반포할 교서敎書를 지으라. 또한, 장천군 이종무는 즉시 도성으로 올라가 종묘에 세자 책봉 사유를 고하는 치제致祭를 올리라."

어명을 받은 대제학 변계량은 빈청으로, 지신사 조말생은 내전으로 달려갔고, 장천군 이종무는 어전을 나오자마자 말을 몰아 도성으로 달렸다.

그날로 나라에 세자 책봉 교서가 반포되었다.

세자를 세움에 있어서 어진 이를 가림이란 고금에 통하는 의리이고, 죄가 있을 시는 의당 폐하여야 함은 나라의 법이다. 과인이 일찍이 맏아들 제를 세워 세자를 삼으니, 나이가 이미 장성하였으되 불행히도 학문을 익히지 않고 음악과 여색에 빠졌도다. 과인이 처음에는 그가 젊은 만큼 나이가 들면 잘못을 뉘우치고 세자의 도리를 찾으리라 바랐더니, 이제 나이가 스물이 넘도록 오히려 군소잡배와 사통하여 의롭지 못한 일을 방자히 저지르다가 지난해 봄에는 일이 커지어 사건이 되매, 연류되어 죽음을 당한 자가 세 사람이나 있었노라. 이에 조정 훈신들과 문무백관이 하나같이 세자를 탄핵하니, 과인은 중론을 따르지 않을 수 없도다. 이로써 과인은 세자 제를 밖으로 추방하노라. 세자의 위는 하루도 비울 수 없는 것이 법도라 훈신과 문무백관들이 하나같이 청하기를, '충녕대군이 영명英明하고 공검恭儉하며, 효우孝友 하고, 학문을 게을리 하지 않사오니, 진실로 세자의 망望에 합당합니다.' 하고 청하므로 과인이 부득이 충녕대군 도를 세워 세자에 봉하게 되었노라. 옛사람의 말씀에 이르기를, '화나 복이 모두 제 자신이 부른 바 아님이 없다.' 하였으니, 과인이 어찌 이에 털끝만큼이라도 애증의 사심이 있으리오.

적장자인 세자 제를 폐하고 셋째 왕자 도를 세자로 세운 임금은 이틀 뒤인 6월 5일 세자에게 별궁을 주었고, 부인 경숙옹주敬淑翁土를 경빈敬嬪으로 봉한다는 교지를 내렸다. 그리고 열이틀 뒤인 태종 18년 6월 17일, 문무백관이 배열한 개성 경덕궁 정전正殿에서 임금이 세자 책봉 의식을 하여, 세자와 세자빈에게 책문冊文을 내렸다.

세자를 폐하고 새로이 세자를 책봉하는 등 종사의 중대사를 개성 경덕궁에서 치룬 임금은 마침내 마음의 안정을 찾고 7월 29일에 한양 도성 경복궁으로 환궁했다. 그동안 폐세자가 된 양녕대군은 경기도 광주에 부처되어 있었다.

중신들은 강원도 춘천으로 부처할 것을 강력히 주청하였지만, 중전 정비의 완강한 반대로 가까운 광주 이천에 부처되었다. 그것은 중전의 반대이기도 하였지만, 임금의 간절한 뜻이기도 하여 벌 떼처럼 들고 일어나던 중신들이 물러설 수밖에 없었다.

도성으로 환궁하여 그동안 느슨해진 조정의 기강을 바로잡고, 아울러 마음의 안정을 찾은 임금은 마침내 계획했던 마지막 일을 서둘기로 작정했다. 8월 8일, 조회를 받은 임금은 중신들을 물린 뒤에 한적하고 시원한 경회루慶會樓에 납시었다. 추석이 가까워지는 초가을 날씨였지만 늦더위가 여전히 기승을 부리고 있었다.

경회루를 거닐며 잠시 바람을 쐬던 임금은 내관이 준비해 놓은 교의에 앉았다. 내관은 알고 있었다. 한낮 이맘때면 어느 지점에 가장 시원한 바람이 불어온다는 것을. 경회연慶會淵을 휘돌아 불어온 바람이 과연 상큼하게 시원했다. 교의에 앉아 눈을 감은 채 한 식경 동안이나 깊은 생각에 잠기었던 임금이 뒤에 시립한 내관에게 명했다.

"지금 즉시 지신사 이명덕과 좌·우대언을 부르라."

잠시 뒤에 지신사 이명덕이 좌대언 원숙元肅과 우대언 성엄成揜을 대동하고 임금 앞에 부복했다.

"전하, 신 등을 찾아 계시오니까?"

임금은 근엄한 용안으로 이명덕을 굽어보다가 말했다.

"지신사는 들으라. 과인이 보위에 오른 지 이미 18년이다. 비록 덕망은 없으나, 불의한 일을 행하지는 않았는데, 능히 위로 하늘의 뜻에 보답하지 못하여 여러 번 수재水災와 한재旱災와 충황蟲蝗의 재앙이 이르렀으니, 밤낮으로 늘 종사에 죄짓는 마음으로 송구스러워 편할 날이 없었노라. 또한, 묵은 병이 있어 요즈음은 더욱 심하므로 종사를 제대로 관장할 수 없게 되었도다. 하여 과인은 이제 보위를 세자에게 전위傳位하려고 한다."

임금의 청천병력 같은 옥음을 들으며 지신사와 두 대언은 온몸을 부들부들 떨고 있었다. 이야말로 맑은 하늘의 뇌성이었다. 세자를 책봉한 지 이제 한 달 남짓되었다. 게다가 임금의 춘추 50대 초반에 느닷없는 전위라니! 임금의 명을 출납出納하는 대언사代言司의 수장 지신사와 좌·우대언은 몸 둘 바를 몰라 쩔쩔맸다. 이명덕이 아뢰었다.

"전하! 신 등은 우레와 같은 옥음에 정신마저 혼미하옵나이다. 천부당만부당하옵신 어의를 거두어 주시오소서."

좌·우대언이 납작 엎드려 절규했다.

"전하! 어의를 거두어 주시오소서!"

임금은 머리를 짓찧듯이 조아리는 대언들을 보며 애잔하게 말했다.

"아비가 아들에게 전위하는 것은 천하 고금에 떳떳한 일이며, 신하들이 논하여 간쟁諫諍할 수 없는 것이다. 이제 돌이켜 생각해 보면 사직을 정하는 것이 어찌 사람의 힘으로 되겠는가? 이는 하늘이 정한 것이로다. 그간에 태조께서 귀하게 여기시던 두 아들을 잃고 상심하시던 것을 생각하면, 비록 내가 임금이 되었지만, 어버이를 제대로 뵙지 못하고, 종묘에 들 때마다 송구하여 죄스러워 했었노라. 그런데다 나는 이제 병들고 지쳤다. 너희는 더 간하지 말고, 의정부에 전하여 과인의 뜻을 이루게 하라."

임금의 전교를 들으며 엎드려 눈물을 뿌리던 지신사 이명덕이 머리를 조아리며 아뢰었다.

"전하! 신은 황망하와 다만 눈물만 흐르나이다. 어의를 거두시고, 심기를 편히 하소서."

두 대언이 아뢰었다.

"전하, 신 등은 차마 어명을 받자올 수 없나이다. 거두어 주시오소서."

대언들을 말없이 굽어보던 임금이 짐짓 대로하여 외쳤다.

"무엄하다! 너희는 대언사의 본분을 잊었더냐? 대언이 어찌 감히 과인의 명에 옳고 그름을 논한단 말이냐?"

대언들은 황망하여 누각 마룻바닥에 이마를 짓찧으며 죄를 빌었고, 정신을 차린 이명덕이 아뢰었다.

"전하! 신 등의 무례함을 벌하여 주시오소서. 하오나 너무 뜻밖의 하명이라 정신이 혼미하고 참담하와 몸 둘 바를 모르겠나이다."

"듣기 싫다! 보평전報平殿으로 갈 것이니라."

임금의 걸음에 바람이 일었고, 뒤따르는 내관과 대언들은 종종걸음을 쳐야 했다.

보평전에 들어 용상에 앉은 임금이 내관에게 명했다.

"내관은 즉시 세자를 들라 이르고, 대언들은 중신들을 부르라. 지신사는 상서사尙瑞司 : 옥새(玉璽), 부인(符印) 등을 맡아 관리하는 관청에 명하여 옥새를 들이게 하라!"

워낙 지엄한 명이라 내관과 지신사는 부들부들 떨며 어전에서 나갔고, 좌·우대언은 의정부로, 빈청으로 각각 내뛰었다.

의정부의 삼정승과 육조판서, 삼군총제 등 중신들이 보평전 문을 밀어젖히고 들이닥쳤을 때, 지신사 이명덕이 옥새를 받들어 막 임금께 올리던 참이었다. 중신들이 한꺼번에 엎어지며 울부짖었다.

"전하! 전위는 아니 되옵니다."

"전하! 양위는 천륜에 어긋나는 일이옵니다. 어의를 거두어 주시오소서."

임금은 이번뿐만 아니라, 즉위 7년이 되던 해부터 양위의 뜻을 밝힌 적이 네 번이나 있었다. 그때마다 조정은 발칵 뒤집혔었고, 즉위 10년에는 양위 사건으로 결국 처남을 넷이나 사약을 내려 죽이고 왕비의 친가를 말살시키는 피바람을 일으키기도 했었다.

다급한 판서들이 이명덕에게 달려들어 옥새를 함께 잡고 올리지 못하게 하였고, 중신들이 마구 울부짖는 등 어전은 난장판이 벌어졌다.

난장판을 굽어보던 임금이 그예 대로하여 소리쳤다.

"임금의 명이 있으매, 신하가 따르지 아니함이 도리에 옳으냐?"

진노한 임금의 옥음이 전각을 쩌렁쩌렁 울리었다. 부왕 태조를 도와 나라를 건국하고, 두 차례나 왕자의 난을 수습하고 보위에 오른 임금이었다. 함흥에서 환궁한 천하 명궁 태조대왕이 아들인 주상을 향하여 화살을 겨누어도 당당하게 가슴을 펴고 부왕을 맞이했던 임금이었다.

중신들은 부들부들 떨며 납작 엎드려 울부짖었다.

"전하! 차라리 신 등을 죽여 주시오소서."

"아니 되옵니다, 전하! 어의를 거두어 주시오소서."

세자가 영문을 모른 채 보평전에 들어서자 임금이 다급히 소리쳤다.

"지신사는 어서 옥새를 세자에게 올리라!"

이명덕이 부들부들 떨며 옥새를 받들어 올리자, 세자가 비로소 상황을 판단하고는 엎어지며 통곡했다.

"전하! 이 어인 청천벽력이시옵니까?"

"듣기 싫다. 세자는 어서 옥새를 받으라!"

세자는 임금 앞에 부복하여 온몸을 떨며 처절하게 애원했다.

"전하! 어의를 거두시옵고 신을 벌하여 주시오소서."

"주상 전하! 어의를 거두시옵소서."

세자와 중신들의 곡성이 궁정을 울리었다.

임금이 분연히 용상에서 일어나 세자의 소매를 잡아 일으켰다.

"세자는 일어나 앉으라."

세자가 꿇어앉으며 통곡했다.

"아바마마! 소자에게 어찌 천륜을 어기라 하시나이까? 소자가 불충 불효를 범하였다면 벌을 내리시오소서."

임금이 세자의 품에 옥새를 안기며 꾸짖었다.

"세자는 어찌하여 내 뜻을 모르고 이다지 소란하게 하느냐?"

세자에게 옥새를 안긴 임금이 두말없이 보평전을 나가서 내전으로 들었다.

세자는 얼결에 받아 안았던 옥새를 연상 위에 놓고는 뒤따라 들어가 임금 앞에 부복했다.

"아바마마! 소자에게 죄가 있다면 벌을 내리시옵고, 어의를 거두어 주시오소서!"

임금이 세자의 손을 잡으며 말했다.

"세자는 어찌 이다지도 내 마음을 알지 못하느냐? 나는 이미 경덕궁에서부터 결심을 했었고, 모후에게도 그때 귀띔을 했었느니라."

"하오나 아바마마, 소자는 아직 미숙하여 국정을 청단할 능력이 없나이다."

임금이 세자에게 엄숙하게 말했다.

"과인은 이미 세자에게 옥새를 전하여 전위하였고, 아울러 홍양산紅陽傘을 주노라. 주상은 오늘부터 이 경복궁에 머물라. 과인은 연화방蓮花坊으로 갈 것이니라."

임금이 일어서자 상선내관 최한과 좌·우대언이 황급히 앞서 길을 인도하였다. 임금은 매달리는 세자의 손을 뿌리치고 경복궁 보평전을 나섰다.

백관이 줄줄이 뒤를 따르며 울부짖었으나, 임금은 뒤도 안 돌아보고 연화궁 내전으로 들어가 문을 닫아걸었다.

세자가 친히 옥새를 받들고 연화궁 내전 댓돌 밑에 부복하여 통곡하였으나, 임금은 반응이 없었다. 어느덧 해가 저물어 초가을 밤은 싸늘하게 깊어가고, 세자와 중신들의 간청은 끊이지 않고 계속되었다.

밤이 깊어 삼경에 이르렀을 즈음, 마침내 내전 문이 열리고 임금이 뜰로 내려섰다.

중신들의 판에 밖은 간청이 악머구리 떼처럼 들끓었다.

"전하! 어의를 거두어 주시오소서."

임금은 옥새 함을 앞에 놓고 꿇어앉은 세자의 손을 잡아 일으키며 말했다.

"내 뜻을 말한 것이 이미 몇 차례에 이르렀거늘, 어찌 부모에게 효도할 생각은 아니하고 이다지 소란하게만 하느냐? 내가 지금 신료들의 청을 들어 복위한다면 장차 죽으려 해도 죽을 수도 없는 대죄를 지게 되는 것이다."

임금은 두 손으로 세자의 양손을 감싸 잡아 북두성을 향하여 높이 쳐들며, 복위하지 않을 뜻을 맹세하였다.

임금이 세자의 등을 다독이며 타일렀다.

"내가 이러한 거조擧措를 천지와 종묘에 맹세하여 고하였으니, 어찌 감히 변하겠느냐."

세자는 임금 발 앞에 부복하여 통곡하며 명을 받았다.

"주상 전하! 망극하나이다."

임금은 두말없이 세자의 어깨를 다독이고는 내전으로 들었고, 부득불 얼결에 명을 받게 된 세자는 이명덕으로 하여금 옥새를 받들게 하고 하릴없이 경복궁으로 돌아가야 했다.

이튿날, 문무백관은 상소를 올려 전위의 부당함을 간하였고, 성균관成均館 유생들도 상소를 올려 전위가 시기상조임을 조목조목 간하였으나, 임금은 끝내 내전 문을 열지 않았다. 마침내 대소신료들과 성균관 유생들까지 연화궁 내전 뜰에 엎드려 통곡하니, 그 곡성이 궁정에 진동하였다. 견디다 못한 임금이 마지막 결심을 하고는 친필 선지를 쓰고, 지신사와 좌·우대언을 탑전에 불러들였다.

"과인의 뜻은 변함이 없다. 어제 이미 황천과 종묘에 맹세하여 고했는데, 제신諸臣들이 이를 번복하라 한다면 과인더러 하늘을 속이고 종묘에 거짓을 고하게 하라는 것인가? 지신사와 대언들은 과인의 뜻을 백관들에게 전하라!"

임금의 친필 선지를 받든 지신사 이명덕과 대언들은 중신들이 부복한 뜰에 나와 임금의 확고한 뜻이 적힌 선지를 낭독했다.

과인은 이미 황천과 종묘에 서고誓告하였으니, 달리 할 말이 없노라!

이튿날 8월 10일이었다. 임금이 상선 내관 최환에게 명하여 승여乘輿 : 임금이 타는 연와 의장儀仗 : 나라의 의식에 쓰는 무기을 세자에게 보내고, 연이어 시위 군사들로 하여금 군왕의 예를 갖추어 세자를 맞이해 오도록 명하였다.

세자가 부득이 주장朱杖과 홍양산으로 호위를 받으며 임금 탑전에 나아가 전위를 사양하는 전箋을 올렸다.

신은 성품과 자질이 어리석고 둔하며, 학문이 아직 이루어지지 못하와 위정爲政의 방도에 대하여 깨달음이 없사온데, 외람되이 세자의 지위에 있으면서 아침저녁으로 근심하고 걱정하여 오히려 그 자리에 합당하지 못할까 두려웠나이다. 하온데 어찌 오늘 대업을 맡겨 주신다는 하명이 있을 줄을 헤아렸겠나이까. 뜻밖의 일을 당하오매 정신이 아득하여 어찌할 바를 모르겠나이다. 삼가 생각하옵건대, 주상 전하께옵서 춘추가 왕성하옵시고, 성덕이 바야흐로 융성하시온데, 갑자기 정사에 고달프다 하시고 종묘사직의 막중한 책임을 어리석은 이 몸에 맡기려 하시니, 진실로 책임이 두렵거니와, 조종의 신령께서도 놀라실까 두렵나이다. 거듭 생각하옵건대, 전하께옵서 신을 세워 후사를 삼으심에도 천자天子께 아뢰어 결정하시었거늘, 하물며 군국軍國의 막중함을 가벼이 신에게 내리실 수 있겠나이까. 엎드려 바라옵건대, 전하께서는 어리석은 신의 지극한 자정을 살피시고, 국가의 대계大計를 염려하시와 종묘사직과 신민의 기대를 저버리지 말아주시옵소서.

세자의 전을 읽은 임금은 여전히 노하여 윤허하지 않았고, 문무백관들은 또 연화궁 뜰로 나아가 엎드려 호곡하니, 그 소리가 어좌에까지 소란하였다.

견디다 못한 임금이 대청으로 나가 뜰에 엎드린 신료들에게 말했다.

"제신들은 땅에 앉는 것이 익숙하지 않을 터인데, 어제부터 비습卑濕한 땅에 그토록 앉아 있으니, 병을 얻지 않을까 걱정이로다. 그대들이 이토록 강제로 청한다면 과인 또한 그대들과 함께 땅에 앉아 하늘에 죄를 빌겠다."

신료들은 임금의 우악優渥하신 말씀에 감복하여 머리를 조아리며 아뢰었다.

"전하! 성은이 망극하나이다. 신 등에게 죄를 내리시옵소서."

임금은 지친 옥음으로 애잔하게 말했다.

"과인이 다른 성姓 씨에게 전위한다면 경들의 주청이 당연하지만, 과인의 아들인 세자에게 전위하는데, 어찌하여 이와 같이 소란하고 성가시게 하느뇨!"

비감하면서도 단호한 임금의 명을 받은 중신들은 망연자실하여 호곡을 그치었고, 다만 부복하여 다음 하명을 기다릴 뿐이었다.

임금은 내전으로 들어가 엎드려 눈물을 흘리는 세자를 일으켜 앉히고 볼에 흐르는 눈물을 용포 소매 자락으로 닦아 주었다. 어깨를 다독인 임금이 옆에 입시한 효령대군에게 명했다.

"효령은 과인이 쓰던 익선관을 받들어 올리라!"

효령대군이 탁상에 있던 익선관을 받들어 올리자, 임금이 받아 세자의 머리에 친히 씌우고는 명하였다.

"주상은 곧 대소신료들을 거느리고 경복궁에 가서 즉위식을 거행하도록 하라!"

세자는 부왕께서 친히 익선관을 씌워주시자, 그예 더는 명을 거역할 수 없게 되었다. 익선관을 쓰면 곧 임금이었다.

새 임금이 내관들의 부액을 받으며 연화궁 내전에서 나오자, 중신들은 익선관을 쓴 세자를 보고는 그만 어찌할 바를 몰라 낮게 부복할 뿐이었다.

새 임금이 뜰에 부복한 중신들을 둘러보며 말했다.

"나이 어리고 어리석은 내가 국가의 대사를 감당하기 어려워 지성껏 사양하였으나, 마침내 주상 전하의 윤허를 받지 못하고 이다지 참담한 지경에 이르렀도다."

중신들이 일제히 부복하며 아뢰었다.

"전하! 신 등은 오직 두 분 전하의 어의를 받들 것이옵니다."

새 임금은 하릴없이 문무백관들을 거느리고 경복궁으로 향하였다.

연화궁이 마침내 조용해지자 임금은 대신들에게 친필 선지를 내렸다.

주상이 아직 장년이 되기 전에는 군사와 외교는 과인이 친히 청단할 것이고, 결단하기 어려운 국가의 중대사는 의정부와 과인이 함께 의논하여 처결하리라.

임금의 선지를 받은 중신들은 그제야 안심을 하고 가슴을 쓸어내렸다. 백관을 대표하여 좌의정 박은이 연화궁으로 달려가 문무백관들의 뜻을 전해 올렸다.

"전하! 성은이 망극하나이다. 전하께서 전위하려 하심을 어리석은 신들은 편히 쉬시려는 뜻으로 알았나이다. 하온데 비로소 전하의 깊으신 뜻을 알았나이다. 청하옵건대, 교서를 내리시어 전위하시는 뜻을 밝히 타이르시어 신민들의 불안한 심정을 편안하게 하여 주시오소서."

임금이 그제야 밝은 용안으로 받았다.

"좌상의 진언이 심히 옳도다. 대제학 변계량으로 하여금 전위하는 교서를 짓게 하라!"

이로써 조정 대소신료들은 마침내 안정을 잡고 새 임금 즉위식 준비에 돌입하게 되었다.

즉시 전위교서를 지은 변계량이 연화궁의 임금께 올렸다.

교서를 일별한 임금이 하명하였다.

"이는 하루도 미룰 일이 아니로다. 민심이 동요할까 염려되니, 속히 교서를 중외에 반포하도록 하라!"

이윽고 조복을 입은 문무백관들이 경복궁 전정殿庭에 반열班列 차서대로 늘어섰고, 전위교서가 반포되었다.

과인이 덕이 없는 몸으로 태조의 크나큰 대업을 이어받아 조석으로 근심하고 걱정하며, 정신을 가다듬어 나라를 잘 다스리고자 도모하기를 이미 18년이 되었도다. 그러나 은택이 만 백성들에게까지 미치지 못하였고, 재변災變이 잦았으며, 또한 과인의 몸에 묵은 병이 있어 근일에 와서는 심해지니, 청정聽政을 감당할 수 없게 되었도다. 세자 도는 영명하고 공손, 검박하며, 너그럽고 어질어 대위에 오르기에 합당한지라, 이미 영락명나라 연호 16년 8월 초8일에 대보大寶를 친히 주어 세자로 하여금 나라의 기무機務를 오로지 맡게 하고, 오직 군국軍國의 중대사만은 과인이 친히 청단하기로 하였으니, 너희 중외의 대소신료들과 신민은 모두 과인의 지극한 회포를 몸받아 한마음으로 협력하고 도와서 유신維新의 경사를 맞이하도록 하라.

전위교서 반포 의식을 마친 뒤인 경시庚時 : 오후 5~6시에 신왕 즉위 진하陳賀 의식을 거행했다. 종실과 문무백관이 조복을 차려입고 경복궁 뜰에 반열과 차서대로 늘어섰고, 임금이 원유관과 강사포 차림으로 근정전勤政殿에 납시어 종실과 문무백관들의 조하朝賀를 받았다. 이어 영의정 한상경 등 중신들이 전을 올려 하례 의식을 거행하였다.

의식을 마치고 조회를 받은 새 임금은 전지하였다.

"왕실에 마땅히 법통이 서야하는 바, 상왕定宗을 높여 '태상왕'으로 하고, 부왕父王을 '상왕'으로 하고, 모후母后를 '대비大妃'라 한다. 또한 경빈敬嬪 : 세자빈을 봉하여 비妃로 삼는다."

지신사는 즉시 어명을 받아 교지를 내렸다.

마침내 조선 제4대 임금이 즉위하시니, 휘는 도祹이며, 자는 원정元正이다. 태종대왕太宗大王의 셋째 아들이며, 모후는 정비 민 씨이다. 태조 6년(1397년) 4월 10일에 한양 준수방俊秀坊의 잠저에서 탄생하였다. 태종 8년 2월에 충녕군忠寧君으로 봉하였고, 우부대언이던 심온의 딸과 혼인하였다.

이로써 조선은 개국 이래 4대 임금에 이르기까지 생존한 선대왕으로부터 보위를 전위 받는 역사를 남기었다. 이에 따라 삼대의 왕이 한 궁궐에 생존하는 상황이 태조대왕 승하 이후 10년 만에 다시 이어지게 되었다.

이튿날 8월 11일, 임금이 근정전에 나아가 즉위 교서를 중외에 반포하였다.

삼가 생각하건대, 태조께서 홍업洪業을 초창草創하시고, 부왕께서 큰 업을 이어받으시어 하늘을 공경하고 백성을 사랑하며, 충성이 천자天子에 이르렀도다. 효하고 공경함이 신명神明에 통하여 나라의 안팎을 다스려 평안하고, 나라의 창고가 가득하며, 문치文治는 융성하고 무위武威는 크게 떨치었도다. 그러나 근자에 오랜 환후로 말미암아 청정하시기에 가쁘셔서, 나에게 명하여 왕위를 계승하게 하시었다. 이에 영락 16년(무술년戊戌年) 8월 초10일에 경복궁 근정전에서 위에 나아가 백관의 조하를 받고 즉위하였도다. 앞으로도 일체의 제도는 모두 태조와 부왕께서 이루어 놓으신 법도에 따라 행할 것이다. 이에 거룩한 의례에 부쳐서 마땅히 너그러이 사면赦免하는 영을 선포하노라. 영락 16년 8월 초10일 새벽 이전의 사건은 모반 대역자, 조부모나 부모를 때리거나 죽인 자, 남편을 죽인 처첩, 주인을 죽인 노비, 독약을 사용하거나 귀신을 저주하게 하여 꾀로써 사람을 죽인 자, 강도짓을 한 자 외에는 모두 용서하되, 감히 이 사면의 특지를 내리기 이전의 사건으로 고발하는 자가 있으면 그 자는 그 죄로 다스릴 것이다. 아아! 위位를 바로 잡고, 그 처음을 삼가서 종사의 소중함을 받들어 어짊을 베풀어 정치를 행하여야 바야흐로 땀 흘려 이루어 주신 대업과 은택을 밀어 나아가게 되리라!

즉위 교서 반포에 이어 임금은 연을 타고, 백관이 호위하여 상왕전에 나아가 사은謝恩의 전을 올렸다.

성군의 대명이 무릇 어둡고 어리석은 이 몸에 내리시니, 신자臣子된 심정으로 놀랍고 두려움을 어찌 견딜 수 있겠나이까. 엎드려 생각하옵건대, 신은 성품과 자질이 어리석고 느슨하오며 학문이 천박하와, 동궁에 있을 때에도 종사를 받듦에 감당하지 못할까 두려웠사옵고, 또한 정사에 어두우니 어찌 족히 백성을 다스릴 수 있겠나이까. 하온데 뜻밖에 조그마한 이 몸으로 갑자기 신기神器를 받자와 외람되이 큰 자리에 임하게 하시오니, 감히 나라를 초창하실 때의 어려움과 편안히 쉬실 겨를이 없으셨던 일을 우러러 생각하지 않을 수 없었나이다. 연하여 상왕 전하께옵서 부탁하옵신 책임이 중난重難한 줄을 생각하여, 오직 길이 도모할 바를 마음에 품고 치세에 힘쓰겠나이다. 이에 삼가 전을 올리나이다.

전을 받은 상왕은 친히 일어나 주상의 손을 잡고 당부하였다.
"주상, 고맙소이다. 부디 성군의 치세를 펼쳐 보이세요."
임금은 감동의 눈물을 흘리며 상왕의 말씀을 받았다.
"상왕 전하! 망극하나이다. 명심, 또 명심하겠나이다."
상왕은 배석한 대소신료들을 둘러보며 말했다.
"경들은 주상을 보필하여 맡은 바 업무를 충실히 수행할 것이며, 주상을 바른 길로 인도하여 치세를 펴는 데 소홀함이 없게 하라."
신료들은 일시에 읍하며 아뢰었다.
"상왕 전하, 성은이 망극하나이다. 신 등은 두 분 전하를 받들어 진충보국할 것이옵니다."
이로써 의식을 끝낸 임금은 상왕의 재가를 받아 조정을 개편했다.
영의정 유정현을 영돈녕부사로 제수하고, 영의정에 한상경, 좌의정에 박은, 우의정에 이원, 변계량을 예조판서로, 이조판서에 심온, 공조판서에 맹사성, 예조참판에 탁신卓愼, 호조참판에 이지강李之剛, 이조참판에 이명덕, 하연河演을 지신사로, 원숙을 좌대언으로, 성엄을 좌부대언으로, 이수李隨를 동부대언으로, 윤회尹淮를 판승문원사 겸 경연시강관으로 제수했다.
박은, 이원, 이지강, 이수는 임금이 어릴 때부터 사빈師賓 : 스승이었으므로, 상왕의 명을 받아 좌·우정승에 임명하는 등 친정親政의 체제를 갖춘 개각이었다.

왕비가 된 죄

임금이 즉위하여 친정을 편 지 보름째인 8월 25일이었다. 상왕의 명에 의하여 병조참판 강상인姜尙仁과 병조좌랑 채지지蔡知止가 체포되어 의금부에 하옥되었다. 병조에서 그동안 군사에 관한 일을 상왕에게 아뢰지 않고 먼저 임금에게 아뢰곤 하여 벌어진 사건이었다.

임금은 그럴 때마다 병조참판 강상인과 좌랑 채지지에게 타일렀다.

"군국에 관한 사항은 상왕 전하께서 전담하신다. 상왕전에 먼저 아뢰고 과인에게 오라."

이 일을 마침내 상왕이 알게 되었다. 상왕은 내심 괘씸하여 강상인의 소위所爲 : 하거나 한 일를 알아보고자 탑전에 불러 상아패象牙牌를 보이며 넌지시 물었다.

"이 패는 무엇에 쓰는 것인고?"

"예, 상왕 전하. 당상관 이상 대신을 부르는 데 쓰나이다."

"분명 그러하렷다!"

"그러하온 줄 아나이다, 상왕 전하."

상왕은 패함을 통째로 내어 주며 말했다.

"그러면 이것은 이제 과인에게는 필요가 없으니, 주상전에 바치라."

강상인이 상아패 함을 받들고 가서 임금에게 바치자, 임금이 꺼내보고 물었다.

"이것은 무엇이며, 어느 때 쓰는 물건이오?"

"예, 전하. 이것으로 밖에 나가있는 장수를 급히 부르는 데 쓰는 패이옵니다."

임금이 깜짝 놀라 말했다.

"그렇다면 이것은 군국에 관한 물건이다. 여기에 두어서는 아니 되오. 즉시 상왕전에 돌려 드리시오!"

강상인은 하릴없이 상아패 함을 들고 상왕전에 되돌아가 올렸는데, 같은 물건을 두고 두 임금에게 두 가지 진언을 아뢴 사실까지 드러나고 말았다. 병조참판으로서, 상왕 앞에서는 당상관 이상 대신을 부르는 데 쓴다 하였고, 임금 앞에서는 장수를 급히 부를 때 쓴다고 하였으니, 이 말은 곧 엄청난 사건이 될 수밖에 없었다.

진노한 상왕이 우대언 원숙과 도진무 최윤덕을 불러 이 사실을 말하고 주상에게 선지를 전하게 하였다.

과인이 일찍이 중외에 교서를 내려 군국에 관한 중요한 일은 직접 청단하겠다고 하였노라. 그러나 병조에서는 군무에 관한 모든 일을 주상에게만 고하고 과인에게는 고하지 않았도다. 또한, 전일에 과인이 강상인에게 명하여, '초야의 인재로서 벼슬을 시킬 만한 사람을 천거하라.' 하였는데, 상인은 자기의 아우 상례尚禮를 주상에게 천거하여 사직司直의 벼슬을 얻게

하고 과인에게는 알리지도 않았도다. 이는 과인과 주상을 속이고 이간하
는 행위이므로, 부득이 그 죄를 묻기 위하여 병조참판 강상인과 좌랑 채지
지를 하옥하였노라.

상왕의 선지를 받은 임금은 황망하여 어찌할 바를 몰랐다. 즉시 병조판
서 박습朴習을 불러 상황을 파악하고 경위를 알아보았다. 병조참판 강상인
은 상왕의 특별 교서가 있었음에도 처음부터 군사에 관한 일을 임금에게
먼저 아뢰기를 계속하였음이 드러났다.
　당황한 임금이 미처 손 쓸 겨를도 없이 상왕은 내관 최한을 의금부에
보내 명을 내렸다.

과인이 세자에게 전위할 때, 군국에 관한 일과 국가 중대사는 직접 청단하
겠노라고 교서했다. 이는 주상의 책무와 근심을 덜어주기 위함이었는데,
이제 병조에서는 주상전에 가까이 접하면서 다만 순찰에 관한 사소한 일
만 과인에게 고하고, 그 밖의 일을 아뢰지 않았다. 대체 과인이 군사에 관
한 일을 알기로서 무엇이 종사에 패해가 되며, 어떻게 관계되는지 그 이유
를 알아야 하겠노라. 의금부에서는 마땅히 그 연유와, 이런 의논을 한 자
들이 누가 더 있는지 알아볼 것이며, 만일에 숨기고 말하지 않으면 고문이
라도 해서 밝혀 낼 것이로다!

이로써 조정은 마침내 발칵 뒤집혔다. 자칫하다가는 상왕전과 주상전
에 갈등이 생길 엄청난 사안이었다.
　이튿날, 임금의 특명에 의하여 병조판서 박습을 비롯하여 참의參議 이
각, 정랑正郎 김자온, 이안유, 양여공과 좌랑佐郎 송을개, 이숙복 등 병조의

고위 관리들이 모조리 하옥되었다.

이에 따라 군무를 관장하는 병조를 하루도 비울 수 없으므로 지병조사知兵曹事 원숙으로 하여금 병조에 입직入直케 하였고, 무인 내관 노희봉에게 명하여 군사를 점검하게 하는 등 비상체제에 돌입했다.

이어서 임금은 영의정 한상경을 의금부 도제조에 명하고, 형조판서 조말생, 대사헌 허지, 호조참판 이지강, 우사간 정상 등을 제조에 제수하여 추국推鞫하게 명했다.

"상왕께서 모든 정무에 대하여서는 보살피기 가쁘시나, 오직 군사에 관한 일만은 청단하시겠다고 하셨는데, 병조에서는 군사에 관한 모든 사항을 한 가지도 아뢰지 않았도다. 이에 경들은 그 까닭을 철저히 국문하라!"

즉시 국문청이 차려지고 강상인과 낭청郎廳 6인에 대한 국문이 시작되었다. 장杖을 치고 주리를 틀었으나 이들은 한결같이, '사리를 판단하지 못한 어리석음이었다.'고 죄를 자백하고 용서를 빌었다.

의금부 도제조 한상경이 상왕께 아뢰었다.

"병조참판 강상인과 낭청 6인을 국문하였으나, 사리를 살피지 못한 죄를 인정하고, 변명만 거듭할 따름이옵니다. 병조판서 박습과 참의 이각도 함께 고문하도록 윤허하여 주시오소서."

상왕이 잠시 생각는 듯하다가 받았다.

"박습과 이각은 재임 기간이 일천하니 그대로 두라. 다만, 강상인은 젊어서부터 과인을 따라 오늘에 이르기까지 항상 상의원 제조가 되었고, 과인이 병조의 요직을 맡겼거늘, 과인의 은혜를 생각지 못하고 매번 거짓을 행하고 속이었으며, 주상과의 사이를 이간질하였도다. 더 이상 두고 볼 수 없는 불충을 저질렀으니, 죽지 않을 한도까지 국문하여 그 실체를 알아내라."

그날 국문은 일단 중지되었고, 조정은 공석이 된 병조와 군무에 관한 부처뿐만 아니라 대폭적인 개각을 단행했다.

박자청을 참찬의정부사로, 노귀산을 판한성부사로, 조말생을 병조판서에, 이명덕을 병조참판으로, 김여지를 형조판서에, 최윤덕을 중군도총제로, 이관을 이조참판으로, 심인봉을 좌군총제로, 하경복을 우군총제로, 성엄을 우대언으로 제수하는 등 20여 명의 중신을 교체했다.

이틀 뒤인 8월 28일, 연이틀간 죄인들을 국문하였으나, 이들은 한결같이 더 이상 죄를 자백하지 않았다. 이를 보고받은 상왕은 의외로 특별 사면령을 내려 이들을 모두 풀어주었다. 박습과 강상인은 원종공신原從功臣이라 하여 면죄하고, 강상인은 고향으로 쫓아 보내 도성에 들어오지 못하게 하였다. 또한 병조정랑과 좌랑이었던 이각을 비롯한 7명을 속장贖杖 : 장형의 판결을 받은 자가 그 매수에 따라 돈을 바치고 장형을 면하는 것에 처하였다.

이 사건을 매듭지은 상왕은 영의정을 비롯한 삼정승을 탑전에 불러 의논했다.

"명나라에 사은사謝恩使와 주문사奏聞使를 보내야 하는데, 사은사는 반드시 주상의 친척을 보내야 마땅하다. 그리 보면 청송부원군靑松府院君 심온이 주상의 장인이니 사은사로 마땅하지 않은가?"

좌의정 박은이 아뢰었다.

"상왕 전하, 심온이 마땅하기는 하옵니다마는, 사은사의 정사正使는 정승 급이 되어야 예도禮度에 맞사옵니다."

상왕이 반색을 하며 받았다.

"그러면 잘 되었소이다. 심온은 국왕의 장인이니 그 존귀함이 비할 데

없소이다. 그러잖아도 과인이 그 생각을 하던 참이었는데, 이참에 심온을
마땅히 영의정에 제수하여 정사正使로 삼음이 어떠하오?"

영의정 한상경이 받아 아뢰었다.

"상왕 전하, 참으로 옳으신 처결이시옵니다. 그리 하시오소서."

"고맙소이다, 영상. 영상은 서원부원군西原府院君으로 봉할 것이니 과히
섭섭히 생각지 마시오."

"전하, 황공하옵나이다. 신이 어찌 국가의 막중대사에 이견이 있겠나이
까."

"그래요. 내 어찌 영상의 마음을 모르겠소이까. 심온이 사은사로 간다
면, 명황실의 환관 황엄黃儼과 잘 알고 지내는 사이였으니, 반드시 사신의
임무를 성공적으로 다할 것이오."

이날 임금은 상왕의 전지를 받아 영의정과 사은사를 임명하여 교지를
내렸다.

영의정 한상경을 서원부원군에 봉한다. 청송부원군 심온을 영의정부사에
제수하여 사은사정사謝恩使正使로 삼는다. 찬성사贊成事 박신朴信을 청승습주
문사請承襲奏聞使 : 왕위 이어받음을 아뢰는 사신로 삼고, 참찬參贊 이적李迹을 사은사
부사謝恩使副使로 삼는다.

세종 즉위년 9월 8일, 사은사 심온과 청승습주문사 박신이 명나라로
떠나는 날이었다. 상왕과 임금이 양정凉亭에 나아가 사신들을 전송하였
다. 상왕은 심온에게 내구마內廐馬 : 임금의 거둥에 쓰는 말를 하사하며 임무를 당
부했다.

임금은 내관 최용崔龍을, 중전 심 씨는 중궁中宮 내관 한호련韓瑚璉을 연서

역延曙驛까지 보내 전송하게 했다. 심온은 임금의 장인으로 50살이 못 되어 영의정에 오르고, 사은사정사가 되어 사신으로 가니, 영광과 세도가 혁혁奕奕하여 연서역관과 그 주변에 전송 인파가 구름처럼 모였다.

이날 형조판서 김여지와 대사헌 허지, 좌사간 최개가 합동으로 상소를 올렸다.

신하의 죄로는 불경에서 더 큰 것이 없고, 불경한 행실로는 임금을 거짓으로 속이는 것보다 더 심한 것이 없사온데, 근자에 박습과 강상인 등이 병조의 수장으로서 군무에 관한 일을 한 번도 상왕께 아뢰지 않았으니, 이는 용서 받지 못할 불경이옵나이다. 더구나 강상인은 상왕께 은총을 입어 한 직에서 참판에 올랐으나, 은혜를 모르고 좌랑 채지지와 공모하여 거짓 교지를 꾸며 각각 아우를 벼슬에 오르게 하였나이다. 양상兩上 : 상왕과 임금을 속인 불경죄만으로도 죽음을 면치 못할 중죄이거늘, 공문서까지 위조하여 국정을 어지럽힌 저들을 원종공신이라 하여 직첩만 거두신 것은 공의에 어긋나는 처사이옵나이다. 마땅히 저들에게 죄에 합당한 벌을 내리시어 후사를 경계하심이 옳은 줄로 아뢰나이다.

임금은 상소문 내용을 상왕께 아뢰었으나, 상왕은 이들의 직첩과 공신 녹권功臣錄券을 거두는 것으로 마무리를 지으려 했다. 그러나 이튿날부터 육조와 성균관 유생들까지 상소를 올려 죄를 정하여 벌하기를 청하였다. 죄인들을 탄핵하는 상소는 하루에도 네댓 통씩 연이어 올라왔다.

견디다 못한 상왕은 9월 14일, 이들을 귀양 형에 처하라는 명을 내렸다.

"강상인은 단천 관아의 관노官奴로 붙이고, 박습은 경상도 사천으로 귀양 보낸다. 이각은 전라도 무장으로, 채지지는 고부로, 김자온은 경상도 양산으로, 양여공은 함안으로, 이안유는 경산으로, 이숙복은 평안도 강동으로 귀양 보낸다."

죄인들이 가벼운 귀양 형을 받았다는 것을 알게 된 대간들은 다시 상소를 올리기 시작했다. 이들의 상소는 또 연일 대여섯 통씩 올라와 임금은 업무를 제대로 못 볼 지경에 이르렀다.

11월 3일, 상왕이 편전에 납시어 병조판서 조말생과 병조참의 원숙, 지신사 하연, 좌·우대언 성엄과 장윤화에게 일렀다.

"강상인이 생원에서부터 참판에 이르기까지 내가 특별히 은혜로 대우했거늘, 이제 강상인과 공모한 박습 등의 죄가 날이 갈수록 낱낱이 드러나고 있다. 군무를 두고 양전을 속인 것이며, 교지를 거짓으로 위조하여 벼슬을 사고 판 것이며, 각 도에서 바친 사냥 매를 두고도 양전을 속이고 농락했다. 저들이 종사를 생각하고 우리 부자를 차별 없이 대했더라면 어찌 이런 일이 연이어 일어났겠는가! 저들이 이런 짓을 하는 것은 장차 뒷날을 준비하려는 음모로서, 그 행위가 용렬하고 사악한 것이 이에 이르렀도다. 이는 반드시 압슬형壓膝刑을 써서 신문訊問하더라도 진상을 밝혀야 할 것이로다. 그러나 박습은 강상인의 말을 믿고 이 지경에 이르렀으니, 죄의 경중을 가려야 할 것이다."

조말생이 아뢰었다.

"사건이 나고부터 지금까지 많은 신료들이 상소를 올려 저들의 죄를 고한 것도 숨겨졌던 죄상이 낱낱이 드러나기 때문이었나이다. 박습이 판서로서 어찌 참판 강상인의 지휘에 따랐겠나이까? 신은 저들의 죄에 경중이 없다고 생각하나이다."

병조참의 원숙이 아뢰었다.

"그러하나이다, 전하. 박습은 병조의 수장으로서 휘하를 단속하지 못한 죄만으로도 죽음을 면키 어렵사옵니다. 하온데 하물며 휘하에 놀아나 양전을 속이고 공문서를 위조했나이다."

침통한 용안으로 듣고 난 상왕이 분연히 명했다.

"우대언 성엄은 좌·우의정을 편전으로 들라 이르라!"

성엄이 달려가서 양 정승을 대동하고 편전에 입시했다.

지신사 하연이 상왕의 뜻을 두 정승에게 전했고, 좌의정 박은이 아뢰었다.

"강상인이 범한 죄가 이보다 더 큰 것이 없나이다. 성상께서 인자하시어 가벼운 형벌에 처하였으니, 온 조정의 신료들이 논청論請하였으나 지금까지 윤허를 얻지 못하였나이다. 하온데 이제 다시 신문하게 하시니, 종사의 기강이 바로 잡힐 것이옵니다."

우의정 이원이 아뢰었다.

"그러하옵니다, 전하. 저들의 죄는 원종공신의 공만으로 덮기에는 너무 컸나이다. 엄히 다스리시어 후사의 경계를 삼으시옵소서."

이에 상왕은 즉석에서 명을 내렸다.

의금부진무義禁府鎭撫 안희덕安希德을 단천으로 보내 강상인을 잡아오게 하고, 홍연안洪延安을 고부로, 도사都事 노진盧珍을 사천으로, 도사 진중성陳仲誠을 무장으로 보내 박습, 채지지, 이각을 잡아오게 하였다.

11월 20일, 죄인들이 잡혀와 의금부에 수감되었다.

상왕이 국문관鞫問官들을 임명했다.

대사헌 허지를 도제조로 삼고, 사간 정초를 제조로, 형조정랑 김지형을 추궁관으로, 병조참판 이명덕을 참관으로 제수하였다.

상왕이 이들을 탑전에 불러 명했다.

"과인이 전위하는 교서에, '군국에 관한 중대한 사항은 내가 친히 청단하겠다고 하였고, 병조의 고관으로 하여금 항상 전문 안에 있게 하라.' 하였는데, 단 하나도 시행하지 않았다. 저들이 군무를 소홀히 한 것에는 반드시 다른 뜻이 있었을 것이로다. 이를 낱낱이 밝혀내도록 하라."

이튿날부터 국문이 시작되어 먼저 박습을 신문했다.

박습이 대답했다.

"어찌 감히 다른 뜻이 있었겠습니까. 다만, 새로 판서에 임명되어 업무를 제대로 파악하지 못하였을 뿐입니다. 또한, 강상인이 말하기를, '갑사들에게 휴가를 주는 것 등의 모든 잡무는 주상께만 아뢸 것이다.' 하였지만, 강상인이 상왕 전하의 오랜 신하였기에 그의 말에 따랐을 뿐이옵니다. 매에 관한 일은 상인이 말하기를, '이 역시 마땅히 주상의 명으로 공문을 보내야 할 것이다.' 하여 제가 감히 말하지 못하였소이다."

이어 강상인을 신문했다.

"내가 30년간 원종공신이 되었으니, 어찌 다른 마음이 있었으랴. 다만, 업무를 잘 알지 못했을 뿐이오. 더 이상 할 말이 없소이다."

강상인은 오히려 노기등등하여 신문관들을 얕보았다.

이명덕이 두 죄인의 대답을 임금께 아뢰니, 임금이 대로하여 명을 내렸다.

"강상인이 고문을 피하려고 기망欺罔한 말을 지껄이니, 간사하고 교활함이 이보다 더 심함이 없다. 마땅히 끝까지 신문하고, 그 당여黨與도 낱낱이 찾아내어 신문해야 할 것이다. 우리 부자 사이에 이런 간사한 사람이 있으니, 제거하지 않을 수 없다."

임금의 명을 받은 의금부에서 강상인을 신문하였으나, 내내 같은 말만 되풀이 했다. 마침내 주리를 틀고, 압슬형을 네 번이나 가하자, 죄인이 실토했다.

"선위하는 교지의 뜻과 병조의 고관이 교대로 전문을 떠나지 말라는 명은 모두 알고 있었으나, 전에는 이와 같은 전례가 없었기에 지키지 않았소이다. 또한, 내 생각으로는 국가의 명령은 마땅히 한 곳에서 나와야 하고, 명이 한결 같아야 기강이 선다고 생각하여 상왕께 아뢰지 않았던 것이오."

신문관이 물었다.

"너는 참판으로서 어찌 판서의 명을 번번이 거역하였는가?"

"판서 박습과도 의논을 했소이다. 군의 업무는 당연히 한 곳에서 나와야 기강이 선다고 말했는데, 그 또한 그렇다고 했소이다."

박습을 강상인과 대질시켜 신문하니, 강상인의 말을 부인했다.

"나는 그렇게 말한 적이 없소이다. 병조에 관한 업무를 내가 상왕 전하께 품신하려 해도, 강상인이 말하기를, '이만한 사항은 굳이 상왕께 품신하지 않아도 된다.'고 하며 독단으로 처리하여 나는 손 델 수 없었소이다."

"그렇다면 너는 업무태만이 아니냐? 판서가 어찌 참판의 독단을 보고만 있었더냐?"

박습이 고개를 떨구며 대답했다.

"그 점이 죄가 된다면 달게 받겠소이다. 그러나 나는 병권兵權 통일을 주장하거나 말한 적은 없소이다."

박습이 강력히 부인하자 압슬형을 두 번 가했다.

비명을 지르며 고통을 참다가 분연히 말했다.

"그렇다면 내가 상왕을 배반한 것이고, 새 임금의 덕을 입기를 바랐을 것이오."

신문관이 모의한 당여를 대라고 말했으나, 당여는 없다고 대답했다.

이튿날 신문은 다시 시작되었다.

강상인은 더 할 말이 없다고 버티었지만, 이미 채지지와 이각으로부터 공모자가 있음을 확인한 도제조 허지는 고문을 가하라고 명했다. 주리를 틀고 압슬형을 세 번이나 가하자 털어놓기 시작했다.

"중군동지총제中軍同旨摠制 심청沈靑이 군무는 통일되어야 한다고 말했으며, 내금위의 기강이 해이한 것도 그 탓이라고 했소이다. 이조참판 이관李灌 역시 군무와 국가 중대사를 양전에서 관리하므로 일이 어려워진다 하였고, 군무는 마땅히 상왕전에서 나와야 하겠지만, 일반 업무는 상왕이 청단해서는 안 된다고 했소이다. 총제 조흡趙洽은 군사는 마땅히 한 곳에서 나와야 하고, 그곳은 당연히 상왕전이라고 말하더이다."

의금부에서는 당장 심청, 이관, 조흡을 잡아들여 강상인과 대질시켰으나, 이들은 모두 사실이 아니라고 강력히 부인했다. 이들에게도 압슬형을 가하자 그제서야 사실임을 복죄하였다. 조흡은 상왕의 뜻대로 군사는 상왕전에서 창단해야 한다고 했으므로 석방되었다.

강상인에게 다시 주리를 틀자 이미 온몸이 만신창이가 되어 말했다.

"날짜는 기억하지 못하지만, 영의정 심온에게 의논하기를, '군사를 양전에 나누어 소속시키자면 적어도 갑사甲士가 3천 명은 되어야 하는데, 그 수가 미치지 못할 뿐더러 소속이 갈라지다보니 통제하기 어렵다고 했더니, 그 말이 옳다고 하였소이다. 그 후에 업무를 의논할 일이 있어 심온의 집에 갔는데, 군무는 마땅히 한 곳에서 통솔해야 한다고 했더니, 그것이 마땅하다 하였고, 곧 그리 된다고 하였습니다. 또한, 장천군 이종무 역시 내 말에 수긍하였으며, 우의정 이원도 내 뜻을 이해했지만, 상왕의 명을 따라야 한다고 했소이다."

도제조 허지로부터 국문 상황을 보고받은 상왕은 대로했다.

"과연 내가 짐작했던 대로 그와 같은 진상이 오늘에야 밝혀졌도다. 마땅히 간사한 무리들을 모조리 색출하여 제거해야 힐 것인즉, 이를 잘 살펴 문초하라!"

조말생이 분연히 아뢰었다.

"양전의 정이 자애하시고, 효경하심이 지극하심을 사람들이 누가 모르겠나이까. 상왕 전하께서 군무를 청단하심은 오로지 사직과 즉위 일천하신 주상의 업무를 덜어드리기 위함인데, 간사한 무리들이 권력을 다투어 군무를 어지럽혔으니, 비록 종실과 훈척勳戚 : 나라를 위하여 드러나게 세운 공로가 있는 임금의 친척일지라도 용서할 수 없나이다. 통촉하시옵소서."

상왕의 명으로 우의정 이원과 장천군 이종무가 잡혀와 의금부에 수감되었고, 날이 저물어 국문은 중단되었다.

이튿날 국문은 다시 시작되었다. 우선 이원과 이종무를 옥에서 끌어내 강상인과 대질시켰다.

이원이 분연히 꾸짖었다.

"강 참판은 무고한 사람을 죄에 빠뜨리지 말라!"

이종무도 불같이 노하여 꾸짖었다.

"내가 이제까지 너와 척讎진 적이 없었거늘, 어찌하여 나를 물고 늘어지느냐? 나 또한 무장으로서 너의 무능함과 사악함을 번번이 알면서도 차마 어쩌지 못하고 참아왔었다. 네놈이 상왕전의 심복만 아니었다면 진즉

내 손에 죽었을 것이거늘, 내가 언제 너 같은 소인배와 군무를 두고 의논한 적이 있었던가? 어디 낱낱이 말해보라!"

강상인은 눈물을 흘리며 고개를 들지 못하고 말했다.

"고초를 견디지 못한 때문이오. 모두 무함誣陷한 것이외다."

도제조 허지는 이원과 이종무를 다시 옥에 가두게 하고, 강상인을 문초했다.

"영의정 심온은 지금 사은사로 명나라 연경燕京에 가 있다. 이제 돌아오면 너와 대질시키려니와, 어제 네가 심온에 대하여 한 말이 어김없는 사실이렷다?"

강상인은 이제 고문에 지쳐 말을 제대로 하지 못할 지경이었다.

"그렇소이다. 심온은 분명히, '군무는 마땅히 한 곳에서 통솔해야 하며, 그것이 마땅하다 하였고, 곧 그리 된다.' 하였소이다."

이명덕이 임금께 국문 사항을 보고했다.

"이원과 이종무를 강상인과 대질시킨 결과, 강상인은 자신이 두 사람을 무함했으며, 심온이 했다는 말은 사실이라고 자복했나이다."

임금은 기가 막혔다. 심온은 중전 공비의 아버지이며, 심청은 숙부이니 중전의 친가가 쑥대밭이 될 것은 뻔했다.

임금은 수강궁 상왕전에 들어가 국문 사항을 아뢰었다.

듣고 난 상왕이 말했다.

"내가 들은 바로는 그와 다르오. 만약 그와 같다면 그리 큰 죄는 아닐 것이니, 주상은 너무 심려치 마오."

상왕이 알고 있는 것은 그와 또 다르다니, 임금은 침통한 용안으로 부왕께 머리를 조아렸다.

"아바마마, 심려를 끼쳐드려 망극하나이다."

상왕은 허허롭게 받았다.

"그러게 말이오. 어쩌다 이런 일이 벌어졌는지 참 안타까운 일이오. 허나 사안이 너무 커지지 않도록 단속을 할 것이니 주상은 그저 보고만 있으오."

"황공하옵니다. 소자, 그리하겠나이다."

주상을 보낸 상왕은 좌의정 박은을 탑전에 불러 말했다.

"이번 사건을 과인이 처음부터 몰랐건 것이 아니라, 즉위 일천한 주상에게 누가 될까봐 정상情狀을 참작하여 다만 죄인들을 외방으로 내쳐 마무리하려 했소이다. 그러나 날이 갈수록 그들의 죄상이 낱낱이 드러나니, 이제 어쩔 수 없게 되었소이다. 더구나 과인이 이제 여생이 많지 않고 보니, 듣고 본 바가 많으므로 이와 같은 간사한 무리들은 주상을 위해서라도 제거해야 마땅하다고 생각했소이다. 더구나 영의정 심온은, '군무는 당연히 한 곳에 모이는 것이 옳고, 곧 그리 된다.'고 하였다니 저들의 음모가 이미 깊숙이 진행되고 있다는 말이 아니오? 경은 이러한 상황을 알아야 할 것이오."

상왕은 지금 주상을 위하여 간신들을 쓸어버리겠다는 피바람을 예고하고 있었다. 좌의정 박은은 온몸에 소름이 돋았다. 이미 영의정과 우의정이 관련되어 우의정은 구금된 상태가 아니던가! 더구나 중전의 아버지 영의정 심온과 숙부 심청이 수모자首謀者로 관련되었으니, 중전의 친가가 멸문지화滅門之禍에 이를 수도 있음이었다.

박은은 침통한 표정으로 아뢰었다.

"신은 일이 이 지경에 이를 줄은 몰랐사옵니다. 더구나 심온이 말한 바 '한 곳'이란 상왕전을 말한 것이 아니라, 주상전을 두고 한 말이 분명할진대, 신이 어찌 보고만 있겠나이까. 전하께서 하명하시는 대로 일을 처결하겠나이다."

"고맙소이다, 좌상. 영상과 우상이 없으니, 과인이 믿을 사람은 오직 좌상뿐이외다."

"전하, 황공하나이다. 신은 참담하와 몸 둘 바를 모르겠나이다."

상왕은 분연히 말했다.

"조정이 그예 혼란에 빠지고 말았소이다. 이럴수록 냉정한 판단이 필요하오. 우의정 이원은 강상인의 무함이었다고 하니 석방하고, 이종무 역시 그렇다고는 하지만, 그는 무장이니 다른 증거를 찾아보되 문초만 하고 형벌을 가하지 말게 하시오. 사안이 사안인 만큼 지금부터 이 사건이 마무리 될 때까지 좌상이 주관하기 바라오."

"전하, 하명받자와 거행하겠나이다. 과히 심려치 마시오소서."

그날부터 좌의정 박은이 참관하여 죄인들을 신문했다. 다른 죄는 이미 다 드러났으나, 본인이 없는 심온이 관련된 사항은 덜 밝혀졌으므로, 그 점에 중점을 두고 신문했다.

이조참판 이관을 신문하며 한 차례 압슬형을 가하자 실토했다.

"내가 심온의 집에 가서 영의정에 오른 것을 하례하고 물었소이다. '병무에 관한 모든 업무가 나누어지고 소속도 갈라지니 매우 불편하다. 마땅히 주상전에서 독단으로 관장하는 것이 옳다.'고 했더니, 그렇기는 하지만 이미 법이 정해졌으니 따를 뿐 실권은 이미 주상전에 있다고 말했소이다."

다음에 심청을 신문했으나, 입을 다물고 늘어져 말하지 않았다. 물을 끼얹어 깨우고 주리를 틀었다. 그래도 말하지 않아 바닥에 사금파리를 깔고 꿇어앉혀 압슬형을 가했다. 살이 찢기고 피가 튀자 비명을 지르며 실토했다.

"내가 형님께 중군총제로서 느낀 바 있어 물었소이다. 군사에 대한 명령은 마땅히 한 곳에서 나와야 기강이 선다고 했더니, 그 말이 옳다고 했소이다. 나는 더 할 말이 없소이다."

이명덕이 신문 내용을 상왕께 보고했다.

듣고 난 상왕이 말했다.

"이제 사건의 전모가 모두 드러났으니, 더 신문할 필요가 없다. 수모자는 심온이지만 그는 명나라에 있으니, 그 이하 도당은 극형에 처해야 할 것이로다. 이는 미룰 일이 아님을 명심하라!"

이명덕이 아뢰었다.

"강상인과 이관 등이 끌어들인 이종무, 김효손, 성달생은 어찌 처결하오리까?"

상왕은 잠시 생각하다가 말했다.

"그들만 한 허물을 죄로 다스린다면 대소신료들 중에 죄 없는 사람이 없을 것이다. 죄인들이 그들을 무함했다고 실토했으니 석방하라. 허나, 성달생은 동지총제로서 저들의 음모를 알고도 묵인했으니, 동조한 것이나 마찬가지다. 그에 합당한 죄를 정하라. 또한, 죄인들의 가산家産을 움직이지 못하게 봉封하라."

나라에 중죄를 지면 가산을 몰수하는데, 죄인의 가족들이 가산을 처분할까봐 미리 봉하라는 어명이었다.

이튿날 의금부에서 죄인들의 형량을 정하여 문서로 보고했다.

형률에 의거하면, 심온, 강상인, 박습, 심청, 이관은 모반대역謀叛大逆에 해당되므로, 수모자와 종범자從犯者를 구분하지 않고 모두 능지처사陵遲處死하게 될 것이며, 죄인의 아비나 아들의 나이 16세 이상이면 모두 교형絞刑에 처하고, 15세 이하와 처첩, 조손祖孫, 형제, 자매는 공신의 집이나 관에 주어 노비를 삼게 되옵니다. 이각, 채지지, 성달생은 강상인의 모의를 알고도 고발하지 않았으니, 곤장 1백 대를 치고 3천 리 밖으로 귀양 보낼 것이며, 나머지 죄인들은 곤장 1백 대를 치고 방면하게 될 것이옵니다.

형량 보고문을 본 상왕이 박은, 조말생, 허조, 이명덕, 원숙을 불러 의논했다.

"강상인과 이관은 죄가 중하니 지금 마땅히 죽일 것이지만, 심청과 박습은 죄가 경하니 수괴 심온이 오면 대질시켜보고 처결하는 것이 어떠한가?"

박은이 아뢰었다.

"대질시키고자 하신다면 강상인만 남겨두고 세 사람은 형벌하는 것이 옳습니다. 하오나 심온이 범한 죄는 증거가 명백하니, 구태여 대질시켜 번거로움을 더할 필요가 없을 것이옵니다. 반역을 모의한 자들은 수괴와 종범자를 구분하지 않는 것이 법이오니, 어찌 차등을 두어 형벌하겠나이까."

상왕이 곤혹스런 용안으로 받았다.

"죄인들을 한꺼번에 그리한다면 인심과 천의天意에 부끄러움이 있지 않겠는가?"

국문관 도제조 허지가 아뢰었다.

"죄인들을 구금 상태로 오래 두면 옥에서 곤란한 일이 많사오니 속히 집행하는 것만이 민심을 가라앉히는 것이옵니다."

이튿날 11월 26일, 대소신료들이 모여 지켜보는 가운데 강상인을 차열

형車裂刑 : 죄인의 팔과 다리를 네 대의 수레에 각각 묶어 소를 몰아 찢어 죽이는 형에 처하고, 박습,

이관, 심청은 목을 베었다. 박습은 모진 고문을 견디지 못하고 간밤에 옥

에서 죽었으므로 시신의 목을 베었다. 법대로라면 16세 이상의 아들은 죽

이게 되었으나, 상왕의 특명으로 목숨을 살려 모두 귀양을 보내거나 관노

를 삼았고, 부녀자들은 공신들 집에 노비로 보냈다. 죄인 다섯 명의 부모

와 자식, 그 사촌까지 귀양을 가거나 노비로 떨어졌는데, 그 수가 백여 명

이 넘었다.

영의정 심온이 사건의 수괴였지만 명나라에 사은사로 가 있으니, 그 직

계 가족은 심온이 귀국할 때까지 연금을 당하였다. 아우 중군동지총제 심

청은 주모자로 처형되었고, 심온의 형 좌군총제 인봉仁鳳과 중이 된 도생道

生은 해진海珍으로 귀양 가고, 아우 징澄을 동래東萊로, 이들의 아들들도 각

각 귀양을 갔다. 16세 이하 어린 아이와 부녀자는 모두 관노가 되거나 공

신들의 노비가 되자, 상왕이 특별 사면을 내렸다.

"심온의 딸이 국모가 되었으니, 그 집안을 어찌 천민이 되게 할 수 있겠

는가. 귀양을 간 형제들은 물론, 아이들과 부녀자들도 천민을 면하게 하

고 양민良民이 되게 하라."

이로써 청송부원군 심온의 7형제 중 태조대왕의 부마인 심종만 빼고

모두 귀양을 가고, 가족은 재산을 몰수당하고 양민이 되었으니, 이는 딸

을 왕비로 들여보낸 것이 죄라면 죄일 것이다.

〈세종장헌대왕실록世宗莊憲大王實錄〉은 이 사건을 '무술옥사戊戌獄事'로 기

록했다.

12월 7일, 상왕이 배석한 상참장에서 형조판서 김여지가 아뢰었다.

"가택연금 된 심온의 가족들을 저대로 둘 수는 없나이다. 마땅히 가산을 몰수하고 가족들을 천인에 속하도록 해야 하나이다."

상왕이 받아 말했다.

"이미 그 형제들을 양민이 되게 하였으니, 국모의 친가를 천민이 되게 할 수는 없다."

김여지가 다시 격하게 아뢰었다.

"여러 형제들의 가족을 양민이 되게 한 것도 신 등은 옳지 못하다고 생각하나이다. 하물며 심온은 반역의 수모자이므로 그 아내와 딸들에게 천인을 면하게 할 수는 없나이다."

병조판서 조말생이 아뢰었다.

"심온의 가족이 3족을 멸할 죄를 면한 것만으로도 태산 같은 성은을 입었음이옵니다. 하온데 이에 더하여 천인을 면하게 할 수는 없나이다."

상왕은 주상의 고뇌 어린 표정을 일별하고는 말했다.

"전례가 있는 법을 무시할 수는 없도다. 비록 천인 되더라도 역사役使: 죄인이나 천인을 관의 공사에 노역시키는 것는 시키지 말라."

김여지가 다시 아뢰었다.

"상왕 전하, 천인이 되는 심온의 가산을 그대로 둘 수는 없나이다. 적몰하는 것이 마땅할 것이옵니다."

상왕이 좌의정 박은에게 물었다.

"좌상, 왕비의 친가 가산을 적몰하는 것이 의리상 가하겠는가?"

잠시 생각하던 박은이 아뢰었다.

"법대로라면 당연히 적몰해야 하나이다. 하오나, 이와 같은 일은 특별한 은전을 내려 그 가산을 적몰하지 않을 수도 있겠나이다."

좌상의 말에 중신들이 들고 일어났다.

"특별 은전을 내릴 수는 없나이다. 반역 죄인의 가산을 적몰하는 것은 그들로 하여금 죗값을 치르게 하는 데 그 뜻이 있나이다. 하온데 이미 천인이 된 집안에 그 많은 재산이 있다면 호의호식好衣好食을 계속하는 것이니 어찌 죗값을 치른다 하오리까. 마땅히 가산을 적몰하여 뒷사람을 경계하는 것이 옳을 것이옵니다. 통촉하소서."

중신들이 하나같이 반대를 하자 상왕도 어쩔 수 없어 법대로 시행하라 명하였다.

이로써 병조의 반역 사건을 마무리 지은 조정은 상왕의 재가를 얻어 조정 일부를 개각했다. 영의정 심온이 사은사로 명나라에 가 있으나, 대역죄에 연류되어 파직되었고, 심온을 비롯하여 며칠 전에 처형된 박습, 이관, 강상인, 심청 등의 척속戚屬 : 성이 다른 일가이거나 이들이 천거한 벼슬아치들은 모조리 파면되었다.

영의정에 다시 유정현이 제수되었고, 지신사에 원숙, 좌군도총제 권진權軫, 우군도총제 조흡曹洽, 호조참판 김자지金自知, 이조참판 이지강, 중군동지총제 박성양朴成陽, 병조참의에 장윤화張允和 등 미관말직까지 30여 명이 파면되고 새로 임명되었다.

서설이 내리다

임금이 즉위하여 친정을 편 지 석 달이 넘는 12월 19일, 여명黎明이 막 걷히는 이른 아침이었다. 어제 해 질 녘부터 오던 눈이 밤새껏 내려 2척 이 넘게 쌓여 있었다. 10월 그믐께부터 싸락눈과 더불어 낱개 눈발이 흩 날린 적은 더러 있었지만, 소담스런 함박눈이 내리기는 금년 겨울 들어 처음이었고, 첫눈으로는 드물게 보는 대설大雪이었다.

임금은 밤새 침수까지 설치며 잠시도 긋지 않고 쏟아지는 함박눈을 이 따금 걱정스레 내다보곤 했었다. 눈이 많이 오면 풍년이 든다고는 하지 만, 한밤중에 폭설이 내리면 백성들의 집이 무너져 사람이 다치거나 죽기 도 하는 등 피해가 클 터였다. 이 엄동설한에 집을 잃고 가족까지 잃은 백 성들이 있지 않을까 걱정되어 임금은 잠을 이룰 수 없었다.

눈은 소리 없이 내리거나, 소리가 나더라도 '사락사락' 고즈넉하고 정 겹지만, 간밤에 눈 내리는 소리는 두려움을 느낄 정도로 소요騷擾스러웠 다. 적막한 밤이라 목화송이 같은 함박눈이 쏟아지듯 내리는 그 소리도 그러니와, 지붕 처마에서 밀려 떨어지는 눈덩이 소리와 나뭇가지에 얹혔다 쏟아지는 눈 뭉치 소리가, ‘퍽! 퍽!’ 귀에 들러붙는 듯하여 더욱 소요스러웠다.

마침내 날이 밝자 임금은 침전에서 납시어 설경雪景을 둘러보았다. 온 천지가 티끌 한 점 없는 은 백白의 세상이었고, 경복궁 궁궐 지붕이며 뜰이 온통 금방 타놓은 햇솜 같은 눈으로 가득했다. 간밤에 소요스럽던 눈 소리는 목화솜 같은 눈 속에 묻혀버린 듯 사방은 그저 적요하기만 했다. 탐스럽게 내리는 함박눈이나, 소담스럽게 내려 쌓이는 눈을 보면 사람의 마음은 한없이 포근하고 아늑해진다. 한밤 내 쏟아지는 눈발을 내다보며 근심과 걱정으로 밤을 지새운 임금은 설경을 둘러보며 그나마 마음이 아늑하게 가라앉았다. 즉위한 이후 처음 맞이하는 첫눈에다 서설瑞雪이었음에랴!

은 백의 설경을 묵묵히 둘러보던 임금이 뒤에 시립해 있는 내관과 침전 상궁을 돌아보고는 말했다.

“참으로 소담스런 눈이로다! 첫눈이 대설이면 풍년이 든다고는 하지만, 워낙 대설이라 백성들이 눈으로 피해가 없어야 할 터인데, 걱정이로다.”

임금의 혼잣말 비슷한 중얼거림에 내관과 상궁은 그저 읍만 했다.

날이 밝으면서 눈발이 흩날리면서 구름도 걷혔다. 간간이 눈부신 햇살이 흰 눈 위에 섬광처럼 번치다가는 사라지곤 하였다.

조반 수라를 젓수신 임금은 길이 뚫리기를 기다려 상왕이 계시는 수강궁壽康宮으로 거동하시었다.

내전으로 듭시는 임금을 상왕이 밝은 용안으로 맞았다.

“주상, 어서 오세요.”

“상왕 전하, 간밤에 대설이 내렸나이다. 침수 편안히 듭셨사옵니까?”

상왕은 여전히 밝은 용안으로 주상의 문후를 받으며 말했다.

"그래요, 주상. 밤새 내리는 함박눈에 마음이 설레었어요. 참으로 드물게 보는 서설이 내렸습니다."

임금이 걱정스런 용안으로 받았다.

"첫눈에다 서설이기는 하오나, 한밤중의 대설이라 백성들의 피해가 걱정이 되나이다."

"주상, 걱정은 되지만 별 피해는 없을 것이에요. 백성들도 대설 대비를 했을 것입니다. 첫눈이 서설이면 길조입니다. 내년에는 나라에 좋은 일만 있을 것이에요. 이 모두가 주상의 홍복입니다."

"상왕 전하, 황공하나이다. 이 모두가 전하를 비롯하시어 나라의 홍복이옵니다."

상왕은 환하게 웃으며 받았다.

"허허허……, 그래요. 나라의 홍복입니다. 주상, 오늘이 더구나 기해己亥일입니다. 주상의 원년元年이 되는 내년 기해년은 매우 중요한 해가 될 터인데, 기해일에 서설이 내렸으니 좋은 일만 있을 것입니다."

임금은 놀라는 표정으로 상왕의 말씀을 받았다.

"상왕 전하! 오늘이 기해일이었사옵니까?"

"그래요, 주상. 모르고 있었구려. 기해일에 첫눈이라! 이 어찌 서설이 아니겠습니까?"

"상왕 전하, 이 모두가 전하께서 베푸신 치세의 음덕일 것이옵니다."

요즈음 며칠간 눈에 띄게 수척해진 주상의 얼굴이 안쓰러운 듯 상왕은 애잔한 눈길로 어루더듬으며 받아 말했다.

"당치 않아요. 이 나라는 주상이 다스려가는 나라입니다. 부디 중신들의 진언을 귀담아 들으세요. 오늘은 대설이 내려 중신들의 입궐이 좀 늦어질지도 모르겠습니다. 아무래도 오늘 상참은 좀 늦게 시작되겠지요."

"전하, 상참이 좀 늦어진들 무에 대수이겠사옵니까? 심려치 마시옵소서."

"그래요, 주상. 매사를 큰 마음으로 너그럽게 보세요."

"명심하고 있사옵니다."

수강궁에 문안하고 나온 임금은 편전으로 납시었다. 상왕의 말씀대로 일부 중신들의 입시가 늦어지고 있었다.

편전에서 임금을 맞이한 영의정 유정현이 밝은 얼굴로 하례를 올렸다.

"전하, 간밤에 서설이 내렸나이다. 더구나 아침이 되면서 깨끗이 눈발이 걷힌 오늘이 바로 기해일이나이다. 전하께서 원년으로 맞으시는 기해년은 나라에 복된 일만 있을 것이옵니다. 전하, 서설을 하례 드리나이다."

임금이 담담한 용안으로 받았다.

"고맙소이다, 영상. 상왕 전하께서도 기해일의 서설에 덕담을 하셨습니다. 이 모두가 나라의 홍복이 될 것입니다. 과인은 오직 경들만 믿을 뿐입니다."

임금의 겸양에 입시한 중신들이 일시에 받았다.

"전하, 황공하옵나이다. 기해일에 맞으시는 서설을 하례 드리나이다."

"고맙소이다!"

임금은 걱정스런 용안으로 중신들을 둘러보며 말했다.

"서설이기는 하지만, 한밤중에 내린 눈이 워낙 대설이라 백성들의 집이 무너지는 등 피해가 많을 것입니다. 조사가 되는 대로 가난한 백성들을 가려내어 구제토록 해야 할 것이오."

공조판서 맹사성이 아뢰었다.

"전하, 성은이 하해와 같사옵니다. 특히 한밤중의 폭설 피해는 불가항

력이라 달리 손 쓸 재간이 없나이다. 지붕에 쌓인 눈이 한 척이 넘으면, 지붕에 올라가 눈을 쳐내려야 한다는 지침을 내리기는 하였사오나, 깊은 잠이 든 한밤중의 대설에는 속수무책일 수도 있나이다. 조사가 되는 대로 조치를 내릴 것이오니, 심려치 마시옵소서.”

마침내 폭설에 늦어진 중신들의 입시가 완료되었고, 임금은 중신들의 상참을 받았다. 국정 현안에 관한 논의가 끝난 뒤에 순례에 따라 지방 수령들의 장계狀啓가 올려졌다.

강원도관찰사 이종선李種善이 올린 장계를 우대언 이수가 아뢰었다.

“강원도의 금년 농작물 작황이 너무 높게 측정되어 백성들의 원성이 매우 높나이다. 본도의 산골 오지는 연 이태나 가뭄이 든데다, 금년은 냉해冷害까지 겹쳐 폐농廢農한 농가가 많사온데, 풍년이 들었던 지난해보다 더 많은 세곡이 측정되었나이다. 지나친 세곡에 시달린 농민들이 폭동을 일으킬 조짐마저 보이는 실정이오니 조정에서 혜량惠諒하시옵소서.”

이종선은 지난달 10월 16일에 강원도관찰사로 부임했는데, 일찍이 청렴하고 강직하기로 소문난 사람이었다. 지난 9월에도 강원도 평창과 정선, 영월, 평해에 심한 가뭄과 냉해가 겹쳐 굶주리는 백성들이 많다는 치보馳報가 올라와 고을 수령으로 하여금 조사하여 구제한 적이 있었다. 지역이 넓고 오지가 많은 강원도에 가난한 백성이 많다고 생각한 임금은 강직하고 청렴한 이종선을 감찰사로 제수했었다.

임금은 그럴 줄 알았다는 듯 역정을 내어 말했다.

“대체 세곡 부과 실태가 어떻기에 백성들이 폭동을 일으킬 지경이란 말인가. 그 지경이 되도록 지방 수령들은 무엇을 하고 있었단 말이오?”

중신들은 일제히 머리를 조아렸다.

“전하, 황공하옵나이다.”

"이는 소홀히 넘길 문제가 아니오. 그 진상을 소상히 밝히도록 하시오."

강원도관찰사의 장계를 놓고 조정은 의견이 분분했다. 전국에서 조세에 관한 장계는 처음인데다가 백성들이 폭동을 일으킬 조짐마저 보인다니 결코 소홀히 다룰 문제가 아니었다.

의정부와 육조의 의견을 종합하여 좌의정 박은이 아뢰었다.

"전하, 강원도에 파견했던 경차관 김습金襲을 불러 농작물 작황 실상과 세곡 부과 실태 경위를 알아보는 것이 우선이라고 사료되나이다."

임금이 못마땅한 용안으로 중신들을 둘러보다가 말했다.

"그렇소이다. 즉시 김습을 부르고 그가 올린 보고서를 다시 검토해 보도록 하시오."

편전 상참 장내는 일시에 긴장감이 돌았다. 좌부대언 성엄은 김습이 올렸던 보고서를 찾아 의정부에 올렸다. 김습의 보고서 도목장都目狀에는 분명 강원도에 작년보다 풍년이 들어 금년 세곡량이 늘었다고 적었다.

사간원 우정언 김습이 불려와 어전에 부복했다.

임금이 김습에게 물었다.

"너는 금년에 강원도 경차관으로 나가 농작물 작황을 조사하고 세곡을 부과했다. 네가 작성해 올린 도목장에는 강원도에 풍년이 들어 세곡량이 늘었다고 했는데, 어김없는 사실이렷다?"

김습은 엎드려 부들부들 떨면서 아뢰었다.

"전하, 신이 어찌 감히 나라의 세곡 부과 실태를 거짓으로 작성하여 고하겠나이까. 이는 분명 어딘가에서 잘못 전해진 풍문에 의하여 와전이 된 것으로 아나이다. 통촉하시옵소서."

임금이 가당찮다는 용안으로 받았다.

"와전이라니? 강원감사가 단지 와전을 믿고 조정에 상계했단 말이냐?"

좌참찬 변계량이 아뢰었다.

"신 좌참찬 변계량 아뢰나이다. 강원감사 이종선은 부임한 지 이제 한 달 남짓하나이다. 그동안 도내의 민심을 제대로 파악하지 못하고, 일부 백성들의 원성만 듣고 그대로 상계했을 수도 있겠나이다. 정확한 실상을 알아본 연후에 조치를 내려도 늦지 않을 것이옵니다."

김습이 변계량의 말에 힘을 얻어 제법 큰 소리로 아뢰었다.

"전하, 그러하옵나이다. 신이 경차관으로서 강원도를 골골마다 답사했 사온데, 워낙 오지가 많아 가난한 백성들이 많았나이다. 부임한 지 일천 한 감사는 그들의 불평불만을 그대로 믿고 조정에 상계했을 것으로 사료 되나이다. 전하께옵서 굽어 통촉하시옵소서."

공조판서 맹사성이 아뢰었다.

"전하, 강원감사 이종선은 경솔한 사람이 아니옵니다. 백성들이 폭동을 일으킬 조짐을 어찌 몇몇 백성들 말만 듣고 조정에 상계하였겠나이까. 감 사가 부임한 지 한 달이 넘으면 도내의 실정을 어느 정도는 파악할 수 있 나이다. 감찰관을 파견하여 모든 실상을 조사해 보는 것이 우선일 것이옵 니다."

농민들이 폭동을 일으킬 지경이라는 강원감사의 장계와 경차관이었던 김습의 보고서를 놓고 중신들의 의견이 분분하자, 임금이 마침내 역정을 내었다.

"이 자리에서 아무리 왈가왈부해봤자 소용없는 일일 것이오."

그러잖아도 세법을 고치겠다는 생각을 하고 있던 임금은 이번 기회에 정확한 실정을 파악하고 세법을 개정하겠다는 각오를 했다. 당시 조선의 세법은 고려 말경에 시행하던 답험손실법踏驗損失法을 그대로 시행하고 있 었다. 이 세법은 다른 도의 관리 중에서 선발되는 관원이 먼저 농작물 작황을 답사하여 조사하고, 그 보고 내용을 토대로 해당 지방 수령과 조정에서 파견되는 경차관이 다시 답사하고 확인해서 세곡을 부과하는 법이었다.

수령이나 위관이 허위로 농작물 작황을 보고하거나, 개간된 땅을 묵은 땅으로, 묵은 땅을 개간된 땅으로 허위 보고를 할 때는 3품 이상이면 조정에 품신하고, 4품 이하면 감찰관이 즉석에서 결단하여 논죄하도록 하여 원래의 취지는 정확하고 공정한 세법을 행사하기 위함이었다. 그러나 시행 과정에서 관리들의 무성의와 태만, 사리사욕으로 온갖 협잡이 이루어지고 있었다.

강원도뿐만 아니라 한성에서 먼 지방일수록 비슷한 상황일 것으로 판단한 임금은 이번 기회에 강직하고 공정한 인물을 감찰사로 파견하여 상황을 판단하기로 작정하고 즉석에서 인물 물색에 들어갔다. 영의정 유정현을 비롯한 대신들이 몇 사람을 천거했지만 임금은 마음에 들지 않았다. 천거된 사람이 모두 경차관이었던 김습의 수준을 넘지 못하는 인물들이었다.

고심하던 임금은 묵묵히 앉아있는 공조판서 맹사성에게 물었다.

"공조판서는 어이해서 마땅한 인물을 천거하지 않으시오?"

잠시 머뭇거리던 맹사성이 아뢰었다.

"신이 보기에는 적당한 사람이 있기는 하오나 나이가 서른 전인데다가 관직 경험도 아직 부족한지라 과연 어떠할지 저어齟齬되어 망설이던 중이었나이다."

"그러하오, 공판? 어디, 누구인지 말해 보시오."

"예, 전하. 사헌부감찰로 있는 김종서金宗瑞가 적임일 듯하오나, 너무 젊은데다가 성정마저 좀 과격하여 임무 수행에 차질이 있지 않을까 염려되나이다."

"사헌부감찰 김종서라! 참 그렇구려. 이 추운 겨울에 강원도 산골을 답사하자면 젊은 사람이 오히려 적격이 아니겠소? 지금 즉시 불러 보도록 합시다."

그날 즉석에서 강원도 행대감찰行臺監察을 제수 받은 김종서는 이튿날 종사관 다섯 사람만 대동한 채 현지로 떠났다. 임금의 특명을 받은 행대감찰 김종서를 수행하는 종사관 다섯 명 중에 두 사람은 행대감찰을 경호하는 군관軍官이었고, 세 사람은 감찰 업무를 기록하고 보좌하는 문관文官이었다.

행대감찰 김종서는 나이 28세로서 임금의 춘추보다 6세가 많았는데, 임금이 세자가 되기 전부터 눈여겨보던 인물 중의 한 사람이었다. 이태 전인 태종 16년 가을이었다. 명필이라고 소문난 홍문관제학 최흥효崔興孝가 어전에서 친시문과親試文科에 급제한 관리들의 임명장을 쓰게 되었다. 명필 최흥효도 어전이라 긴장을 했는지 팔을 덜덜 떨며 하도 굼뜨게 느려 임금이 혀를 찰 지경이었다.

성정이 급한 이조낭관 김종서가 옆에서 보다 못하여 붓을 빼앗아 들고는 이십여 장을 단숨에 휘날려 쓰고 옥새를 찍었는데, 글자와 옥새가 한 점도 삐뚤어지지 않았다. 이를 지켜본 태종이 옆에 입시한 충녕대군을 돌아보며 말했다. '참으로 쓸 만한 인재가 아니냐!' 부왕의 신임을 받던 충녕대군은 그때부터 김종서를 남달리 지켜보던 터였다.

김종서는 고려 공양왕 2년(1390년)에 충청도 공주목에서 도총제를 지낸 김추金錘의 둘째 아들로 태어났다. 본관은 순천順天이며 자는 국경國卿, 호는 절재節齋다. 어려서부터 남달리 총명했던 김종서는 태종 5년에 약관 16세의 나이로 식년문과式年文科에 급제했다. 어린 나이에 과거에 급제한 그는 바로 벼슬길에 나가지 못하다가 태종 15년 정7품인 상서원직장으로 첫 관직에 올랐다.

오척 단신이지만, 체격이 강단 있고 성정이 곧은 김종서는 불의를 보고는 참지 못하여 관직에 오른 처음부터 동료들과 상사들로부터 눈 밖에 나거나, 눈여겨보는 대상이 되어 갔다. 그리하여 관직에 나온 지 고작 3년 만에 파직을 당하기도 하고, 두 번이나 태형을 맞고 근신을 해야 하는 수모를 당하기도 했었다.

그러한 김종서를 눈여겨보는 사람 중의 하나가 공조판서 맹사성이었다. 한직이던 김종서가 상서원직장에서 2년 만에 정6품인 사헌부감찰로 승진한 배경에는 맹사성이 있었다. 사헌부는 법령을 다루는 부서로서 김종서의 성격에 잘 맞는 직무였다.

이날 상왕은 전의감사 이욱李煜에게 의금부진무를 제수하여 탑전에 불러 명하였다.

"너는 의주 역관에서 가서 기다리다가 심온이 귀국하면 잡아오라. 만약 심온이 사신과 함께 오면 병을 핑계로 며칠간 머물게 하여 비밀리에 잡아오되, 사신이 알지 못하게 하라. 명나라 조정에서 이번 사건을 알게 되면 시끄러운 일이 벌어질 것이로다. 명심하렷다!"

의금부진무 이욱은 어명을 받고는 그날 평안도 의주 역관으로 달려갔다.

뒤이어 새로 임명된 영의정 유정현을 비롯하여 좌의정 박은, 우의정 이원, 병조판서 조말생, 예조판서 허조, 맹사성, 권진 등 신임 중신들이 수강궁 상왕전에 들어 조정이 개편되어 임명받았음을 신고하였다.

알현을 받은 상왕이 중신들을 하나하나 주시하며 당부했다.

"경들의 책무가 무거워졌소이다. 주상이 즉위한 지 얼마되지 않았는데, 더 이상의 혼란이 있어서는 아니 될 것이오. 모쪼록 주상을 충심으로 보필하여 태평성대를 열어가도록 하오!"

"상왕 전하! 성은이 망극하나이다. 신 등은 성심을 다하여 양상 전하를 보필할 것이옵니다."

"고맙소이다. 과인은 오직 경들의 경륜을 믿을 뿐이오."

"상왕 전하, 성은이 하해와 같사옵니다."

좌상에 유임된 박은이 기회를 엿보고 있었던 듯 강경한 어조로 아뢰었다.

"상왕 전하, 신 등은 참담한 마음으로 거듭 아뢰나이다. 아버지가 대역 죄에 연류되었으매, 그 딸이 어찌 왕비로 있을 수 있겠나이까? 하해와 같으신 성심은 이해가 되오나, 은정을 끊어 후세에 법을 남겨 거울로 삼게 하심이 가할 줄로 아뢰나이다. 통촉하시오소서."

중신들이 한꺼번에 부복하며 주청하였다.

"전하! 통촉하시오소서."

상왕이 침통한 용안으로 받았다.

"〈서경〉에 이르기를, '형벌은 아들에 미치지 않는다.' 하였으니, 하물며 딸에게 미치겠는가? 우리 풍습에도 이르기를, '평민의 딸도 시집을 가면 친가에 연좌되지 않는다.' 하였다. 하물며 심 씨는 이미 왕비가 되어 아들을 셋이나 두었으니, 어찌 감히 폐출할 수 있겠는가."

병조판서 조말생이 아뢰었다.

"전하, 성은이 넘치는 상교上敎가 심히 마땅하나이다. 하오나 왕비를 폐하여 빈으로 삼고, 왕비를 새로이 간택하여 맞아들임도 성은에 부합하여 가할 줄로 아뢰나이다. 참형을 당할 대역 죄인의 딸이 왕비로 있음은 종사에도 큰 누가 될 것이옵니다. 통촉하시오소서."

상왕이 마침내 용안을 붉히며 대로하여 받았다.

"경인년에 과인의 처남 민무구, 무질 형제가 불충 죄로 한꺼번에 사약을 받아 죽었고, 계사년에는 그들의 아우 무휼, 무회 형제도 사사되었음을 경들도 알 것이다. 그때에는 왕비를 폐하고 새로이 왕비를 맞아 세우고자 청한 사람이 하나도 없었도다. 전예가 그러하거늘, 지금 어찌 경들은 이 지경에 이르는가? 경들이 과인에게 왕비를 폐하라고 강요한다면 주상의 모후인 대비 민 씨를 함께 폐해야 한다는 말과 무엇이 다른가? 어디, 병판은 대답을 해보라!"

중신들은 비로소 소스라치게 놀랐다. 상왕은 무구와 무질 등 처남 넷을 사약을 내려 죽였다. 그 뒤부터 임금과 중전은 대전과 중궁전에 서로 발길을 끊으며 10여 년간이나 불목不睦을 했었다. 그러나 그동안 왕비를 폐해야 한다는 말은 한 번도 나온 적이 없었다. 왕비의 동생 넷을 죽이고 집안을 말살함과, 왕비의 아버지를 죽이고 집안을 말살함이 그 성격이 다르다고 말할 수 없는 현실이 눈앞에 닥쳤다. 왕비를 폐한다면 그보다 먼저 주상의 모후인 대비를 폐해야 하는 것이 순서일 터였다.

박은이 비로소 풀이 죽어 아뢰었다.

"전하! 신 등의 생각이 짧았나이다. 중전마마께는 이미 금지옥엽이신 세 분 대군이 계시옵니다. 경솔히 왕비를 폐할 수 없음을 이제야 깨달았나이다. 신등의 불충을 벌하여 주시오소서."

상왕이 여전히 굳은 용안으로 받았다.

"경들이 그 이치를 깨달았다 하니, 지금까지 일들을 불문에 부치겠노라. 그 누구 입에서도 다시는 그런 말이 나오지 않도록 의정부에서 단속해야 할 것이로다. 그리고 또한 지금 연이은 난제로 궁중이 심히 적막하도다. 예로부터 제왕은 자손이 번성한 것을 귀하게 여겼으니, 마땅히 주상의 빈嬪과 시첩侍妾을 들여야 할 것이로다."

영의정 유정현이 받아 아뢰었다.

"전하, 빈과 시첩을 두고자 하심은 지극히 지당하신 분부시옵나이다. 마땅히 두 성姓 씨를 한꺼번에 맞아들이심이 옳을 것이옵니다."

상왕이 비로소 밝은 용안으로 받아 말했다.

"영상의 주청이 옳도다. 곧 가례도감嘉禮都監을 설치하고 혼가婚嫁를 금하도록 하라!"

중신들이 일시에 받아 아뢰었다.

"상왕 전하, 하교받자와 명심하겠나이다."

12월 22일, 의주 역관에서 대기하던 의금부진무 이욱이 심온을 잡아 압송해왔다. 즉시 국문청이 차려지고, 이명덕, 허지, 성엄이 의금부제조에 임명되어 국문이 시작되었다. 심온은 병조판서 박습과 참판 강상인 등이 이미 처형된 줄 모르고 그들과 대면을 요구하며 범행 모의를 전면 부인했다. 이에 분노한 추국관이 사정없이 주리를 틀고 압슬형을 가했다.

처음부터 압슬형이 가해지자 심온이 비로소 사태를 깨닫고는 한탄하며 말했다.

"아아! 반드시 죽음을 면하지 못할 상황이로다. 형벌은 그만 하시오. 복죄하리다."

의금부제조 이명덕이 추궁했다.

"죄인은 어서 사실대로 고하라!"

심온은 피투성이가 된 참혹한 몰골로 추국관들을 한 번 흘낏 보고 나서 숙연히 말했다.

"강상인 등이 말한 바와 모두 같소이다. 신은 무인으로서 병권은 한 군데서 나와야 한다고 생각하였고, 수상으로서 병권을 장악하고 강력한 군사력을 증강하여 왜구와 오랑캐의 침략을 막아내고 싶었을 뿐 다른 뜻은 없었소이다. 허나 그 뜻이 모반 대역이 되는 줄은 몰랐으며, 이미 죽은 네 사람 외에 더 이상 가담자는 없소이다."

이명덕이 문초했다.

"병권 장악을 두고 병조판서와 참판 등과 모의한 것은 상왕 전하를 어떠한 처지에 두려고 했던 것이냐?"

심온은 이명덕을 잠시 물끄러미 바라보다가 대답했다.

"그와 같은 억지 물음은 나로 하여금 상왕 전하께 무례한 짓을 행하려 했음을 자백하라는 말이로구나. 이는 그대가 먼저 알고 있을 터, 나는 그 말에 대답할 가치를 느끼지 못하오. 더 이상 할 말이 없소이다."

추국을 마친 이명덕이 상왕 탑전에 들어 복명했다. 상왕전에는 주상도 동석해 있었다.

"신 의금부제조 이명덕, 추국 결과를 아뢰나이다. 심온은 모든 사실을 자백하였으며, 더 이상 모의한 자는 없다고 했나이다. 다만, 상왕 전하께 무례한 짓을 행하려 했음을 실토했나이다."

보고를 받은 상왕은 주상을 잠시 바라보다가 말했다.

"이미 드러난 사실이었지만, 심온에게 반드시 사약을 내리지 않을 수 없음이로다. 주상! 이 모두가 그들이 스스로 저지른 업보이외다. 이미 극형에 처한 네 사람이 있으니, 아무리 국구國舅 : 임금의 장인인들 반역 무리의 주범으로서 어찌 죄를 면할 수 있으리오."

주상이 침통한 용안으로 받았다.

"상왕 전하! 망극하나이다. 모반 대역에 어찌 귀천을 가리겠나이까. 오직 국법에 따를 뿐이옵니다. 괘념치 마시옵소서."

"주상이 이해를 하니 내 마음이 편하도다. 의금부제조는 들으라. 심온이 비록 중죄를 범하였으나, 공비가 이미 주상의 배필이 되어 왕자를 셋이나 둔 경사가 있으니, 어찌 다른 사람에 비할 수 있으랴. 의금부진무 이양으로 하여금 수원으로 압송케 하여 스스로 목숨을 끊게 하라. 심온이 죽으면 장례를 재상의 예는 따르지 못하더라도 수원부에 명하여 부족함 없이 후하게 치르도록 하라."

이명덕이 부복하며 명을 받았다.

"상왕 전하, 성은이 하해와 같사옵니다. 하명받자와 거행하겠나이다."

이날 심온은 수원으로 압송되어 이튿날 사약을 받고 죽으니, 향년 44세였다. 심온의 자字는 중옥仲玉이며, 경상도 청보군靑寶郡 사람이다. 아버지 심덕부는 이성계와 함께 위화도에서 회군하여 고려 말엽에 문하시중을 지냈으며, 조선의 개국공신으로 청성백靑城伯에 봉해지고 태조 때에 좌정승에 올랐다. 심온은 나이 11세에 감시監試에 합격하여 신동으로 칭송받았다. 조선 개국 초에 병조의랑으로 벼슬길에 올라 정종 1년에 대호군大護軍에 오르고, 태종이 등극하며 형조와 이조판서를 거쳐 의정부 참찬에 이르렀다. 세종이 즉위하며 국구로서 청송부원군에 봉해지고, 영의정에 올랐다가 석 달 만에 대역죄로 죽었다.

세종 즉위년의 무술옥사는 경인庚寅년의 민무구, 무질 형제의 죽음과 결코 무관하지 않음을 중신들은 이미 알고 있었다. 태종은 두 처남과 이숙번의 힘을 빌어 두 번이나 왕자의 난을 수습하고 마침내 왕위에 올랐다. 즉위하자마자 개국 초기의 혼란했던 국정을 경계 삼아 왕권을 강화했다. 문하부를 의정부로 고치었고, 조정의 모든 권한을 왕으로 집중시키는 육

조六曹 : 이조·호조·예조·병조·형조·공조 직계제를 채택하여 판서들의 직급을 정
3품에서 정2품으로 올려 의정부의 권한을 대폭 축소시켰다.

군사에 관한 업무도 중추원을 폐지하고 삼군부로 개편하여 군력을 분산
배치했다. 또한, 왕족이나 훈신들의 사병인 시위패侍衛牌를 폐지하고 삼군
부에 소속시켜 권력자들의 기득권을 말살시켰다. 이로써 훈신과 대신들의
권력은 과거의 절반으로 축소되거나 아예 없어져 버렸다.

태종의 강력한 왕권에도 7, 8년이 지난 뒤부터는 권부의 알력과 소위
왕자의 난으로 생긴 일부 부작용이 되살아나고 있었다. 한편에서는 왕자
의 난에 희생된 유족들이 꿈틀대고 있었으며, 외척과 훈신들에게 붙어서
세력을 키우고 있었다.

그 중에서도 임금의 처남인 무질과 무구 형제의 세력은 훈신 세력을 압
도하였고, 개국공신이며 정난공신 이숙번은 사사건건 왕권에 개입하고
도전했다. 태종은 이때부터 많은 것을 깨달았다. 당신의 대에서는 날뛰는
외척과 훈신 세력을 그런 대로 제압할 수 있을 것이다. 그러나 당신의 사
후 세자가 보위에 올랐을 때는 젊은 임금의 외숙이 되는 외척 세력과 개
국공신, 정난공신들의 권력에 의하여 국정에 엄청난 변수가 올 수 있음을
내다보았다. 국정에 미숙한 젊은 임금의 왕권에 도전할 엄청난 권력과 세
력의 횡포! 경험 없이 친정을 펴는 임금이 과연 이들 수구 세력을 제압하
고 국정을 장악할 수 있을 것이라고는 누구도 장담할 수 없는 상황이 공
공연히 자행되고 있었다.

태종은 이때부터 과감하게 외척과 훈신 세력을 제거하기 시작했다. 우
선 막강한 세력을 형성하여 어린 세자를 싸고도는 처남 무구와 무질 형제
를 귀양 보냈다가 3년 뒤에 사약을 내려 죽였고, 3년 뒤에는 이들의 두 동
생마저 형들의 죄에 연관지어 사사시키고, 그 가족들까지 변방으로 부처

하여 왕비의 친가인 외척 세력을 말살시켰다. 〈태종실록〉은 이 사건을 민
씨 일가가 어린 세자를 등에 업고 집권을 획책했다는, '협유집권挾幼執權옥
사獄事'로 기록하고 있다.

또한, 태종 17년에는 권력의 제2인자였던 이숙번을 불충 죄로 삭탈관
직削奪官職하여 곤장을 치고 함양으로 종신귀양을 보냈다. 이에 따라 이들
두 집단의 권력을 중심으로 형성되었던 세력은 제거되거나 스스로 소멸
되어 마침내 국정이 안정되었다.

이러한 일련의 사건을 놓고 본다면 세종 즉위년의 무술옥사도 상왕 태
종의 의도된 사건으로 볼 수 있을 것이다. 영의정이며, 임금의 장인인 심
온은 장년 44세로 이미 커다란 세력을 형성하고 있었다. 뿐만 아니라, 그
의 형 심인봉은 좌군총제였고, 아우 심청은 중군동지총제로 병권을 장악
하고 있었으며, 심종은 태상왕의 부마였다.

이들은 상왕이 생존해 있는 동안에 벌써 병권을 농락하려 하였고, 잠저
시절부터 심복이었던 강상인과 박습은 주상이 즉위한 지 한 달이 못 되어
상왕에게 반기를 들었다. 세력이 막강해진 외척과 병권을 쥔 훈신 무관들
을 그대로 둔다면 이들은 젊은 주상의 앞날에 걸림돌이 되고, 국정 순항
의 암초가 될 수 있음을 상왕은 꿰뚫어 보았을 것이다.

세종 원년이 되는 기해년(1419년) 1월 1일이었다. 해가 떠오르자마자
햇무리가 둘려지고 햇무리 양쪽에 선명한 귀고리가 생겼다. 햇무리에 귀
고리가 생기는 것은 매우 드문 일이며, 더구나 임금 즉위 원년 정월 초하
루였으니, 이것은 길조吉兆이며 경사였다.

임금은 면복 차림으로 중신들과 함께 북쪽을 향하여 명나라 황제에게
정초 하례를 올렸다. 이어 인정전에서 종친과 만조백관의 신년 하례를 받

는데, 도성에 들어와 있던 왜인과 야인들도 참례했다. 의정부에서는 임금과 왕비에게 안팎 옷감과 안장 갖춘 말을 신년 하례 예물로 올리고, 각 도에서는 지역 토산물을 빠짐없이 올렸다.

하례를 받은 임금은 종친과 문무백관을 거느리고 수강궁 상왕전에 나아가 하례 의식을 하고, 의복과 안장 갖춘 말을 예물로 올렸다. 이어서 임금과 공비는 함께 탑전에 나아가 상왕께 수주壽酒 : 장수하기를 축하하는 술를 올리며 신년 하례를 드렸다. 이어 종친과 중신들이 차례로 수주를 올리고, 신년 하례 잔치가 벌어졌다.

상왕이 자리를 정리하게 하고 신년 덕담을 내렸다.

"올 기해년은 주상의 원년이 되는 중요한 해로다. 하늘도 이 나라 백성을 어여삐 굽어보시는지, 정월 초하루 숏아오른 아침 해에 햇무리가 둘리고 귀고리가 생겼도다. 이는 길조로서 경사스러운 일이로다. 종친과 문무백관들은 주상을 도와 태평성대를 여는 데 전력해 주기를 바라노라. 과인이 오늘 주상과 우리 종친들, 그리고 대소신료들을 위하여 잔치를 마련하였으니, 마음껏 먹고 즐기라!"

"상왕 전하! 성은이 하해와 같사옵니다."

분위기는 한껏 무르익어 모두 먹고 마시기 시작했다. 술자리가 무르익자, 마침내 아악이 자지러지게 울리고, 궁중 무녀들이 춤을 추었다. 이내 흥에 겨운 상왕이 일어나 덩실덩실 춤을 추니, 이에 주상은 물론 중신들이 일어나 상왕께 수주를 올리며 모두 함께 춤을 추었다. 종친과 중신들은 다투어 연귀聯句를 지어 올리며 흥을 돋우는 등 즐거운 잔치판은 밤이 늦도록 계속되었다.

축제 분위기 속에 정초가 지나고 정월 초이레가 되었다. 지난 11월 강원도에 파견된 행대감찰 김종서가 춘천도호부春川都護府에서 한 달간 감찰 결과를 장계로 올려 보고했다.

강원도 행대감찰 신 김종서, 임무를 수행하고 상계하나이다. 본도本道는 이태 전부터 전 지역에 가뭄과 냉해까지 겹쳐 대흉작이 들었나이다. 산골 오지인 영월, 평창, 정선, 홍천, 횡성, 금성, 금화, 평강, 평해, 낭천, 회양 등지의 백성들은 거의가 굶고 있는 형편이옵니다. 그 중에서도 아사 지경에 이른 8백여 가구에는 우선적으로 관곡官穀을 풀어 구휼미를 지급했사옵니다. 그 양은 전례에 따르기는 하였사오나, 각 고을 관고의 구휼미 비축량에 따라 장년 남녀는 매인당 하루에 쌀 3홉, 콩 2홉, 장 1홉을 지급하였고, 15세 이하 5세까지는 매인당 쌀 2홉, 콩 1홉, 장과 비지 반 홉씩을 주었나이다. 하오나 평창, 횡계, 평해, 영월, 정선 등지의 백성들은 절량농가絶糧農家 : 양식이 떨어진 농가가 워낙 많사온데, 이미 비축 관곡이 없어 더 이상 구휼하지 못하였나이다. 본도 감사에게 긴급 구휼미 제공을 요청했사오나 미치지 못하는 실정이오니, 조정에서 혜량하시옵소서. 위에 거명한 12개 고을의 조세를 전면 면제해 주어야 할 형편이옵고, 강릉과 원주, 삼척 등 큰 고을을 제외한 강원도 전 지역 백성들의 조세를 탕감해 주어야 할 처지이옵니다.

김종서의 장계를 놓고 조정 대신들의 의견은 예외 없이 또 분분했다. 좌참찬 변계량은 세곡 면제는 있을 수 없는 위법이라고 강력 반대했고, 다른 대신들도 김종서 한 사람의 조사 보고를 그대로 믿을 수 없다며 변계량의 의견에 동조했다.

묵묵히 듣고만 있던 임금이 마침내 강력하게 반박했다.

"임금으로 있으면서 백성이 주리어 죽는다는 말을 듣고도 오히려 조세를 징수한다는 것은 차마 못할 짓이로다. 관고를 열어 곡식을 나누어 준다고 해도 미치지 못할까 염려되거늘, 도리어 주린 백성들에게 세곡을 거두란 말인가? 행대감찰을 보내 백성들의 상황을 살펴보게 하고도 조세를 그대로 징수한다면 어느 백성이 나라를 믿고 따르겠는가?"

임금은 중신들의 반대를 무릅쓰고 김종서의 보고에 따라 세곡을 면제하거나 감면하는 등 관대한 조치를 내리라고 명했다. 또한, 강원감사 이종선에게 전지하여 관곡이 바닥난 고을에 시급히 도 관고의 곡물을 풀어 직접 현지에 나가서 구휼하라는 어명을 내렸다,

춘천도호부에서 장계를 올린 김종서는 마지막으로 양구와 철원, 인제를 돌아보고 보름 후에 도성으로 돌아왔다.

김종서는 즉시 편전에 들어 임금을 알현하고 복명했다.

"강원도 행대감찰 신 김종서, 임무를 수행하고 복명하나이다. 작년 강원도 경차관 김습은 원주목과 강릉, 삼척 등 도호부 관할 고을만 농작물 작황을 답사했음이 밝혀졌나이다. 군郡과 현縣을 비롯한 산골 오지는 아전들의 말만 듣고 작황을 결정하였고, 경작한 관전을 묵은 땅이라고 조작하여 그 소출을 착복했음도 밝혀졌나이다. 그뿐만 아니오라 수령들과 결탁하여 대흉년을 풍작으로 조작하여 과대한 조세를 부담케 해서 착복하였나이다. 각 지방 수령들 또한 하나같이 굶주리는 백성들을 착취하고 있었나이다."

김종서의 보고를 들은 임금은 불같이 진노했다.

"고을 수령이란 자들이 하나같이 굶주리는 백성들을 착취하고 있다니! 이야말로 토색질을 일삼는 자들이 아니냐? 과도하게 세곡을 물린 것도

모자라 백성들의 고혈膏血을 짠단 말인가? 사헌부로 하여금 엄중히 조사하여 진상을 낱낱이 밝히도록 하라!"

임금의 진노를 받은 중신들은 고개를 들지 못했다. 보위에 오른 지 넉 달 남짓한 임금이 이토록 진노한 것은 처음이었다.

김종서가 아닌 다른 관리였다면 수많은 대신들이 입시한 어전에서 사실이 그렇더라도 감히 이토록 직설적으로 보고하지는 못했을 것이다. 그러잖아도 김종서를 못마땅하게 여기던 중신들과, 김습이 줄을 대고 있는 중신들이 김종서의 방자함을 질타하고 나섰다.

참찬 변계량이 강경하게 아뢰었다.

"신 참찬 변계량 아뢰나이다. 김종서는 관직 경험이 아직 일천한데다 나이도 젊어 고을 수령들과의 교감이 어려웠을 것으로 사료되나이다. 행대감찰은 막중한 임무이온데, 경험이 없는 자가 단지 굶주리는 백성들 몇 가구만 보고 지방 관리들을 싸잡아 폄하貶下하는 것은 썩 옳지 못한 것으로 아나이다. 수령이 아무리 치정을 편다고 해도 고을마다 굶주리는 백성은 있게 마련이나이다. 전하, 통촉하시오소서."

도총제 우박이 아뢰었다.

"그러하옵니다, 전하. 관직 경험도 짧은 김종서 한 사람의 말만 듣고 지방 수령들을 모조리 조사한다는 것은 있을 수 없는 일이옵니다."

호조참판 이지강이 아뢰었다.

"강원도는 오지가 많아 예전부터 가난한 백성들이 많았나이다. 신이 회양도호부사로 재임한 적이 있사온데, 산골 백성들의 불평과 불만은 들을수록 끝이 없나이다. 엄중히 조사를 한 연후에 처결하심이 마땅할 줄 아나이다."

못마땅한 표정으로 듣고 난 공조판서 맹사성이 나섰다.

"전하, 행대감찰이 직접 눈으로 확인한 결과를 복명하는 것은 당연한 임무이며, 조치였나이다. 김종서는 직접 눈으로 보고 조사한 것을 말로만 복명하지는 않았을 것이옵니다. 보고서를 검토한 연후에 조치를 내려도 늦지 않을 것이옵니다."

김종서가 승정원에 올린 보고서를 좌대언이 임금께 올렸다. 보고서에는 각 고을의 농작물 작황 실태와 농민들의 세곡 납부 실상, 관고의 재고량, 부족량 등이 낱낱이 기록되어 있었다. 보고서를 읽은 임금은 더욱 진노하였고, 엄중히 조사해서 결과를 낱낱이 밝히라는 어명을 내렸다.

사헌부에서 김종서의 보고서를 토대로 달장간에 걸쳐 조사를 한 결과, 김습은 조세만 착복한 것이 아니었다. 수령들과 결탁하여 지방 관아의 관전인 한외전限外田을 장부에서 누락시켜 막대한 양의 양곡을 착복하였고, 경작한 관전을 묵은 땅이라고 적어 그 수확량을 지방 수령들과 함께 모두 착복한 것이 드러났다. 김습은 착복한 세곡을 혼자만 먹은 것이 아니라, 줄을 대고 있는 대신들에게도 상납한 사실도 드러났다.

김습이 착복한 세곡을 즉시 환수하고, 곤장 1백 대에 강원도 낭천으로 종신귀양 형에 처해졌다. 그에 따라 뇌물을 받은 도총제 우박을 비롯하여 김습을 싸고돌던 몇몇 중신들이 파직되었다. 또한, 김습과 결탁한 강원도 횡계 수령 유복중과 수령 다섯 명이 곤장 70대와 2년의 귀양살이 형에 처해졌고, 재산을 몰수당했다.

비교적 죄가 가벼운 홍천현감 허방을 비롯한 네 사람은 착복한 세곡을 환수하고 벌금을 받는 선에서 속죄해 주었고, 강원감사로 하여금 특별 감시를 하게 하였다. 도에서 여남은 명이 넘는 수령들을 한꺼번에 바꿀 수도 없기에 취한 조처였다.

세종 원년인 기해년 봄은 이태 간의 연이은 흉작으로 고향을 떠나 유리 걸식하는 백성들이 많았다. 그러나 각 도의 수령들은 임금의 특별 유시에도 구제 사업에 힘쓰지 않아 원성이 자자했다.

백성들의 기근이 극에 달할 즈음인 3월 초엿새였다. 임금은 인정전에서 중신들의 조회를 받고 경연장經筵場에 납시었다.

그 날은 〈대학연의大學衍義〉 강론을 마치고 임금이 시강관侍講官들에게 말했다.

"지금 각 도의 수령들이 굶주리는 백성들 구제 사업에 힘쓰지 않는 것 같소이다. 과인은 감찰관을 보내 그 실상을 살피고자 하는데, 경들의 생각은 어떠시오?"

경연시강관 정초가 아뢰었다.

"전하, 지당하옵나이다. 신이 근자에 듣자오니, 작년에 흉작이 든 경상도 백성들이 전라도로 무리를 지어 옮겨간다 하옵니다. 이는 경상도에 비해 전라도 식량 사정이 좀 나은 것으로 알려졌기 때문인 줄로 아나이다. 전라도 각 관아로 하여금 유리하는 백성들을 쫓아 보내지 말고 구제케 하라 하옵시면 편의할 것으로 아나이다."

"경의 말이 옳소이다. 상왕께서도 유리하는 백성들을 제 고향으로 돌려 보내는 것만이 능사가 아니라, 그 지방 호적에 올리는 것도 한 방법이라고 하신 적이 있었소이다."

정초가 다시 아뢰었다.

"궁벽한 지방에 비록 굶어 죽는 백성이 있다한들 수령이 친히 가서 구제하지는 못할 것이며, 각 도의 감사인들 역시 두루 살피지는 못할 것이옵니다. 뿐만 아니오라, 굶어죽는 백성들이 있으면 수령들은 그 사실을 숨겨 책임을 면하려 할 것이옵니다. 이러한 때에 행대감찰을 보낸다면 수령들은 두려워하여 구제에 나설 것으로 아옵나이다."

춘추 비록 23세로서 즉위한 지도 일천한 젊은 임금이었지만, 성군의 자질을 타고난 임금의 판단력과 결단력은 나이든 대신들이 혀를 내두를 정도로 민첩하고 과감했다. 임금은 즉석에서 사헌부에 명하여 각 도에 내려보낼 행대감찰을 엄선하여 명단을 제출하라는 명을 내렸다.

이튿날 대사헌 허지가 임금의 명을 받아 작성한 각 도에 파견할 행대감찰 명단을 올렸다.

명단을 살펴본 임금은 즉석에서 각 도의 행대감찰을 임명했다.

작년 11월 강원도 행대감찰로서 임금의 신임을 얻은 김종서에게는 충청도와 전라도 행대감찰이 제수되었고, 윤맹겸尹孟謙이 강원도에, 정화鄭夏는 경기좌·우도에, 안숭선安崇善을 경상도에, 최윤온崔潤溫을 함길도에, 최문손崔文孫은 평안도에, 김치金峙를 황해도에 파견하여 감사와 수령들의 백성들 구호 사업을 독려하고 감독케 했다.

대마도 정벌

세종 원년 4월 20일, 임금이 상왕을 모시고 개성을 비롯한 북방 여행길에 올랐다. 최근 들어 상왕의 환후가 잦아지고, 목 언저리에 종기가 나는 등 좋지 않은 징후가 보여 황해도 평산平山의 온천에서 목욕도 하고, 봄철 사냥도 즐길 겸 계획을 세워 작정하고 나선 어가御駕 행차였다.

행차에는 효령대군과 영의정 유정현을 비롯하여 병조판서 조말생, 참판 이명덕, 장천군 이종무, 동지총제 성달생, 지신사 원숙과 좌·우부대언, 도진무 연사종, 중군절제사 이화영, 좌군절제사 문효종, 우군절제사 곽승우 등이 어가를 호종하였다. 상왕은 농사철이 되어 농부들의 일이 바빠짐으로 피해를 줄이기 위하여 호종과 호위 인원을 대폭 줄이도록 명했다.

사금司禁 20명, 상호군과 대호군 48명, 진무 27명, 내금위 65명, 내시위 63명, 갑사甲士 402명, 방패 75명, 착호捉虎 : 맹수 사냥꾼 20명, 응인鷹人 : 매 사냥꾼 12명, 취각인吹角人 26명, 견마배牽馬陪 20명, 개배蓋陪 20명, 근장近仗 60명, 병조낭청 3명 외에 잡일을 맡은 남여 노복 100여 명 등 960여 명으로 호위 행렬이 구성되어 도성을 떠났다. 이날 어가는 임진 나루에 머물러 유숙했다.

이튿날 임진강을 떠난 어가는 해 질 녘에 개성에 당도하였다. 두 임금은 덕안전德安殿에서 잠시 쉰 뒤에 신축 중인 태조진전太祖眞殿을 둘러보고 경덕궁敬德宮에 머물렀다. 이튿날 조계청에서 상참을 받고 정무를 본 임금은 상왕을 모시고 발행하여 개성 대정산에서 매 사냥을 구경하고 강음현江陰縣에서 유숙했다.

이튿날인 23일부터 나흘간 신당산과 성불산, 연봉산, 해주 금굴산과 장봉산, 감수북산을 거쳐 사냥을 하고, 26일에 인둔평印屯坪에서 매 사냥을 한 후 마침내 평산平山 온천에 당도하여 여장을 풀었다. 상왕과 임금은 비로소 오랜만에 온천욕으로 누적된 피로를 풀게 되었다.

어가가 온천에 머무르자, 황해도 관찰사 권담과 평안감사 윤곤이 어전에 입시하여 북방의 준마와 사냥개, 사냥매를 양상에게 진상하고 주식酒食을 바치었다. 뿐만 아니라 도성에서도 중신들이 찬성사 정역을 보내어 문안하고, 술과 과일, 고기 등을 올려 드렸다.

상왕과 임금은 5월 초사흘까지 7일간 온천에 머물며 근방에서 사냥을 하였고, 그날 해 질 녘에 개성 경덕궁으로 환궁했다. 도성에서 좌의정 박은이 내려와 어전에 입시하여 문안을 올리고, 그동안 도성 상황과 국정을 보고했다.

이튿날은 태조진전이 완공되어 낙성식을 겸한 태조진영봉안식이 있었다. 진전은 태조의 진영眞影을 봉안奉安할 전각으로 상왕의 명에 의하여 신축되었다. 이번 양상의 북방 여행은 진전의 낙성식을 겸한 태조 진영봉안이 중점이었다. 진영봉안식을 마친 상왕은 진전 역사에 동원된 인부 3백여 명에게 골고루 양식과 주육酒肉을 내리고 노고를 치하했다.

5월 5일에 환궁하기 위하여 개성을 떠난 어가가 7일에 경기도 원평부原
平府 황탄黃灘에 머물러 잠시 쉬고 있을 때, 충청도 관찰사 정진鄭津이 띄운
급보가 행궁에 들이닥쳤다.

본월 초3일 새벽에 왜구의 전선戰船 50여 척이 돌연 비인현庇仁縣 도두음곶
이에 나타나 우리 병선을 에워싸고 화공을 퍼부어 병선이 모조리 불탔고,
1백여 명의 군사가 전사했나이다. 충청도 수군으로는 1천여 명이 넘는 왜
적을 대적할 방도가 없사오니, 조정에서 급히 혜량하시옵소서!

급보를 접한 상왕과 임금은 용안을 붉히고 턱을 부들부들 떨며 대로했
다. 왜구가 50여 척의 병선과 1천 명이 넘는 대군으로 내습했다면 이것은
노략질이 아니라 침략이며, 전면전이었다. 상왕은 곧 수행 중신들을 행궁
에 입시케 하고 대책 회의에 들어갔다.
"이것은 노략질이 아니라 침략이로다. 아무리 무지한 왜구로서니, 어찌
이 지경에 이른단 말인가!"
중신들은 일제히 엎드려 절규했다.
"상왕 전하! 망극하나이다."
"병판은 명심해 들으라. 충청도 하번갑사下番甲士, 수호군守護軍을 징집하
여 당하영선군堂下領船軍 : 충청도 각 포구의 수순과 함께 엄하게 방비할 것이며, 총
제 성달생을 경기도, 황해도, 충청도 수군도처치사水軍都處置使에 제수한다.
상호군 이각은 경기도 수군첨절제사에, 이사검은 황해도 수군첨절제사
에, 전 총제 왕인은 충청도 수군절제사에 명하고, 해주 목사 박영은 황해
도 수군도절제사를 겸하게 하라! 삼도 수군도처치사 성달생은 즉시 임명
된 수장들을 이끌고 전지戰地로 가라! 병판은 즉시 환궁하여 이들의 출정

준비에 만전을 기하라."

병조판서 조말생이 납작 부복하여 명을 받았다.

"상왕 전하, 하교받자와 거행하겠나이다."

좌의정 박은이 아뢰었다.

"우리나라가 그동안 왜인 대접하기를 지극히 후하게 했는데, 이제 저들이 우리 변방을 침략하니 무엄하기 짝이 없나이다. 귀화한 왜인 평도전平道全은 성은을 후히 입고 벼슬이 상호군에 이르렀사오니, 마땅히 전장으로 보내어 싸움을 돕게 하시옵소서. 왜구들의 성향을 잘 아는 도전이 만일 힘써 싸우지 아니하면 응당 그 죄를 물어 죽이는 것도 가할 것이옵니다. 이번 기회에 도전의 충성심을 시험하여 보시옵소서."

상왕이 이를 옳게 여겨 즉시 명했다.

"좌상의 진언이 옳도다. 평도전에게 충청도 조전병마사를 제수하고, 그가 거느린 왜인 16명과 함께 즉시 출정하도록 하라!"

명을 내린 상왕은 황탄을 떠나 귀경을 서둘렀다. 어가가 고양현에 이르렀을 때, 충청도 관찰사의 두 번째 급보가 날아들었다.

왜적이 도두음곶이에 들어왔을 때, 만호 김성길이 술에 취해 방비를 소홀히 하여 우리 병선 7척이 불탔나이다. 이에 우리 군사 태반이 죽자, 성길이 그 아들 윤과 함께 항거하여 싸우다가 아비와 아들이 적의 창에 찔려 죽었나이다. 적이 승세를 타고 육지에 오르니, 비인현감 송호생이 군사를 거느리고 맞아 싸웠으나, 중과부적衆寡不敵이라 퇴각하여 성을 지키던 중, 1천여 명의 적이 성을 두 겹이나 에워싸고 아침부터 낮 오시午時까지 싸웠는데, 성은 거의 함락되었나이다. 적은 성 밖의 민가를 뒤져 식량이며 마소, 닭까지 노략질하였고, 아녀자와 장정은 포로로 잡아갔나이다. 이에 서천

군수 김윤과 남포진 병마사 오익생이 군사를 거느리고 잇달아 이르러 함께 싸워 적의 수급首級을 하나씩 베었으며, 송호생은 화살을 맞으면서 힘껏 싸워 적병 셋을 베고 하나를 사로잡았나이다. 이에 적이 포위를 풀고 바다로 돌아갔나이다.

비보를 읽은 양상이 크게 놀라 중신들과 대책을 논의했다.

좌의정 박은이 아뢰었다.

"지금 충청도 병마절제사 김상려는 한쪽 팔이 불구이며 무장도 아니옵니다. 왜적이 육지까지 침략했다면 마땅히 능력 있는 무장을 병마사로 삼음이 마땅할 것이옵니다."

상왕이 좌상의 말을 옳게 여겨 즉시 명했다.

"첨총제 이중지李中至를 충청도 조전병마절제사에 제수하고, 상호군 조치를 충청도 체복사로 삼는다."

명을 내린 상왕은 어가를 서둘러 재촉하여 해 질 녘에 환궁했다.

환궁하여 저녁 수라를 젓수신 임금은 며칠 간의 여행 피로를 무릅쓰고 수강궁 상왕전에 납시었다. 미리 통고를 받았던 상왕은 반가이 주상을 맞이했다.

"주상, 어서 오세요."

임금은 상왕과 마주앉으며 말했다.

"상왕 전하, 장기간의 여행길에 옥체 미편하시겠지만, 긴히 논의 드릴 말씀이 있어 야밤에도 찾아 뵈었나이다."

상왕이 의아한 표정으로 물었다.

"주상, 긴한 논의라니요?"

임금이 시립한 내관 최한에게 명했다.

"상선은 밖에 나가 사람을 물리라. 명이 있기 전에는 누구도 들이지 말라!"

전에 없던 일이라 상선 내관 최한이 놀라 물러갔고, 상왕도 긴장된 용안으로 물었다.

"주상, 대체 무슨 일이 난 게요?"

상왕과 달리 임금은 가볍게 웃으며 부자지간의 정으로 받았다. 양상이 단둘이 마주앉을 때는 가끔 부자지간의 정으로 대화를 나누곤 했었다.

"아바마마, 이번 왜구의 침노를 어찌 처리하실는지요?"

"그야, 당연히 격퇴해야지요."

"아바마마, 이번 침노는 저들을 물리치는 것만으로는 아니 됩니다. 이것은 왜구의 노략질이 아니라, 50여 척의 대선단을 이끌고 바다를 건너 국경을 침범한 침략입니다. 지금까지 저들을 너무 관대하게 대해주어서 기고만장하고 있사옵니다."

"그래요, 주상. 나도 그 일로 고심을 하던 참이었다오. 그러면 주상은 이번 사변事變을 어떻게 대처하면 좋겠소?"

"그러하옵니다, 아바마마. 이것은 사변입니다. 저들을 그냥 둔다면 앞으로 더 큰 사변을 일으킬 것입니다. 하여 이번 기회에 왜구들의 소굴인 대마도를 발본색원拔本塞源 해야 후환이 없을 것이옵니다. 아바마마께서 단호한 결단을 내리시옵소서. 소자도 적극 대처하겠나이다."

흐뭇한 용안으로 마주보던 상왕이 받았다.

"주상의 뜻이 옳습니다. 나도 바로 그 생각을 하고 있었습니다. 하지만 당장 어떠한 조치를 내려야 할지 고심을 하던 참이었어요. 이번 일은 국력을 기울여야 하는 중대삽니다. 주상의 생각은 어떠하오?"

"아바마마, 대마도를 정벌하자면 수군과 전함이 있어야 합니다. 하온데 병조의 군기감에 기록된 전함이며 군기의 수를 그대로 믿을 수 없고, 병적에 기록된 수군의 수도 실제로 명확히 확인된 척이 지금까지는 없었을 것입니다."

"주상의 말이 맞습니다. 그동안 군사를 일으켜 전쟁을 한 적이 없었으니, 군사와 군기의 수를 점고占考했어도 늘 형식적이었을 것이에요."

"그러하옵니다. 이런 상황에서 병조에 명을 내려 각 도의 전함과 수군을 점고케 하면 시일도 걸릴 뿐더러, 그동안의 태만과 부실을 숨기고 허위 보고를 할 수도 있을 것입니다. 이번 기회에 무인 내관을 비밀리에 풀어 하삼도下三道 : 충청, 경상, 전라도와 경기도의 수군 배치 상태와 그 숫자, 병선의 수와 관리 상태를 정확하게 알아보는 것이 우선해야 할 일로 생각되옵니다."

상왕이 무릎을 치며 받았다.

"주상, 바로 보았습니다. 이는 미룰 일이 아닙니다. 당장 조치를 내려야 할 것입니다."

"그러하옵니다. 이 밤 안으로 명을 내리시옵소서."

상왕은 옥음을 높여 내관을 불렀다.

"상선은 밖에 있느냐?"

상선 내관 최한이 들어와 양상 앞에 읍하고 대령했다.

"상선은 무예가 출중한 내관 여덟을 급히 차출하여 대령하라! 촌각을 다투는 일이니라!"

명을 받은 내관 최한은 바람처럼 사라졌다. 대궐에는 무예육기武藝六技를 갖춘 무인 내관이 있는데, 그 수는 임금도 알지 못하는 비밀이다. 그들은 오직 임금의 어명에만 행동하고, 그 움직임은 누구도 알지 못하는 극비다. 설혹 그들의 움직임을 눈치 챈 사람이 있더라도 그것을 입 밖에 내면, 그 사람은 쥐도 새도 모르게 죽는다. 그들은 평상시에는 내시부 소속으로 대궐 곳곳에서 묵묵히 자기 할 일만 할 뿐 정체를 드러내지 않는다. 상왕전의 상선 내관 최한 역시 당대 손꼽히는 무인 내관으로 이들의 수장이었다.

이날 밤, 내관 노희봉을 비롯한 여덟 명의 내관은 상왕의 특명을 받고 각 도에 2명씩 4개도의 수군 주둔지로 비밀리에 각각 급파되었다. 이들의 임무는 각 진지의 수군 숫자와 전함 수를 파악하고 그 상태를 점검하는 일이었다.

5월 13일, 임금은 상왕의 재가를 받아 삼남 지방에 체찰사를 임명했다.

"경상도 도체찰사에 권만權蔓을, 박초朴礎를 전라도 도체찰사에, 충청도 도체찰사에 이지실李之實을 제수한다."

명을 받은 박초와 이지실, 권만이 사조辭朝 : 지방관이 부임하면서 임금께 올리는 하직 인사하고 물러간 뒤에 황해도 감사의 급보가 올라왔다.

본월 11일에 조전절제사 이사검이 만호 이덕생과 함께 병선 5척으로 해주의 연평곶延平串이를 지키고 있을 때, 왜적선 38척이 짙은 안개 속에서 갑자기 들이닥쳐 우리 병선을 에워싸고 협박하기를, '우리들은 조선을 목적하고 온 것이 아니라 중국을 향하여 가는데, 마침 식량이 떨어져 여기에 왔노라. 우리에게 식량을 주면 물러가겠으나, 반항하면 배에 불을 지르고 모두 죽이고 말 것이다. 전일에 도두음곶이에서 싸운 것도, 우리가 먼저 싸운 것이 아니라 조선의 군사들이 먼저 우리를 침으로 부득이 응하였을 뿐이다.' 하였나이다. 이에 이사검이 쌀 5섬과 술 10병을 주었더니, 적은 오히려 쌀을 싣고 간 사람과 배를 인질로 잡고 더 토색질을 하거늘, 이사

검이 진무 2인과 선군船軍 2인을 보내어 쌀 40섬을 더 주었으나, 적은 먼저
인질과 진무를 보내고 선군 2인을 또 인질로 잡고 대치하고 있나이다.

급보를 접한 상왕과 임금은 대전으로 중신들을 부르고 대책 회의에 들
어갔다.

상왕이 명을 내렸다.

"중군총제 성달생은 경기도 병선 10척을 동원하여 즉시 황해도로 출정
하라."

이에 중군도총제 연사종延嗣宗이 반대했다.

"아니 되옵니다. 지금은 역풍逆風이 부는 계절이라 병선이 항해하기 어
렵나이다. 군사를 이끌고 육로로 달려가는 것이 훨씬 빠를 것이옵니다."

상왕이 연시종의 말을 옳게 여기고 다시 명했다.

"도총제의 말이 옳도다. 성달생은 경기도의 군사를 최대한 동원하여 황
해도로 가라."

명을 받은 성달생은 즉시 경기도 관아로 말을 몰아 달려갔다.

임금이 말했다.

"각 도와 각 포구에 비록 병선은 있으나, 그 수가 많지 않고 방어가 허
술하여 오늘과 같은 변을 당하였소이다. 앞으로도 이러한 변은 언제든지
일어날 수 있을 터, 이 기회에 각 포구에 병선을 두는 것을 폐지하고 육지
만을 지키는 것이 어떠하겠는지 논의하여 보시오."

비밀리에 추진하고 있는 대마도 정벌을 앞두고 중신들의 생각이 과연
어떠한지, 전함과 수군의 실상을 얼마나 어떻게 알고 있는지 심중을 떠보
기 위한 물음이었다.

판부사 이종무와 찬성사 정역이 같은 뜻을 아뢰었다.

"우리나라는 3면이 바다에 접해 있으니, 전함이 없어서는 아니 되나이다. 만약 전함이 없다면 어찌 바다를 지키며 편안히 지낼 수 있겠나이까. 오히려 수군과 전함을 늘리고 방비를 강화하는 것이 옳을 것이옵니다."

호조참판 이지강이 아뢰었다.

"고려 말년에 왜적이 침노하여 경기도까지 이르렀으나, 전함을 급히 적의 퇴로인 포구에 배치하여 스스로 물러가게 하였나이다. 이를 보더라도 전함을 더 늘리고 수군도 증강함이 마땅할 것으로 사료되나이다."

임금이 받았다.

"이사검과 이덕생이 병선 5척으로 적에게 포위당하고, 쌀 45석을 빼앗겼소이다. 이는 5척으로 38척을 당할 수 없어 부득이 그리했을 것이지만, 그러나 이것은 양책이 아니었소이다. 배가 없었다면 왜적이 육지에서는 그와 같은 만행을 저지르지 못했을 것이오."

영의정 유정현이 아뢰었다.

"5척의 병선으로 38척의 적에 포위되었으니, 싸우면 반드시 패할 것이옵니다. 절제사 이사검은 쌀을 주어 일단 안심하게 하고, 원병을 기다리고 있을 지도 모를 일이옵니다. 대책은 차후에 논하기로 하옵고, 우선은 급히 육로로 원병을 보내는 것이 옳을 것이옵니다."

바다를 지키자는 중신들의 뜻이 확고함을 직감한 상왕이 말했다.

"경들의 굳은 의지를 알았도다. 허나 각 도에 수군과 전함이 있었으나, 지금까지는 유명무실하였도다. 병조에서조차 그 실상을 제대로 파악하지 못하고 있었으니, 이제 와서 누구를 탓하겠는가. 우선은 해주 연평곶이에 원병을 보내는 것이 급선무이니, 그 대책을 논의하라."

중신들은 변방으로 파견할 무장 몇 명을 추천하였다. 듣고 난 상왕이 명을 내렸다.

"대호군 김효성을 경기와 황해도 조전병마사에, 예빈소윤 장우량을 황해도 경차관으로 제수한다. 김효성은 별군 화약장火藥匠 20인과 장우량은 화약장 30인을 차출하여 대동하고 현지에 부임하되, 화포를 적극 이용하여 적을 격퇴하라! 병판은 지금 물러가서 병조의 담당자들로 하여금 장수들의 출정 준비에 만전을 기하도록 하라!"

명을 받은 장수들이 물러가자 상왕은 영의정 유정현을 비롯하여 박은, 이원, 조말생, 허조 등 중신들을 남게 하였다. 양상은 엊그제 이미 논의한 바가 있으므로, 중신들을 묵묵히 둘러보았다. 상왕이 무거운 옥음으로 말했다.

"그동안 왜구의 침입은 많았지만, 이번 같이 많은 병선을 이끌고 우리 해안을 침공한 적은 없었다. 이를 격퇴만 하고 만다면 왜적은 우리를 얕보고 더 많은 병선으로 자주 침공할 것이다. 지금 대마도의 병선 50여 척과 병력 1천여 명이 중국과 우리 해역에 들어와 있다. 과인은 이참에 허술해진 대마도를 치는 것이 어떨까 생각한다. 경들은 기탄없이 논의해 보라!"

느닷없는 하교에 중신들은 깜짝 놀랐다. 마침내 정신을 차린 중신들의 의견은 분분했지만, 양상은 묵묵히 듣고만 있었다.

영의정 유정현이 아뢰었다.

"왜구의 병선 50여 척과 병력 1천 명이 나왔다고 하여 대마도가 허술해졌다고는 생각할 수 없나이다. 먼 뱃길로 나아가 대마도를 치기보다는 적이 돌아가는 뱃길을 막고 지키다가 치는 것이 가할 것으로 사료되나이다."

양상은 여전히 말이 없었고, 병조판서 조말생이 받았다.

"대마도가 허술하든 강하든 간에 왜적의 소굴은 격파하여 근원을 뽑아버려야 하나이다. 우리 수군의 모든 전함을 이끌고 대마도를 치면 나와 있는 왜구는 서둘러 돌아갈 것입니다. 그때 왜구의 뱃길을 막고 친다면 승산이 있나이다. 반드시 대마도를 쳐야 하나이다."

묵묵히 듣고 난 임금이 물었다.

"병판은 하삼도의 우리 수군과 전함으로 능히 대마도를 칠 수 있다고 보시오?"

조말생은 주저 없이 아뢰었다.

"그러하옵니다, 주상 전하. 신이 급히 전령을 보내 파악한 바로는 하삼도와 경기도의 크고 작은 병선이 2백여 척이 되옵고, 수군도 각 도의 잡색군을 급히 징집하면 1만여 명은 될 것이옵니다."

영의정 유정현이 받았다.

"병선과 병력을 징집할 수 있다고는 하오나, 말로만 수군으로 배를 부리는 데 익숙하지 못하고, 수전水戰을 겪어보지 않은 군사들로 급히 출정을 한다면 그 결과가 과연 어떠하올지 심히 염려되나이다."

상왕이 노한 옥음으로 말했다.

"항상 침노만 받고 물리치지 못한다면 한나라가 흉노에게 욕을 당함과 무엇이 다르겠는가? 이참에 허술해진 대마도는 반드시 쳐야 한다. 그리하여 그들의 처자식을 잡아오고, 우리 군사들을 거제도에 머물게 하다가 출정한 적이 돌아오는 것을 기다려 요격한다면 반드시 승리할 것이다. 우리가 약함을 보이는 것은 후일의 환란을 부르는 것과 다름이 없을 것이로다! 과인은 요 며칠간 주상과 마주앉아 많은 생각을 하였고, 대책도 세워 보았노라. 내일 조회에서 출정을 논의할 것인즉, 오늘은 그만 물러들 가라."

상왕의 강경함에 중신들은 머쓱하여 하릴없이 양상전을 물러나왔다.

대출정

이튿날, 양상이 임석한 대전에서 조회를 받은 뒤에 상왕이 근엄한 옥음으로 명했다.

"대마도의 왜구가 병선 50여 척으로 우리 해안과 육지까지 침노했다. 이를 격퇴만 하고 그냥 둔다면 후일의 환란을 자초하는 원인이 될 것이다. 하여 이참에 대마도를 정벌할 것이다. 적의 병선을 빼앗고 불사르되, 왜구의 본토인 구주九州에서 온 왜인과 장사꾼은 가려서 구금하고, 대마도 왜구는 반항하면 모조리 베어버려라."

대소신료들은 일제히 부복하며 명을 받았다.

"상왕 전하! 대명 받자와 충심을 다하겠나이다."

양상은 흡족한 용안이 되었고, 상왕이 받았다.

"바로 이것이로다! 경들이 충심으로 하나가 된다면 이루지 못할 일이 무에 있겠는가. 과인은 이제 주상과 삼정승, 병판이 함께 논의하여 추천된 출정 수장들의 명단을 발표하겠노라."

장천군 판부사 이종무를 삼군도체찰사三軍都體察使 겸 중군선봉장에 제수한다. 우박, 이숙묘, 황상을 중군절제사에, 유습을 좌군도절제사로, 박실과 박초를 좌군절제사로, 이지실을 우군도절제사로, 이순몽을 우군절제사로 제수한다. 삼군도체찰사 이종무는 경상, 전라, 충청 3개 도의 병선 2백 척을 거제도에 집결시키고, 하번갑사, 별패, 시위패, 수성군영속과 각 도의 수군을 점고하여 편제하고, 배를 잘 타고 부릴 수 있는 자는 비록 양반이라도 모두 찾아내어 수하로 거느리도록 하라. 출정하는 모든 제장과 군사들은 6월 초8일까지 완벽한 준비를 하고 거제도 견내량見乃梁에 집결한다. 호조참의 조치趙致를 황해도체찰사黃海道體察使로 삼아 제장諸將들의 기강을 바로잡고 전투를 독려케 한다.

이틀 뒤인 16일은 상왕의 탄신일이었다. 임금이 면류복 차림으로 백관을 거느리고 수강궁에 나아가 하례를 드리려 했으나 상왕이 거절했다.

"주상의 아름다운 마음은 고맙지만, 지금은 나라가 변란 중에 있습니다. 적과 대치하고 있는 비상시국에 하례를 받을 수는 없으니, 그저 간단한 주연酒宴이나 즐기도록 합시다."

백관들이 성은에 감격해 아뢰었다.

"상왕 전하, 성은이 하해와 같사옵니다."

이어서 노상왕老上王이 상왕전에 납시었다. 임금이 즉위하며 상왕이었던 정종定宗을 태상왕으로 하고, 부왕을 상왕으로 올렸었다. 그러나 정종은 부왕인 태조대왕이 쓰시던 왕호를 쓸 수 없다하여 거절하고 노상왕이라 부르게 했었다.

임금은 두 상왕과 모후 앞에 풍정豐묘 : 임금의 생신에 올리는 선물을 올렸다. 안장 갖춘 말과 옷의 겉감과 안감이었다. 이어 종친과 삼정승, 육조의 판서

와 6대언들이 차서대로 배석하여 각각 상왕의 탄신일을 축하하며 상수上
壽하시기를 축원하고 술을 올렸다.

이어 종친과 백관들이 서로 권하며 술을 마시니, 상왕이 기뻐하며 말
했다.

"주상이 즉위한 뒤로 경난비감經暖肥甘 : 가볍고 따뜻한 옷과 맛있는 음식과 성음채
색聲音彩色 : 아름다운 음악과 고운 빛깔으로 두 상왕과 대비를 봉양함에 조금도 부
족함이 없었도다. 주상의 효성이 이와 같으매 내가 매우 흡족하고 따라서
주상 내외를 사랑하노라."

상왕은 일어나 노상왕께 헌수獻壽하며 술잔을 올렸다. 노상왕도 술을 마
시고 일어나 상왕에게 술잔을 권하며 답례했다.

"상왕, 오늘은 즐거운 날입니다. 나라의 세 임금이 한 자리에서 이처럼
즐기니, 천고에 오늘 같은 모임은 드물 것입니다."

종친과 제신들이 모두 엎드려 하례를 드리니, 두 상왕은 일어나 덩실덩
실 춤을 추며 잔치 분위기를 돋우었다. 이날 상왕의 탄신축하연은 밤이
되어 파했다.

이틀 뒤인 18일, 양상이 두모포豆毛浦 백사장에 거둥하여 출정하는 삼군
도체찰사 이종무, 중군절제사 우박과 좌군절제사 박실 등 여덟 명의 장수
와 제장들을 격려했다. 상왕은 친히 여러 장수와 군관들에게 술을 내리고
격려했으며, 주상은 장수들에게 말과 궁시를 내리고 필승을 다짐했다.

상왕이 출정 제장들에게 말했다.

"명을 받은 대로 신명을 바쳐 임한다면 반드시 승리할 것이다. 개선하
면 조상에게까지 상을 줄 것이고, 신명을 다하지 못하면 패전의 책임을
엄히 물을 것이다. 수장과 제장들은 군졸들에게까지 군율의 엄함을 주지

시켜 각기 충성을 다하게 하라!"

삼군도체찰사 이종무를 비롯한 제장들이 마침내 출정하였고, 양상은 군사들의 마지막 행렬까지 지켜보고 환궁하였다.

5월 20일, 대전 상참장에서 국정 현안에 관한 논의가 끝난 뒤에, 지신사 원숙이 4월 초에 충청도에 파견된 행대감찰 김종서의 보고서 장계를 임금께 올렸다.

충청도의 각 관청별로 조사한 결과 굶주리는 백성이 15만여 명인데, 곡식 1만 7천 석과 간장과 된장 950여 석을 풀어 구호救恤했사옵니다. 전라도의 굶주린 백성 12만여 명은 구휼미 1만 4천 석과 장 860여 석을 풀어 구휼했나이다. 밀과 보리 등 여름햇곡이 나자면 아직 석 달이 지나야 하는데, 굶주리는 백성은 많고 구호미는 모자라는지라, 호조에서 상정한 예에 따르기는 하였사오나, 신이 보고 느낀 참상에 따라 지급했나이다. 15세 이상은 매인당 하루에 쌀 3홉, 콩 1홉, 장 1홉이옵고, 5세 이상 14세까지는 비록 농사일에 종사하지는 못하나, 아이들이 굶주려 울면 그 부모가 먹지 못할 것이므로, 쌀 2홉과 콩 반 홉, 장 반 홉씩을 지급했나이다. 또한, 병자가 있는 집은 따로 분류하여 좀 더 많은 곡식을 받도록 조치를 했나이다.

김종서의 보고에 크게 만족한 임금은 의정부에 계달하여 논의케 했다. 김종서는 지방 관청에 들어앉아 말로 명령하고 말로만 보고를 듣는 책상 관리가 아니었다. 굶주리는 백성들의 고통을 단 하루라도 줄여주기 위하여 밤낮으로 각 고을을 누비고 다녔다.

영의정 유정현이 아뢰었다.

"각 도에 파견된 행대감찰과 수령들로 하여금 각 도 관내의 비축곡과 염장의 재고를 파악하여 보고하라는 전지를 내리시옵소서. 이번 기회에 각 도 지방 관아 관고의 비축곡과 염장의 비축량을 정확하게 파악해두면 관고의 관리가 제대로 될 것이오며, 앞으로 닥치는 백성들의 기근에도 손쉽게 대처할 수 있을 것으로 사료되나이다."

"영상의 말이 지극히 옳습니다. 철저하게 조사하여 보고하되, 금년 봄의 대기근은 격식대로 하자면 시일이 너무 많이 걸릴 것이오. 당장 끼닛거리 없는 집은 하루가 급하거늘, 감찰과 수령들로 하여금 당장 굶주리는 백성들에게는 즉시 구호미를 지급하게 하고, 조사를 병행하여 비축 곡식과 염장의 재고 실상을 상계하라 이르시오."

임금은 의정부에서 논의된 사항을 그날 즉시 각 도에 파견된 감찰과 감사들에게 그대로 신속히 시행하라는 전지를 내렸다. 이로써 가난한 백성들은 이태째 계속된 가뭄으로 어려운 춘궁기를 감찰사들의 철저한 감사와 공정한 구호로 가까스로 넘기게 되었다.

이날 임금은 상왕의 재가를 받아 영의정 유정현을 대마도 정벌 삼도三道 도통사로 제수하고, 사인 오자정과 곽존중을 도통사 종사관으로 삼았다. 참찬 최윤덕을 삼도 도절제사로, 사직 정간과 김윤수를 도절제사 진무로 삼아 대기하게 하였다.

황해도 해주에 출정한 중군총제 성달생이 올린 장계가 조정에 올라왔다.

금월 18일에 적선 다섯 척이 백령도에 정박해 있다는 첩보를 입수했나이다. 이에 수군첨절제사 윤득홍과 조전절제사 평도전이 각각 병선 2척을 거느리고 출정하여 백령도에 이르니, 적선 2척을 만나 전투가 벌어졌사옵니다. 우리 병선 4척이 협공하며 불화살과 대완구를 쏘매, 적선이 마침내 달아나므로 추격하여 1척을 잡으니, 이는 곧 적의 수괴가 탄 배였나이다. 적선에는 60여 명의 왜군이 있었는데, 윤득홍이 왜군 목 13급을 베고 8명을 사로잡았으며, 편도전이 3급을 베고 18명을 사로잡았나이다. 그 나머지 왜구는 배가 가라앉으면서 물에 빠져 죽었사옵니다. 승리한 우리 병선이 계속 추격하자 적선 3척은 바다 한가운데로 가물가물 도주하였나이다. 아군의 피해는 수군 두 명이 적의 화살에 맞아 전사했사옵니다.

장계를 읽은 양상은 크게 기뻐했다. 상왕이 치하했다.

"오, 장하도다. 적선 한 척과 60여 명의 적왜를 물리쳤으니, 크나큰 승전이로다. 주상, 이번 사변의 첫 승전입니다. 출전 장졸들의 사기진작을 위해서라도 크게 위로해야 할 것입니다."

"여부가 있겠사옵니까. 곧 전령을 보내 하사 술과 위문품을 보내겠사옵니다."

임금은 즉석에서 내금위 진무 김여려金汝礪에게 어주御酒와 하사품을 주어 현지에 보냈다. 공을 세운 두 장수에게 옷 한 벌씩을 내리고, 공을 세운 장졸들의 명단을 적어 올리게 하였다. 전사한 두 군졸에게는 임금이 부의금을 보내고, 소재지 수령으로 하여금 장례를 치르고 표목標木을 세우라고 명했다.

25일, 마침내 삼도 도통사 유정현과 도절제사 최윤덕이 출정하는 날이었다. 상왕이 탑전에 부복한 유정현에게 선지와 부월斧鉞 : 큰 도끼와 작은 도끼을 내려 출정을 격려했다.

선지는 이러하다.

우리나라 남쪽 해안에 조그만 섬이 있어 왜인이 살며, 벌처럼 덤비고, 개미처럼 우글거리며, 상국上國을 능멸하도다. 지난 경인년부터 포악한 짓을 마음대로 하며, 국경을 제멋대로 침략하여 우리 백성을 죽이니, 고아과처孤兒寡妻들의 원망으로 화기가 상하고, 백성들의 마음에 분노가 일어 이가 갈렸던 세월이 이미 오래였다. 우리 태조께서 개국하신 이래로 왜인들이 겉으로는 신臣칙을 하며 화친하기를 구하는지라, 과인도 정에 끌려서 왜인들이 오면 예를 갖추어 위로하고, 갈 때면 물품을 주어 후히 대접하였다. 또한, 그동안 작은 노략질은 눈감아 모른 체하였더니, 이제 도리어 은혜를 배반하고 몰래 변방에 침노하여 전함을 불사르고 군사를 죽이니, 이는 노략질이 아니고 곧 침략이도다. 이에 과인이 어찌 토죄討罪와 형벌을 아니할 수 있으리오. 오직 경은 일찍이 충의로운 천성으로 어질고 위엄스러우며, 유자儒者의 지절志節과 대장의 방략方略을 겸하였음이 중외에 널리 알려졌도다. 이에 과인이 심히 가상히 여겨 경에게 절월節鉞 : 수기와 도끼, 군령을 통솔하는 상징을 주어 바다의 도적을 섬멸케 하는 것이니, 휘하의 수륙 대소 군·민·관과 도체찰사 이하를 모두 통솔하되, 상과 벌로 공정히 쓰라! 경은 모름지기 그 잔악하고 포악한 것들을 제거하고 쫓아내어 과인의 근심을 덜고, 만 백성을 보호하여 장인지길丈人之吉에 이르게 하라!

선지와 부월을 내린 상왕은 주상을 대동하고 한강정漢江亭에 거둥하여 출정 제장들을 전송하였다. 상왕은 유정현과 최윤덕에게 준마와 궁시弓矢를 내리었고, 임금은 옷과 전립戰笠, 군화를 내려 출정을 격려하고 환궁했다.

6월 초하루였다. 삼군도절제사 최윤덕은 임지인 전라도 내이포乃而浦에 부임하여 군사를 점고하고 병장기를 정비했다. 군율을 엄히 세운 최윤덕은 군사를 풀어 전라도 각 포구에 들어와 있는 왜인들을 모조리 잡아들였다.

　지방관들로 하여금 잡아들인 왜인 270여 명의 성향을 조사하여 파악한 최윤덕은 순응하는 자들은 따로 분치分置하고, 완악하고 흉한 자는 가려내니 21명이나 되었다. 이들 중의 수괴는 놀랍게도 조정에 귀화한 평도전의 아들 '망고'라는 자였다. 최윤덕은 이들을 한 번 더 회유하였으나, 여전하게 반항하므로 과감하게 이들을 모두 목 베어 왜인의 배에 실어 대마도에 보냈다.

　6월 초4일, 삼도 도통사 유정현이 올린 장계가 조정에 당도했다.

　경상도 각 포구에 머물거나 장사하는 왜인, 숨어 있던 왜구들을 수로는 병선으로, 육지는 기병과 보졸으로 에워싸고 모조리 잡아들였나이다. 이들을 각 관청에 분치하니, 본도에 355명, 충청도에 203명, 강원도에 33명으로 모두 591명이었나이다. 또한 이들을 체포할 때, 반항하다 살해된 자와 물에 몸을 던져 스스로 죽은 자를 합치면 136명이옵니다. 포로로 잡힌 왜인 중에는 중국인 해적 6명이 있사온데, 어찌 처리할지 하교를 하시옵소서.

　장계를 읽은 임금이 의정부에 내려 논의케 했다.

　논의된 사항을 좌의정 박은이 아뢰었다.

　"포로로 잡힌 왜인들 중에 중국인 6명은 제 나라로 돌려보내는 것이 옳을 것이옵니다. 더구나 지금 중국 사신이 도성에 들어와 있으므로, 그들에게 통고하여 다시는 해적질을 하지 못하도록 다짐을 받는 것도 가할 것이옵니다. 흉악한 왜구들은 이미 사살되거나 스스로 죽었다 하니, 잡힌 왜인들은 상인이거나, 순응한 자들일 것이옵니다. 이들은 대마도 정벌이 끝날 때까지 분치하였다가 돌려보내는 것이 옳을 것으로 사료되나이다."

"조정의 중론이 옳습니다. 도통사에게 그대로 전지하세요. 전일에 삼도 도절제사 최윤덕이 올린 장계를 보면, 사로잡은 왜인들 중에 21명을 목 베었다 했는데, 그 중에 귀화한 평도전의 아들 망고가 있었다니, 아비의 공으로 보아서도 그렇거니와 이는 너무 과격했습니다. 망고가 왜구 중의 수괴로서 극악무도하였다고 하니, 최윤덕을 문책할 수는 없겠지만, 이런 일이 다시는 없게 조치를 내려야 할 것이오."

박은이 하교를 받았다.

"전하, 성은이 망극하나이다. 하교받자와 거행하겠나이다."

이날은 아침부터 제법 많은 비가 내리고 있었다. 4월부터 가물기 시작하여 달장간이나 가뭄이 계속되어 농작물 파종을 못하는 등 피해가 계속되자, 전국 도처에서 기우제를 지내는 등 온 나라가 단비를 기다리던 터였다.

임금은 저녁 때 수강궁에 나아가 상왕과 대비를 뵈옵고, 단비를 맞이한 하례를 올렸다.

"상왕 전하! 비가 흡족하게 내리고 있사옵니다. 백성들과 초목 만물이 춤을 출 것이옵니다. 이 모두가 전하의 홍복이시옵니다."

대비가 안타까운 얼굴로 주상을 바라보며 말했다. 우아하게 기품이 있고, 서릿발 같은 기개가 있던 대비도 이제는 늙어 백발이 되어 아들을 안쓰럽게 생각하는 안노인이 되었다.

"주상, 보위에 오른 지 아직 일천한데, 왜구들의 침노를 받으니 얼마나 상심이 크오?"

임금은 다가앉아 대비의 손을 잡아 어루만지며 받았다.

"어마마마, 심려치 마세요. 군국에 관한 국정은 아바마마께서 청단하시옵니다. 소자는 다만 아바마마를 보좌할 뿐이옵니다."

대비는 여전히 안쓰럽게 말했다.

"그래요. 나도 듣고 있답니다. 이번 대마도 정벌은 주상이 주관하고 있다는 것을 알아요. 옳은 결단을 내렸습니다. 이 어미는 주상이 대견하여 눈물이 납니다."

상왕이 민망한 듯 말했다.

"대비는 걱정하지 않아도 됩니다. 나도 주상을 믿으니까요. 그래요, 주상. 단비가 시원스레 내립니다. 주상의 간절한 소망에 하늘이 감응한 것입니다. 그동안 가뭄으로 금주령을 내렸었지만, 이제 단비가 내리니 오늘은 중신들과 주연을 베푸는 것이 어떻겠습니까?"

"지당하신 분부시옵니다. 그동안 가뭄 대처와 대마도 출정 등 대소신료들의 노고와 심려가 컸사옵니다."

"왜 아니겠습니다. 중신들은 낙천정으로 들라 이르고, 시위 군사로부터 복예僕隷 : 궁중의 노복에 이르기까지 술을 내리게 하세요."

양상은 오랜만에 화기애애하여 대비와 나란히 연회장인 낙천정으로 납시었다.

맹장 이종무

6월 19일 사시巳時 : 오전 9~11시였다. 삼군도체찰사 이종무가 마침내 9명
의 절제사를 거느리고 거제도 남쪽의 주원방포周原防浦에서 227척의 함대
를 이끌고 대마도를 향하여 출정했다. 도체찰사 휘하 4개도의 전함과 출
정군의 수는 다음과 같다.

- 경기도 전함 10척, 충청도 32척, 전라도 59척, 경상도 126척, 총계
227척

- 도성에서 출정한 장수 이하 군관 669명, 갑사 · 별패 · 시위 · 영진속營
鎭屬 · 잡색군雜色軍을 병합하여 병력 1만 6,616명, 제장을 비롯한 총 병력 1
만 7,285명

- 군량미 전군 65일분

조선 개국 이래 최대의 전함과 병력으로 주원방포 군항을 출항한 대마
도 정벌군은 이튿날 사시巳時에 대마도 앞바다에 이르렀다. 도체찰사 이종
무는 대함대를 멀리 숨기고는 척후斥候 : 적의 형편이나 지형 따위를 정찰하고 탐색함함

대 10척을 내보내 정박 예정지점인 적진 두지포豆知浦를 정탐케 했다.

척후함대가 해안 가까이 다가가보니, 두지포의 왜구 병선은 조선 해역에 노략질을 나가고, 포구에는 고기잡이 배 대여섯 척만 있을 뿐 한가로웠다. 섬에 있던 왜구들이 포구로 들어오는 조선 수군의 척후함대를 보고는, 조선에 노략질 나갔던 일당이 성공하여 돌아오는 줄 알고는 술과 고기를 싸들고 포구에 몰려들었다.

왜구들은 깃발을 흔들며 환호하다가 기겁을 하고 말았다. 포구에 정박하는 선박이 낯설어 어리둥절하던 참인데, 선박에서 느닷없이 조선군이 쏟아져 나오자 혼비백산하여 도망치기에 바빴다. 그 중에서 무기를 들고 있던 왜구 50여 명이 대항했으나, 20여 명이 순식간에 주살誅殺되자 뿔뿔이 흩어져 달아났다.

뒤이어 본대의 함대가 차례로 두지포에 정박하니, 적진이었던 두지포는 조선의 전함과 깃발로 뒤덮여 일대 장관을 이루었다. 전열을 정비한 이종무는 귀화한 왜인 안내자 지문池文에게 항복을 권하는 문서를 주어 섬을 지키는 도도웅와都都熊瓦에게 보냈다. 도도웅와는 대마도 수호 종정무宗貞茂의 아들 종정성宗貞盛이라는 자였다.

한나절 만인 해거름에 돌아온 지문은 도도웅와가 항복은커녕 대군을 몰아 조선군을 쓸어버리겠다며 펄펄 뛰더라고 전했다. 이에 대로한 이종무는 당장 제장들과 작전 회의에 들어갔다. 적이 항복을 거부하면 쓸어버리는 수밖에 방법이 없다. 우선 선단을 편성하여 주변 포구를 수색하고, 보졸을 상륙시켜 수색전을 펴며 적의 허실을 정탐케 하는 작전을 세웠다.

이튿날, 전함 10척을 1개 선단으로 편성하여 5개 선단 전함 50척이 주변 포구 수색에 출전하였다. 수색 선단은 근방의 포구 7곳을 급습하여 크고 작은 적선 129척을 빼앗았다. 그 중에 사용 가치가 있는 20척을 노획하고 나머지는 모두 불태워버렸다. 이 작전에서 왜적의 머리 135두를 베고, 39명을 사로잡았다.

뭍에 상륙한 보졸도 두지포 주변을 수색하여 왜적의 머리 80두를 베고, 27명을 사로잡았다. 또한, 왜적이 들어앉아 항거하던 가옥과 진지 등 1,339호를 불 지르고, 농작물을 모조리 휩쓸어버렸다. 이날 수륙 양면 작전에서 조선군 전사자는 단 한 명도 없었으며, 다만 적의 화살에 맞거나 창에 찔린 군졸이 20여 명이었으므로 일방적인 대승이었다.

조선군이 상륙하자 스스로 걸어와 항복한 중국인이 남녀를 합해 131명이 있었다. 이들은 바다에서 고기를 잡다가 잡혀왔거나, 본국에서 죄를 짓고 도망 온 자들로 밝혀졌다. 제장들이 이들을 심문한 결과, 왜구들은 섬에 기갈이 심하고, 조선군이 상륙하자 도주하기에 바빠 손에 들리는 대로 식량을 갖고 도주했으므로, 오래 버티지 못할 것이라는 결론을 내렸다.

보고를 받은 이종무는 장기전을 꾀하기로 작정하고는 훈내곶訓內串에 본영을 설치하여 방책防柵을 세우는 한편, 요충로를 알아내어 철통같이 경비를 서게 하였다.

이튿날부터 도체찰사 이종무는 귀화한 왜인 밀정을 풀어 적의 은거 지대를 정탐하고 동태를 살피는 한편, 매일 편대 병력을 인솔한 편장編將 10개조 100여 명을 상륙시켜 주변을 수색하고 정탐케 하였다. 처음에는 반항하는 왜구가 더러 있어 수급 29두를 베고, 적의 은거지 168호를 불사르고, 잡혀왔던 우리 백성 18명과 중국인 15명을 구했다. 그러나 사흘째가 되면서부터는 주변에 사람의 그림자도 볼 수 없이 모두 사라지고 말았다.

6월 26일, 도체찰사 이종무는 전함 200척을 이끌고 왜적의 본대가 웅거하고 있다는 대마도 니로군尼老郡에 진격했다. 이종무는 중군, 좌군, 우군으로 편성된 군사를 우선 좌군절제사 박실과 우군절제사 이순몽을 상륙시켜 니로군의 좌우를 에워싸며 수색케 하였다.

좌군절제사 박실은 상륙하여 1,500명의 군사를 이끌고 수색 작전에 돌입했다. 부대가 두 식경쯤 진격했을 무렵, 산기슭에서 적병 4백여 명이 나타나 활을 쏘며 대항하였다. 조선군은 그동안의 연전연승에 들떠있던 터라 적을 향해 돌격했다. 대적하던 적이 산모퉁이를 돌아 도주하므로 추격하였다. 도주하던 적이 느닷없이 돌아서며 대항했는데, 병력이 갑자기 8백여 명으로 늘어나 반격을 시도했다. 그러나 조선군의 수는 배가 넘었으므로 맹렬히 돌격해 접전이 벌어졌다.

지리에 익숙한 왜구는 대항하는 척 하다가 20여 명의 사상자를 남기고 감쪽같이 사라지고 말았다. 조선군은 당황하였지만, 수적으로 우세한 기세를 믿고 산자락과 마을을 수색하고 있을 때, 난데없는 북소리가 사방에서 들리며 왜구가 사면팔방에서 새까맣게 쏟아져 나와 활을 쏘며 돌격해 왔다. 완전히 포위를 당한 조선군은 순식간에 기세를 잃고 갈팡질팡하였고, 승세를 잡은 왜구는 사방에서 벌 떼처럼 달려들었다.

순식간의 접전에서 편장 박홍신과 박무양, 김해, 김희 등이 화살에 맞아 전사하고, 조선군 부상자와 전사자 시체가 늘비하였다. 당황한 절제사 박실은 전령을 우군에 보내 지원군을 요청하였고, 즉시 퇴각령을 내리고 산자락을 빠져 나왔으나 적은 끈질기게 추격했다.

좌군이 포위망을 뚫고 적을 가까스로 방어하며 퇴각하고 있을 때, 우군절제사 이순몽이 1천여 명 군사를 이끌고 진격해왔다. 원군과 합세한 조선군이 반격하자, 수적으로 열세한 왜적은 모래톱에 물이 잦아들 듯이 순식간에 사라지고 말았다. 복병에 겁을 먹은 조선군은 전열을 정비하고 퇴각령을 내렸지만, 왜적의 유인 작전에 말려들어 기습을 받은 좌군은 박홍신을 비롯한 편장 4명을 잃었고, 전사한 군졸이 180명, 부상한 군졸이 2백여 명이 넘었다.

비록 복병의 기습을 받은 패전이었으나, 조선군도 맹렬히 싸워 수많은 적을 죽였다. 왜적의 전사자도 조선군 전사자에 못지않을 터였다. 그러나 적진이었으므로 그 수를 확인할 수는 없었지만, 베어 온 왜적의 수급만도 127두였다.

한편, 우군절제사 이순몽도 병마사 김효성과 함께 1,200명의 군사를 이끌고 진격하며 니로군의 서쪽을 수색하다가 적의 복병을 만났다. 그러나 우세한 병력으로 밀어붙이자 왜구는 도주했다. 복병을 의식한 이순몽은 적을 추격하지 않고, 병마사 김효성으로 하여금 첨병 3개 편대를 이끌고 적진을 정탐케 했다. 첨병이 왜적의 본영이 있다는 니로군에 접근하자, 과연 마을과 산자락에 왜적의 복병이 매복해 있었다. 김효성이 첨병을 풀어 수색한 결과, 곳곳에 매복한 왜적은 1천여 명이 넘을 듯싶었다.

보고를 받은 이순몽은 진격을 멈추고 본대에 상황을 보고하고 대기하던 중, 좌군의 원군지원 요청으로 즉시 진격하여 합동 작전을 펴서 적을 물리치고 좌군을 구하였다.

이날 밤 초저녁이었다. 적장 도도웅와가 직접 조선군 진영으로 와서 도체찰사와 면담을 요청했다. 내일에 있을 총공격을 준비하며 제장들과 작전을 짜던 이종무는 뜻밖의 상황에 당황하여 여러 장수들과 논의했다. 낮에 접전을 벌렸던 박실과 이순몽은 격분하여 펄펄 뛰었다.

박실이 나섰다.

"장군, 잘 되었소이다. 제 발로 걸어온 놈을 잡아두고, 내일 총공격을 하여 왜구의 본거지 뿌리를 뽑아버려야 합니다."

이순몽 역시 박실을 거들고 나섰지만, 중군절제사 박초와 이지실은 반대하였다.

"낮에 있었던 접전으로 보아 두 분 장군의 분노와 주장을 이해할 수는 있으나, 제 발로 걸어온 적장을 잡아 두는 것은 병법이 아니외다. 더구나 도도웅와는 대매도주의 아들입니다."

박실이 여전히 대로하여 반박했다.

"왜구가 반항하지 않고 협상을 요청해 왔다면 그럴 수는 없겠지요. 그러나 적은 복병을 숨기고 유인 작전을 쓰며 극렬히 대항했소이다. 금수만도 못하여 말이 통하지 않는 왜구들인데, 병법이 통합니까? 도주의 아들뿐만 아니라 그 아비까지 잡아 묶어 주상 전하 앞에 꿇려야 합니다."

묵묵히 듣고 있던 이종무가 나섰다.

"제장들의 말이 모두 일리가 있소이다. 하지만 명색이 적장이라는 자가 제 발로 걸어와 면담을 요청하니, 일단 만나보는 것이 순서일 것이오. 늦었지만, 지금이라도 항복을 한다면 받아들이는 것이 또한 병법이외다."

박실과 이순몽도 제 발로 걸어온 적장을 잡는 것이 도리가 아닌 줄 아는 무장이므로 도체찰사의 말에 일단 동의했다.

도도웅와는 당당하게 어깨를 펴고 들어와 이종무와 마주앉았다. 40대 초반인 그는 체구가 작은 왜구 무리와는 달리 듬직한 몸에 이목구비가 뚜렷하고 제법 늠름했다.

도도웅와는 조선 조정에 사신으로 온 적이 두어 번 있었으므로 이종무도 안면이 있었지만, 아예 무시한 채 단도직입적으로 물었다.

"본관과 면담을 요청한 이유가 무엇이냐?"

도도웅와는 조금도 꿀리는 기색 없이 당당하게 나왔다.

"수호修好를 원하오. 선단을 이끌고 조선을 침공한 왜인은 내 수하가 아니오. 그들은 도주인 우리 아버지 말도 듣지 않는 망나니들이외다."

"그러면 너는 어찌하여 처음에 내가 보낸 항복 문서를 돌려보내고 오히려 대항했느냐?"

"나는 조선에 죄 지은 적이 없기 때문에 항복할 이유가 없소이다. 조선 국왕께서도 대마도주의 가족은 해치지 말라고 포고문에서 말했소이다."

이종무는 부아가 치밀었지만 어찌할 수 없다. 도도웅와의 말이 맞기 때문이었지만, 복병을 숨기고 대항한 죄는 물어야 했다.

"그렇다면 항복은 아니더라도 진작 수호하겠다는 뜻을 밝히지 않고, 어찌하여 오늘 낮에는 복병을 숨기고 대항했느냐?"

도도웅와는 여전히 당당하게 받았다.

"조선군의 횡포가 너무 극에 달했소이다. 죄 없는 우리 백성들의 집을 2천 채가 넘게 불 질렀고, 무고한 백성을 노약자까지 3백여 명이나 죽였소이다. 또한, 애써 가꾼 농작물을 무참하게 휩쓸어버렸소이다. 내 수하들의 분노를 나는 막을 수 없었소이다."

이종무는 할 말이 없게 되었다. 그동안 왜구들에게 원한이 깊었던 군사들이 돌발적으로 한 짓이었지만, 민가에 마구 불을 지르고, 노약자를 살해한 것은 전략상으로도 명백한 잘못이었다. 그러나 입을 다물면 패배였다.

"그것은 너희들이 자업자득한 것이다. 너희 왜구는 그동안 우리나라 포구와 연안에 침략하여 그와 같은 만행을 수없이 자행했다. 이번 대마도에 출정한 우리 군사들은 왜구들에게 부모와 처자식을 잃고, 재물을 약탈당한 원한이 깊은 병사들이다. 그런데다 우리 군사가 맨 처음 상륙했을 때, 무기를 들고 대항한 것은 너희가 먼저였다. 그리고 수색을 할 때도 반항하지 않고 순순히 응했으면 희생이 없었을 것인데, 곳곳에서 무기를 들고 기습하거나 반항했다."

"그들 역시 내 수하가 아니었기 때문에 난 그럴 줄 몰랐소이다."

이종무는 짐짓 노하여 소리쳤다.

"그들이 네 수하이건 아니건 간에, 대마도의 왜구가 조선군에 반항하면 모두 적이다. 대항하는 적을 치는 것은 당연하지 않은가? 아무튼 좋다. 어떻게 수호를 하겠다는 것이냐?"

"우리는 앞으로 영원히 조선을 침공하지 않을 것이오. 그리고 대마도에 적을 두고 도적질하는 왜인도 앞으로는 엄히 단속하겠소."

"좋다. 그 약조를 어떻게 하겠느냐?"

"문서로 작성해 왔소이다."

이종무는 도도웅와가 내놓는 수호 문서를 읽었다. 그가 말한 그대로 적혀 있었지만, 항복도 아닌 수호를 받아들이는 것이 자존심 상하고 께름칙하여 망설였다.

도도웅와가 그럴 줄 알았다는 듯 잔뜩 곤댓짓을 하며 말했다.

"이제 7월이 되면 태풍이 오고 풍파가 일어 바다가 사납게 뒤집히오. 이곳에 오래 머물면 결국 자멸하고 말 것이오. 나는 조선군이 우리 땅에서 자멸하는 것을 원하지 않소. 되도록 빠르게 철군하는 것만이 살아서 돌아가는 길이오."

이종무는 찔끔했다. 옳은 말이었고, 바로 그 점을 걱정하고 있었다. 이제 호우를 동반한 태풍이 오는 계절이다. 풍랑을 만나 오도가도 못 한다면 작은 포구에 태풍이 몰아쳐 전함은 여지없이 파괴될 터이고, 군량이 떨어져 자멸하고 말 것은 불을 보듯 뻔했다. 더구나 본국에는 이제 구원하러 올 만한 전함도, 병력도 없는 실정이었다.

"알겠다. 너희의 수호를 받아들이겠다. 단, 지금 조선 해역과 중국 해역에서 노략질을 하는 왜구는 우리가 반드시 응징하겠다. 그들은 우리 전함을 불태우고, 수백 명의 우리 수군과 백성을 살해했다. 이것은 우리 상왕 전하의 어명이시다."

"알겠소이다. 나는 그 일에 관여하지 않겠소이다."

"좋다! 그렇다면 수호 문서에 수결手決을 하겠다."

정벌군 도체찰사 이종무는 두 장의 수호 문서에 수결을 하고 한 장씩 나누어가졌다. 이로서 제1차 대마도 정벌 작전은 끝났다.

그로부터 7일간 훼손된 전함을 수리하고 병장기를 보수한 삼군도체찰사 이종무는 7월 초3일, 수군 함대를 이끌고 개선하여 거제도에 정박하였다.

7월 초7일, 삼도도통사 유정현은 거제도에서 승전 장계를 작성하여 진무 송유인으로 하여금 조정에 올리게 하였다.

15일간의 대마도 정벌 작전에서 대승을 거두고 그 전과를 상계하나이다. 삼군도체찰사 이종무는 6월 19일, 전함 227척과 수군을 비롯한 총병력 1만 7천여 명을 휘몰아 적의 소굴 대마도를 휩쓸어 정벌했나이다. 15일 간의 작전에서 적병과 도적 520명을 사살하였고, 적선 120척을 불살라 침몰시켰나이다. 쓸 만한 적선 23척과 활과 창 등 무기 900여 점을 노획하였고, 적의 소굴과 은거지 가옥 2천여 채를 불살랐나이다. 잡혀갔던 우리 백성 26명을 구하였고, 중국인 200여 명을 구해 원하는 대로 본국으로 돌려보냈나이다. 우리 전함은 한 척도 손실이 없으나, 편장 박홍신, 박무양, 김해, 김희 등이 전사하였으며, 군사 180명이 전사하고, 부상자 221명이 발생하였나이다.

양상이 수강궁에 동석하여 승전 장계를 읽고 크게 기뻐하였다. 상왕은 송유인을 탑전에 불러 전투 상황을 상세히 물었다. 큰 전과에 비해서는 생각보다 병력 손실이 훨씬 적었고, 더구나 전함 손실이 단 한 척도 없이 적선 120척을 불사르고 23척을 노획했다니 양상은 더욱 기뻐했다. 상왕은 송유인에게 말 한 필을 상으로 내렸고, 임금은 전포 한 벌을 내렸다.

이튿날 7월 8일, 임금은 대마도 정벌에 출정한 중수들의 좌목座目을 올려 제수하는 교지를 내렸다.

이종무를 의정부 찬성사로, 이순몽을 좌군총제로, 박성양을 우군동지총제로 제수하고, 출정한 모든 제장들의 좌목도 1등급씩 올려 제수한다. 전사한 편장 이상은 쌀과 콩 각각 8석, 군관은 5석, 군정은 3석을 내린다. 전사한 군사의 가족에게는 영영 부역을 면제하고, 유족 중에 유능한 자는 천민이라도 관리로 등용한다.

논공행상論功行賞이 끝나자 좌의정 박은이 아뢰었다.

"이제 왜구가 중국에 가서 도적질하고 본도로 돌아갈 때가 되었나이다. 마땅히 거제도에 있는 이종무 등으로 다시 대마도에 나가 적이 돌아오는 때를 기다려 치면 반드시 격파할 것이옵니다. 해적질과 살육을 일삼는 왜구를 그냥 둘 수는 없나이다."

예조판서 허조가 아뢰었다.

"상왕 전하, 좌상의 진언이 가한 줄로 아뢰나이다. 저들은 대마도의 백성이 아니라 해적입니다. 저들을 그냥 둔다면 우리나라 연안의 백성들은 편할 날이 없을 것이옵니다."

결연한 용안으로 듣고 난 상왕이 말했다.

"경들의 말이 옳도다. 과인이 그동안 밀정을 풀어 적왜들의 동태를 감시하고 있던 바, 이미 중국에서 돌아와 우리 연안에서 노략질을 한다는 보고가 있었다. 때가 바야흐로 적기인지라 삼도 도통사에게 재출정 밀지를 내릴 것이니라."

이날 도통사 유정현에게 내리는 밀지를 받든 파발마가 정벌군 본영이 있는 거제도로 달려갔다. 상왕이 친히 내린 밀지는 이러하다.

중국에서 해적질하고 돌아온 적선 38척이 이달 초3일에 황해도 소청도에 이르고, 4일에는 안흥량安興梁에 와서 우리 배 3척을 노략하고 대마도로 향하고 있다. 이에 명하노니, 우박과 권만을 중군절제사로 삼고, 박실과 박초를 좌군절제사로, 이순몽과 이천을 우군절제사로 삼아 각각 병선 30척을 거느리게 할 것이니, 도체찰사 이종무가 삼군을 거느리고 다시 대마도로 가되, 육지에 내려 싸우지 말고, 바다에 정박하여 적을 기다릴 것이다. 또한, 후군으로는 박성양으로 중군절제사를, 유습으로 좌군절제사를, 황상으로 우군절제사를 삼아 각각 병선 25척을 거느리고 나누어 등산굴 두登山窟頭와 같은 요해처要害處에 머무르게 하고, 적이 돌아오는 뱃길을 막아 쫓으며, 전군과 후군이 협공으로 반드시 섬멸하고 대마도까지 이르게 하라!

상왕의 밀지를 읽은 도통사 유정현은 난감한 지경에 빠지고 말았다. 출정 어명을 따르자면 당장 전함 90척을 이끌고 바다로 나가야 하는데, 연일 계속되는 호우와 태풍으로 바다는 미친 듯이 들끓고 있었다. 유정현은 도체찰사 이종무를 비롯하여 절제사에 임명된 제장들을 본영으로 불러들여 작전 회의에 들어갔다.

상왕의 밀지를 읽은 이종무가 말했다.

"아무리 지엄하신 어명이지만, 지금 상황에서 바다에 배를 띄울 수는 없습니다. 조정에서는 남쪽 바다의 태풍과 풍랑을 알지 못하고 이러한 밀지를 내렸을 것입니다. 즉시 비보飛報를 띄워 현지의 악천후 상황을 보고하는 것이 상책일 것입니다."

모든 제장들도 이종무의 말에 동의했다.

유정현이 생각해도 다른 방도가 있을 턱이 없어 즉시 비보를 띄웠다.

상왕 전하의 어명을 받잡고, 신 도통사 유정현을 비롯한 제장들은 참담한 심정으로 상계하나이다. 지금 남쪽 바다는 호우와 태풍이 몰아쳐 한 치 앞을 내다볼 수 없는 악천후가 계속되고 있나이다. 이러한 상황에서는 도저히 출정할 수 없사오며, 달장간의 전쟁과 항해에 시달린 병사들의 예기銳氣 또한 이미 쇠하였고, 전함의 기관과 장비 또한 연일 몰아치는 태풍으로 파손된 것이 많아 출정할 상황이 되지 못하나이다. 이제 태풍과 풍랑이 가라앉은 후에 군사와 전함을 정제整齊하여 출정하여도 늦지 않을 것이옵니다. 통촉하시오소서.

유정현의 비보를 접한 조정은 의견이 분분했다. 좌의정 박은은 풍랑이 가라앉기를 기다려 내친 김에 출정을 해야 한다고 주장하였고, 우의정 이원은 일단 철군하였다가 바다가 잠잠한 가을에 재출정하여도 늦지 않다고 주장했다.

중신들의 격론을 듣고 난 상왕이 명했다.

"남쪽 바다의 여름 상황을 알지 못하고 출정을 명한 과인의 불찰이 크도다. 좀도둑을 잡으려다 우리 군사와 전함을 잃을 수는 없노라. 병조에서는 즉시 파발을 띄워 출정군은 자체 방비를 강화하며, 전함을 정비하는 등 때를 기다리라는 전지를 내리라."

상황이 최악이라 마음이 조마조마하던 병조판서 조말생이 가슴을 쓸어내리며 명을 받았다.

"신 병조판서 조말생, 어명 받자와 거행하겠나이다."

중신들이 일제히 부복하며 아뢰었다.

"상왕 전하, 성은이 망극하나이다."

이틀 뒤인 7월 17일, 도통사 유정현이 올린 장계가 조정에 올라왔다.

본월 14일 이른 아침에 부여에 산다는 윤함이라는 자가 세 사람을 대동하고 삼군 본영에 찾아왔나이다. 이들이 이르기를, '우리는 지난 5월 남포진에서 왜적의 배에 붙잡혀 가서 두 달간 끌려 다니다가 도망쳐 왔습니다. 처음에 왜적은 38척의 배로 중국 지경을 침범하다가 패하였고, 포구 몇 곳을 더 침공하였으나 번번이 패하여 배가 침몰하고 많은 수가 죽었습니다. 파손된 배 10여 척으로 겨우 돌아오던 중 식량이 떨어져 우리 해안인 안흥량에 정박하여 노략질을 하다가 또 쫓겨 뿔뿔이 흩어졌습니다. 왜적들의 파손된 배에는 살아남은 자가 5, 60명에 지나지 않고, 그나마 모두 병들고 굶주려 목숨이 경각頃刻에 달려 있습니다.' 하고 고하였나이다. 신이 모든 정황으로 판단하건대, 왜적은 먼 뱃길로 중국까지 갔다가 지쳐 패하였고, 우리 연안의 방비도 삼엄한지라 발붙이지 못하여 굶주리고, 병들고, 지쳐 지리멸렬支離滅裂한 것으로 아나이다.

조정에서도 이미 왜구들의 선박 30여 척이 지리멸렬한 것으로 파악하고 있던 터라 유정현의 장계를 놓고 대책 회의에 들어갔다. 좌의정 박은은 여전히 기왕 출정한 김에 대마도를 휩쓸어 도주의 항복을 받아야 한다고 주장했지만, 우의정 이원과 병조판서 조말생을 비롯한 중신들은 철군을 주장했다.

한나절 간의 격론을 듣고 난 상왕이 결론을 내렸다.

"그동안 노략질을 일삼던 흉악한 왜구는 이번에 거의 전멸하였다. 바다에서 자멸한 왜적과 대마도 정벌에서 죽인 왜구까지 1천5백 명이 넘지 않는가. 저들도 이제 무모한 패악은 감히 저지르지 못할 것이로다. 지금은 바다도 험하고 군사들도 지쳐 있으니, 일단 철군하였다가 상황을 보아가며 가을에 다시 출정하여도 결코 늦지 않을 것이로다."

상왕은 즉시 병조로 하여금 삼도도통사에게 철군하라는 명을 내렸다.

8월 초하루, 거제도에 삼도 수군총사령부 본영을 설치했던 도통사 유정현과 전라도 내이포에 주둔했던 삼도도절제사 최윤덕이 개선凱旋했다. 상왕이 지병조사 이욱을 한강정漢江亭에 보내고, 임금이 동부대언 유영을 보내어 영접하고 위로하게 하였다. 이어 이들이 입궐하자 상왕과 임금이 인견引見하여 주연을 베풀고, 공을 치하하고 위로하였다.

사흘 뒤인 4일에는 도체찰사 이종무를 비롯한 제장들이 개선하였다. 상왕이 병조참의 장윤화를, 임금이 우부대언 최사강을 한강정에 보내어 영접하게 하고, 양상은 종친과 중신들을 거느리고 낙천정樂天亭에 거둥하여 개선 장수들을 기다렸다.

마침내 이종무 등 개선 장수들이 들어와 양상을 뵈오니, 양상이 번갈아 크게 치하하고 위로하였다. 이어 종친과 중신들이 참석한 가운데 승전을 자축하는 주연을 베풀어 거듭 제장들의 공을 치하하며 즐겼다.

주연이 한창 무르익자 상왕이 기쁜 용안으로 말했다.

"이번 대마도 정벌의 대출정으로 비로소 전함의 위력을 알았도다. 삼면이 바다에 접한 우리나라는 전함을 더 많이 만드는 것보다 나은 대책이 없음을 경들도 깨달았을 것이다. 이에 과인은 나무가 많은 황해도, 평안도, 강원도 등지에 명하여 각각 조선소를 설치하고 이미 병선을 만들게 하였도다. 한데 이제 생각해 보면 배는 소나무로 만드는 것이 가장 좋은데, 소나무는 강원도 영동 지방에 많으니, 강릉과 양양, 삼척 등지에 조선소를 설치하여 전함을 만들고, 완성이 되면 해상으로 경상도와 전라도에 보내는 것이 좋겠는데, 경들은 어떻게 생각하는가?"

영의정 유정현이 아뢰었다.

"상왕 전하, 참으로 지당하옵신 어의이시옵니다. 목재를 운반하는 것보다 목재가 많이 나는 현지에 조선소를 설치하고, 전함을 만들어 각도 수군에 배치한다면 인력과 경비도 많이 절감될 것이옵니다."

임석한 종친과 중신들도 모두 상왕의 원대한 뜻을 한마음으로 받아들였다. 이날 주연은 내내 화기가 넘치었고, 양상은 물론 대소신료들은 날이 저물어 대궐로 환궁했다.

가고 오는 순리

세종 원년인 기해년은 늦봄까지 가물기는 했어도 늦게나마 다행으로 비가 때맞추어 알맞게 내려 밀과 보리를 비롯한 여름 곡식이 평년작을 이루었고, 가을까지 날씨도 고르게 좋아 가을에는 전에 없던 대풍년이 들었다. 벼농사를 비롯하여 조와 수수, 콩, 팥 등 모든 농작물을 평년작의 곱절에 가깝게 거둬들인 백성들은 도처에서 풍년가와 태평가를 부르며 상왕과 주상의 은덕을 칭송했다. 이로써 상왕과 조정 중신들이 기대했던 대로, 임금의 원년이 되는 기해년은 나라와 백성들에게 크나큰 홍복이 되는 한 해가 되었다.

9월 19일, 상참장에서 대사헌 신상이 아뢰었다.

"신이 어명을 받자와 내자시內資寺 : 대궐의 식품, 옷감 등 내연에 관한 일을 맡는 관청를 감사했사온데, 비가 새는 곳이 더러 있는데다 관리를 잘 못해서 천과 재물이 썩고 변질된 물품들이 많았나이다. 이는 관리들이 태만하고, 수장이 감독과 검찰을 게을리 한 소치이옵니다. 마땅히 훼손된 물품을 가려내어 값을 따져 변상토록 해야 할 줄 아나이다."

임금이 진노하여 말했다.

"대체 창고 관리를 어떻게 하였기에 먹을 식품과 옷감들이 썩고 있단 말이오? 내자시의 수장과 관리들은 그 지경이 되도록 보고만 있었다는 게요?"

"지난 여름에 유독 비바람이 심해 미처 손쓸 사이도 없이 그리 되었다고 했나이다. 하오나 창고를 관리하는 자가 감독과 검찰을 못한 것은 그 죄가 작지 않사옵니다. 법률 조문에, '창고 재물은 관리하고 지키는 담당자가 소홀히 하여 손상 또는 파괴되면 절도범으로 다루어 손상 파괴된 물품을 변상케 한다.'고 되어 있나이다."

"하지만 내자시의 관리들이 자주 바뀌었으니, 그 책임을 어떻게 물어야 한단 말이오?"

"관리들이 바뀌어도 그때마다 인수인계를 철저히 하게 되어 있나이다. 손상된 물건이 있었다면 인수받는 관리가 변상을 받아 채우거나 담당 수장에게 보고를 했을 것이옵니다. 하오니 현재 손상된 물품은 현재 관리가 책임을 져야 하나이다."

"참 그렇소이다. 이참에 궐 안 모든 창고를 철저히 조사하여 장부와 대조하고, 손상되거나 부족한 물품은 빠짐없이 변상토록 하시오."

대사헌 신상이 아뢰었다.

"하교받자와 차질 없이 거행하겠나이다."

이어 형조판서 김점金漸이 아뢰었다.

"작년에 공전公田 : 백성들이 경작하여 일정량의 세금을 바치는 나라의 땅 수확 실태를 현지 조사할 때, 사전私田 : 나라에서 소유권을 주어 경작하게 하는 농토과 과전科田 : 대소신료들에게 지위에 따라 나누어 주던 농토까지 함께 조사를 하였나이다. 신이 생각하건대,

그와 같은 합동 조사로 감찰관과 지방 수령들이 농간을 부려 풍작을 흉작으로 조작하고, 공전을 과전으로 조작하여 세곡을 매기고, 그 잔량을 착복했사옵니다. 그리하여 국고에 들어온 세곡이 적어 도성 쌀값이 오르는 등 피해가 적지 않았나이다. 올해는 근래에 보기 드문 풍년이 들었사오니, 경차관敬差官을 공전과 사전, 과전에 따로따로 파견하여 모든 농작물 수확 실태를 조사하고 과세하게 하소서. 그리하면 부정부패가 없을 것이옵니다."

임금이 심각하게 듣고 말했다.

"공전과 사전은 다 나라의 땅이오. 과전 역시 신료들에게 주었지만, 언제든지 되돌려 받을 수 있는 나라의 땅이외다. 그러나 지목地目에 따라 세곡 부과가 달라지니, 그러한 부정이 생기는 것이오. 경의 말대로 경차관을 따로 보내 현지 수령들과 함께 양곡 수확 실태를 정확하게 조사하게 하고, 그에 따른 올바른 과세가 되게 하시오. 이조에서는 즉시 각 도에 파견할 경차관을 선발하여 그 명단을 올리도록 하시오."

신료들이 물러가자 임금이 지신사 원숙에게 말했다.

"사헌부에서 내자시의 손상된 물품을 조사하여 징수하려 하는데, 과연 그것이 공정하게 처리될 것 같소?"

"전하, 어찌 되든 조사는 해야 하옵니다. 그리하여 이후로는 관리를 철저하게 하도록 하고, 손상된 물품에 대하여는 많지 않다면 결손 처리를 하는 것이 이제까지의 상례였나이다. 하오나 부족분은 관리들이 착복한 것이나 마찬가지이므로, 철저히 조사하여 징수케 하는 것이 옳을 것이옵니다."

"그래요. 이참에 각 창고의 물품을 세밀하게 조사하여 앞으로는 두 번 다시 이런 일이 없게 해야 할 것이오. 일단 조사 과정을 지켜보도록 합시다."

온 나라 백성들이 대풍의 수확을 거둬들이며 태평가를 부르던 세종 원년 9월 26일이었다. 노상왕이 인덕궁仁德宮의 정침正寢에서 훙하시었다. 향년 63세였고, 재위 3년이며, 거한居閑 : 왕위를 내놓고 생존한 연수 20년이었다.

부음을 접한 임금은 인덕궁에 거둥하여 곡례哭禮를 올리고 국장國葬을 선포하였고, 우부대언 윤회로 하여금 인덕궁에 상주하며 국장을 감독케 하였다. 뒤이어 예문제학 탁신과 도총제 노필을 빈전도감제조殯殿都監提調에, 지돈녕 김구덕과 예조참판 김자지를 재도감제조齋都監提調에 임명하였다.

조정에서는 대행 노상왕께 '정종순효대왕定宗順孝大王'이라는 시호諡號를 올리고, 묘호廟號를 '정종定宗'으로 올렸다.

두 번의 행대감찰 업무수행으로 공로를 인정받은 김종서는 그해 10월 24일, 사간원 우정언으로 승진했다. 김종서를 신임하던 임금은 이듬해 윤 정월에 나이 서른 살인 그를 광주판관廣州判官을 제수하여 지방 관리로 내보냈다. 지방 판관 중에서도 경기도 광주판관은 중앙조정의 당상관堂上官으로 오르는 지름길이라는 말이 있을 만큼 요직이었다.

이때 임금은 광주목사와 판관을 한꺼번에 교체했다. 이태 전, 상왕의 노여움을 사서 폐세자가 된 양녕대군이 경기도 이천의 사가에 부처되어 있었는데, 광주목사 문계종과 판관 김경이 두세 번이나 불러내어 함께 기방에서 술을 마시고 즐겼으며, 냇가에서 고기를 잡는 등 천렵川獵을 하였고, 장기와 바둑을 두고 놀았다는 상소가 광주와 이천의 유림들로부터 빗발치듯 올라왔다.

형님인 양녕대군을 애써 두둔하던 임금은 결국 견디다 못하여 목사와 판관을 파직시켰다. 사실 임금은 광주목사에게, 사가에 갇혀 있는 양녕대군을 틈틈이 잘 돌보라는 밀명을 넌지시 내렸었다. 목사와 판관을 파직시

컸어도 광주와 이천의 유림들은 죄를 물어야 한다는 상소를 계속 올렸다. 마침내 사헌부와 사간원에서도 두 사람을 탄핵하는 상소가 빗발쳤다.

임금은 어쩔 수 없이 문계종과 김경을 의금부에 구금하여 문초하였고, 결국 두 사람을 평안도 여연과 강계로 각각 귀양을 보냈다. 그 후임으로 춘천도호부사였던 남금南琴을 광주목사로, 판관에 김종서를 제수했다.

남금은 일찍이 관리들 간에 '속된 관리'라는 별명이 붙을 만큼 무능했다. 그런 자들일수록 능력을 과시하기 위하여 백성을 비롯하여 약자들 괴롭히기를 일과로 삼는데, 남금이 그러한 부류였다. 그러나 남금은 상왕이 친애하는 몇 안남은 원종공신이므로 함부로 대할 수도 없었다. 임금은 남금을 예우 차원에서 젊고 강직한 김종서와 의도적으로 한 데 묶어 보냈다.

김종서는 이미 강원도와 충청도, 전라도를 골골마다 누비며 잘살고 못사는 백성들의 삶을 보고 그 원인을 깨달았다. 굶주리는 백성에게 늘 굶어죽지 않을 만큼만 식량을 대준다면 그런 백성은 대를 물려가며 굶주릴 수밖에 없다는 원리를 깨달았다. 깨달았다고 해서 그것이 말단 관리 혼자의 힘으로 개선할 수 있는 일이 아니라는 것을 알기 때문에 마음만 안타깝던 김종서에게 광주판관은 절호의 기회였다.

김종서는 광주판관으로 부임하자마자 우선 발로 고을을 누비며 민심을 살피고, 특히 관전館田의 경작 상태를 파악했다. 관전은 지방 관아와 역관驛館에 딸린 농토인데, 제도상 관전에서 소출하는 곡물로 관아와 역관의 경비로 쓰게 되어 있었다.

조사 결과 광주 지방의 상황 역시 김종서가 행대감찰로서 돌아본 강원도, 삼남 지방과 똑같았다. 광주도 다른 지방과 마찬가지로 관에 딸린 둔

전屯田, 아록전衙祿田, 한외전限外田, 공수전公須田을 관원이나 아전의 피붙이
가 아니면 고을의 세도 있는 유림과 토호들이 경작하고 있었다.

관전을 임대받은 농민은 반병작농半竝作農이라 하여 전체 소출의 절반인
5할을 관에 수납하고, 5할을 경작농이 먹게 되는 것으로 원래는 공정한
제도였다. 그러나 관전을 임대받은 병작농은 농민이 아니었으니, 이들이
직접 농사를 지을 리가 만무했다. 그들은 특권으로 임대받은 관전을 농토
가 없는 백성들에게 종자값과 품값도 못되는 2할의 소작료로 경작을 시
키고 있었다. 그나마 백성들은 감지덕지하여 서로 소작 농토를 얻지 못해
아귀다툼을 하는 지경이었고, 아전 떨거지라도 아는 사람이 없으면 평생
관전을 얻을 수 없었다.

즉 전체 소출 10할 중에서 5할을 관에 수납하고, 3할은 임대자가 먹고,
2할을 경작한 농민이 차지하였다. 특권으로 관전을 임대 받은 자들은 손
끝 하나 까딱하지 않고도 소출의 3할을 고스란히 챙기고 있었는데, 그것
이 거의 대를 물려가며 이어져 관전은 개인 농지나 다름이 없었다.

또한, 관전 소출의 곡물 5할이 관고로 들어가야 하지만, 그것은 장부상
의 수납일 뿐 실제는 그게 아니었다. 일부는 고을 수령이 가로채고 나머
지는 관리들이 나누어 먹는 비리의 온상이 되고 있었다. 그 역시 김종서
가 돌아본 삼남 지방과 광주가 똑같았다.

실정을 파악한 김종서는 직속 상관인 광주목사의 강력한 반대를 무릅
쓰고 즉시 관전을 일괄 몰수했다. 때가 2월이라 농사철이 다가오므로 숨
돌릴 사이도 없이 심복 종사관 네 명을 풀어 관내에 땅 없는 농민들을 조
사하게 했다. 그 중에서 농토가 없으면서 농사지을 능력이 있는 가구를
골라 관전을 골고루 분배해 주었다.

경기도 광주는 평야가 많고 땅이 기름져 농작물 소출이 많은 고장이었

다. 농토를 임대받은 농민들은 덩실덩실 춤을 추었지만, 가만히 앉아서 달걀 거두듯이 재물을 챙기던 땅을 빼앗긴 자들은 이를 부득부득 갈았다.

광주목사 남금은 처음에 목사로서 무조건 판관을 손아귀에 움켜쥐려 했다. 그러나 그것이 엄청나게 무모하다는 것을 금방 깨닫게 되었다. 지방관만 역임한 늙은 목사 남금은 뒤늦게 상황을 판단하고는 목사의 권한마저 판관 김종서에게 넘기고 뒤에서 안주하려 했다. 그러나 그것을 받아들일 김종서가 아니었다. 남금은 결국 부임한 지 다섯 달 만에 파직되고 말았다.

7월 10일, 상왕이 좌대언 원숙에게 명하여 삼정승과 중신들을 수강궁 내전으로 들게 했다. 대비 민 씨가 지난 5월 병환이 들었는데, 처음에 학질이라고 했으나 환후가 점차 악화되어 백약百藥이 무효였다. 사흘 전부터 혼수상태에 빠진 대비는 실낱같은 목숨을 이어가고 있었다.

잠시 뒤에 영의정 유정현과 박은, 이원, 허조, 변계량 등 중신들이 상왕 탑전에 들었다.

유정현이 부복하여 아뢰었다.

"상왕 전하, 신 등은 황망하고 참담하와 몸 둘 바를 모르겠나이다."

상왕은 침통하게 받았다.

"그러게 말이외다. 명줄을 놓지 못하는 본인도 힘들겠지만, 옆에서 지키는 주상이 너무 안타까워 내 피가 마르는 듯하오."

중신들이 일시에 부복하며 애통해 하였다.

"상왕 전하, 망극하나이다. 하오나, 전하께서 만이라도 심기를 굳건히 하시오소서."

"고맙소이다. 대비의 병환은 이미 돌이킬 수 없으니, 대고大故에 대비하지 않을 수 없게 되었소. 만일 빈소를 차리게 된다면 광연루廣延樓와 수강궁 중에 어디가 좋겠소?"

우의정 이원이 아뢰었다.

"광연루는 사신을 접대하는 곳이고, 수강궁은 좁사오니, 지금이라도 명빈전明嬪殿을 수리하게 하시오소서."

상왕은 잠시 생각하다가 받았다.

"명빈전이라, 수리를 하자면 시일도 걸릴 것인즉, 수강궁 외전外殿이 어떠한가?"

박은이 아뢰었다.

"수강궁 외전은 너무 좁사옵니다. 명빈전을 수리하게 하시오소서."

"그리하라. 날이 연일 너무 더우니, 관곽 등속等屬을 미리 준비하고 치상治喪할 준비를 하는 것이 좋을 것이로다."

중신들이 상왕 탑전을 물러나오기도 전에 대비가 훙하였다는 기별이 왔다. 중신들은 상왕을 모시고 수강궁 별전으로 갔다.

대비는 낮 오시에 훙하였다. 춘추가 56세였고, 중궁의 자리에 오른 지 18년이며, 대비가 된 지 3년째였다. 대비 민 씨는 고려 말에 상의밀직商議密直을 지낸 민제의 딸이었다. 조선이 개국하여 남편 이방원이 왕자로서 정안군에 봉해지자 민 씨도 정녕옹주靜寧翁主에 봉해졌다. 이어 정안군이 세자 위에 오르며 정빈貞嬪에 봉해졌고, 세자가 보위에 오르매 정비靜妃에 봉해졌다. 중전으로 있기를 18년 만에 셋째 아들인 충녕대군이 보위에 오르며 부왕에게는 성덕신공盛德神功의 존호를 올리고, 모후에게는 후덕왕대비厚德王大妃로 존호를 올렸다.

조선이 개국되어 태조의 다섯째 며느리가 되면서부터 왕후를 꿈꾸던 민 씨는 남편 정안군을 도와 두 번의 왕자의 난을 진압하고 결국 왕후가 되었다. 그러나 왕후가 되면서부터 정비 민 씨는 하루도 편할 날 없는 나날을 살아야 했다.

친가의 동생인 민무구, 무질이 세자를 싸고돌았다는 죄로 파직되어 귀양을 갈 때는 임금과의 불화로 폐비가 될 뻔 했었고, 무구와 무질뿐만 아니라 그 밑의 두 동생인 무휼과 무회까지 귀양을 보냈다가 죽일 때는 사생결단으로 남편과 싸웠다. 그때 공조판서였던 황희가 아니었으면 여지없이 폐비가 되어 서인으로 내쫓겼을 것이다.

그 뒤부터 임금과 중전은 각기 다른 전각을 쓰며 10여 년간 서로 불목을 했다. 그 십여 년간을 넷째 왕자인 성녕대군이 네 살적부터 부왕전과 모후전을 오가며 다리 역할을 했다. 그래도 왕과 왕비는 화해를 하지 않았다. 민 씨는 왕비의 친가를 말살시킨 남편을 왕이라 인정하고 싶지 않았다.

그러다가 불목 십년 째가 되던 해 막내 왕자 성녕대군이 혼인한 지 석 달 만에 열네 살 나이로 갑자기 죽었다. 비록 불목과 불화를 계속했지만, 임금과 중전에게 성녕대군은 부부의 몸과 마음을 하나로 합성한 거울과도 같은 천하에 다시없을 귀한 아들이었다. 임금이 오늘은 무슨 일을 했으며, 중전은 오늘 하루를 어떻게 소일했는지 성녕대군은 양전을 오가며 미주알고주알 알려주곤 하며 재롱을 떨어 양전의 사랑을 받았다.

그러나 그것이 어찌 사랑만이었을까! 성녕이 죽자 대궐에는 이상한 소문이 쉬쉬하며 돌았다. 성녕은 부왕과 모후의 잠재된 울화를 한 몸에 받아 병이 들었고, 한창 나이인 열네 살에 병든 지 보름 만에 피를 토하고 죽었다는 내용이었다.

성녕대군 종琮은 네 살 때부터 모후전에서 부왕전을 하루에도 두세 번씩 오가며 남들이 알게 모르게 울었다. 아버지와 어머니는 왜 서로 만나지 않는 것일까? 나는 왜 남들이 하지 않는 이런 심부름을 하루에도 몇 번씩 해야 하는가? 어린 왕자의 뒤를 따르는 중궁전의 상궁과 나인들은 왕자가 울 때마다 같이 울었을 것이니 그런 소문이 어찌 퍼지지 않았으랴.

혼인한 지 석 달만인 왕자가 꽃다운 나이에 죽자, 임금과 중전은 그제야 정신을 차렸다. 궁중에 쉬쉬하며 퍼지는 입소문인들 어찌 몰랐을까. 쉰 초반의 부부는 막내아들의 주검을 앞에 두고 화해를 했다. 그리고 마음이 맞아 슬픔을 잊으려고 피방을 나간 개경 경덕궁에서 두 달 만에 만아들 세자를 폐하는 뼈저린 고통을 겪어야 했다. 그 뒤에 셋째 왕자 충녕이 보위에 올라 조정과 나라가 안정되고, 남편인 상왕과 새로운 정이 들어 비로소 왕후의 즐거움을 맛볼 즈음에 56세 아까운 춘추로 홀연히 세상을 떠났다.

임금은 소복으로 갈아입고 거적자리에 나아갔다. 이어 머리를 풀고 모후를 부르며 통곡하니, 아직 상복을 갖추지 못하고 임석한 백관들과 궁중 모든 사람들이 울지 않는 이가 없었다. 며칠째 모후의 환후를 지키며 식음을 전폐한 임금은 끝내 기진하여 쓰러졌다. 수강궁 국상청은 발칵 뒤집혔다. 내관이 임금을 업어다 수강궁 내전에 눕히고 전의가 진맥을 보았다.

옆에서 애타게 지켜보는 상왕의 독촉에 전의가 아뢰었다.

"황공하옵게도, 전하께서는 너무 허하셨나이다. 즉시 미음을 진어進御하셔야 하나이다."

상왕의 호통에 상궁들이 즉시 미음을 올렸지만, 정신을 차린 임금은 빈전으로 나가기를 고집하며 미음을 진어하지 않았다.

상왕이 눈물을 흘리며 권하였다.

"주상, 어쩌자고 이러는 게요. 주상이 정신을 차려야지, 이리하면 아무

일도 할 수가 없어요. 돌아가신 모후를 생각해서라도 이리하면 아니 되는 것이오. 자, 주상 미음을 드시오."

주상은 부왕의 손을 잡고 통곡하다가 마침내 미음을 드시었다. 기력을 찾은 임금이 다시 빈전 거적자리에 나아가 통곡하니, 만조백관과 궁인들의 호곡號哭으로 빈전이 떠나갈 듯하였다.

예조에서는 변계량과 곽존중으로 하여금 호상케 하고, 민여익과 이종선을 빈전도감제조로 삼아 목욕沐浴과 염습殮襲 등 빈전을 관장하게 하였다. 이어 좌의정 박은과 우의정 이원을 국장도감도제조로, 권진, 정역, 이천을 제조로 삼고, 청평군 이백강을 산릉도감제조로 삼았다.

상왕이 국장을 맡은 신료들을 불러 말했다.

"이번 대비의 병환을 두고 부처에게 빌기를 극진히 하였으나, 끝내 효험이 없었다. 과인 또한 불도佛道를 좋아하지 않으므로, 칠재七齋만 행하고 법석法席의 회會는 베풀지 않을 것이다. 또한, 치상은 힘써 진실하게 하되, 번거롭고 사치하게 하지 말라. 다만, 국가의 사무는 중단할 수 없으니, 주상이 변복變服하기 전에는 병조에서 선지를 받아 각 조曹에 내려 차질 없이 시행케 하라."

영의정 유정현이 받아 아뢰었다.

"상왕 전하, 심려치 마시옵소서. 국정은 신 등이 빈틈없이 경영하겠나이다."

병조판서 조말생이 아뢰었다.

"상왕 전하, 아뢰옵기 황공하오나, 복술자卜術者가 이르기를, '11일은 상왕께서 궁에 머무심은 매우 불길하다.' 하였사옵니다. 복술을 깊게 믿기는 뭣하오나, 듣고 난 이상 믿지 않기도 찜찜하나이다. 청하옵건대, 낙천정으로 납시어 내일 하루만 넘기시옵소서.”

임석한 중신들이 모두 청하였다.

“상왕 전하, 그리 하시오소서.”

상왕은 침통하게 받았다.

“그리 알고 있기는 하지마는, 주상이 저토록 애통하며 절박해 하니 차마 두고 가지 못하겠다.”

유정현이 아뢰었다.

“전하, 빈전에는 종친들도 많이 계시고, 신 등도 있나이다. 효령대군을 대동하시어 하루만 피궁避宮을 하시오소서.”

불도도 멀리하고 미신도 믿을 게 아니라고 배척하던 상왕이었지만, 상중에 복술자가 한 말을 전적으로 무시할 수도 없었다. 상왕은 효령대군을 데리고 떨어지지 않는 발걸음으로 낙천정을 향했다.

9월 17일에 모후의 국장을 치르고 나서도 슬픔에서 헤어나지 못하던 임금은 새해를 맞이했다. 대행대비죽고 나서 시호를 받기 전까지의 존호에게는 원경왕후元敬王后라는 시호를 올리고 국장을 치러 광주 대모산大母山에 안장하여 능호를 헌릉獻陵이라 하였다.

이듬해 3월 14일, 상참을 받은 임금은 중신들이 물러가자 상왕이 계시는 풍양궁에 납시었다.

상왕은 지난해 가을부터 요즈음까지 매사냥에 재미를 붙이고 있었다. 십 년간 소원했던 왕후와, 막내아들의 주검을 앞에 두고 화해하여 늦정이 들 만할 즈음 사별을 한 상왕은 마음 둘 곳 없이 허전하고 쓸쓸하여 괴로워했다. 열 명이 넘는 젊은 후궁들이 있지만, 그들 모두가 조강지처인 정비 한 사람만 못하다는 사실을 상왕은 이제야 깨달았다.

상왕은 자기 손으로 고부姑婦간인 두 왕비의 친가 두 가문을 모조리 말살시키고, 부녀자와 어린 아이들을 천인으로 격하시켜 내쳤다. 그 몹쓸 짓들을 누구를 위하여 했던가! 그러나 상왕은 후회는 하지 않았다. 어느 개인을 위하여 어찌 그런 잔혹한 처사를 할 수 있을까. 나라를 위하고, 만백성의 안위를 염려하여 하지 않으면 아니 될 일이었음에 어찌 후회를 하랴! 그러나 그 참혹한 일들을 어찌 잊으리. 상왕은 괴로울 때마다 측근을 거느리고 도성 근교에 나가 매사냥을 하고, 밤이면 원자 향珦과 마주앉아 글을 가르치기도 하고, 배운 것을 시험해보는 즐거움으로 소일하고 있었다.

아직 세자로 책봉되지 않은 원자 향은 이제 여덟 살이었다. 상왕은 원자를 대하고 앉을 때마다 주상의 어린 시절이 생각나곤 하여 더 귀여워하고 사랑하였다. 원자는 볼수록 부왕을 그대로 닮았다. 성격이 차분하며 총명하였고, 몸가짐도 늘 단정하고 예의가 발랐다. 향은 금년부터 소학을 배우고 있었는데, 스승인 집현전직제학 김자와 신장이 혀를 내두를 만큼 총명해서 궁 안에 소문이 자자했다.

상왕은 원자를 데리고 있다가 주상을 맞이하여 환하게 웃으며 말했다.

"어서 오세요, 주상. 내가 심심해서 원자를 불러 놓고 있던 참이었다오."

임금도 밝게 웃으며 말했다.

"잘 하시었사옵니다. 그래, 원자는 할바마마께 무엇으로 즐겁게 해 드렸느냐?"

향은 방글방글 웃으며 자랑스레 말했다.

"예, 아바마마. 할바마마께서 어제 배운 대목을 강講해보라 하시었사옵니다."

임금은 원자 앞에 앉으며 정어린 말로 물었다.

"그래, 할바마마께 무엇을 강해 올렸더냐?"

"예, 소학 붕우朋友편에서 '이문회우以文會友하면 이우보인以友輔仁이라.' 했는데, '글로 벗을 사귀고, 사귄 벗과는 어진 마음으로 대해야 한다.' 라는 뜻이옵니다."

양상은 함께 크게 웃었고, 임금은 또 물었다.

"그래, 그 다음은 또 무엇을 강했더냐?"

"'붕우유과朋友有過면 충고선도忠告善導라.' , '잘못을 지적해 주는 벗이 참된 벗이며, 충고를 받아들이는 사람이 참된 벗이다.' 라는 뜻이옵니다."

상왕은 무릎을 치며 웃고는 말했다.

"주상, 원자가 참으로 대견하지 않습니까? 나는 집현전학사들이 칭송을 하기에 그저 듣기 좋으라고 하는 소린 줄 알았더니, 오늘 시험해 보니 소학을 아주 통달하고 있습니다."

임금도 덩달아 흡족하게 웃으며 받았다.

"아바마마, 배운 것을 몰라서야 되겠습니까? 배운 것을 몸에 익히고 인용하는 것이 더 중요하겠지요."

"그야 어련하겠습니까. 원자가 소학을 배우고부터 아주 의젓해지고, 말솜씨도 예의 발라지는 것이 눈에 보입니다. 원자는 영락없이 어릴 때의 주상입니다. 허허허……!"

향은 부왕의 손을 잡아 만지며 눈웃음으로 물었다.

"할바마마, 소손이 아바마마 어릴 때를 닮았사옵니까?"

"그렇다마다. 글 읽는 목소리까지 닮았느니라."

상왕은 원자의 작은 손을 어루만지며 물었다.

"주상, 내 들으니 충청도에 있는 코끼리가 또 사람을 죽였다구요?"

"그러하옵니다. 그러잖아도 그 말씀을 올리려고 들렸사옵니다."

상왕은 안타까운 용안으로 말했다.

"그 또 어쩌다가 그리 되었는고. 그 미물이 참 애물단지로다. 그래, 주상은 어찌 하시려오?"

향이 눈을 동그랗게 뜨고 듣다가 끼어들었다.

"할바마마, 코리끼가 뭔데, 사람을 죽였사옵니까?"

"허허허……, 뭣이라! 원자는 지금 무엇이라고 했느냐?"

"코리끼가 사람을 죽였다고 했사옵니다."

"허허허, 그래, 그 희한한 짐승은 덩치가 집채만 한데, 코리끼가 아니라, 순상이라고 하는 코끼리니라."

향은 두 팔을 휘둘러 원을 그리며 호들갑스레 말했다.

"하이구나! 정말 집채만 한 짐승이옵니까? 하오면 근정전만 하옵니까?"

양상은 유쾌하게 한바탕 웃고는 상왕이 대꾸했다.

"원자야, 짐승이 어찌 근정전만이야 하겠느냐. 백성들이 사는 초가집만은 하단 말이란다."

"할바마마, 초가집도 크나이다. 소손은 말이 제일 큰 짐승인 줄만 알았사온데, 그리 큰 짐승도 있으니 보고 싶사옵니다. 할바마마와 아바마마께서도 그 짐승을 보셨사옵니까?"

"보다마다. 처음에 그 짐승을 일본 국왕이 보내왔는데, 궁궐 사복시司僕

寺 : 궁중의 가마와 말, 외양간과 목장을 맡아보던 관청에서 길렀더니라."

향은 이상하다는 듯 고개를 갸웃거리며 말했다.

"하온데 왜 충청도에 보냈사옵니까?"

임금이 아들의 등을 다독이며 받았다.

"그 짐승이 그때도 사람을 죽여서 지방으로 보냈었단다. 그런데 이번에 또 사람을 죽였다는구나."

"아바마마, 그 짐승이 그렇게나 사납사옵니까?"

"길들인 짐승이라 사납지는 않은데, 사람들이 해코지를 하거나 업신여기면 화가 나서 사람을 해치는 게야."

향은 이상하다는 듯 고개를 갸우뚱거리며 종알거렸다.

"참, 이상하옵니다. 사람들은 왜 불쌍한 짐승을 해코지합니까?"

상왕이 웃으며 손자를 얼렀다.

"그 짐승은 워낙 커서 먹기는 마소보다 열 배는 더 먹으면서 부려먹을 수도 없으니, 기르는 사람들이 미워하는 게란다."

"하온데 그 짐승은 어떻게 생겼사옵니까?"

상왕은 팔을 들어 코끼리 시늉을 하여 설명해줬다. 어린 손자 앞에서는 그저 할아버지일 뿐이었다.

"코끼리는 코가 이렇게 길어 땅에 닿고, 귀는 키 짝만 하단다. 다리는 말처럼 넷인데, 굵기는 기둥만 하고, 긴 코를 사람 손처럼 써서 먹이를 집어 먹는단다."

"와아! 정말 이상한 짐승이옵니다. 할바마마, 소손은 코끼리를 어서 보고 싶사옵니다."

상왕은 잠시 생각하다가 대답했다.

"어찌 보고 싶지 않겠느냐. 하지만 그 짐승을 도성으로 데려 올 수는 없으니, 충청도 환쟁이한테 시켜 그림으로 그려 올리게 하면 될 것이야."

상왕은 즉시 뒤에 시립한 내관에게 일렀다.

"공주목사에게 명해서 코끼리를 그림으로 그려 올리게 하라."

충청도 공주에서 사람을 밟아 죽였다는 코끼리가 조선에 들어온 것은 십 년 전인 태종 11년 2월이었다. 일본 국왕 원의지元義持가 사신 편에 순상 한 마리를 바쳤다. 조정에서는 처음 보는 짐승이라 기이하게 여겨 사복시에 맡겨 기르게 했다.

그런데 이 짐승이 워낙 커서 먹이를 소나 말보다 열 곱을 먹으니, 하루에 쌀 2말, 콩 1말씩을 해치웠다. 이듬해 결국 사복시에서 못 기르겠다고 내놓아 삼군부三軍府에서 맡아 길렀는데, 그해 12월에 공조전서 이우李瑀가 이상한 짐승이라고 놀리며 침을 뱉자, 코끼리가 달려들어 코로 감아 자빠트리고는 발로 밟아 죽였다.

조정에서는 사람을 죽인 짐승이라 하여 사살할 것을 청하였지만, 임금은 귀한 짐승을 불쌍하게 죽일 수 없다하여 전라도 순천부 노루섬에 보내 방목케 했다. 그러나 사람에 길들여져 사람을 따르는 코끼리를 무인도에 방목하자, 먹이도 먹지 않고 크게 울어 사람이 가면 졸졸 따르며 눈물을 흘려 할 수 없이 육지로 데려왔다. 그러나 맡아 기르고자 하는 관청이 없어 전라도와 경상도, 충청도에서 돌아가며 번갈아 1년씩 맡아 사육했는데, 이번에 또 사람을 밟아 죽였던 것이다.

상왕이 주상에게 물었다.

"중신들은 죽여 없애는 것이 편하다고들 한다는데, 주상은 그 짐승을 어찌하실 작정이오?"

"그 짐승이 많이 먹기는 하지만, 우리나라에 들어온 지 벌써 십 년이 넘었으니, 죽일 수는 없겠나이다. 다시 섬으로 보내되, 말을 기르는 목장으로 보내는 것이 옳을 듯싶나이다."

원자 향이 나섰다.

"아바마마, 코끼리를 죽이지 마시옵소서. 사람이 보고 싶어 운다는 짐승을 어찌 죽인다 하옵니까?"

상왕이 받았다.

"오냐, 죽이지 않을 것이다. 아바마마께서 목장으로 보낸다 하였느니라."

양상은 기뻐하는 향을 흐뭇하게 지켜보며 즐거워하였다.

3월 24일, 상참장에서 충청도 관찰사가 올린 장계를 호조참판 이안우李
安愚가 아뢰었다.

"충청도 관찰사가 계했사온데, 파종 시기를 맞아 도내의 곡식 종자가
모자라므로, 음죽陰竹에 있는 국농소國農所 : 각 도의 곡식 종자를 보관하여 관리하는 곳의
종자 5천 석을 풀어 줄 것을 청하였나이다."

임금이 물었다.

"종자 파종이 끝나가는 시기인데, 어찌하여 종자가 5천 석이나 모자란
단 말이오?"

이안우가 아뢰었다.

"충청도에서 청구한 종자 5천 석의 종목을 신이 보았사온데, 봄 가뭄으
로 싹이 트지 않은 지역이 많다고는 하오나, 충청도 국농소의 곡물 종자
가 거의 풀려나가 그 수량에 미치지 못하나이다. 신이 조사해본 바로는 2
천 석 이상은 풀 수가 없나이다."

"없는 종자를 풀 수는 없으나, 청구하는 수량에 절반도 미치지 못하면
결국 땅을 묵힌다는 말이 아니오?"

호조판서 이지강이 아뢰었다.

"전하, 예로부터 종자가 없어 땅을 묵힌 적은 없사옵니다. 대체 작물이
라도 심기는 하오나 단지 소출이 미치지 못하여 부과되는 세곡을 걱정한
수령들이 과다하게 종자를 청구하는 예도 있사옵니다. 봄 가뭄이 심했던
삼남 지방에 감찰사를 파견하여 농작물 파종 실태를 조사케 하는 것이 옳
을 줄 아나이다."

임금이 고개를 주억거리며 말했다.

"옳은 말입니다. 경지 면적만 보고 세곡을 부과하는 것도 문제입니다. 이조에서는 삼남 지방에 파견할 감찰사를 선발하여 명단을 올리도록 하시오."

"신 이조판서 맹사성, 하명받자와 거행하겠나이다."

임금은 이어 지신사 김익정에게 하명했다.

"지신사는 들으라. 주자소鑄字所에 술 120병을 내릴 것이니, 지신사가 좌·우대언을 대동하고 가서 밤낮으로 일하는 공원들을 위로하도록 하라."

김익정이 납작 엎드리며 명을 받았다.

"전하, 성은이 망극하나이다. 하명받자와 거행하겠나이다."

임금은 즉위 초부터 특히 주자소와 제책 출간에 큰 관심을 두고 공조工曹로 하여금 주자소 확장과 개량에 전념하게 하였고, 글자도 읽기 좋은 모양으로 만들어 다량의 책을 찍어내도록 독려했다.

작년 9월이었다. 임금은 주자소에 친히 납시어 책 찍는 과정을 돌아보았다. 공원들은 낱자로 된 글자를 하나하나 동판銅版에 놓고, 글자들 사이를 황납黃蠟 : 꿀벌집을 끓여서 만든 밀납을 끓여 부어 고정시키는데, 단단히 굳기를 기다리는 시간이 오래 걸렸다. 뿐만 아니라 밀납이 굳은 후 책 편을 찍는 중에도 밀납이 약해 글자가 밀려 삐뚤어져 두서너 장만 찍어도 쏠리고 틀어져 찍어낸 편들이 조잡하고 작업 능률이 오르지 않았다. 그날 온종일 주자소 작업 과정을 지켜 본 임금이 주무 담당관인 공조참판 이천에게 말했다.

"과인이 오늘 주자소의 작업 과정을 지켜보았는데, 활자며 동판을 다시 주조할 필요가 있겠어요. 다름 아니라, 글자를 동판에 세우고, 글자 사이를 동으로 메우세요. 처음에는 시간이 좀 걸리겠지만, 한번 완성된 판은 수만 장을 찍어도 글자가 삐뚤어지지 않을 뿐더러 밀납을 매번 사용하지 않아도 되니 이 또한 절약이 아니겠소?"

공조참판 이천과 상서사 소윤 남급南汲은 고개를 갸우뚱거리면서도 임금의 생각에 일리가 있어 수긍했다. 이튿날부터 이천과 남급은 주자소 장인들 중에서도 손재주가 뛰어난 장영실蔣英實로 하여금 글자판을 개량하게 하였다.

명을 받은 장영실은 소윤 남급의 지휘로 주자소 장인들과 함께 임금이 지시한 대로 글자판을 만들어 보았다. 우선 기존의 글자판인 동판을 철판으로 바꾸고, 철판 위에 글자를 식자植字한 뒤에 동을 녹여 부었다. 결과는 과연 성공적이었다.

사흘에 걸친 실험에 성공한 이천은 임금 탑전에 부복했다.

"전하 감축 드리옵니다. 글자판 주조는 성공적이었사옵니다. 전하의 깊고 넓으신 혜안은 참으로 하늘에 닿았음이옵니다."

임금도 밝게 웃으며 받았다.

"오, 그래요! 잘 되었다는 말이지요?"

"그러하옵니다, 전하. 글자판을 철로 주조하고 제작하는 기간은 좀 걸리나, 일단 완성이 되면 완벽하고 영구적이었사옵니다."

"오, 잘되었습니다. 경을 비롯하여 주자소 모든 공인들의 노고가 컸습니다."

"황공하옵니다, 전하. 하옵고 이번 일에도 주자소 장인 장영실의 기지機智와 놀라운 손재주로 단기간에 이룩될 수 있었나이다."

임금도 흐뭇한 용안으로 받았다.

"그랬습니까? 장영실은 상왕께서도 눈여겨보시는 인재로서, 다방면으로 놀라운 재주를 가졌습니다. 경이 잘 보살피고 지도하세요. 앞으로 할 일이 많은 장인입니다."

"전하, 명심하겠사옵니다?"

"일단 실험에 성공했으니, 기왕 글자판을 새로 제작하는 김에 글자도 개량하여 다시 만들어 보세요. 상왕께서 즉위 3년째 되던 계미년에 주자소를 설치하고 만든 계미자癸未字는 글자가 너무 크고 고르지 못해요. 활자를 보기에도 좋게 새로 만들고, 자판도 제작하여 우선 〈자치통감강목資治通鑑綱目 : 자치통감의 대요를 송나라 때 주희와 조사연이 가려 뽑아 펴낸 책으로 59권〉부터 찍어 보세요."

이천은 아직 즉위 일천한 젊은 임금의 끊임없는 문화적이고 지적인 욕구에 감복하여 깊게 부복하며 명을 받았다.

"전하, 참으로 원대하시고 깊으신 어의이십니다. 하명받자와 명심하여 거행하겠나이다."

"과인의 뜻을 이해하니 고맙소이다. 주자소에서는 모든 작업을 중단하고, 활자 개량과 자판 주조에 전념토록 하세요. 글자판이 영구적이니, 활자가 완성이 되는 대로 집현전에서 교정을 보게 할 것입니다."

그 이튿날부터 주자소에서는 〈자치통감강목〉의 글자부터 개량하기 시작하여 책을 찍을 수 있는 활자판을 만들기 시작했다. 마침내 활자판이 일부 완성되어 출간에 들어가자, 임금은 경자년에 만들어진 글자판이라 하여 '경자자庚子字'라는 이름을 친히 지어 부르게 했다.

임금은 밤낮 없이 작업에 열중하는 주자소 공원들을 격려하기 위하여 목멱산木覓山 : 남산 밑에 있는 주자소를 자주 찾았고, 술과 고기를 내려 노고를 위로했다. 임금은 〈자치통감강목〉 전 59권의 글자판을 금년 말까지 완성하도록 독려하고 있었다.

세종 3년 5월 초순, 연화방에 짓던 신궁이 마침내 완공되었다. 임금이 풍양궁에 나아가 상왕을 받들어 모시고 신궁에 들었다. 대비가 훙한 뒤부터 외롭고 허전한 마음을 붙일 데 없이 낙천정으로, 풍양궁으로 나돌던 상왕이 연화방 동구에 신궁을 지으라고 명한 것이 작년 가을이었다. 공조에서는 그동안 임금의 특명으로 공사를 서둘러 마침내 완공되어 상왕이 이어했다.

의정부와 육조의 중신들과 종친들, 원로훈신 창녕부원군 성석린成石璘과 평양부원군 김승주金承霔 등이 신궁에 들어 문안하고 하례를 올렸다.

하례를 받은 상왕이 병조판서에게 말했다.

"병판, 오늘 날씨도 좋고 하니, 오랜만에 석전石戰을 보고 싶도다. 병판이 대언사 대언들과 함께 준비해 보도록 하라."

병조판서 조말생이 아뢰었다.

"상왕 전하, 참으로 좋은 생각이시옵니다. 석전도 무예를 닦아 무재武才를 겨루는 것이니, 예로부터 나라에 경사가 있는 날은 석전과 기마전으로 서로의 무예를 겨루곤 하였나이다."

상왕은 흡족한 용안으로 받았다.

"병판의 말이 옳도다. 그럼 어서 가서 준비를 하라."

조말생이 명을 받고 물러가자, 상왕이 배석한 종친과 중신들을 둘러보며 말했다.

"내가 얼마 전부터 주상에게 무장들로 하여금 석전을 시켜 보자고 했더니, 주상은 굳이 사양하였소이다. 허나 오늘은 신궁의 낙성도 보았고 하니, 우리 모두 함께 가서 보도록 합시다."

종친과 중신들은 양상을 모시고 종루鐘樓 연병장으로 나아갔다.

종루의 연병장 누樓 위에는 어좌를 비롯하여 신료들의 자리가 마련되어 있었고, 양상과 대소신료들이 자리를 잡자 이내 술자리가 베풀어졌다.

석전의 진용陣容이 짜여지고 양 진이 연병장에 입장했다. 왼편은 방패군으로 각자 방패를 든 군사가 300명이었고, 오른편은 척석군擲石軍으로 150명이었다. 석전은 고려 때부터 해오던 무예 단련 겸 경기였는데, 조선이 개국되면서 시나브로 없어졌다가 3년 전부터 상왕이 다시 부활시켜 인원을 보충하고 연습을 하는 등 서너 번 시합을 한 적이 있었다.

방패군은 삼군도총제 하경복河敬復을 대장으로 중군과 좌 · 우군총제 곽승우, 권희달, 박실 등 나이든 장수들과 상호군 이징석李澄石, 대호군 안희복安希福 등 1백 명의 기마군과 2백 명의 보졸로 이루어졌다. 척석군은 지병조사 곽존중을 대장으로 군관급과 보졸로 진영이 짜여졌다.

마침내 개전을 알리는 북이 둥둥 울리고, 양편이 함성을 지르며 싸움이 벌어졌다. 석척군이 돌과 나무 도막을 마구 던지며 달려들자, 방패군은 방패로 막으며 대들었으나 던지고 달아나는 석척군을 당해 낼 수 없어 밀리기 시작했다. 밀고 밀리기를 서너 차례하자, 이징석은 말에서 떨어져 말을 빼앗겼고, 대장 하경복은 돌에 얼굴을 맞아 구레나룻이 상하였다. 박실은 투구가 나무 도막에 맞아 벗겨지며 옥관자玉貫子가 떨어져 나가는 등 방패군이 패하였다.

상왕은 경기를 중단시키고 장수들을 누 위로 불렀다.

땀을 뻘뻘 흘리는 하경복을 보며 박장대소한 상왕이 물었다.

"허허허……, 천하의 대장 하경복도 이제 늙었도다. 그래, 크게 다치지 않았는가?"

하경복은 돌에 맞아 벗겨진 왼쪽 구레나룻을 만지며 겸연쩍게 대답했다.

"상왕 전하, 비록 싸움은 패했으나, 크게 다친 장졸은 없나이다."

상왕은 누에 오른 장수들에게 친히 술을 권하고는 교의에서 일어나 누각 난간으로 나아가 연병장에 앉아 휴식하며 술로 목을 축이는 군들에게 말했다.

"방패군은 어찌하여 처음부터 패하여 달아나기만 하였는가?"

방패군 군사들이 하나같이 아뢰었다.

"저녁놀에 눈이 부시고, 바람에 티끌이 날려 날아오는 돌을 볼 수 없었나이다. 전하, 청하옵건대, 진영을 바꾸어 다시 한 번 겨루겠나이다."

상왕은 유쾌하게 웃으며 받았다.

"좋도다. 이번에 이기는 편에는 푸짐한 주육을 상으로 내리리라."

"와아! 와아!"

연병장의 장졸들은 환호성을 지르며 기쁨으로 날뛰었다.

상왕은 돌아와 교의에 앉으며 하경복과 곽존중에게 지시했다.

"진영을 바꾸어 싸우되, 이번에는 돌이 아니라 몽둥이나 목검으로 싸운다. 하지만 아무래도 방패군은 노장들이라 석척군에서 40명을 뽑아 지원해 준다."

명을 받은 장수들은 임금이 내리는 술을 한 잔씩 마시고 내려가 진용을 갖추고 다시 싸움을 벌였다.

110명의 석척군이 목검과 몽둥이로 마구 들이치며 달려들자, 340명의 방패군은 미처 막아내지 못하고 밀리기 시작했다. 방패군은 대장의 명령으로 방패를 서로 연결해 방벽을 이루어 밀고 나갔으나, 방벽 가운데가 뚫리며 다시 흩어졌다. 방패군 장수들은 그예 뿔뿔이 흩어져 달아나며, 사력을 다해 대항하는 젊은 병졸들을 향하여 고함을 지르며 성세聲勢만 북

돌아줄 뿐이었다. 그러나 결국 방패군이 패했다.

시합이 끝나고 양편의 군사들이 정렬하자 상왕이 장대에 올라 말했다.

"오늘 수고들 많았다. 오랜만에 좋은 무예를 보았도다. 헌데 방패군이 보기에는 모두 건장하여 잘 싸울 줄 알았더니, 실상은 겁이 많고 용기가 없는 군사들이었다. 무예를 연마하여 다음 시합에서는 꼭 이기도록 하라."

연병장 군사들은 일시에 환호성을 지르며 상왕의 말씀에 화답했다.

상왕이 군사들의 환호를 제지하며 말했다.

"과인이 약속대로 주육을 내리겠다. 하지만 어찌 승자와 패자라고 차별을 하겠는가. 모두 마음껏 먹고 즐기도록 푸짐하게 내릴 것이다. 그리고 다친 사람은 의원에게 치료를 하라고 했으니, 빠짐없이 치료를 받으라."

대소신료들은 환호하는 군사들을 뒤로 하고 양상을 모시고 궁으로 들어갔다.

태상왕과 낙천정

세종 3년 9월 6일, 임금이 상참을 받은 뒤에 영의정 유정현이 아뢰었다.

"전하, 의정부에서 논의된 사항을 아뢰나이다. 신 등이 전을 올려 상왕 전하 휘호徽號를 올릴 것을 청하오니, 전하께서 낙천정에 납시면 신 등을 위하여 먼저 말씀드려 주시오소서."

임금이 밝은 용안으로 받았다.

"그리 하지요. 진즉 올렸어야 할 휘호였습니다."

"그러하옵니다, 전하. 하오시면 봉숭도감을 제수하시어 그들로 하여금 전을 받들도록 하심이 옳을 것이옵니다."

"영상의 진언이 옳습니다. 참찬 변계량과 예조참판 하연을 봉숭도감제조封崇都監提調로 삼을 것입니다."

"전하, 성은이 망극하나이다. 하오면 의정부에서 상왕 전하께 올리는 전을 봉숭도감제조로 하여금 받들어 낙천정으로 나아가게 하겠나이다."

상왕은 사흘 전부터 살곶이에 있는 낙천정樂天亭에 나가 있었다. 낙천정은 금교역 북쪽에 있는 대산臺山 정상에 있는 정자였다. 상왕은 왕위를 물려준 뒤부터 왕궁의 동쪽에 있는 금교역 주변에 자주 나가 바람을 쐬며 소일하고 하였다.

금교역은 상왕 태종에게 평생 잊을 수 없는 아픈 기억이 있는 곳이어서 자주 찾는지도 모를 일이었다. 태종이 보위에 올라 조사의 난을 진압했을 때, 함흥에 있던 태상왕이 난을 일으킨 조사의를 버리고 환궁하였다. 이때, 태상왕은 마중 나온 아들 태종을 겨누고 화살을 쏘았다. 화살은 차일 기둥에 맞아 위기를 면했지만, 그 아픈 기억을 상왕은 잊을 수는 없었을 것이다. 사람들은 그때부터 금교역을 '살곶이' 라 불렀다.

금교역의 대산은 마치 가마솥을 엎어놓은 듯이 정상이 둥그스름하다. 대산에 올라가서 사방을 바라보면, 수락산과 사패산 사이로 흘러내리는 중랑천과 청계천이 합수하며 큰 내를 이루어 한강으로 흘러들며 삼각주을 이룬다. 합수된 물은 모래톱과 뻘밭 곳곳에 이룬 늪을 휘돌아 굽이치는 강이 되어 바다처럼 퍼져 있다.

대산에 올라 북쪽을 바라보면 연이은 산봉우리와 중첩한 산등성들이 켜켜이 보이고, 강 쪽으로 층층이 봉이 낮아지며 언덕을 이루니, 대산은 마치 별들이 북극성을 둘러 싼 형상으로 하늘이 만든 경승지景勝地였다.

상왕은 보위를 물려준 그해 가을에 대산 아래쪽 구릉의 간방艮方 : 동쪽과 북쪽의 사이 한가운데 중심 지역에 이궁離宮을 짓게 하고, 구릉 위에 정자를 짓게 했다. 마침내 이듬해 봄에 이궁과 정자가 완공되었다.

이궁과 정자를 둘러 본 상왕은 크게 기뻐하며 좌의정 박은에게 명하여 정자 이름을 짓게 했다. 박은은 주역周易의 계사繫辭에서 낙천樂天이란 두 자를 골라 아뢰니, 상왕은 매우 흡족하여 정자의 이름을, '낙천정樂天亭이라 부르게 하였다.

낙천정과 이궁은 지금의 광장동 워커힐 호텔 자리가 아닌가 싶다. 변계량은 낙천정의 사계절 풍광을 다음과 같이 격찬했다.

- 봄바람이 화창하게 불어오면 아름다운 꽃이 다투어 피는데, 붉고 푸른빛이 강물에 어리어 가득하다.
- 차차 여름이 되어 뜨거운 볕이 쇠붙이를 녹이고 대지가 타는 화로와 같을 적이면, 강물을 휘돌아 불어온 맑고 시원한 강바람이 정자에 가득하여 더위를 쫓는다.
- 가을이 강산을 오색으로 물들이면, 아름다운 풍경이 맑은 거울 같은 강물에 어리어 비치고, 숲이 비단 병풍처럼 좌우에 둘러있어 세속을 잊게 한다.
- 설한풍이 몰아쳐 천지가 설경이 되면 정자는 오히려 용트림하는 것 같은 배산背山이 북풍을 막아 아늑하고, 난간에 기대어 눈을 들어 둘러보면 천리 강산이 한 빛으로 아름답다.

9월 7일, 임금은 봉숭도감제조 하연과 변계량, 병조판서 조말생을 대동하고 낙천정 이궁에 납시었다. 임금을 모시고 상왕을 문안한 변계량이 의정부에서 올리는 전을 받들어 상왕께 올렸다. 상왕의 휘호를 태상왕太上王으로 올릴 것을 주청하는 전은 다음과 같다.

신 영의정 유정현 등은 삼가 주청하나이다. 지난해 봄에 주상 전하께서 신 등을 거느리고 휘호 높일 것을 청하였으나, 윤허를 받지 못하였고, 이어서 상변喪變 : 대비의 국상을 당하여 지금까지 천연天然되었나이다. 하오나 근자에 주상 전하께서 소상 제를 끝마치시게 되어 감히 지난해 청하던 것을 펴서 올리나이다. 제왕帝王의 도는 크게 공정하여 백성들이 마음에서 순종하니, 이는 바로 하늘에 순종하는 것이나 같나이다. 하온데 이제까지 전하의 휘호를 올리지 못하여 성대하고 아름다운 공덕이 어둠 속에서 드러나지 못하고, 천지와 종묘사직에 고하지 못하였으니, 신료들과 백성들의 죄가 크나이다. 엎드려 생각하옵건대, 전하께서 생각을 돌리시고 공의에 따르셔서 천지와 종묘사직에 순응하시고, 주상 전하의 효성도 위로하시어 백성들의 지극한 바람에 응답하시오소서. 이는 공도에 다행이며 만세에 다행이니, 신 등은 구구한 정성으로 간곡히 원하나이다.

전을 읽은 상왕은 환관 엄영수嚴永秀에게 명하여 제신들을 어전에 들게 하였다.

변계량과 하연, 조말생이 어전에 부복하자 상왕이 말했다.

"의정부에서 올린 전의 내용이 말이나 뜻은 간곡하나, 태상太上이 된다면 풍양豊壤 : 백성들이 농사를 짓는 들판에 출입하는 것도 역시 가볍게 할 수 없을 것이니 번거롭지 않겠는가?"

하연이 받아 아뢰었다.

"비록 태상으로 존숭하여 모셔도 무엇이 출입하는 데에 구애가 되겠나이까. 그저 전일에 전하께서 태상태조을 섬기던 정성과 마음으로 이제부터 주상 전하께서 그대로 전하를 섬기도록 윤허하시면 될 것이옵니다."

"전조에 충선왕忠宣王 부자父子 또한 어진 임금이었다. 자애하기를 극진히 하면서도 태상이라는 휘호를 올렸다고는 듣지 못하였다. 어찌 반드시 존숭尊崇한 뒤에라야 부자와 군신 간의 도리가 극진하다고 할 것이겠는가?"

변계량이 받아 아뢰었다.

"신 등은 왕계王季와 문왕文王의 예에 기대하는 것이니, 어찌 충선왕 부자의 예에 견주오리까."

상왕이 대답하였다.

"과인이 태상을 사양하는 것에는 세 가지 뜻이 있다. 그 첫째는 태조
대왕께서 태상왕이 되셨기 때문이며, 둘째는 인덕전(仁德殿 : 정종)을 태상으
로 봉하지 못한 것이요, 셋째는 태조께 비해 덕이 미치지 못하는 까닭이
니라."

조말생이 아뢰었다.

"전하, 그 세 가지로는 사양하실 이유가 되지 못하나이다. 그 첫째는 전
하께서 태조대왕을 태상으로 봉하시어 극진한 예를 다하셨으니, 이는 신
민들이 본받을 바이며, 둘째는 인덕전 노상왕께 태상을 올렸으나 승하하
신 태상왕을 생각하시어 극구 사양하셨기 때문이옵니다. 셋째는 전하께
서 태조대왕의 덕을 받들어 그 업적과 덕이 이미 사해를 덮고 있으니, 어
찌 미치지 못한다 하시오니까."

상왕은 겸연쩍어 하며 말했다.

"거년(去年)에도 주상이 두 번이나 청하였고, 이제 또 제신(諸臣)들이 뜻을
합하여 군이 청하니, 과인이 어찌 할 수 없이 허락한다. 봉숭(封崇) 날짜는
명나라 사신이 돌아간 뒤에 택일하여 거행하라."

변계량이 명을 받아 아뢰었다.

"전하, 윤허를 하시니 성은이 망극하나이다. 이달 15일이 세자 봉숭일
이니, 휘호 봉숭 날짜는 그보다 앞서고 또한 길한 날인 12일로 정하고자
하나이다."

상왕이 흡족하게 웃으며 말했다.

"오 참, 15일이 세자 봉숭일이로다. 그러면 두 가지 큰 행사를 사신이
머무는 동안에 행할 수는 없다. 휘호 봉숭 날짜는 미루도록 하라."

하연이 아뢰었다.

"전하, 휘호 봉숭이 세자 봉숭보다 늦어질 수는 없나이다. 세자 봉숭 날짜는 아직 확정된 것이 아니었사오니, 사신이 돌아간 뒤로 미루는 것이 마땅할 것이옵니다."

상왕은 잠시 생각하다가 받아 말했다.

"그러면 의정부에서 논의하여 정하도록 하라."

9월 12일, 임금은 영의정 유정현을 진책관進冊官으로 삼아 옥책玉冊 : 왕과 왕비에게 존호를 올릴 때 송덕문을 새긴 옥 조각을 엮어 만든 책을 받들게 하고, 우의정 이원을 진보관進寶官으로 삼아 금보金寶 : 왕이나 왕비의 존호를 새긴 도장를 받들게 하였다.

면복을 갖춘 임금이 신료들을 거느리고 인정문仁政門까지 나아가 상왕을 '성덕신공태상왕盛德神功太上王'이라 존숭하여 새긴 금보와 옥책을 두 진헌관에게 주어 상왕이 계시는 낙천정에 가서 예를 올리게 하였다.

책과 보를 받은 진헌관 유정현과 이원은 의장儀仗 : 나라의 의식에 쓰는 무기, 일산, 깃발과 풍악을 갖추고 낙천정에 나아가니, 백성들이 연도에 구름처럼 모여들어 봉헌 행차를 구경하였다. 모여든 백성들은 처음에 무슨 행차인지 몰랐으나, 태상왕 봉숭 행차라는 것이 알려지자 환호하기 시작했다.

태종은 종실과 조정에 피바람을 일으키고 즉위했지만, 백성들은 왕실과 조정의 어지러웠던 실상을 알게 되면서 차차 태종을 정당한 군주로 이해하기 시작했다. 태종은 국초의 기반과 안정을 잡기 위하여 백성을 위주로 하는 정책을 펴서 민심을 안정시키는 데 주력하였고, 고려조의 세법을 개정하여 조세를 공정히 관리했다.

그 중에서도 백성을 괴롭히는 탐관오리와 토착 유림, 지방 토호들을 엄히 단속하여 백성들로 하여금 생업에 열중하게 한 것은 임금의 치적 중에도 으뜸이었다. 백성들에게는 오직 관리들과 권세 있는 자들로부터 괴롭힘과 착취를 당하지 않고, 조세가 안정되어 배부르고 등 따스면 더 바랄 나위 없음은 당연하다.

태종은 18년간 그러한 정책을 펴기에 노심초사하여 많은 신료들을 죽이거나 파직시키고, 귀양을 보내 뉘우치게 하였다. 그리하여 죄를 뉘우치고 깨달은 자는 재등용하여 중히 쓰고, 반성하지 않는 자는 천인으로 격하시켜 평생토록 죄를 되씹게 하였다.

입에서 입으로 소문이 퍼져 대궐에서 낙천정에 이르는 연도에는 백성들이 구름처럼 모여들어 환호하며 만세를 불렀다.

"조선국 만세!"

"태상왕 전하 천세!"

"주상 전하 천세!"

진헌進獻 행렬은 마침내 낙천정 이궁에 당도했다.

상왕이 호화로운 진헌 행차에 놀라 두 진헌관에게 말했다.

"진헌 행차에 의장과 풍악이라니, 이는 백성들에게도 도리가 아니로다. 과인이 국조이신 태상왕께 봉숭할 때도 예가 이에 미치지 못하였다. 한데 어찌 감히 넘치는 예를 받겠는가. 책과 보는 과인이 받는 것으로 예를 대신하고, 대례는 생략하라. 책과 보는 궁중에 되돌려 보내 인정전仁政殿에 안치하도록 하라."

진책관 유정현이 아뢰었다.

"태상왕 전하, 대궐에서 낙천정에 이르는 연도에 백성들이 자진하여 구름처럼 모여들어 태상왕 봉숭을 경축했나이다. 어찌 백성들에게 도리가 아니라 하시나이까. 대례를 받으시옵소서."

상왕도 이미 봉숭 행차 행렬의 경위를 알고 있으면서도 짐짓 나무랐다.

"시절이 바야흐로 가을 추수 때가 아니던가? 의장 행렬과 풍악으로 농사에 바쁜 백성들 한눈을 팔게 한 것은 옳지 못하였도다. 돌아갈 때는 의장과 악기를 수레에 싣고 조용히 가야 할 것이로다."

진보관 이원이 아뢰었다.

"태상왕 전하, 돌아갈 때는 당연히 그리하겠나이다. 하오나 신 등은 주상 전하께옵서 정중한 예로 모시라는 하명을 받자왔사오니, 대례를 사양치 마시오소서."

상왕은 기쁘게 웃으며 말했다.

"허허허……, 그만 되었다. 과인이 소례를 대례로 받아들이면 될 것이로다. 자, 책과 보를 올리라! 어서 보고 싶도다."

두 진헌관이 하릴없이 예를 생략하고 책과 보를 차례로 올리자, 태상왕이 비로소 받아 일별하고 감탄했다.

"오, 과연 아름답도다! 이로써 주상의 효는 만고에 길이 빛날 것이로다. 하지만 과인은 다만 종묘와 사직에 죄송스런 마음을 금할 길이 없도다."

두 진헌관과 조말생은 탑전에 부복하여 하례를 올렸다.

"태상왕 전하, 하례 드리옵니다!"

진책관 영의정 유정현이 감격하여 아뢰었다.

"태상왕 전하! 사직과 백성들을 생각하시는 전하의 깊으신 뜻은 곧 만백성의 홍복이 될 것이옵니다. 성은이 망극하나이다."

영의정 양옆에 부복했던 두 중신도 예를 올렸다.

"태상왕 전하! 성은이 하해를 덮사옵니다."

때마침 주상이 납시었다는 전갈이 왔고, 이어 주상이 이궁에 듭시었다.

태상왕이 반갑게 맞이하며 말했다.

"주상, 어서 오세요. 내가 오늘 주상에게 과도한 효를 받습니다. 이로써 주상은 만 백성의 본보기가 될 것입니다."

주상은 읍하여 예를 하고 아뢰었다.

"태상왕 전하, 소자는 다만 법도에 따랐을 뿐이옵니다."

"좋습니다, 주상. 오늘은 즐거운 날입니다. 낙천정에서 주연이 있으니 그리로 나가십시다."

태상왕이 낙천정에 납시어 좌정하자, 임금이 효령대군과 신료들을 거느리고 차례로 상수례上壽禮를 행하였다.

주상이 헌수주獻壽酒를 올리며 축수했다.

"태상왕 전하, 만수무강하시오소서!"

이어서 효령대군이 헌수주를 올렸다.

"아바마마, 만수무강하시옵소서!"

태상왕은 상수례도 간단하게 생략하기로 하고, 재상과 대간 한 사람씩만 입시하게 하여 하례를 받고 답례의 술을 내렸다. 이어 호위군사며 이궁의 모든 복예僕隸 : 남자 노비에게까지 술과 고기를 내려 즐기게 하였다.

세종 3년(1421년) 10월 27일, 왕세자 책봉 날이었다.

임금이 면복을 갖추고 대소신료들을 대동하여 인정전에 납시어 원자 이향李珦을 세자로 책봉했다.

어린 세자 향은 복잡한 예절에 따라 사배四拜를 올리고 책문을 받아 예를 올리는 등 주선하고 진퇴하는 동작이 한 점 빈틈없이 예에 맞아 대소신료들이 감탄하지 않는 자가 없었다. 이로써 세제 위에 오른 향의 나이 여덟 살이었으니, 후일의 제5대 임금 문종이다.

겨울로 접어들면서부터 좌의정 박은이 병이 위중하여 결국 보름째 등청을 못하고 있었다.

이에 두 임금이 의논하여 편전에 납시어 임금이 좌대언 김익정金益精에게 명했다.

"좌대언은 의정부에 가서 우상을 들라 이르라."

우의정 이원이 양상 탑전에 부복하여 아뢰었다.

"태상왕 전하, 신을 찾아 계시오니까?"

태상왕이 받았다.

"그렇소. 지금 좌의정이 병이 위중하여 보름째 등청을 못하고 있소. 막중한 자리를 하루도 비울 수 없는데, 우상은 누가 이를 대신할 만한가?"

이원은 잠시 생각하다가 받아 아뢰었다.

"태상왕 전하, 신이 어찌 감히 적임자를 아뢰오리까마는 하명하시니 천거하나이다. 찬성사 조연이라면 적임이 아닐까 생각하나이다."

태상왕이 주상을 돌아보다가 받았다.

"우상은 영상과 더불어 매사를 옳다 그르다 하며 서로 의논하며 국정을 돕는데, 조연의 사람 됨됨이는 그렇지 못하다. 더러 보면 영상을 온종일 모시고 있으면서도 한 마디 말이 없고, 옳다 그르다 의견을 내는 적도 없이 그저 무해무덕했다. 사람이 너무 우직해도 재상의 자질에는 미치지 못하는도다."

태상왕의 정확한 지적에 우상 이원은 목을 쏙 집어넣고 머리만 조아렸다.

태상왕은 주상을 보며 말했다.

"주상, 청성부원군 정탁鄭擢이 공신이며, 중직을 거치며 보고 들은 것이 많아 박식하니 마땅하지 않겠소?"

"바로 보시었사옵니다. 정탁이라면 능히 박은을 대신할 만하겠나이다."

묵묵히 듣고 있던 좌대언 김익정이 아뢰었다.

"태상왕 전하, 신이 감히 아뢰옵기는 황송하오나, 정탁은 욕심이 과해 재물에 마음을 두고 있으니 재상으로는 마땅치 못할 것으로 아나이다."

김익정은 태조 5년 5월 1일에 임금이 직접 참관한 친시親試 문과에서 뽑은 33인 중 장원을 한 수재였다. 김익정은 학문을 바탕으로 성정이 곧으며 강직하였고, 불의를 보고는 참지 못하여 중신들 중에는 곱지 않은 눈으로 보는 사람도 있지만, 인재를 높이 보는 젊은 임금의 눈에 들어 좌대언이 되었다. 지금도 마찬가지였다. 대언이 감히 재상의 자질을 태상왕 앞에서 논하는 것은 불경일 수도 있고, 조정의 중신에 대한 모독일 수도 있다. 그것도 태상왕이 거론하는 사람을 두고 반론을 폈다.

태상왕이 일순간 눈살을 찌푸렸지만, 김익정의 사람됨을 아는지라 넌지시 타이르며 말했다.

"정탁은 국초에서부터 공이 많은 사람이었다. 비록 욕심이 많기는 하지만 재상의 임무를 맡으면 어찌 근신하지 않겠는가. 게다가 업무추진 능력이 뛰어나니, 과인은 정탁을 믿노라."

공과 장점을 들이대는 태상왕 앞에 우의정도, 김익정도 이의가 있을 수 없었다.

이틀 뒤인 12월 7일, 마침내 조정이 개각되었다.

병이 깊은 박은을 금천부원군에 봉하여 쉬게 하고, 영의정 유정현은 유임시켰다. 좌의정에 이원, 우의정에 정탁을 제수했다. 이종무를 장천부원군으로, 조견을 평성부원군으로, 조연을 한평부원군으로 봉하여 현직에서 쉬게 하였다. 맹사성을 의정부 찬성사로, 박자청을 판우군도총제부사로, 허지를 이조판서로, 이발李潑을 형조판서로, 탁신을 예문관제학으로 제수했다. 이 밖에도 삼군총제와 육조의 참의, 사간, 헌납 등을 새로 임명하여 대폭적인 개각을 단행했다.

이번 개각은 태상왕의 의지에 따른 것으로, 주상으로 하여금 친정을 펴는 데 시금석試金石이 될 만한 인물을 적재적소에 임명하였다고 볼 수 있는 개각이었다. 그럴 만한 특이한 점은, 우의정 이원이 좌상으로 추천한 조연과 무장 이종무, 조견을 부원군에 봉하여 쉬게 하였다. 반면에 성정이 곧고 청렴한 맹사성을 재상의 자리에 오를 수 있는 의정부 찬성사로 삼았으며, 미천한 신분의 무장 박자청을 종1품 우군도총제부사로 제수하여 이종무의 자리를 메웠다. 또한, 수군 병졸에서부터 왜구와 해적을 물리치는 데 공을 세우며 수군 군관에 오른 윤득홍을 경기도 수군도안무처치사에 제수하여 앞길을 터준 점이었다.

이런 점으로 보아 보위에 오른 지 3년이 되는 주상에게 부담이 될 만한 훈신들을 제거하여 짐을 덜어주고, 그동안 눈여겨 보아온 새로운 인물들을 요직에 제수하여 힘을 실어주자는 태상왕의 깊은 배려가 엿보이는 뜻깊은 개각이었음을 중신들은 알고 있었다.

〈2권에 이어집니다〉

문관(文官) : 동반(東班)

관청	관직	품계
의정부(議政府)	영의정(領議政), 좌의정(左議政), 우의정(右議政)	정1품
	좌찬성(左贊成), 우찬성(右贊成)	종1품
	좌참찬(左參贊), 우참찬(右參贊)	정2품
	사인(舍人)	정4품
의금부(義禁府)	판사(判事)	종1품
	지사(知事)	정2품
	동지사(同知事)	종2품
	경력(經歷)	종4품
	도사(都事)	종5품
사헌부(司憲府)	대사헌(大司憲)	종2품
	집의(執義)	종3품
	장령(掌令)	정4품
	지평(持平)	정5품
	감찰(監察)	정6품
승정원(承政院)	도승지(都承旨) – 당상관(堂上官)	정3품
	좌 · 우승지(左 · 右承旨) – 당상관	정3품
	좌 · 우부승지(左 · 右副承旨) – 당하관(堂下官)	정3품
	동부승지(同副承旨) – 당하관	정3품
사간원(司諫院)	대사간(大司諫) – 당상관	정3품
	사간(司諫)	종3품
	헌납(獻納)	종5품
	정언(正言)	종6품
경연청(經筵廳)	영사(領事)	정1품
	지사(知事)	정2품
	동지사(同知事)	종2품

6조(六曹)	이조(吏曹) - 판서(判書)	정2품
	참판(參判)	종2품
	참의(參議)	정3품
	정랑(正郎)	정5품
	좌랑(佐郎)	정6품

6조의 이조(吏曹), 호조(戶曹), 예조(禮曹), 병조(兵曹), 형조(刑曹), 공조(工曹)의 판서 이하 좌랑까지는 직제와 품계가 같다.

이조에는 충익부(忠翊府), 상서원(尙瑞院), 종부시(宗簿寺), 내시부(內侍府) 외 3개 부서가 있다.
호조에는 내자시(內資寺), 내섬시(內贍寺), 사섬시(司贍寺), 군자감(軍資監), 제용감(濟用監) 외 10개 부서가 있다.
예조에는 홍문관(弘文館), 예문관(藝文館), 춘추관(春秋館), 성균관(成均館), 승문원(承文院) 외 23개 부서가 있다.
병조에는 오위(五衛), 훈련원(訓鍊院), 군기시(軍器寺), 사복시(司僕寺) 외 3개 부서가 있다.
형조에는 전옥서(典獄署)와 장례원(掌隸院)이라는 2개 부서가 있다.
공조에는 상의원(尙衣院), 선공감(繕工監) 외 5개 부서가 있다.

6조 부서의 관직과 품계

도제조(都提調), 영사(領事), 감사(監事)	정1품
제조(提調), 대제학(大提學)	정 · 종2품
상선(尙膳)	종2품
부제조(副提調), 부제학(副提學), 대사성(大司成), 판결사(判決事) - 당상관	정3품
상온(尙醞), 판교(判敎), 직제학(直提學) - 당하관	정3품
부정(副正), 참교(參敎), 사성(司成)	종3품
응교(應敎), 사예(司藝), 사인(舍人), 제검(提檢)	정4품
검정(檢正), 부응교(副應敎), 경력(經歷)	종4품
별좌(別坐), 교리(校理), 문학(文學), 사직(司直), 사의(司儀)	정5품
도사(都事), 판관(判官), 부교리(副校理), 부사직(副司直)	종5품

무관(武官) : 서반(西班), 겸직할 수 있다.

중추부(中樞府), 5위도총부(五衛都摠府), 내금위(內禁衛), 겸사복(兼司僕), 훈련원(訓鍊院),
오위(五衛)의 6개 부처가 있다.

영사(領事), 도제조(都提調), 대장(大將)	정1품
판사(判事), 도총제(都摠制)	종1품
지사(知事), 도총관(都摠管), 판서(判書), 제조(提調)	정2품
동지사(同知事), 부총관(副摠管), 내금위장(內禁衛將), 중군대장(中軍大將)	종2품
검지사(檢知事), 도정(都正), 상호군(上護軍)	정3품
정(正) 선전관(宣傳官), 별장(別將)	정3품
대호군(大護軍), 부정(副正), 천총(千摠)	종3품
호군(護軍)	종4품

지방외관직

관찰사(觀察使), 부윤(府尹), 병마절도사(兵馬節度使)	종2품
수군방어사(水軍防禦使), 수군통제사(水軍統制使)	종2품
병마절제사(兵馬節制使), 수군절도사(水軍節度使), 진영장(鎭營將)	정3품
목사(牧使), 대도호부사(大都護府使), 절제사(節制使)	정3품
도호부사(都護府使), 병마검절제사(兵馬檢節制使)	종3품
수군검절제사(水軍檢節制使)	종3품
군수(郡守), 서윤(庶尹), 수군만호(水軍萬戶), 병마만호(兵馬萬戶)	종4품

가림출판사 · 가림M&B · 가림Let's에서 나온 책들

문 학

바늘구멍
켄 폴리트 지음 / 홍영의 옮김 / 신국판 / 342쪽 / 5,300원

레베카의 열쇠
켄 폴리트 지음 / 손연숙 옮김 / 신국판 / 492쪽 / 6,800원

암병선
니시무라 쥬코 지음 / 홍영의 옮김 / 신국판 / 300쪽 / 4,800원

첫키스한 얘기 말해도 될까
김정미 외 7명 지음 / 신국판 / 228쪽 / 4,000원

사미인곡 上 · 中 · 下
김충호 지음 / 신국판 / 각 권 5,000원

이내의 끝자리
박수완 스님 지음 / 국판변형 / 132쪽 / 3,000원

너는 왜 나에게 다가서야 했는지
김충호 지음 / 국판변형 / 124쪽 / 3,000원

세계의 명언 편집부 엮음 / 신국판 / 322쪽 / 5,000원

여자가 알아야 할 101가지 지혜
제인 아서 엮음 / 지창국 옮김 / 4×6판 / 132쪽 / 5,000원

현명한 사람이 읽는 지혜로운 이야기
이정민 엮음 / 신국판 / 236쪽 / 6,500원

성공적인 표정이 당신을 바꾼다
마츠오 도오루 지음 / 홍영의 옮김 / 신국판 / 240쪽 / 7,500원

태양의 법
오오카와 류우호오 지음 / 민병수 옮김 / 신국판 / 246쪽 / 8,500원

영원의 법
오오카와 류우호오 지음 / 민병수 옮김 / 신국판 / 240쪽 / 8,000원

석가의 본심
오오카와 류우호오 지음 / 민병수 옮김 / 신국판 / 246쪽 / 10,000원

옛 사람들의 재치와 웃음
강형중 · 김경익 편저 / 신국판 / 316쪽 / 8,000원

지혜의 쉼터
쇼펜하우어 지음 / 김충호 엮음 / 4×6판 양장본 / 160쪽 / 4,300원

헤세가 너에게
헤르만 헤세 지음 / 홍영의 엮음 / 4×6판 양장본 / 144쪽 / 4,500원

사랑보다 소중한 삶의 의미
크리슈나무르티 지음 / 최윤영 엮음 / 신국판 / 180쪽 / 4,000원

장자-어찌하여 알 속에 털이 있다 하는가
홍영의 엮음 / 4×6판 / 180쪽 / 4,000원

논어-배우고 때로 익히면 즐겁지 아니한가
신도희 엮음 / 4×6판 / 180쪽 / 4,000원

맹자-가까이 있는데 어찌 먼 데서 구하려 하는가
홍영의 엮음 / 4×6판 / 180쪽 / 4,000원

아름다운 세상을 만드는 사랑의 메시지 365
DuMont monte Verlag 엮음 / 정성호 옮김
4×6판 변형 양장본 / 240쪽 / 8,000원

황금의 법
오오카와 류우호오 지음 / 민병수 옮김 / 신국판 / 320쪽 / 12,000원

왜 여자는 바람을 피우는가?
기젤라 룬테 지음 / 김현성 · 진정미 옮김 / 국판 / 200쪽 / 7,000원

세상에서 가장 아름다운 선물
김인자 지음 / 국판변형 / 292쪽 / 9,000원

수능에 꼭 나오는 한국 단편 33
윤종필 엮음 / 신국판 / 704쪽 / 11,000원

수능에 꼭 나오는 한국 현대 단편 소설
윤종필 엮음 및 해설 / 신국판 / 364쪽 / 11,000원

수능에 꼭 나오는 세계단편(영미권)
지창영 옮김 / 윤종필 엮음 및 해설 / 신국판 / 328쪽 / 10,000원

수능에 꼭 나오는 세계단편(유럽권)
지창영 옮김 / 윤종필 엮음 및 해설 / 신국판 / 360쪽 / 11,000원

대왕세종 1 · 2 · 3
박충훈 지음 / 신국판 / 각 권 9,800원

건 강

아름다운 피부미용법
이순희(한독피부미용학원 원장) 지음 / 신국판 / 296쪽 / 6,000원

버섯건강요법
김병각 외 6명 지음 / 신국판 / 286쪽 / 8,000원

성인병과 암을 정복하는 유기게르마늄
이상현 편저 / 캬오 샤오이 감수 / 신국판 / 312쪽 / 9,000원

난치성 피부병
생약효소연구원 지음 / 신국판 / 232쪽 / 7,500원

新 방약합편
정도명 편역 / 신국판 / 416쪽 / 15,000원

자연치료의학 오홍근(신경정신과 의학박사 · 자연의학박사) 지음
신국판 / 472쪽 / 15,000원

약초의 활용과 가정한방
이인성 지음 / 신국판 / 384쪽 / 8,500원

역전의학
이시하라 유미 지음 / 유태종 감수 / 신국판 / 286쪽 / 8,500원

이순희식 순수피부미용법
이순희(한독피부미용학원 원장) 지음 / 신국판 / 304쪽 / 7,000원

21세기 당뇨병 예방과 치료법
이현철(연세대 의대 내과 교수) 지음 / 신국판 / 360쪽 / 9,500원

신재용의 민의학 동의보감
신재용(해성한의원 원장) 지음 / 신국판 / 476쪽 / 10,000원

치매 알면 치매 이긴다
배오성(백상한방병원 원장) 지음 / 신국판 / 312쪽 / 10,000원

21세기 건강혁명 밥상 위의 보약 생식
최경순 지음 / 신국판 / 348쪽 / 9,800원

기치유와 기공수련
윤한홍(기치유 연구회 회장) 지음 / 신국판 / 340쪽 / 12,000원

만병의 근원 스트레스 원인과 퇴치
김지혁(김지혁한의원 원장) 지음 / 신국판 / 324쪽 / 9,500원

김종성 박사의 뇌졸중 119
김종성 지음 / 신국판 / 356쪽 / 12,000원

탈모 예방과 모발 클리닉
장정훈 · 전재홍 지음 / 신국판 / 252쪽 / 8,000원

구태규의 100% 성공 다이어트
구태규 지음 / 4×6배판 변형 / 240쪽 / 9,900원

암 예방과 치료법
이춘기 지음 / 신국판 / 296쪽 / 11,000원

알기 쉬운 위장병 예방과 치료법
민영일 지음 / 신국판 / 328쪽 / 9,900원

이온 체내혁명
노보루 야마노이 지음 / 김병관 옮김 / 신국판 / 272쪽 / 9,500원

어혈과 사혈요법
정지천 지음 / 신국판 / 308쪽 / 12,000원

약손 경락마사지로 건강미인 만들기
고정환 지음 / 4×6배판 변형 / 284쪽 / 15,000원

정유정의 LOVE DIET
정유정 지음 / 4×6배판 변형 / 196쪽 / 10,500원

머리에서 발끝까지 예뻐지는 부분다이어트

신상만 · 김선민 지음 / 4×6배판 변형 / 196쪽 / 11,000원

알기 쉬운 심장병 119
박승정 지음 / 신국판 / 248쪽 / 9,000원

알기 쉬운 고혈압 119
이정균 지음 / 신국판 / 304쪽 / 10,000원

여성을 위한 부인과질환의 예방과 치료
차선희 지음 / 신국판 / 304쪽 / 10,000원

알기 쉬운 아토피 119
이승규 · 임승엽 · 김문호 · 안유일 지음 / 신국판 / 232쪽 / 9,500원

120세에 도전한다
이권행 지음 / 신국판 / 308쪽 / 11,000원

건강과 아름다움을 만드는 요가
정판식 지음 / 4×6배판 변형 / 224쪽 / 14,000원

우리 아이 건강하고 아름다운 롱다리 만들기
김성훈 지음 / 대국전판 / 236쪽 / 10,500원

알기 쉬운 허리디스크 예방과 치료
이종서 지음 / 대국전판 / 336쪽 / 12,000원

소아과 전문의에게 듣는 알기 쉬운 소아과 119
신영규 · 이강우 · 최성항 지음 / 4×6배판 변형 / 280쪽 / 14,000원

피가 맑아야 건강하게 오래 살 수 있다
김영찬 지음 / 신국판 / 256쪽 / 10,000원

웰빙형 피부 미인을 만드는 나만의 셀프 피부건강
양해원 지음 / 대국전판 / 144쪽 / 10,000원

내 몸을 살리는 생활 속의 웰빙 항암 식품
이승남 지음 / 대국전판 / 248쪽 / 9,800원

마음한글, 느낌한글
박완식 지음 / 4×6배판 / 300쪽 / 15,000원

웰빙 동의보감식 발마사지 10분
최미희 지음 / 신재용 감수 / 4×6배판 변형 / 204쪽 / 13,000원

아름다운 몸, 건강한 몸을 위한 목욕 건강 30분
임하성 지음 / 대국전판 / 176쪽 / 9,500원

내가 만드는 한방생주스 60
김영섭 지음 / 국판 / 112쪽 / 7,000원

몸을 살리는 건강식품
백은희 · 조창호 · 최양진 지음 / 신국판 / 384쪽 / 11,000원

건강도 키우고 성적도 올리는 자녀 건강
김진돈 지음 / 신국판 / 304쪽 / 12,000원

알기 쉬운 간질환 119
이관식 지음 / 신국판 / 264쪽 / 11,000원

밥으로 병을 고친다
허봉수 지음 / 대국전판 / 352쪽 / 13,500원

알기 쉬운 신장병 119
김형규 지음 / 신국판 / 240쪽 / 10,000원

마음의 감기 치료법 우울증 119
이민수 지음 / 대국전판 / 232쪽 / 9,800원

관절염 119
송영욱 지음 / 대국전판 / 224쪽 / 9,800원

내 딸을 위한 미성년 클리닉
강병문 · 이향아 · 최정원 지음 / 국판 / 148쪽 / 8,000원

암을 다스리는 기적의 치유법
케이 세이헤이 감수 / 카와키 나리카즈 지음 / 민병수 옮김
신국판 / 256쪽 / 9,000원

스트레스 다스리기
대한불안장애학회 스트레스관리연구특별위원회 지음
신국판 / 304쪽 / 12,000원

천연 식초 건강법 건강식품연구회 엮음 / 신재용(해성한의원 원장) 감수
신국판 / 252쪽 / 9,000원

암에 대한 모든 것
서울아산병원 암센터 지음 / 신국판 / 360쪽 / 13,000원

알록달록 컬러 다이어트
이승남 지음 / 국판 / 248쪽 / 10,000원

당신도 부모가 될 수 있다

정병준 지음 / 신국판 / 268쪽 / 9,500원

키 10cm 더 크는 키네스 성장법 김양수 · 이종균 · 최형규 · 표재환 · 김문회 지음
대국전판 / 312쪽 / 12,000원

당뇨병 백과
이현철 · 송영득 · 안철우 지음 / 4×6배판 변형 / 396쪽 / 16,000원

호흡기 클리닉 119
박성학 지음 / 신국판 / 256쪽 / 10,000원

키 쑥쑥 크는 롱다리 만들기
롱다리 성장클리닉 원장단 지음 / 4×6배판 변형 / 256쪽 / 11,000원

내 몸을 살리는 건강식품
백은희 · 조창호 · 최양진 지음 / 신국판 / 368쪽 / 11,000원

교 육

우리 교육의 창조적 백색혁명
원상기 지음 / 신국판 / 206쪽 / 6,000원

현대생활과 체육
조창남 외 5명 공저 / 신국판 / 340쪽 / 10,000원

퍼펙트 MBA IAE유학네트 지음 / 신국판 / 400쪽 / 12,000원

유학길라잡이 Ⅰ - 미국편
IAE유학네트 지음 / 4×6배판 / 372쪽 / 13,900원

유학길라잡이 Ⅱ - 4개국편
IAE유학네트 지음 / 4×6배판 / 348쪽 / 13,900원

조기유학길라잡이.com
IAE유학네트 지음 / 4×6배판 / 428쪽 / 15,000원

현대인의 건강생활
박상호 외 5명 공저 / 4×6배판 / 268쪽 / 15,000원

천재아이로 키우는 두뇌훈련
나카마츠 요시로 지음 / 민병수 옮김 / 국판 / 288쪽 / 9,500원

두뇌혁명
나카마츠 요시로 지음 / 민병수 옮김 / 4×6판 양장본 / 288쪽 / 12,000원

테마별 고사성어로 익히는 한자
김경익 지음 / 4×6배판 변형 / 248쪽 / 9,800원

生생 공부비법 이은승 지음 / 대국전판 / 272쪽 / 9,500원

자녀를 성공시키는 습관만들기
배은경 지음 / 대국전판 / 232쪽 / 9,500원

한자능력검정시험 1급
한자능력검정시험연구위원회 편저 / 4×6배판 / 568쪽 / 21,000원

한자능력검정시험 2급
한자능력검정시험연구위원회 편저 / 4×6배판 / 472쪽 / 18,000원

한자능력검정시험 3급(3급Ⅱ)
한자능력검정시험연구위원회 편저 / 4×6배판 / 440쪽 / 17,000원

한자능력검정시험 4급(4급Ⅱ)
한자능력검정시험연구위원회 편저 / 4×6배판 / 352쪽 / 15,000원

한자능력검정시험 5급
한자능력검정시험연구위원회 편저 / 4×6배판 / 264쪽 / 11,000원

한자능력검정시험 6급
한자능력검정시험연구위원회 편저 / 4×6배판 / 168쪽 / 8,500원

한자능력검정시험 7급
한자능력검정시험연구위원회 편저 / 4×6배판 / 152쪽 / 7,000원

한자능력검정시험 8급
한자능력검정시험연구위원회 편저 / 4×6배판 / 112쪽 / 6,000원

볼링의 이론과 실기 이택상 지음 / 신국판 / 192쪽 / 9,000원

고사성어로 끝내는 천자문
조준상 글 · 그림 / 4×6배판 / 216쪽 / 12,000원

내 아이 스타 만들기
김민성 지음 / 신국판 / 200쪽 / 9,000원

교육 1번지 강남 엄마들의 수험생 자녀 관리
황송주 지음 / 신국판 / 288쪽 / 9,500원

초등학생이 꼭 알아야 할 위대한 역사 상식

우진영 · 이양경 지음 / 4×6배판 변형 / 228쪽 / 9,500원

초등학생이 꼭 알아야 할 행복한 경제 상식
우진영 · 전선심 지음 / 4×6배판 변형 / 224쪽 / 9,500원

초등학생이 꼭 알아야 할 재미있는 과학상식
우진영 · 정경희 지음 / 4×6배판 변형 / 220쪽 / 9,500원

한자능력검정시험 3급 · 3급 II
한자능력검정시험연구위원회 편저 / 4×6판 / 380쪽 / 7,500원

교과서 속에 꼭꼭 숨어있는 이색박물관 체험 이신화 지음
대국전판 / 248쪽 / 12,000원

초등학생 독서 논술(저학년) 책마루 독서교육연구회 지음
4×6배판 변형 / 244쪽 / 14,000원

초등학생 독서 논술(고학년) 책마루 독서교육연구회 지음
4×6배판 변형 / 236쪽 / 14,000원

놀면서 배우는 경제
김솔 지음 / 대국전판 / 196쪽 / 10,000원

건강생활과 레저스포츠 즐기기
강선희 외 11명 공저 / 4×6배판 / 324쪽 / 18,000원

취미 · 실용

김진국과 같이 배우는 와인의 세계
김진국 지음 / 국배판 변형양장본(올 컬러판) / 208쪽 / 30,000원

경제 · 경영

CEO가 될 수 있는 성공법칙 101가지
김승룡 편역 / 신국판 / 320쪽 / 9,500원

정보소프트 김승룡 지음 / 신국판 / 324쪽 / 6,000원

기획대사전 다카하시 겐코 지음 / 홍영의 옮김
신국판 / 552쪽 / 19,500원

맨손창업 · 맞춤창업 BEST 74
양혜숙 지음 / 신국판 / 416쪽 / 12,000원

무자본, 무점포 창업! FAX 한 대면 성공한다
다카시로 고시 지음 / 홍영의 옮김 / 신국판 / 226쪽 / 7,500원

성공하는 기업의 인간경영 중소기업 노무 연구회 편저 / 홍영의 옮김
신국판 / 368쪽 / 11,000원

21세기 IT가 세계를 지배한다
김광희 지음 / 신국판 / 380쪽 / 12,000원

경제기사로 부자아빠 만들기
김기태 · 신현태 · 박근수 공저 / 신국판 / 388쪽 / 12,000원

포스트 PC의 주역 정보가전과 무선인터넷
김광희 지음 / 신국판 / 356쪽 / 12,000원

성공하는 사람들의 마케팅 바이블
채수명 지음 / 신국판 / 328쪽 / 12,000원

느린 비즈니스로 돌아가라
사카모토 게이이치 지음 / 정성호 옮김 / 신국판 / 276쪽 / 9,000원

적은 돈으로 큰돈 벌 수 있는 부동산 재테크
이원재 지음 / 신국판 / 340쪽 / 12,000원

바이오혁명
이주영 지음 / 신국판 / 328쪽 / 12,000원

성공하는 사람들의 자기혁신 경영기술
채수명 지음 / 신국판 / 344쪽 / 12,000원

CFO 교텐 토요오 · 타하라 오키시 지음 / 민병수 옮김
신국판 / 312쪽 / 12,000원

네트워크시대 네트워크마케팅
임동학 지음 / 신국판 / 376쪽 / 12,000원

성공리더의 7가지 조건
다이앤 트레이시 · 윌리엄 모건 지음 / 지창영 옮김
신국판 / 360쪽 / 13,000원

김종결의 성공창업

김종결 지음 / 신국판 / 340쪽 / 12,000원

최적의 타이밍에 내 집 마련하는 기술
이원재 지음 / 신국판 / 248쪽 / 10,500원

컨설팅 세일즈 *Consulting sales*
임동학 지음 / 대국전판 / 336쪽 / 13,000원

연봉 10억 만들기
김농주 지음 / 국판 / 216쪽 / 10,000원

주5일제 근무에 따른 한국형 주말창업
최효진 지음 / 신국판 변형 양장본 / 216쪽 / 10,000원

돈 되는 땅 돈 안되는 땅
김영준 지음 / 신국판 / 320쪽 / 13,000원

돈 버는 회사로 만들 수 있는 109가지
다카하시 도시노리 지음 / 민병수 옮김 / 신국판 / 344쪽 / 13,000원

프로는 디테일에 강하다
김미현 지음 / 신국판 / 248쪽 / 9,000원

머니투데이 송복규 기자의 부동산으로 주머니돈 100배 만들기
송복규 지음 / 신국판 / 328쪽 / 13,000원

성공하는 슈퍼마켓&편의점 창업
나명환 지음 / 4×6배판 변형 / 500쪽 / 28,000원

대한민국 성공 재테크 부동산 펀드와 리츠로 승부하라
김영준 지음 / 신국판 / 256쪽 / 12,000원

마일리지 200% 활용하기
박성희 지음 / 국판 변형 / 200쪽 / 8,000원

1%의 가능성에 도전, 성공 신화를 이룬 여성 CEO
김미현 지음 / 신국판 / 248쪽 / 9,500원

3천만 원으로 부동산 재벌 되기
최수길 · 이숙 · 조연희 지음 / 신국판 / 290쪽 / 12,000원

10년을 앞설 수 있는 재테크
노동규 지음 / 신국판 / 260쪽 / 10,000원

세계 최강을 추구하는 도요타 방식
나카야마 키요타카 지음 / 민병수 옮김 / 신국판 / 296쪽 / 12,000원

최고의 설득을 이끌어내는 프레젠테이션
조두환 지음 / 신국판 / 296쪽 / 11,000원

최고의 만족을 이끌어내는 창의적 협상
조강희 · 조원희 지음 / 신국판 / 248쪽 / 10,000원

New 세일즈 기법 물건을 팔지 말고 가치를 팔아라
조기선 지음 / 신국판 / 264쪽 / 9,500원

작은 회사는 전략이 달라야 산다
황문진 지음 / 신국판 / 312쪽 / 11,000원

돈되는 슈퍼마켓&편의점 창업전략(입지 편)
나명환 지음 / 신국판 / 352쪽 / 13,000원

25 · 35 꼼꼼 여성 재테크
정원훈 지음 / 신국판 / 224쪽 / 11,000원

대한민국 2030 독특하게 창업하라
이상헌 · 이호 지음 / 신국판 / 288쪽 / 12,000원

주 식

개미군단 대박맞이 주식투자
홍성걸(한양증권 투자분석팀 팀장) 지음 / 신국판 / 310쪽 / 9,500원

알고 하자! 돈 되는 주식투자
이길영 외 2명 공저 / 신국판 / 388쪽 / 12,500원

항상 당하기만 하는 개미들의 매도 · 매수타이밍 999% 적중 노하우
강경무 지음 / 신국판 / 336쪽 / 12,000원

부자 만들기 주식성공클리닉
이창희 지음 / 신국판 / 372쪽 / 11,500원

선물 · 옵션 이론과 실전매매
이창희 지음 / 신국판 / 372쪽 / 12,000원

너무나 쉬워 재미있는 주가차트
홍성무 지음 / 4×6배판 / 216쪽 / 15,000원

주식투자 직접 투자로 높은 수익을 올릴 수 있는 비결

김학균 지음 / 신국판 / 230쪽 / 11,000원

처 세

성공적인 삶을 추구하는 여성들에게 우먼파워
조안 커너 · 모이라 레이너 공저 / 지창영 옮김
신국판 / 352쪽 / 8,800원

聽 이익이 되는 말 話 손해가 되는 말
우메시마 미요 지음 / 정성호 옮김 / 신국판 / 304쪽 / 9,000원

부자들의 생활습관 가난한 사람들의 생활습관
다케우치 야스오 지음 / 홍영의 옮김 / 신국판 / 320쪽 / 9,800원

코끼리 귀를 당긴 원숭이-히딩크식 창의력을 배우자
강충인 지음 / 신국판 / 208쪽 / 8,500원

성공하려면 유머와 위트로 무장하라
민영욱 지음 / 신국판 / 292쪽 / 9,500원

등소평의 오뚝이전략
조창남 편저 / 신국판 / 304쪽 / 9,500원

노무현 화술과 화법을 통한 이미지 변화
이현정 지음 / 신국판 / 320쪽 / 10,000원

성공하는 사람들의 토론의 법칙
민영욱 지음 / 신국판 / 280쪽 / 9,500원

사람은 칭찬을 먹고산다
민영욱 지음 / 신국판 / 268쪽 / 9,500원

사과의 기술
김농주 지음 / 신국판 변형 양장본 / 200쪽 / 10,000원

취업 경쟁력을 높여라
김농주 지음 / 신국판 / 280쪽 / 12,000원

유비쿼터스시대의 블루오션 전략
최양진 지음 / 신국판 / 248쪽 / 10,000원

나만의 블루오션 전략-화술편
민영욱 지음 / 신국판 / 254쪽 / 10,000원

희망의 씨앗을 뿌리는 20대를 위하여
우광균 지음 / 신국판 / 172쪽 / 8,000원

끌리는 사람이 되기위한 이미지 컨설팅
홍순아 지음 / 대국전판 / 194쪽 / 10,000원

글로벌 리더의 소통을 위한 스피치
민영욱 지음 / 신국판 / 328쪽 / 10,000원

명 상

명상으로 얻는 깨달음
달라이 라마 지음 / 지창영 옮김 / 국판 / 320쪽 / 9,000원

레포츠

수열이의 브라질 축구 탐방 삼바 축구, 그들은 강하다
이수열 지음 / 신국판 / 280쪽 / 8,500원

마라톤, 그 아름다운 도전을 향하여
빌 로저스 · 프리실라 웰치 · 조 헨더슨 공저 /
오인환 감수 / 지창영 옮김 / 4×6배판 / 320쪽 / 15,000원

퍼팅 메커닉
이근택 지음 / 4×6배판 변형 / 192쪽 / 18,000원

아마골프 가이드
정영호 지음 / 4×6배판 변형 / 216쪽 / 12,000원

인라인스케이팅 100%즐기기
임미숙 지음 / 4×6배판 변형 / 172쪽 / 11,000원

배스낚시 테크닉
이종건 지음 / 4×6배판 / 440쪽 / 20,000원

나도 디지털 전문가 될 수 있다!!!
이승훈 지음 / 4×6배판 / 320쪽 / 19,200원

스키 100% 즐기기
김동환 지음 / 4×6배판 변형 / 184쪽 / 12,000원

태권도 총론
하웅의 지음 / 4×6배판 / 288쪽 / 15,000원

건강하고 아름다운 동양란 기르기
난마을 지음 / 4×6배판 변형 / 184쪽 / 12,000원

수영 100% 즐기기
김종만 지음 / 4×6배판 변형 / 248쪽 / 13,000원

애완견114
황양원 엮음 / 4×6배판 변형 / 228쪽 / 13,000원

건강을 위한 웰빙 걷기
이강옥 지음 / 대국전판 / 280쪽 / 10,000원

우리 땅 우리 문화가 살아 숨쉬는 옛터
이형권 지음 / 대국전판 올컬러 / 208쪽 / 9,500원

아름다운 산사
이형권 지음 / 대국전판 올컬러 / 208쪽 / 9,500원

골프 100타 깨기
김준모 지음 / 4×6배판 변형 / 136쪽 / 10,000원

쉽고 즐겁게! 신나게! 배우는 재즈댄스
최재선 지음 / 4×6배판 변형 / 200쪽 / 12,000원

맛과 멋이 있는 낭만의 카페
박성찬 지음 / 대국전판 올컬러 / 168쪽 / 9,900원

한국의 숨어 있는 아름다운 풍경
이종원 지음 / 대국전판 올컬러 / 208쪽 / 9,900원

사람이 있고 자연이 있는 아름다운 명산
박기성 지음 / 대국전판 올컬러 / 176쪽 / 12,000원

마음의 고향을 찾아가는 여행 포구
김인자 지음 / 대국전판 올컬러 / 224쪽 / 14,000원

골프 90타 깨기
김광섭 지음 / 4×6배판 변형 / 148쪽 / 11,000원

생명이 살아 숨쉬는 한국의 아름다운 강
민병준 지음 / 대국전판 올컬러 / 168쪽 / 12,000원

틈나는 대로 세계여행
김재관 지음 / 4×6배판 변형 올컬러 / 368쪽 / 20,000원

KLPGA 최여진 프로의 센스 골프
최여진 지음 / 4×6배판 변형 올컬러 / 192쪽 / 13,900원

해양스포츠 카이트보딩
김남용 편저 / 신국판 올컬러 / 152쪽 / 18,000원

KTPGA 김준모 프로의 파워 골프
김준모 지음 / 4×6배판 변형 올컬러 / 192쪽 / 13,900원

골프 80타 깨기
오태훈 지음 / 4×6배판 변형 / 132쪽 / 10,000원

신나는 골프 세상
유용열 지음 / 4×6배판 변형 올컬러 / 232쪽 / 16,000원

풍경 속을 걷는 즐거움 명상 산책
김인자 지음 / 대국전판 올컬러 / 224쪽 / 14,000원

이신 프로의 더 퍼펙트
이신 지음 / 국배판 / 336쪽 / 28,000원

주니어출신 박영진 프로의 주니어골프
박영진 지음 / 4×6배판 변형 올컬러 / 164쪽 / 11,000원

골프손자병법
유용열 지음 / 4×6배판 변형 올컬러 / 212쪽 / 16,000원

3.3.7 세계여행
김완수 지음 / 4×6배판 변형 올컬러 / 280쪽 / 12,900원

박영진 프로의 주말 골퍼 100타 깨기
박영진 지음 / 4×6배판 변형 올컬러 / 160쪽 / 12,000원

여성실용

결혼준비, 이제 놀이가 된다 김창규 · 김수경 · 김정철 지음
4×6배판 변형 올컬러 / 230쪽 / 13,000원

박충훈 역사소설

대왕세종 1

2008년 1월 5일 제1판 1쇄 발행
2008년 2월 25일 제1판 3쇄 발행

지은이/박충훈
펴낸이/강선희
펴낸곳/가림출판사

등록/1992. 10. 6. 제4-191호
주소/서울시 광진구 구의동 57-71 부원빌딩 4층
대표전화/458-6451   팩스/458-6450
홈페이지/ www.galim.co.kr
전자우편/galim@galim.co.kr

값 9,800원

ⓒ 박충훈, 2008

저자와의 협의하에 인지를 생략합니다.

ISBN 978-89-7895-283-5 04810
ISBN 978-89-7895-282-8 04810(전3권)